大唐遊俠兒

卷三

棋逢對手

Jiou Tu
酒徒
著

目次

第八十六章　狼群

回去的路，姜簡走得很慢。

烏紇死了，婆閏大仇得報，回紇十八部重歸大唐治下。車鼻可汗的兵馬雖然可能很快就會打上門來，但暫時還沒有相關警訊。每天督促他練武，悉心指點如何策馬衝殺領軍作戰的師父，也被朝廷一道命令給調去了龜茲。從隨著蘇涼商隊離開受降城那一刻起直到現在，足足兩個半月的時間裡，他還是第一次變得如此「清閒」。

沒有人再試圖將他賣做奴隸，沒有人再追殺他，也沒有人需要他去保護或者營救。恐懼和壓力，忽然間消失得乾乾淨淨，讓他感覺很不適應。對著幽深的天空和璀璨的繁星，總懷疑自己是在做夢。

一個悲傷、離奇，而又漫長的夢。姜簡希望自己醒來之後，一切就能回到原來的模樣。自己又可以坐在快活樓裡，聽胡子曰講唐軍生擒頡利可汗，或者中原豪傑齊聚長城的故事。姐夫韓華順利從突厥別部歸來，帶著給自己和姐姐買的塞外特產。姐姐家的小院子裡賓客盈門，每個人看向姐姐和姐夫的目光裡，就充滿了羨慕。而大唐的皇帝，又可以像人們期待或者祝福中那樣，百病不侵，萬壽無疆。大唐的文臣武將，全都一心為國，不惜己身……

「嗷……嗷嗷……」遠處傳來一串野狼的嚎叫，讓姜簡打了個冷顫，頭腦迅速恢復了清醒。眼前的世界不是夢，自己臆想中的那個完美的世界才是。自己先前一直被姐姐和姐夫保護得太好了，所以才對周圍的人和世界有那麼多不切實際的期待。而實際上，世間哪有不老的帝王？聖賢滿朝，更是讀書人的一個白日夢。每個人都會有私心，都不會無緣無故把善意給予一個陌生的過客。每個人心裡都有貪欲和惡念，只是受約束於現實中的各種條件和自己內心深處的良知。同時，大多數人也都有自己最珍愛，和願意付出生命去守護的東西。只是有時候，他自己也沒發現，或者做不到而已。

「嗷……嗷嗷……」野狼的叫聲更急，更近。

草原上溫暖的天氣即將結束，寒風和暴雪不久之後就會接踵而至。作為這片土地上的掠食者，牠們需要趕在第一場雪落下來之前，在身體裡攢足可以對抗寒冬的油脂。所以，一切落入其視線的活物，都是牠們的潛在獵殺目標。

「吁吁，吁吁……」菊花青迅速意識到了危險，不用姜簡下令，打著響鼻主動開始加速。兩匹備用坐騎，也同時張開了四蹄。

「小心踩到老鼠洞！」姜簡下意識地低頭叮囑了一句，也不管菊花青能不能聽得懂。緊跟著，俯身從馬鞍旁解下騎弓，順勢將一根羽箭搭在了弓弦上。腦海裡亂糟糟的想法，瞬間被清空，同時被清空的，還有渾身上下的疲憊。他的目光重新恢復了清澈，精神、體力和鬥志，都迅速被點燃。

事實證明，人在性命受到威脅的時候，絕不會再有空想雜七雜八的事情，更不會傷春悲秋。前方五十步外的草叢中，忽然出現一串快速滾動的藍綠色「鬼火」，姜簡憑藉直覺判斷出，那是狼的眼睛。

草原上的狼，很少單獨捕獵。成群結隊追上目標，並且從不同方向發起進攻，才是牠們最擅長做的事情。不做任何猶豫，姜簡挽弓激射。「嗖嗖嗖！」三支羽箭先後脫弦而出。隨即，不管羽箭是否命中目標，收弓，取槊，所有動作一氣呵成，借著戰馬的前衝速度，長槊微微下壓，左右快速撥動。

「嗷嗚……」悲鳴聲從前方傳來，有野狼中箭，不知道是一頭，還是兩頭。其餘迂迴攔路的野狼愣了愣，本能地停在了原地，隨即，又紛紛狂嘯著跳起，直撲菊花青的脖頸。

電光石火之間，姜簡長槊撥至，銳利的槊鋒借著戰馬的速度，將兩頭野狼撥得倒飛而起，在半空中落下一場血雨。

「唏吁吁！」菊花青嘴裡發出一聲長吟，騰空而起，兩條後腿如鐵錘般向下踢打，所有撲過來的野狼，都被牠甩在了身下，其中兩條最倒楣的傢伙，腦袋上各自挨了一蹄子，悲鳴著滾落在地，將周圍的野草壓倒了一大片。

「唏吁吁！」另外兩匹戰馬，也學著菊花青的模樣四蹄騰空，突破野狼的攔截。隨即，緊跟在菊花青身後繼續撒腿狂奔，與姜簡一道，將狼群甩在了身後。

「嗷嗷嗷……」包抄攔截失敗，負責攔路的野狼們改變戰術，在戰馬身後緊隨不捨。更多的野狼則從黑暗中衝了出來，將追殺的隊伍迅速擴大，二十頭，三十頭，五十頭，源源不斷。

姜簡快速彎腰，收好長槊，重新抓起騎弓。一邊搭箭，一邊在馬背上迅速轉身，瞄準距離自己最近的一頭野狼，迎頭便射。

「噗！」羽箭掠過二十步的距離，正中狼的眼睛。那隻野狼嘴裡發出一聲悲鳴，踉蹌而倒。其餘野狼迅速越過牠的屍體，繼續尾隨追殺，對於同夥的死亡，毫不在意。

「嗖……」姜簡又射出了一支羽箭，卻因為馬背的顛簸，沒有成功命中目標。深深吸了一口氣，借此稍微平復了一下緊張心情，他再度挽弓射出了兩箭，這回終於將另外一頭野狼放翻於地，然而，卻無法阻止整個狼群的腳步。近百頭野狼，一旦被追上，他即便生著三頭六臂，也會被啃成一堆白骨。不敢做任何耽擱，姜簡一邊策馬加速，一邊不停地轉身回射。準頭至少達到了十發七中，遠遠超過他的真正實力。但是，身後的「鬼火」數量，卻絲毫都沒有變少。

「唏吁吁……」一匹備用的棗紅馬因為跑得太急，踩翻了石塊，摔翻在草地上，悲鳴著試圖掙扎起來，重新加速。數以十計的野狼撲上去，瞬間就蓋住了牠的身體。血肉橫飛，棗紅馬大聲悲鳴，翻滾掙扎，卻無濟於事。姜簡從菊花青身上轉身，將羽箭一支一支射向野狼，也毫無效果。

短短幾個彈指過後，悲鳴聲戛然而止。狼群分出一小半兒，停下來，開始分噬棗紅馬和被射死的自家同伴遺骸，另外一大半兒野狼，卻瞪著幽綠色眼睛，繼續追向了姜簡，不死不休。

姜簡不敢迎戰，也無法命令菊花青轉身負著自己迎戰。馬對狼群的畏懼，來自血脈和天性。哪怕是菊花青這等可以在戰場正面衝擊長矛陣的良種也是一樣。面對成群結隊的野狼，菊花青唯一能做的事情，就是在體力耗盡之前，不停地加速、加速，要麼憑藉速度甩開狼群，要麼最後葬身狼腹。

「嗖……」姜簡強忍胳膊的痠疼轉身，將追上來的一頭野狼射殺。伸手摸向箭壺，卻摸了一個空。

隨身攜帶的兩壺羽箭，已經全部射空。而備用的箭壺，卻在棗紅馬身上。顧不得懊惱，也顧不得絕望，他再度抄起長槊，準備在菊花青的體力耗盡之前，跳下坐騎，做最後的決戰。然而，身後的野狼，卻忽然齊齊停住了腳步，然後悲鳴著，掉頭遁入了黑暗當中。

腳下的土地開始震顫，馬蹄聲隱約出現，隨即迅速變得清晰。至少兩百騎！姜簡迅速做出判斷，驚喜交加。抬頭向前方望去，只見一支舉著火把和燈籠的騎兵，如飛一般向自己這邊衝了過來。不知道來的是敵是友，也沒時間躲起來，姜簡命令菊花青和備用坐騎減速，讓開騎兵的正面，同時握緊手裡的馬槊。突然出現的騎兵，轉眼間已經來到了近前，十幾個分散在周邊的斥候問都不問，直接舉起了鋼刀，一擁而上。

「嗚……」就在姜簡將長槊端起來準備迎戰的當口，暴躁的號角聲，忽然在騎兵隊伍中響起。圍攏而至的斥候們，果斷拉住了坐騎，齊齊扭頭向隊伍中張望。

「嗚，嗚嗚，嗚嗚……」號角聲短促且激烈，把主將的命令，傳入所有人的耳朵。整個隊伍，都開始減速，斥候們收起刀。皺著眉頭挑高燈籠，照亮自己和姜簡的面孔。他們全都穿著灰袍，臉上和身上，染滿了草屑和泥土。

「匈奴人？你們是匈奴人？阿波那呢，他在哪？」姜簡不知道該高興還是鬱悶，啞著嗓子大聲詢問。

斥候們還沒來得及回應，有個熟悉的聲音，已經傳入了他的耳朵，「住手，都住手，別殺他。姓姜的小子，大半夜的，你怎麼一個人在草原上晃蕩。要不是今天老子路過，你就得變成一堆狼糞！」

「阿波那？」姜簡遲疑著回應，手中的長槊，卻遲遲沒有放下。狼群兇殘，阿波那和他麾下馬賊們的名頭，卻沒比狼群好多少。前幾天為了請阿波那出手對付烏紇，自己已經花掉了珊珈「寄存」在阿波那手裡的所有財產和物資，跟此人澈底「兩清」。今天再度相遇，彼此之間就又成了陌路，是敵是友，皆在對方的一念之間。

「當然是老子！老子救了你的命！」才不管姜簡在心中如何看待自己，阿波那分開隊伍，快速向他靠近，「救命之恩，你準備如何相謝？別說大恩不敢言謝那種廢話，老子要能看得到的實惠。如果你拿不出來，就留下為老子效力十年。放心，老子說話算話，絕不會留你一輩子。期滿之後，老子親自送你回中原做個土財主！」

第八十七章　一步十算

「虧得特勤來得及時，否則，姜某就要命喪狼口！」姜簡迅速放下長槊，跳下坐騎，快速迎上前，向阿波那拱手致謝。「至於謝禮，特勤儘管放心，救命之恩，豈能空口白牙相謝。姜某絕對做不出這等無恥之事。」

「湊巧了，湊巧了，我只是路過而已，而你卻是吉人自有天相！」見姜簡真心相謝，阿波那反而有些不好意思，跳下坐騎，擺著手回應。

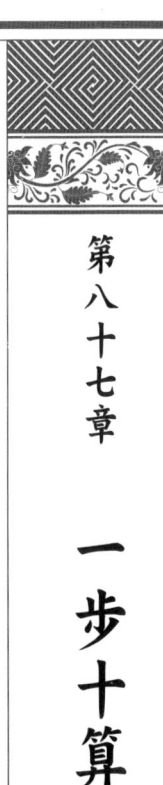

待雙方相對著見過了禮，他卻又將臉色一變，再度強調，「不過，謝禮還是要給的，看在朋友一場的份上，我給你打個對折。你留下幫我五年，五年後，我送你返回中原，並且給你一輩子花不完的錢財！」

「見過姜兄弟！」

「姜兄弟安好！」

阿波那的幾個得力臂膀，也紛紛跳下坐騎，熱情地圍著姜簡拱手。彷彿後者已經答應入夥，跟他們一道四處劫掠一般。換在兩個月之前，他們絕對不會如此熱情。以姜簡的年紀，也不值得阿波那用「挾恩」的方式發出邀請。

可眼下卻與兩個月前完全不同。兩個月前，姜簡在草原上寂寂無名，把他拉到阿波那的麾下，也只能做個嘍囉而已。而現在，草原上有哪個消息靈通的豪傑，不知道有一個來自大唐的少年英雄，先救下了婆閏的性命，然後帶著區區幾百人就將三千突厥飛鷹騎打了個全軍覆沒，又順手幫婆閏奪回了可汗之位？

而阿波那至少從他祖父劉季真那輩兒，就矢志恢復「大漢」注一，實力卻越打越弱，地盤也從有打到無，缺的不是恒心、勇氣和武力，而是姜簡這種善於謀劃，以弱謀強的心機。只要成功說服姜簡入夥，只要他盡心替阿波那謀劃，五年時間，足夠輔佐阿波那在漠北打下一片巨大的地盤，建立自己的可汗牙帳。而有第一個五年，就會有第二個，第三個。五年，五年，再五年，假以時日，匈奴肯定能與回紇比肩，甚至在漠北建立起新的「大漢」帝國。

「各位兄長安好！」無論眾人說的是突厥話，還是其他草原民族的言語，姜簡都用標準的長安官話回應。

直到跟所有圍過來的人寒暄了一個遍，他才又將面孔轉向了阿波那，不緊不慢地解釋，「特勤熱誠相邀，姜某原本不該推辭。然而，姜某昨天下午，卻被大唐朝廷授予了瀚海都護府副都護之職。

如果連招呼都不打，就跟了你去，恐怕不太妥當。萬一被大唐燕然都護府誤會，在下是被特勤劫持，對特勤的光復大業來說，反而不美！」

「瀚海都護府副都護又怎麼了，我讓你做一字並肩王！」阿波那聽罷，立刻不屑地擺手，「至於大唐朝廷那邊，你寫封信去解釋一下不就行了！」

「是啊，留下，做一字並肩王！」

「跟我們一起，做軍師還是一字並肩王，你自己挑！」

「留下，婆閏能給的……。」

阿波那麾下的眾馬賊頭目們，也紛紛開口勸說，都認為姜簡對得起阿波那的出價。而姜簡，卻笑了笑，沒有反駁，直到眾人都說夠了，才高聲回應，「畢竟是大唐朝廷的封賞在先，而阿波那特勤的邀請在後。姜某既然答應了第一家，就不能轉頭跟別人走了。否則，萬一今後有人給我開出比特勤更高的價錢來，我是不是也可以不顧而去？」

「這……」眾頭目頓時全都無言以對。

如果姜簡只是拿雙方的實力或者官職的高低說事兒，他們還能掰扯一下，阿波那的實力不比婆閏差太多。「大漢」的一字並肩王，無論怎麼算，也不該低於大唐的瀚海都護府副都護。而姜簡拿

注一、這個大漢是匈奴王劉淵的大漢。古代很多草原部落首領，都自認為是劉邦的後裔，包括耶律阿保機和鐵木真。

江湖義氣說事兒，他們卻全都找不到合適理由去反駁。

眼下阿波那要地盤沒地盤，要錢沒錢，能聚攏起這麼大一幫子人跟著他追逐光復「大漢」的美夢，憑得就是一股子江湖義氣。如果大夥連江湖義氣都否認了，也就毀了「大漢」的根，隊伍早晚會變成一盤散沙。

「至於謝禮，姜某這邊倒是有兩種方式可以給阿波那特勤。」幾句話堵住了眾頭目的嘴，姜簡不待阿波那出招，立刻轉向另一個話題，「一種是阿波那開個價錢，無論是一百吊，還是兩百吊，姜某立刻回到瀚海都護府去拿。」

「你現在不比從前，如果我只要一兩百吊，豈不是侮辱了你？」阿波那果斷皺起了眉頭，高聲反駁。

「那請特勤儘管開價便是，只要價錢別太離譜，給姜某一點時間，姜某肯定能湊得出來。」姜簡笑了笑，不疾不徐地回應。

阿波那原本就沒想著要錢，聽姜簡讓自己開價，一時間竟然有些應對不及，說出來的話也前言不搭後語，「嗯，少說得兩千吊，不，兩千吊還是侮辱了你。你現在可是個大官兒。至少，至少得三千，不，五千吊……」在草原上，一吊銅錢能買一匹馬，五千吊錢，就是五千匹駿馬，他相信即便婆閏跟姜簡交情再深，也拿不出如此龐大的數目來。

而姜簡聞聽，卻只是微微一笑，就點頭答應，「成交，就五千吊。我可以先付一千匹馬或者等價的牛羊，剩下的四千，請特勤給我半年時間。」

「嗯？」阿波那的眉頭迅速皺緊，歪著腦袋上下打量姜簡，猜不出他的葫蘆裡，究竟賣的什麼藥。其餘眾馬賊頭目，則滿臉驚詫，面面相覷。既沒想到，自家首領，竟然如此獅子大開口。又沒想到，姜簡竟然答應的如此痛快，連價都不還。

「當然，我不能讓特勤白等。這半年時間裡，特勤可以暫時在白馬湖畔紮營。弟兄們的吃住開銷，全由我負責，算作剩餘四千吊錢的利息，絕不賴帳！」

「去白馬湖畔紮營？那邊靠著水面，冬天會不會太冷了……」

「我記得旁邊有座山，可以把營紮在山窩子裡頭……」

「有山有水，趁著天還沒完全冷下來，倒是可以讓戰馬休息一下……」

沒等阿波那回應，眾頭目已經怦然心動。都認為暫時去白馬湖紮營休整是個好主意。至少，不必在大冬天裡還頂著風雪跑來跑去。

「你想的美！」阿波那本人，卻被氣得撇嘴冷笑，「怪不得連烏紇到死，都沒發現上了你的當。你這廝，簡直是算籌轉世，別人稍不留神，就得上你的當！去白馬湖紮營休整，你準備車鼻可汗打過來時，讓老子替你擋刀嗎？區區五千吊，就讓老子和麾下弟兄替你賣命，白日做夢都不是你這種做法！」

「阿波那特勤誤會了！」小心思被人識破，姜簡卻絲毫不覺得尷尬，搖了搖頭，笑著解釋，「兵馬在你手裡，腿腳長在你自己身上。車鼻可汗打過來之時，你選擇一走了之，難道姜某還能冒著兩面受敵的風險，去攔你不成？」

騙別人，他心裡多少還會有點內疚。騙阿波那，他是半點兒心理負擔都沒有。首先，阿波那從始至終，都沒把他當做過朋友，他也一樣。其次，阿波那每次幫忙，都需要他付出巨大的代價，現在有了機會，他不能不收點利息回來。

「你攔不住我，也肯定不會在那種時候分神。但是，只要我在白馬湖畔紮下營，車鼻可汗的人就會把咱們當成一夥！甚至會先出兵對付我。」阿波那堅決不肯上當，搖著頭，冷笑連連，「到頭來，還是我幫了你。而你，總計才花了區區五千吊，比自己養兵都便宜！」

「車鼻可汗派兵打你，你可以走啊。你在漠北縱橫來去這麼多年，誰對地形有你熟悉？你想走，又有誰能攔你得住？」姜簡早就料到，阿波那沒那麼容易被自己說服，笑了笑，低聲提醒。「況且，就算我借了你的聲勢，你也沒吃什麼虧。首先，弟兄們跟著你忙碌大半年了，總得找個地方歇歇腳。其次，弟兄們的老婆孩子，我白馬湖畔，好歹也能過幾天安穩日子。而那些沒娶老婆的弟兄閒下來，也可以趁機找個老婆，否則，等你們這一代人老了，你念念不忘的光復大業誰來繼承？」

「這……」阿波那被說得徹底沒了詞兒，皺著眉頭，眼睛在眼眶裡骨碌碌轉個不停。

再看他們身邊的那些心腹臂膀們，嘆氣的嘆氣，苦笑的苦笑，還有很多年輕一些的馬賊，臉上明顯露出了對安定生活的嚮往。

人都有七情六欲，哪怕心中再癡迷某個大業，他做不了不食人間煙火的神仙。阿波那和他身邊的心腹們，個個都以純正的匈奴人自居，以光復劉淵的「大漢」為己任。但風餐露宿的時間久了，自然而然地會想找個地方安頓幾天，過一段正常人的日子。

「我這個瀚海都護府副都護雖然是暫攝，但是，劃塊地盤給你休生養息的權力還是有的。而瀚海都護府的管轄地，從受降城以東，一直能到大潰水。」看到阿波那的屬下們，已經被自己說得心動，姜簡想了想，繼續加碼，「你如果覺得白馬湖距離我那裡太近，你和你麾下的弟兄們容易被我利用。不妨自己去選一塊避風且臨近河流的地方，只要在我的管轄範圍之內，別太大我都可以劃給你。條件還是一樣，頂其餘那四千吊錢的利息！」

話音落下，四周圍頓時響起了一片竊竊私語之聲。幾乎所有距離姜簡位置較近的馬賊們，全都心動不已。

「不行，你的好意，我心領了！但是，弟兄們是高飛在天上的雄鷹，不能停留在一個地方！」將馬賊們的表現全看到了眼裡，阿波那心中悚然而驚，趕緊用力搖頭，「停留在一個地方，就廢了。另外……」

目光迅速從周圍的心腹臂膀們臉上掃過，他故意將聲音提高了三分，「另外，我們先前被波斯商人所騙，劫持了周圍各部的許多少年男女。現在即便自己想安頓下來，也阻止不了各部落一起向我們尋仇！」

這話，可解釋得太及時了，立刻讓他麾下的心腹臂膀們，打消了留在白馬湖畔休整的念頭。而周圍的其他馬賊嘍囉們，也紛紛停止了議論，無可奈何地搖頭嘆氣。

草原各部落之所以都拿阿波那和他麾下的馬賊沒辦法，就是因為他們行蹤詭秘，居無定所。單打獨鬥，小一點兒的部落根本不是他們的對手。而聯合起來剿匪，阿波那又可以帶著他麾下的弟兄們一走了之。

如果長期停留在某個地方不走，馬賊們來去飄忽的優勢就不復存在。那些被他們劫掠過的部落，可以聯合起來進攻他們的駐地。那些被他們洗劫過的商隊，也可以雇傭大批刀客，不停地前來找他們尋仇。

所以，停下來過一段安穩日子，注定是一個不切實際的夢想。除非姜簡能說服各部落首領都放棄仇恨。或者，各部落首領都失去了記憶，忘記了馬賊們從前的所作所為。

「其實，我還有一個辦法，可供阿波那特勤考慮。」正當馬賊們鬱悶且失落之際，姜簡的聲音卻又響了起來，像雪化時的百靈鳥鳴叫一般，讓人的精神瞬間為之一振。

「什麼辦法，你且說出來聽！」此時此刻，阿波那只求姜簡別再蠱惑自己麾下的弟兄們到他那邊定居，哪還顧得上向他逼債？聽他主動換了話題，立刻開口催促。

「向西走，趁著天氣還沒冷下來。」姜簡笑了笑，蹲下身，拔出草原各部戰士日常吃肉用的小刀，一邊說，一邊在地上鄭重勾勒，「一直向西，走過玉門，疏勒，到龜茲。那邊沒有任何一個部落認識你們，也沒有任何部落跟你們有仇。而那邊的土地，一樣肥沃，水草一樣肥美，並且……」

深深吸了口氣，他站起身，收好刀，順勢拍掉手上的泥土，「並且那邊雖然仍舊是大唐的地界，但是距離長安卻有五六千里遠，距離國境則非常近。而大唐之外，周邊小國林立，幾千人，方圓百里地盤，就能自成一國。你們尋找機會，殺出國境去，重建大漢，遠比在這邊容易！」

「那麼遠的地方，誰知道你說的是真是假？」阿波那眉頭緊皺，將信將疑。

早就料到阿波那不會太輕易相信自己，姜簡用腳點了點自己勾勒出來的簡易輿圖，笑著反問：「阿波那特勤，你既然是大漢光文皇帝的嫡系血脈，應該知道張騫出使西域的事蹟吧？漢武帝的大宛良馬的來處，想必你也知道的一清二楚？西域都護府在漢代就已經建立，大唐不過是重新將其拿回來，改了個名字叫安西大都護府而已。而安西大都護府之西的波斯、大食、拂林，阿波那特勤跟蘇涼打了這麼多年交道，你應該從他的口中也有耳聞？」

「這……」阿波那的眼睛又快速轉動，臉色陰晴不定。

雖然以大漢皇族自居，但是，對張騫出使西域和漢武帝派兵征討大宛的兩大歷史事件，他卻一無所知。不過，波斯國的大致位置，他的確曾經從商隊那裡有所耳聞，也知道在波斯和大唐之間以及波斯以西，還有許多國家。至於這些國家的具體實力如何，他就不清楚了。然而，按照常理，國家數量越多，想必每個國家的實力就越弱。一個最明顯的反例就在眼前，自從大唐立國，中原和草原上的小國，就紛紛煙消雲散。如今，從大海一直到金微山，能被稱為國家的，已經只有大唐一個。

「阿波那特勤不會是還想著留下來，與大唐爭雄吧？」見阿波那的臉色一變再變，姜簡笑了笑，故意追問，「那你得積攢多大的實力？花費多少年時間？莫非阿波那特勤，也要來個愚公移山，把光復大漢的事業，傳給子子孫孫？」

「你怎麼可以確定，我沒機會跟大唐爭雄？如果大唐忽然倒下了呢？就像當年的大隋一樣？」阿波那被說得心亂如麻，瞪著滿是血絲的眼睛反問。

「如果大唐忽然倒下了，就一定輪得到你嗎？」姜簡微微一笑，反問的話宛若利刃。

「你，你……」阿波那被戳得心臟好生疼痛，手指姜簡，怒不可遏。然而，最終他卻沒有發作，而是喟然長嘆，「唉……」

有些事實，他不想承認，卻能看得很清楚。大唐，還遠不到暮年的時候。而漠南、漠北任何一個野心勃勃的傢伙，手頭所擁有的實力，都不比他差。

即便大唐如同大隋那樣，轟然而倒，也輪不到他來奪取大唐的江山。突厥、契丹、吐谷渾，甚至婆閏所掌握的回紇，隨便一方拉出來正面對決，都能將他按在地上暴打。

「不願意留下來與大唐爭雄的話，你就儘早向西去吧。聽我一句勸，阿波那，到那邊從頭開始，背靠大唐，一步步建立你夢想中的大漢。」知道此刻他心中滋味不會好受，姜簡放緩了語氣，認真地提議。

「背靠大唐，說得輕巧。甭說大唐不會讓我作為依仗，就是從這裡到龜茲，我都無法保證，沿途不會遭到大唐邊軍的圍堵和追殺！」阿波那明明已經心動，卻冷笑著搖頭撇嘴。

姜簡要的就是這句話，想都不想，就提高了聲音詢問：「如果我有辦法，讓你沿途不受大唐邊軍的追殺和圍剿，並且幫你找大唐派往龜茲的主將做靠山，不知道阿波那特勤，拿什麼來謝我？」

剎那間，眾馬賊目光，就齊刷刷地掃了過來，每個人的眼睛裡，都充滿了期待。而阿波那卻皺著眉頭，滿臉難以置信，「就憑你？一個小小的瀚海都護府副都護，還是暫攝？」

話音落下，他忽然又想起當初替蘇涼抓回姜簡之時，後者和史笸籮兩人曾經吹過的牛，果斷改口：「如果你能做到，五千吊我就不要了，咱們兩清。此外，我再送你三匹寶馬，一頭訓好的雄鷹。」

「成交！」姜簡仍舊想都不想，立刻伸出手，示意阿波那與自己擊掌。

「我就信你一次！」阿波那把心一橫，伸手與姜簡在半空相擊，三擊而定約。

他清晰地記得，為了威脅蘇涼放人，姜簡曾經說過自己的父親是大唐天可汗的侍衛大將軍，而史笸籮則說他出身於阿史那家族。當時，他根本沒把兩個少年人的話當回事。結果，在隨後不久，他就得到了消息，史笸籮乃是車鼻可汗的三兒子！

如此算來，姜簡當時的話，恐怕也不完全是吹牛。

如果姜簡的父親，真的是天可汗李世民的侍衛大將軍。阿波那又何須找別人做靠山，直接讓姜簡的父親幫忙寫封信，塞外各地，凡是在大唐的疆域內，何處去不得？大唐對外討伐群雄，阿波那主動請纓做個探路的先鋒，又何愁借不到大唐的聲威？

「取一張羊皮，和一套筆墨過來，沒有的話，就拿些能染色的東西充當墨汁，削樹枝綁上羊毛做筆！」正如阿波那的猜測，姜簡擊掌過後，就立刻準備寫信。

「取筆墨和紙張給他，不用羊皮！」阿波那想做大漢皇帝，自然不能連漢家傳統的文房四寶都沒有，果斷向身邊的弟兄吩咐。

「是！」有人答應著走向隊伍末尾，不多時，就拉過來一匹馱著輜重的馬。從上面卸下阿波那本人處理公務專用的矮几和一整套看起來非常精緻的文房四寶。

「我師父吳老將軍，剛剛被大唐皇帝任命為安西大都護府副都護，坐鎮龜茲。」在等待嘍囉們磨墨的時間裡，姜簡把忐忑不安的阿波那拉到一旁，耐心地解釋，「他就是前幾天帶兵專門趕過來，威懾烏紇的那支玄甲唐軍的主帥。安西大都護治下，有副大都護，再往下就是四位副都護了。龜茲周圍兩千里，都是師父他老人家的管轄範圍，向西一直到波斯。他老人家昨天下午剛剛離開，你拿著我的信去追他，肯定能趕上。先帶著你麾下的弟兄去龜茲那邊落下腳，如果覺得不合適，你還可以掉頭返回來。如果覺得合適了，你就把家眷接過去。波斯剛剛被大食國所滅，留下的大片無主之地。你找水草肥美之處隨便占一塊，然後招呼你的族人過去定居，總好過在漠北這邊，天天東奔西跑……」這是他今夜見到阿波那的第一眼，就想做的事情。將阿波那塞到師父帳下，讓師父帶著阿波那去為大唐而戰。以阿波那的本事，到了龜茲注二之後，絕對能讓師父如虎添翼。而以自家師父吳黑闥秉性，自然也不會虧了阿波那。至於將來，阿波那無論是成為大唐的將軍，還是因為放不下重建「大漢」的夢想，在西域那邊建國，都不會再對大唐造成任何危害。而遠離了漠北，阿波那也可以遠離與草原上各部的恩怨，不再被所有人視作寇仇。

這個謀劃看起來絕對兩全其美。只是，姜簡遠遠低估了，阿波那與其身邊的馬賊們對理想的堅持。直到很多很多年之後，得知有一支匈奴人的軍隊，在拂林聯合當地土著，打敗了拂林國的國王，逼後者割地求和，年年納貢，他才忽然想起了自己今夜所為。

那支匈奴人首領，被稱作阿提拉第二。在其有生之年，無論大食人，還是拂林人，都不敢觸其鋒纓。其聯合當地人所建立的帝國，被拂林人稱為保加爾帝國，在他死後，又屹立了四百餘年，才淹沒在歷史的長河當中。當然，這些全是後話，咱們暫且略過不提。

注二、此時的龜茲蔥嶺以西。武則天時代，失去唐龜茲，在蔥嶺以東建立新龜茲。

第八十八章 守護與傳承

單說眼下，阿波那把姜簡的話，一字不漏地聽進了耳朵裡之後，就迅速皺起了眉頭，「你師父已經帶著人馬走了大半天了，我往哪個方向追？萬一追他不上，沿途再被大唐邊軍攔截，我到底是打還是不打？」

「我師父是移防到龜茲，沿途各族百姓，都是大唐子民，他不能就地徵集糧草，只能自己攜帶夠全軍的補給。所以，他麾下即便全是騎兵，一天也就走七八十里路。你沿著車轍追，最遲明天下午就能追上他。」姜簡心中早就準備好了答案，笑著回應，「沿途無論遇到了大唐邊軍，還是我師父麾下的斥候，你都先把我的信拿出來給他們看，告訴他們你是去龜茲那邊為國效力，他們肯定不會難為你！」

聽到「就地徵集糧草」六個字，阿波那臉色一紅，訕訕地擺手，「嗯，你先去寫信，我跟身邊的人商量一下！這麼大的事情，我不能隨隨便便就一言而決。」

「理應如此！」從阿波那的話語中，姜簡知道此事已經成了七分，笑著點頭答允。

恰好嘍囉們已經在硯臺上將墨研開，姜簡走到矮几旁，將給師父吳黑闥的信，一揮而就。

信中非但交代了阿波那的來歷，與自己之間的淵源，以及此人的長處、本事。還特地強調了阿波那以前做馬賊，是因為形勢所迫，並非天性兇殘。就像當年的瓦崗豪傑，只要給他們一個不同的機會，他們肯定能夠大放異彩。

畢竟是在四門學裡頭的佼佼者，一筆字寫得龍飛鳳舞。旁邊幫他拉著紙張的馬賊嘍囉們，雖然目不識丁，卻具備基本的審美能力，當即，就佩服地騰出一隻手來，連挑大拇指。

姜簡謙虛地笑了笑，放下筆，用手勢示意嘍囉們小心把紙壓穩，以免不待墨汁乾涸，信就被夜風吹捲起來，把字跡弄得一片模糊。然後，站在一旁，靜靜地等待阿波那與心腹們的商量結果。

阿波那前幾天之所以非常痛快地就答應，帶兵幫助婆閏襲擾烏紇，一方面是貪圖珊珈「寄放」在他那裡的錢財，另一方面，其實也存了向唐軍示好的意思。此刻確定姜簡給大夥找到了一條出路，一顆心早就飛往龜茲了，只是礙於面子，才說需要跟手底下的人商量一番而已。

結果，他把吳黑闥是姜簡的師父，如今奉命坐鎮龜茲，姜簡推薦大夥前去投靠的事情一說，眾心腹和臂膀們，全都擦拳摩掌，躍躍欲試。持反對意見者，竟然一個都沒有。

阿波那見了，心中悄悄又嘆了口氣。迅速結束了軍議，折回到矮几旁，先把姜簡給自己寫的推薦信，從頭到尾看了一遍，然後命令嘍囉將信的四角在矮几上壓好，繼續等著其被夜風吹乾。隨即，又將姜簡拉到一旁，故意皺著眉頭說道：「你這廝，算籌擺的真精，我剛才差點兒就又著了你的道！非但五千吊救命錢，被你幾句話就騙了回去，還要帶著麾下的弟兄們，免費去給你師父做打手！」

「如果弟兄們都不願意，剛才的交易可以不作數。我回去之後，儘快給你湊齊五千吊就是！」姜簡武藝不如他精熟，頭腦卻比他靈活許多。稍加琢磨，就明白阿波那是想要坐地起價，果斷承諾。

「不，不，你誤會了，我不是那個意思！」阿波那立刻著了急，擺著手連聲否認，「江湖上誰不知道，我阿波那向來一言九鼎，說出來的話，絕不反悔。我的意思是……」

「阿波那特勤，有話不妨明說。做生意講究漫天要價，著地還錢。但是沒有自己不說出來，讓別人猜的道理！」姜簡擺了擺手，正色打斷。

阿波那聞聽，臉色更紅。訕訕地撓了幾下自己的後脖頸，才壓低了聲音補充：「我的意思是，雖然這個交易，你占了大便宜，但是，我既然跟你擊了掌，就不能再把交易推翻。不過，或多或少，你得給我一些補償，才能讓我心裡頭舒服。否則，我去了你師父帳下，每次作戰都不出全力，你師父未必能看得出來，即便看出來了，肯定也拿我沒辦法。」

「如果你偷奸耍猾，就算姜某看錯了人！」姜簡翻了翻眼皮，沒好氣兒地回應。隨即，卻又主動讓步，「你想要什麼補償，儘管說出來聽聽。如果我能給得出，倒也不是不能談！」

「給得出，你一定給得出！」阿波那立刻咬住姜簡的話頭，連聲強調，「其實是非常小的一個忙，對你來說是舉手之勞。我還有四千多個族人，駐地距離你那只有十天左右的路程。老的老，小的小，我帶著弟兄們去了西域，怕他們被人欺負，所以想讓他們遷到白馬湖畔安頓。這樣，弟兄們在西域作戰，也就沒有了後顧之憂？」

「四千多族人？這麼多？」姜簡大吃一驚，質疑的話脫口而出，「既然還有這麼多族人，你怎麼，你怎麼不和他們一起……」

他原本想問，為何不像其他部落那樣，聚族而居。青壯負責打獵並保護部落，老幼負責放牧、採集野菜，擀氊子，在固定區域裡生活。意思還沒等表達清楚，阿波那已經搖著頭打斷，「不一樣，也到不了一起。我和我麾下的弟兄們，想著重建大漢，他們卻都想著托庇在某個大部落之下，過安穩日子。所以，部落裡長老不承認我是同族，怕我給他們帶來麻煩。我也看不起他們，平時懶得跟他往來。」

「這……」沒想到表面風光灑脫，無牽無掛的阿波那，背後還背著如此沉重的一個包袱，姜簡頓時就愣住了，一時間，不知道該說些什麼才好。

「我知道人有點兒多，這個忙，我也不讓你白幫。」阿波那卻誤會了姜簡的意思，用商量的口吻繼續補充：「我手裡有一件寶物，是我祖父用三千匹好馬，跟大都護李仲堅換來的。如果你答應幫我安頓了族人，我就把它……」

「阿波那特勤不必如此客氣！」姜簡聞聽，趕緊輕輕擺手，「我不是嫌棄他們人多，安頓起來麻煩。而是在冬天之前，車鼻可汗肯定會派兵打過來。我怕到時候，照顧不周，讓你的那些族人被突厥人所害。這樣吧，既然他們想要找個地方安居，先去黃河以南好了。那邊天氣更暖和，水草更豐茂，並且不用擔心部落之間打來打去。先叫他們去那邊休生養息，等你在龜茲那邊站住了腳，再過來接他們走。」

「我托人帶著禮物，輾轉試探過李素立的口風，他不願意接納。」阿波那沮喪地低下頭，小聲通報。

「不願意接納？」姜簡眉頭緊皺，低聲重複，隨即，就搖頭而笑，「阿波那特勤，你恐怕是當局者迷。你如此驍勇善戰，身邊還有好幾百名可以同生共死的弟兄，李素立當然不願意接納你去黃河以南安頓，更何況，你還得罪了那麼多部落，李素立身為燕然大都護，他若是接納了你，對其他部落的可汗吐屯們，該如何交代？」

「你是說，只要我不去，李素立就會對我的族人敞開大門？」阿波那頓時猶如醍醐灌頂，瞪圓了眼睛反問。

「我不敢保證，但是，十有七八。」姜簡想了想，笑著點頭，「就這麼四五千人，其實根本不用勞煩李素立。我再幫你寫封信，你留下一個心腹，先不要讓他跟你一起走。讓他帶著信去拜見副大都護元禮臣。」

頓了頓，稍稍整理了一下思路，他繼續補充：「如果元禮臣答應了，就讓你的心腹去通知你的族人南遷。如果元禮臣不答應，就讓他通知你的族人們，暫時遷徙到瀚海都護府以東的紅石山附近。

如此，即便車鼻可汗的兵馬打過來，輕易也不會碰到他們。而姜某，只要還有一戰之力，也不會准許任何人，傷害你的同族！」

「那就有勞了！」阿波那心滿意足，躬下身，認認真真地向姜簡施禮。

「也有勞阿波那特勤去了龜茲之後，別糊弄我師父！」姜簡笑著還禮，然後再次伸出右手。

阿波那解決了後顧之憂，高高興興地與他擊掌立約。三擊過後，快步走到馱文房四寶的那匹駿馬身邊，從馬鞍下的皮製箱子裡，拿出一個帶著鎖頭的小匣子。隨即，連匣子帶鑰匙，一併捧到姜簡面前，「說話算話，你幫我安頓族人，我不讓你白幫。這個……」

「阿波那特勤不必客氣，你也幫過我許多。」姜簡哪裡肯收，擺著手快速後退。

然而，阿波那卻不容他拒絕，快速追了兩步，直接將箱子連同鑰匙，丟在了他懷裡，「你先別忙著拒絕，這東西你肯定有用。裡邊是一份刀譜和一份兵書，我跟你交過手，感覺你的招數，跟刀譜上寫的有幾分相似。但是，你肯定只學了一些皮毛。趁著車鼻可汗大軍沒打過來，你照著刀譜和兵書好好練一練，說不定關鍵時刻能救你的命！」向來自傲的身手，竟然被人給鄙視了，姜簡心裡，頓時湧起了一絲絲微弱的鬱悶，然而，更多的還是感激。

兩個多月之前，他曾經跟阿波那交過手。無論臂力、騎術還是武藝方面，都差了對方不止一籌。在接受了吳黑闥的訓練之後，他相信自己有著很大的進步。但是，倘若現在跟阿波那單打獨鬥，仍舊沒有絲毫把握能勝過對方。阿波那的戰鬥經驗太豐富了，幾乎每個月都要跟不同的對手生死相搏。

而他在出塞之前，只是偶爾跟同窗和好友們比劃上幾下，誰都不敢用全力，也儘量避免傷到彼此。

所以，別人說他身手不行，他也許還會在心中感覺羞惱。而阿波那說他在刀術上只學了一些皮毛，他也只能虛心接受。

此外，關於博陵大總管李旭李仲堅的身手與戰績，姜簡可是不止一次從胡子曰的嘴裡聽說過。並且，每一次，都能同時看到胡子曰眼睛裡有星光閃爍。雖然他拿著胡子曰的話，去向四門學的教習們請教之時，後者要麼語焉不詳，要麼乾脆說所謂的李仲堅，就是淩煙閣上排名第二的河間郡王李孝恭。但是姜簡卻總覺得教習們態度太敷衍，而胡子曰所講的故事，才更貼近於事實。

所以，既然今天阿波那一再以李仲堅的刀譜和兵書相贈，姜簡怎麼可能堅辭不受？向阿波那躬身道謝之後，立刻小心翼翼地將匣子和鑰匙給收了起來。

「這樣，咱們倆算兩清了，後半夜，你回你的瀚海都護府，我帶人去投奔你師父。」阿波那見他態度認真，立刻相信自己給刀譜和兵書找到了一個合適歸宿，乾脆俐落地揮手，「不過，你別一個人走，小心遇到狼群，我讓須提懷恩和呼延月明兩人帶一小隊弟兄送你回去。等你順利回到瀚海都護府之後，再寫信給元副大都護，讓他們繼續留在你身邊負責接洽我的那些族人，到底是去黃河以南，還是到紅石山安頓。」

「好，阿波那特勤放心，姜某必不負所托！」姜簡也受到對方的情緒影響，回應得同樣乾脆俐落。二人笑著伸出拳頭，朝著對方胸口上捶了捶，然後上馬作別。很快，就彼此再看不到對方的身影。

剩下的路程上，姜簡身邊有了十二名匈奴勇士做護衛，狼群自然不敢再來招惹他。一行人走走停停，第二天中午，非常順利地就返回了回紇可汗的王庭。

「師兄你怎麼這麼快就回來了？去送酒的兒郎們呢？怎麼沒跟你遇上？他們又是誰，怎麼全都穿著灰袍子？打扮就像昨天幫忙的那群馬賊？」婆閏正等得心焦，聽當值的斥候提前趕回來彙報，說姜副都護已經到了營地門口，連可汗金冠都顧不上戴，就匆匆忙忙地迎了出來。

「此事說來話長，等我先進去履行完了對阿波那的承諾！」姜簡擺了擺手，笑著說道，隨即，又快速將頭轉向須提懷恩和呼延月明兩個，「你們帶著弟兄們進營地，我安排人招待你們用飯。等吃過了飯，我的信也差不多寫好了，你們再帶著信前往受降城，拜見元副大都護！」

「遵命！」呼延月明和須提懷恩之所以被阿波那留下來負責跟他和族人之間聯絡，就是因為二人都能說一口流利的漢語，且心思足夠靈活。此刻到了他的地盤上，二人當然有令必從。

姜簡也不多客氣，立刻叫過婆閏身邊的親信梅錄，請後者幫忙安排宴席招待匈奴朋友。隨即，與婆閏一道，迅速返回中軍帳。不顧往來奔波疲憊，就動筆給元禮臣寫信。

他曾經從太原沿著黃河岸邊一路走到受降城，知道如今黃河南岸，有大片荒無人煙且水源充沛的草地。而以大唐現在的國力，區區四五千匈奴人，也的確給大唐造不成任何威脅。

更何況，這四五千人當中，今後肯定還有一大部分，會被阿波那接去西域。那樣的話，留下來的匈奴人，更不會翻起什麼風浪，甚至頂多三代，就與其他唐人再也看不出任何分別。

所以，這封信他寫得毫無負擔，並且相信對元禮臣來說，收留大批匈奴人主動來內附，絕對是一件政績，而不是拖累。

待寫好了信，又草草吃了一點東西填肚子，姜簡強忍倦意，親自將信封好，交到了呼延月明之手。然後又將去拜見元禮臣的注意事項，以及大唐國內的重要規矩，跟後者仔細介紹一遍，才送後者和其餘匈奴人離開了營地。

剛在營門口揮手告別，還沒等他轉過身，姐姐姜蓉已經帶著珊珈、阿茹兩個，急匆匆地追了過來。卻是從婆閏那裡的得知，他跟阿波那有了更多來往，提醒他注意跟此人保持距離，以免壞了自家名頭。

姜簡無奈，乾脆拉著姐姐、珊珈和阿茹三個，返回了自己平時處理軍務的偏帳，然後派人將婆閏、胡子曰、杜七藝、駱履元等人全請了過來，當著大夥兒的面，仔細介紹了自己在昨夜的遭遇以及阿波那已經聽了自己的勸說，前去師父吳黑闥效力的事實。

「嘿！這位阿波那，可比他祖父劉季真識實務得多，果斷更為勝之。若是當年劉季真有他一半兒識時務，也不至於坐擁近十萬弟兄，卻轉眼間就樹倒猢猻散！」當聽聞阿波那決定離開漠北，前往波斯舊地為其族人尋找更好的出路，胡子曰忍不住拍案讚嘆。

「少郎君這個辦法好，既回報了阿波那的救命之恩，又避免了他繼續在草原上禍害百姓。」珊珈眨巴著水汪汪的眼睛，輕輕拍手，「比妾身先前的辦法高明多了。妾身只想到他是個馬賊，沒想到他還可以自我救贖！」

波斯沒有浪子回頭的典故，但拜火教裡，卻有不少壞人受到神的感召，改邪歸正，最終成為神僕的故事。所以，在她眼中，阿波那放棄做馬賊，去依附唐軍，便是自我救贖。

而姜蓉、阿茹、杜七藝等人，也紛紛鬆了一口氣，不再為姜簡與阿波那兩人之間越糾纏越深，而憂心忡忡。

待聽聞阿波那為了感謝姜簡承諾幫忙安頓他的族人，特地以博陵大總管李旭親筆書寫的刀譜和兵書相贈，眾人除了替姜簡高興之外，對阿波那的評價，瞬間又拔高了一大截。

「怪不得阿波那被族人所不容，仍舊念念不忘替族人尋找一個安穩出路，原來原因在此。」胡子曰年紀最長，見識最廣，第一個搖頭感慨，「兵書和刀譜，如果真的為博陵大總管所作，價值絕對萬金不易。只是李大總管那個人，怎麼說呢，有些過分迂闊了。子明啊，刀譜和書再好，你也記住，做人千萬別學他。另外，收了這兩樣重寶，你跟阿波那之間，就很難兩清了。我估計，早晚有一天，他會再找到你頭上來，而那時有些忙，恐怕你也不得不幫！」

第八十九章　千頭萬緒

「幫就幫吧，只要我力所能及，並且對大唐無害！」姜簡聽胡子曰說得如此鄭重，略作沉吟，就笑著回應。

阿波那的禮物，沒那麼好收。這一點，他在接下刀譜和兵書之時，心中其實隱約已經有所預料。但是，從以往跟阿波那打交道的經驗來看，此人倒也算不上什麼見利忘義，十惡不赦之輩。在力所能及且對大唐無害的前提之下，幫此人一把，多少也算還了一些救命之恩。

更何況，自從阿波那帶著馬賊，出現在烏紇前往白馬湖的道路上那一刻起，他也不可能再跟此人撇清關係。與其掩耳盜鈴，說自己跟此人毫無瓜葛，還不如大大方方拿此人當個朋友對待。

「你先別忙著做決定，兵書和刀譜到底是真是假，還不一定呢！」杜紅線性子謹慎，也不像在場幾個少年那樣要面子，忽然皺著眉頭插了一句。

眾人頓時顧不上再考慮姜簡今後需要付出怎樣的代價，才能還上阿波那今日的人情。紛紛催促姜簡趕緊開箱驗貨。

而姜簡，也對博陵大總管李仲堅留下來的傳承頗為好奇，看看在場沒有外人，便笑呵呵地用鑰匙開了匣子上的鎖，然後將匣子蓋兒輕輕翻起。

本以為，肯定是厚厚的兩大卷，誰料想，竟然只有薄薄的一疊綢布。倒是匣子內壁，為了防潮，鑲嵌了整整六張金板，在燭光下晃得人眼睛發花。

「買櫝還珠！」駱履元立刻想起了一句成語，笑著低聲打趣，「怪不得匣子拿在手裡沉甸甸，原來裡邊藏著金子。若是碰上不識貨的，肯定把刀譜和兵書丟了，把金板抽下來拿去花銷。」

「那可不一定，光憑這六張金板，就知道寫在綢布上的東西，便宜不了！」姜簡笑呵呵地回了一句，用衣服袖子包住雙手，小心翼翼地捧出綢布。第一張綢布，顯然就是刀譜。展開之後有三尺寬，七尺長。上面用毛筆劃了整整九十六個小人兒，每個小人兒的手裡都拿著一把刀，演示不同的動作，看上去栩栩如生。

小人或七八個一組，或五六個一組，每組算是一套刀法。在小人的身邊，非但有用蠅頭小楷對招數的解釋，還給每套刀法取了不同名字。

「破槊！」沒等姜簡看得更仔細，婆閏已經將其中第一組，也是小人兒最多的那組刀法的名字給念了出來，隨即啞然失笑，「這位李大總管，究竟跟長槊有什麼仇啊，居然專門琢磨出一整套招數，破人家的馬槊。」

「第二套，第二套也是一樣。破刀，他對用刀的，怨念也很深。也是用了整整八個小人兒。」

駱履元緊隨其後，聲音帶著幾分哭笑不得。

「第三套名字是破鏜，下面還有注釋，鏜、叉、耙，皆屬於此類。」杜紅線不肯落後，緊跟著讀出了下一套招數的名字。

「破斧，包括鉞、戟，鉞和斧頭算一類也就罷了，怎麼戟也跟斧頭算是同一種兵器？」陳元敬瞪大了眼睛，滿臉難以置信。

姜簡聽了大夥的話，心裡頭也直犯嘀咕，目光加快速度向下掃視，發現每一套招數，竟然都以破字為開頭命名。把眼下常見的各種長短兵器，甚至很少見到的長柄鐵蒺藜骨朵，都給破了一個遍。

「不會是假的吧？阿波那的長輩，被人給騙了？」杜紅線忍了又忍，最終還是沒忍住，翻了翻眼皮，低聲質疑，「哪有不好好傳授武藝，專門琢磨如何對付別人的刀譜？照著練下去，跟街頭混混打架有什麼分別？」

「不會是假的，絕對不會是假的，我可以拿性命來擔保！」沒等姜簡回應，胡子曰的聲音已經在大夥耳畔響起，又高又粗，還帶著明顯的戰慄。

眾人齊齊扭頭，只見胡子曰激動得滿臉通紅，眼淚從眼眶中不停地往外滾。然而，他卻顧不上擦，接連向後退了幾步，避免眼淚弄濕了刀譜，然後喘息著大聲解釋：「如果，如果是一套完完整整的招數，像教習和武館裡傳授的那些，肯定不會出自博陵大總管之手！而破盡天下百兵，才是大總管的真傳。據說，據說他出身極為寒微，小時候根本沒錢請師父學武藝。後來在兩軍陣前不斷跟人拚命，才積累了一些心得。而馬槊昂貴，在隋末那會兒，非出身於富貴之家的人根本買不起，更請不起師父教。用棍則需要天生一把子好力氣。只有橫刀，重量不過三斤，是個人都能掄得動。而販夫走卒只要肯下功夫，也照樣能將世家子弟斬於馬下！」

一口氣說了這麼多，他激動的心情稍稍緩和。抬手在自己臉上抹了兩把，然後帶著幾分遺憾搖頭，「這些都是聽說的，我出道晚，沒機會追隨在大總管旗下。但是，我年輕那會兒，無數江湖豪傑都以曾經前往長城上，跟他並肩守衛中原門戶為榮。」

說罷，又訕笑著抬起手，在自己臉上揉了揉，將眼淚和遺憾盡數揉乾，隨即，轉身快步離去。

「胡大叔！」認識胡子曰這麼多年，習慣了此人拿什麼都不當回事兒，卻還是第一次，見到此人激動得淚流滿面。姜簡趕緊邁開腳步，快速追出了門外。

「舅舅，你去哪？小心夜風硬！」杜七藝和杜紅線兄妹倆，也被胡子曰的模樣嚇了一大跳，也起身追了出去。

其他幾個少年，紛紛起身欲追，卻被姜蓉果斷攔住，「有他們三個就夠了，營地裡不會有什麼危險，胡大叔這會兒心情很亂，人多了，他反而不容易舒緩下來！」

「嗯！」婆閏、駱履元等人，明白姜蓉的話有道理，停下腳步，鄭重點頭。

「珊珈、阿茹、紅線，你們三個，等會記得幫姜簡把刀譜和兵書收好！」姜蓉想了想，自己卻有些放心不下，扭頭對著三個少女叮囑。隨即，再度將目光轉向婆閏、駱履元、陳元敬等少年，笑著提醒：「既然刀譜和兵書都是真的，還不趕緊拿筆去抄？即便一時半會兒弄不懂，將來總有弄明白的那一天。」

「這，這不好吧！畢竟阿波那是給姜簡一個人的！」婆閏聽得怦然心動，卻紅著臉擺手，「我們，我們看看新鮮就行了。抄下來偷學……」

「怎麼是偷，是我拿給你們抄的。姜簡既然拿給你們看，肯定也存了大夥一起參詳的意思。」姜蓉冰雪聰明，立刻笑著打斷，「至於那位李大總管，想必也不希望他的一身本事，短短二三十年之後就沒了傳人。你們儘管抄，我做主。我去看看姜簡和七藝他們。他們年紀小，恐怕根本不懂如何開解別人！」

說罷，也急匆匆的追了出去。本以為，胡子曰等人不會走得太遠，誰料，一直追到了營地南門口兒，也沒看到後者的身影。

姜蓉心裡頓時著了急，趕緊找到當值的兵卒，詢問自家弟弟可曾出了營門。隨即，又根據兵卒的指點，調頭而回，從瀚海都護府的營地南門，一路找到了東門，最後，才在馬廄附近，看到了姜簡、杜七藝等人的蹤影。

胡子曰好像剛剛喝了一點兒酒，步履蹣跚。而姜簡和杜七藝，則一左一右架著他的胳膊，以免他腿軟摔倒。

「你們知道嗎？他當年跟身邊弟兄們說，武者的責任是守護。守護……守護自己關心和關心自己的人。守護家園，守護……」胡子曰的聲音，被夜風送入姜蓉的耳朵，斷斷續續，醉意十足。「聽起來好熱血，好簡單，呵呵……，其實，其實他自己都未必做得到！」

趁著沒被胡子曰、姜簡、杜七藝和杜紅線四個發現，姜蓉迅速退到了一座帳篷的陰影之中，然後，朝著胡子曰身影，鄭重行禮。

自家父親去世得早，叔父眼裡只有封爵和家產，而丈夫韓華，對弟弟又過分縱容。幸運的是，弟弟遇到了胡子曰。

此人不像丈夫那樣博學多才，也不像吳黑闥那樣功成名就，卻在不知不覺間，教會了弟弟很多東西。

很多很多東西，無法記錄於紙面，其珍貴性，卻絲毫不亞於藏在黃金匣子的刀譜和兵書！

第九十章 一團亂麻

刀譜是真的，兵書也如假包換，然而，接下來連續數日，姜簡卻沒能去學習掌握上面的一招一式。

忙，不是一般的忙，每天從早忙到晚，暈頭轉向。

大唐瀚海都護府原本就與回紇汗庭為一體，都護為婆閏的父親吐迷度，副都護為婆閏的叔父俱羅勃，而吐迷度和俱羅勃，同時又是回紇十八部的可汗和大長老。

至於底下的長史、司馬、錄事、參軍，則由賀魯、烏紇，以及各部吐屯、長老、大小伯克們分別兼任。沒有任何職位留給外面的人。

眼下吐迷度可汗遇害，俱羅勃帶著其本部兵馬和族人南下依附於大唐，烏紇又被婆閏親手誅殺，其餘長老、大小伯克們，死於奪位之戰中的也有十三、四位，非但回紇汗庭搖搖欲墜，大唐瀚海都護府也變得百孔千瘡。

而剩下的吐屯和長老裡頭，還有十幾位原本是烏紇的死黨，忠心無法保證。婆閏念在他們在最後關頭「幡然悔悟」，沒有跟烏紇一條道走到黑的份上，不對他們進行清算已經是仁至義盡。絕對不可能讓他們繼續留在吐屯和長老的位置上，更不可能對他們委以重任。

人手不夠，政令和軍令就無法順暢執行。而想要選拔新人頂上空出來的位置，又談何容易？不像大唐，稍微像一點樣子的州縣，都有官學。地方豪門，讀書識字且身手高強的青年男子，更是車載斗量。

轄地方圓上萬里的瀚海都護府治下，就沒有一所學堂。而回紇十八部，也沒有自己的人才培養體系。許多吐屯、長老、梅錄、伯克都大字不識。更甭提將本事和經驗記錄下來，傳給後人。導致當大規模的官職空缺出現之後，婆閏和姜簡連快速選拔人才頂上來可靠的手段都沒有。

比較高階的位置還好說，最早投靠婆閏那批特勤們，無論其是腳踏兩隻船也好，真心支持婆閏也罷，既然他們賭贏了，這些位置理所當然被視作彩頭，優先讓他們來填補。

而空出來的中下階的缺額，特別是政務方面的官吏，就不可能按照這種辦法瓜分了。首先，人皆有私心，如果某個部門，從上到下都由同一個特勤及其原來的親信把持，時間久了，必然生出事端。

其次，如果按照「彩頭」方式瓜分，新選拔上來的中下階官吏，也未必有能力履行其日常職責。單獨一兩個不稱職的官吏出現還好辦，只要被及時發現，婆閏和姜簡就能迅速做出調整。如果大量不稱職的官員出現，恐怕婆閏發現和調整的機會都沒有，稀裡糊塗地就看到回紇十六部分崩離析。

到了現在，姜簡終於明白，為何元禮臣如此輕易地，就把瀚海都護府副都護的位子，交給自己代掌了。

這個位置表面上看起來光鮮，上馬管軍，下馬管民，背後還有大唐朝廷撐腰。實際上就是一張空白告身。

即便換了個有經驗的老將軍或者老官吏來，也不可能將其全身本事發揮出半成。而把自己擱到這個位置上，做好了，是朝廷提拔人才不拘一格。搞砸了，頂多也是把自己的小命賠進去，大唐朝廷沒任何損失。

屋漏又逢連夜雨，就在婆閏和姜簡兩個忙得焦頭爛額之際，有一支被前幾年唐軍打得逃往北海的薛延陀人，忽然繞過了藥葛羅、室韋、鐵勒等族的地盤，出現在距離瀚海都護府不到五百里的白駝山下。

這夥薛延陀人雖然數量不多，但是，也絕非婆閏本部之外，其餘回紇十五部當中任何一個部落所能單獨應付。在其沒露出明顯敵意之時，婆閏帶領本部兵馬「親征」，姜簡又擔心被突厥叛軍趁虛而入。

所以，和婆閏商量過後，姜簡只能一邊派人與其首領接洽，一邊增派斥候密切觀察其動向，不知不覺，又浪費掉了許多精力和時間。

還有，將各部兵馬整合為一體，也面臨許多麻煩。瀚海都護府雖然照搬了大唐軍制，旗號、鎧甲、軍官等級劃分，也完全模仿大唐。但是，各部兵馬之間，平時卻很少有交流往來，更沒有做過戰陣配合方面的訓練。並且每個部落的兵馬數量，也做不到基本持平。以至於，規模大的部落，能拿出兩到三個營兵馬。每個營所轄人數，接近兩千。而規模小的部落，頂多能拿出一個營，並且無法做到滿員，甚至個別營頭，只有區區五六百人，裡邊別將、校尉、旅帥還封了一大堆，基層軍官的數量幾乎和作戰兵卒持平。

千頭萬緒，按下葫蘆浮起瓢。姜簡這個趕鴨子上架的副都護，以前根本沒當過官，治軍治民的經驗都幾乎為零。婆閏這個正都護回紇可汗，以前一直被他父親當成孩子，如今初掌大權，也是兩眼一摸黑。

好在師兄弟倆，都不是什麼喜歡乾綱獨斷之輩。因為年輕，二人心中的權力欲望也不怎麼強烈。大事小情都能商量著來，還能夠拉得下面子，隨時隨地徵詢胡子曰、姜蓉，以及杜七藝、駱履元等人的意見。連日來，軍務政務雖然都處理得磕磕絆絆，卻總算沒犯下什麼不可挽回的大錯。

而杜七藝、駱履元、陳元敬和李思邈小哥幾個，也夠仗義。見姜簡終日忙得焦頭爛額，都使出了渾身解數，替他和婆閏分憂。雖然姜簡這個瀚海副都護只是暫攝，未必能做長久，大夥將來也不可能永遠留在塞外，卻每天都投入到重建瀚海都護府的大業中，並且樂此不疲。

最令姜簡感到慶幸的是，自從那晚看到了博陵大總管的傳承之後，胡子曰就沒再提過返回長安的事。反而一改以往不求到其頭上就不聞不問的態度，多次主動在軍務和政務方面，出言指點他和婆閏。

這些建議，未必完全合適，然而，在婆閏和姜簡兩個都束手無策的情況下，總能為二人提供一些大致的努力方向，讓二人眼前為之一亮。

當然，每次出言指點之後，只要被婆閏採納，胡子曰即要求婆閏付帳。只是價格定得極為隨意，婆閏給他兩錠黃金，他不會客氣。婆閏有時候故意逗他，只給他一頭羊羔做報酬，他也不嫌少。

如此又忙碌了四五天，瀚海都護府終於能夠開始運作，回紇汗庭看上去也總算不再像一個綠林好漢的聚義廳，還沒等姜簡來得及鬆一口氣，蕭朮里、洛古特和其他幾個患難之交，卻已經登門向他辭行。

「這麼急，莫非是婆閏這邊酒不夠純，或者我終日忙碌慢待了諸位？」姜簡吃了一驚，帶著幾分不捨問。

「不是，都不是！」蕭朮里跟他並肩作戰的機會最多，交情也最深，擺著手替大夥解釋，「家裡那邊派人來催了，要我們在雪落之前必須返回去。另外，如果車鼻可汗真的派大軍打上門來，咱們幾個手頭這點兒弟兄，非但幫不上你的忙，反而會讓你分心。」

「家裡人帶來了車鼻可汗那邊的消息？他已經出兵了，這回，誰做主將？」姜簡一點就透，立刻壓低了聲音刨根究底。

「是，是車鼻可汗的大兒子羯曼陀，據說還有史筥籮給他做狗頭軍師。」蕭朮里的臉色立刻發紅，帶著幾分歉意回應，「我父親見大唐遲遲沒有出兵征剿車鼻可汗有些擔心。畢竟，我們這些部落實力還不如回紇，如果大唐準備放棄塞外各地，我父親和各部埃斤肯定不敢讓我們出現在戰場上，以免給部落招來滅族之禍！」

「姜簡，我們把戰馬給你留下一半兒。如果將來你缺糧草輜重，你也儘管派人帶個口信給我們。多了給不起，兩三百石，肯定眼睛都不會眨！」洛古特也嘆了口氣，帶著幾分愧疚補充。「另外，我們不敢幫你對抗車鼻可汗，但是，回去之後，也一定會盡全力勸說族裡的長輩，讓他們兩不相幫！」

「是啊，姜簡，如果打突厥人不過，你就儘早回受降城吧。別跟他硬拚。今後需要錢財也好，駿馬也罷，我們都能給你。你回去之後即便不做官，肯定也不會受窮！」

「姜簡……」

其他趕過來幫他一道對付烏紇的少年們，也紛紛開口。都對瀚海都護府獨力迎戰突厥叛軍，不抱什麼獲勝的期望。同時，也都承諾，會儘量在力所能及的情況下，給予姜簡本人，而不是瀚海都護府最大的支持。

「各位兄弟的意思我明白。各位兄弟的長輩的苦衷，我也明白！」姜簡心中略感遺憾，卻不怎麼覺得失望。笑著向少年們拱起手，鄭重道謝，「先在這裡謝過了。糧草輜重和戰馬，我這邊暫時還不缺。但是……」

笑了笑，他臉上湧起了幾分期待，「各位兄弟回去之後，如果有任何突厥叛軍的消息，都請儘量派人知會我一聲。這樣，即便打不贏，至少我成功逃走的機會也會多上幾分！」

第九十一章 期盼

「那是自然，獅子多一雙眼睛，才能看清楚遠處的豺狼！」

「雄鷹留下翅膀，才能飛過高山。」

「多看一眼敵人，就多一分勝算！」

聽姜簡答應不與突厥主力硬拚，眾少年心中的愧疚瞬間減弱了許多，紛紛笑著用各族的諺語回應。草原地廣人稀，任何部落都沒有將斥候撒到兩百里之外的實力。而如果姜簡能提前一到兩天得知敵軍的動向，就有機會選擇是否交戰，哪裡作為戰場。

少年們為了各自所在部落的不捲入戰爭，不敢明著帶兵來幫助姜簡，暗地裡通風報信，告知敵軍情況和方位，卻是任誰都攔不住。

「如此，我就先多謝各位了。等斬了車鼻可汗，我一定請各位喝酒！」見朋友們答應得爽利，姜簡也不拖泥帶水，拱起手，向所有人做了個羅圈揖。

少年們以各自部落的傳統還禮，然後又分別跟姜簡約定了具體聯繫方式和暗號，以免被史笸籮那廝抓到機會以假亂真，才戀戀不捨而去。

他們的離開，意味著戰爭的腳步已經近在咫尺。姜簡更不敢浪費任何時間，夜以繼日地整頓兵馬，準備迎接「老朋友」的到來。

回紇十六部總人口有二十三萬出頭，但是，能爬上馬背作戰的男丁，全部加起來卻不到四萬。而這四萬男丁裡頭，正經受到過一個月以上軍事訓練的，則三成都達不到。

草原上幾乎沒有秋季，八月一到，天氣就迅速變冷。在給牲口抓膘的最後一個月，婆閏和姜簡兩個，也不敢冒著逼迫各部吐屯叛亂的危險，將所有成年男丁都召集起來。在反覆權衡過後，只能選擇對麾下別部三丁抽一，剩下的兵力缺口，則儘量由婆閏的本部男丁補足。

如此，總算趕在敵軍到達家門口之前，拼湊出了一萬「戰兵」和五千輔兵。姜簡仔細考慮過後，又從其中精挑細選出一千五百年輕力壯，且上過戰場的勇士，單獨組成了驍騎營。準備看準時機，殺敵軍一個倒卷珠簾。

「李大總管喜歡殺敵軍一個倒卷珠簾不假，那是因為他本人就是一等一的猛將，力氣不輸於盧國公（程咬金），作戰經驗也不比英國公少分毫。」知道姜簡打的是什麼主意，胡子曰便主動出言提醒，「實際上，他別的招數也不少。只是沒倒卷珠簾打出來的結果那麼酣暢罷了。他那本兵書，你不妨翻一翻，哪怕臨陣抱佛腳，總好過沒得抱！」

「昨天洛古特派人送來消息，說突厥軍已經到了石花崖，我現在看兵書，即便看懂了，根本來不及帶著弟兄們演練！」姜簡想都不想，就低聲否決。自己最熟悉，並且成功施展的一招，就是倒卷珠簾。先前之所以挑選一千五百精銳，也是為了此招做準備。敵軍頂多還有五天，就要殺到家門口。現在與其囫圇吞棗去啃李大總管的兵書，還不如就著「倒卷珠簾」這一招使勁兒。

「不是叫你練，而是叫你看幾眼，心裡頭多少有個印象。」胡子曰卻一改往日的隨興，堅持要求，「萬一哪一招在關鍵時刻能用得上呢？況且敵軍的主帥也不是什麼百戰名將。你只要把李大總管的本事，使出兩成，肯定就希望打他個滿地找牙！」

「敵軍主帥的確不是名將，但有史笸籮給他做軍師。我跟史笸籮並肩作戰過好幾場，彼此知根知柢。那廝罕見的奸猾，又罕見的小心。用半生不熟的招數對付他，打贏的希望不大！」姜簡搖搖頭，耐心地解釋。

然而，當日在入睡之前，他仍舊強忍疲倦，把姐姐幫自己謄抄的兵書，打開來快速「過」了一遍。與刀術一樣，兵書也很不成體系，並且非常言簡意賅。跟姜簡以前在四門學裡看過的《太公兵法》、《孫子》等經典相比，甚至都不能稱作兵書。頂多算是作戰的經驗總結，或者練兵心得而已。不過，正應了那句老話，開券有益。現學現賣兵書上的招數，肯定來不及了。但有些用兵的心得，卻讓姜簡感覺如同醍醐灌頂。

「當初我和史笸籮如果懂得這些，也許就不會有那麼多同伴死在戈契希爾匪徒之手！」把兵書上的心得，與自己以往的作戰經歷對照，姜簡在大受啟發之餘，又倍感遺憾。

那時候，史笸籮和他，都已經使出了全身本事，不認為還有辦法做得更好。而現在回頭去看，才發現其實在關鍵幾個位置，稍作調整，就能讓匪徒付出成倍的代價，甚至在半山腰畏縮不前。

「這兩個多月下來，不知道史笸籮有長進沒有？」轉念想到昔日的同伴已經成為對手，姜簡心中，對接下來的戰鬥，又多出幾分期待。

按照洛古特送來的密報，羯曼陀和史笸籮兄弟倆麾下的突厥狼騎，也不算多。其中戰兵只有八千出頭，輔兵則來自金微山以西的葛羅祿部，數量與戰兵彷彿。如果不考慮訓練程度和作戰經驗，單純考慮數量的話，與瀚海都護府這邊相比較，倒也稱得上半斤八兩。

得知雙方兵馬數量相仿，姜簡的作戰信心就又增加了一些。如果史笸籮最近兩個月沒遇到名師指點的話，他取勝的把握就更大。

不過，想到史笸籮身邊，還有一個羯曼陀，他心中就又有幾分忐忑。

按照朋友們偷偷替他搜集並送來的情報，羯曼陀這個人最大的特徵就是「老成」。凡是跟他打過交道的人，都感覺此人的表現，比真實年齡至少老十歲。甚至一些年齡跟車鼻可汗差不多的部落首領，都做不到像此人那樣沉穩隱忍。

「不知道姜簡那廝的本事，是不是真像傳說中那樣厲害。」幾乎在同一時間，阿史那沙缽羅特勤，在自己的寢帳中默默地推測。

一路向東行來，姜簡的名字可是越來越響亮。沿途遇到的所有商隊和牧民，幾乎都在傳說，有個叫姜簡的大唐將領，帶著區區幾百人就滅掉了擁兵上萬的回紇可汗烏紇，並且將後者抓到後交給吐迷度之子婆閏，一刀捅了個透心涼。

「按照父親的說法，烏紇已經是回紇那邊少有的豪傑。姜簡能打敗他，無論帶著多少兵馬，本事都遠在他之上。不過，這樣的對手，打起來才有意思。只是，父親看人的眼神一直不怎麼樣，希望他這次沒有看錯烏紇！」笑著翻了個身，他沉沉睡去，心中的期盼如假包換。

第九十二章 靠邊站

說來也怪，史筐籮一心輔佐他父親取大唐而代之，卻對阻擋在自家父親崛起之路上的姜簡，沒有多少殺心。同樣，姜簡雖然曾經發誓與車鼻可汗不共戴天，卻對車鼻可汗的兒子史筐籮沒有絲毫的恨意。

此時此刻，對史筐籮而言，打敗姜簡，讓姜簡輸得心服口服，遠比殺死姜簡更有意義，甚至偶爾想上一想，都覺得心神愉悅。他父親車鼻可汗與李世民之間的戰鬥，無論最終結果輸贏，都是上一代突厥人與上一代唐人之間的比拚。而他和姜簡，卻代表著突厥與大唐的未來。

史筐籮去過長安，還在太學裡偷讀過書。雖然連來帶回，總計不過三四個月時間，但是，對大唐的瞭解，卻遠遠超過了他的父親車鼻可汗和兩位兄長。在史筐籮的眼睛裡，即便突厥恢復到頡利可汗治下那會兒的強盛狀態，實力也遠遠遜於當下的大唐。而他父親統領的突厥別部，實力更是連大唐的十分之一都不如。

如此懸殊的實力對比，他父親想要一統中原和塞外，可能性微乎其微。除非大唐自己轟然倒下，否則，他父親這輩子即便百戰百勝，生前也看不到任何希望。

那根本不是一代人所能夠完成的事業，至少需要兩代，甚至數代。他父親這代，能把受降城以北的各部族，都重新收服，讓後者能夠像一百多年前那樣，匍匐在突厥腳下，就已經是極限。甚至，一統金微山南北所有部落，將突厥各部重新凝聚成一體，都是絕大的成功。

而接下來的事情，就要靠他和他的兄長羯曼陀來完成，一步步向南擴張，一步步收服天下豪傑。像李世民那樣，不問英雄出處，哪怕他們來自高麗、契丹、吐谷渾，也將他們視為左膀右臂，讓他們為突厥而戰！

如此，突厥才能越來越強大，才有機會與大唐爭雄。而依賴於講經人嘴裡的神明，或者什麼長生天對於某種特殊血脈的垂憐，則是南轅北轍。

當然，這些想法，史笸籮不會公開宣之於口。他已經不是小孩子了，已經能清楚地察覺到，自家父親對血脈純正的在乎，和對講經人嘴裡那些鬼話的癡迷。他需要先通過實戰，來證明自己，證明血脈純正這種要求，只適合於牲口。然後才能在自家父親心裡佔據足夠的份量。

只有在他父親心裡佔據了一定分量，他才有機會，將自己在大唐看到，聽到和學到的那些東西，和自己的想法如實講出來。否則，非但不會引起任何重視，反倒會遭受更多的冷遇和白眼。

如此算來，打敗姜簡，壓服回紇，意義就更為重大。這是他證明自身價值，與實現夢想的第一步，無論怎麼重視，都不足為過。

所以，自打從他父親車鼻可汗那裡接過輔佐兄長出征的任務那一刻起，史笸籮就打起了十二分精神，從道路規劃到輜重補給安排，再到每一天的行軍、中途休息和紮營就寢，所有瑣碎之事，幾乎都是親力親為。付出的努力和工作的成效，遠遠超過羯曼陀以前麾下的任何一位軍師。

而在他的努力下，此番長途行軍在路上的兵馬減員情況，也遠遠少於以往任何一次。甚至還極大地震懾了沿途那些正處於觀望狀態的部落，沒費一箭一矢，就讓他們主動向突厥表示了臣服。並且主動送上牛羊糧食，以補充大軍所需。

唯一美中不足的是，行軍的速度稍慢。每天只能走七十到九十里。但是，鑑於冬天即將來臨，剛剛經歷了一場內亂的回紇王庭，已經不可能遷徙到別處。晚抵達七八天，和早抵達七八天，其實區別不大。

有時候選擇緩慢行軍，還比急匆匆趕路更為妥當。畢竟，再訓練有素的戰士，體力也不會無窮無盡。每天保證足夠的休息時間，當抵達戰場的時候，他們才會發揮出最強的戰鬥力。而長途奔襲，看似迅速，卻往往會應了中原那句古話，強弩之末不能穿透魯縞。

不過，事實證明，史笸籮的想法，還是太簡單了。

在距離瀚海都護府還有兩百里路程的時候，這支兵馬的主帥，一路上對他言聽計從的羯曼陀，忽然命人把他叫到中軍帳，當著所有下屬的面兒，交給了他一個無比重要的任務，「前方金雞嶺下，有一處避風的山谷，我準備把輜重營放在這裡。從今天起，你帶著一千狼騎和三千輔兵，負責看守糧草輜重，隨時聽我的命令，運送補給滿足大軍作戰所需。」

「什麼？」史笸籮對這個安排措手不及，求證的話語脫口而出，「大哥，你真的要我留下？我可是你麾下唯一瞭解敵軍主將的人？」

「所以，看守輜重和糧草的任務，才非你莫屬。」已經獲得獨自建立自己牙帳資格的羯曼陀看了他一眼，笑著回應，「你也說過，姓姜比狐狸還狡詐。一旦存放糧草輜重的營地被他偷襲，我軍必敗無疑。我想來想去，只有把糧草輜重交給你看守，我才最放心！」

理由非常充分，充分到史笸籮只想跳起來，一拳將自己兄長的鼻子打爛。然而，拳頭在袖子裡頭攥來攥去，最終，他還是選擇彎下腰來，以手撫胸，「遵命，羯曼陀設！」

「放心，我盡力第一戰就打垮他。讓他分不出兵馬來偷襲你。」對史笸籮的態度非常滿意，羯曼陀又笑了笑，帶著幾分安撫的口吻補充：「而你一路上的表現和作用，我都會如實向父汗彙報。他知道以後，一定會明白，你遠比任何人想像的出色！」

「多謝兄長！」史笸籮在心中嘆了一口氣，再度用手撫摸著自己的左胸口躬身，向羯曼陀行了一個標準的突厥禮。

他明白，也理解羯曼陀為何這樣安排。

突厥以狼為神。

可汗的旗幟上，繡的就是一頭金狼。

狼群中，永遠只能有一個王。不存在天生的等級次序，成年公狼覺得實力足夠，就可以向狼王發起挑戰。

勝者為王，敗者死去，誰也別喊冤。

而他父親車鼻可汗，也不再年輕。一旦他父親對突厥別部失去控制力，或者回歸長生天的懷抱，具備接替可汗之位的，只有三個人。

羯曼陀，陟苾和他。

陟苾已經斷了雙腿，突厥勇士不會支持一個殘疾人做自己的可汗。

而他，無論表現沒表現出任何野心，都是汗位的繼承人。

血脈不夠純正，並不能徹底阻擋他將來向兄長發起挑戰。他這些天來表現得越出色，對羯曼陀的威脅就越大。所以，對羯曼陀來說，讓他少立功，少在將士面前表現，是除了幹掉他之外，最好的選擇。

哪怕羯曼陀本人不情願，也有無數謀士和親信，勸他去做。

「替我看好糧草與補給，功勞肯定會分你一半！」羯曼陀聲音再度從頭頂傳來，帶著幾分意氣風發，「圖南，你帶著前鋒營，直撲白馬湖，拿下水源，趕走所有不相干的人。呼延柄，你帶著左營，拿下苦艾嶺，與圖南互相照應。茨畢，你……」

很顯然，羯曼陀放棄了他先前徐徐推進，穩紮穩打的戰術，選擇了忽然加速前撲，以求打姜簡一個措手不及！

「這不可能成功！」史筥籮心中意識到了策略的失誤，然而，他的嘴巴卻只是動了動，沒能夠發出任何聲音。

眼下，他恐怕無論說什麼，羯曼陀都不會採納了。所以，還不如保持沉默。而他保持沉默，就意味著羯曼陀接下來有可能碰個頭破血流！忽然間，史筥籮發現自己心裡很亂。不知道該盼羯曼陀打輸了好，還是贏了更好！

第九十三章　唯快不破

「據可靠消息和斥候驗證，羯曼陀把他麾下的大軍分成了五路，一路由史筥籮帶著留在金雞嶺看守糧草輜重。另外四路，今天日落之前，能夠抵達白馬湖、苦艾嶺、老鴉山和大甸子。」姜簡拉開一張牛皮，一邊對著燙在其表面上的輿圖朗聲講解，一邊用白滑石將提到名字的幾個地點一一圈了出來。

漠北地廣人稀，基本沒有什麼城池和標誌性建築，所以輿圖畫得也非常簡陋，只有彎彎曲曲的幾條線、七八個墨團兒和一大堆圈圈兒。

然而，杜七藝、駱履元等人，卻看得極其認真。甚至拿起尺子，快速估算四路敵軍抵達各自目的地所需要走的路程，以及他們彼此之間的距離。

對於婆閏和幾位領軍的年輕特勤，事情更為簡單。從小就被家人放在馬背上四處撒歡的他們，熟悉瀚海都護府周圍方圓三百里的一草一木，聽了地名，就知道從一處到另外一處，騎著馬究竟需要走多久。

「羯曼陀這是準備一戰定輸贏啊，糧草靠後，四路大軍在瀚海都護府周邊彼此呼應，包抄合圍！」駱履元心算的速度最快，第一個蹲下身，指著輿圖議論。「這幾個位置，彼此之間距離都不超過五十里。咱們無論打其中哪一個，臨近的另外兩路突厥兵馬，都可以迅速撲過來。」

「剩下一路，就可以直撲瀚海都護府！」杜七藝皺了皺眉，快速補充。「真是好算計，欺負的就是咱們這邊兵馬還沒整合完畢，拿不出足夠的弟兄跟狼騎正面抗衡！」

「咱們如果派太多的兵馬迎戰其中一路，突厥將領還可以果斷後撤。而咱們的隊伍，還要防守都護府，注定不能追得太遠！」

「如果不出戰的話，四路大軍到達各自目的地，稍作休整，就可以繼續向瀚海都護府合圍。」陳元敬、李思邈和瓦斯特勤等人，也感覺頭大，站在輿圖旁議論紛紛。

俗話說，巧婦難為無米之炊。眼下瀚海都護府剛剛經歷一場內亂，軍心民心都不安穩，大部分將領也還沒來得及完全掌握自己麾下的兵卒。至少要拿出敵軍兩倍的數量，才能保證打得贏其中一路。而派出的將士太多，老巢就會空虛，很難承受住羯曼陀的全力一擊。

「關鍵是，這四路大軍，無論哪一路兵馬具體數量，咱們都不知道！」婆閏皺著眉頭盤算了半天，又拋出下一個難題。

秋風漸起，草原上嚴重缺乏遮擋。而敵我雙方，都有的是駿馬。導致瀚海都護府的斥候，沒等摸到敵軍近前，就會被敵軍的斥候提前發現。而只要發現，接下來就是一場不死不休的追殺。

最近兩日，瀚海都護府的斥候已經折損了三十幾人，卻未能準確判斷出各路敵軍的數量。導致大夥想要迎擊，都不知道該帶多少兵馬為好。

「實在不行，咱們就離開王庭，大步向東走！帶著突厥人在草原上一起遷徙。」見少年們都想不出太好的對策，胡子曰忍不住低聲提議。「反正從這裡一直到大潰水，都是瀚海都護府的地盤。只要能拖到第一場雪落下，突厥人就只能灰溜溜地撤軍！」

這倒是一個穩妥可行的對策，頓時就讓瓦斯等回紇將領的眼神開始閃閃發亮。在托庇於大唐羽翼下之前，回紇人習慣於逐水草而居，汗庭從來不會在某個固定位置停留超過三年。

而吐迷度可汗被大唐封為瀚海都護之後，汗庭才和都護府一道在當前的位置固定了下來。但底下的十七個別部，仍舊會不時地挪一挪地方，以免在某個區域生活太久了，草場被牲口啃成戈壁。

「這恐怕不行！」出乎胡子曰預料，第一個表態反對他意見的，竟然不是姜簡，而是婆閏。只見少年人一邊搖頭，一邊快速補充，「雖然兵法講究不爭一城一地之得失。但漠北和漠南，所有部落在二十多年前，都曾經臣服於突厥。如果咱們頂不住先撤，除非大唐及時派兵出來支援，否則，很多兩頭下注的部落，立刻會做出選擇。屆時，羯曼陀甚至不需要親自領兵來追殺，只需要下一道命令，咱們就會不停地遭到攻擊！」

「那就來一個殺一個！」瓦斯特勤心情急躁，揮舞著手臂說道。「咱們打不過突厥人，還打不過這些幫虎吃食的雜碎！」

「你能確定，屆時，咱們回紇十六部自己不散了架子嗎？」婆閏年紀雖然比他小，想得卻遠比他深，提出來的問題也一針見血。

以瓦斯特勤為首的幾個回紇將領，眼神立刻暗了下去。耷拉著腦袋不再說話。

正所謂，自家人知道自家事。十六部能夠共同擁戴一個可汗，不僅僅是因為大夥都是同族，還因為這樣做，可以給各部都帶來好處和安全感。而如果可汗不戰而走，還導致各部不斷遭到漠南漠北其他各族的圍攻，那追隨可汗的好處，就遠遠高於風險。屆時，肯定一些別部會棄婆閏這個可汗而去。甚至再度發動叛亂，殺掉婆閏，拿他的腦袋向羯曼陀謝罪！

「那，那怎麼辦？難道還能死守都護府，等待李素立前來相救不成？他上次可是沒派一兵一卒過來？」見婆閏執意不願意暫避敵軍鋒纓，遊俠曲彬皺著眉頭提醒。

雖然是一個不折不扣的唐人，他揭起大唐的短處來，卻毫不留情。短短兩句話，就讓大夥失去了對大唐朝廷和燕然大都護府的信心。

眾人聞聽，又嘆息著搖頭。不願意，卻不得不承認，曲彬的話沒錯。大唐朝廷和燕然大都護府，短時間內，肯定指望不上。

「小駱，幫我算一下，敵軍在前天和昨天，大概都走了多少里路？」一片嘆息聲中，姜簡的問題，顯得格外清晰。

「如果斥候的彙報沒出現偏差，敵軍前天還沒分兵，走的路程和以前一樣，仍舊在七十到九十里之間。」駱履元的算數天分，立刻有了施展空間，稍作思考，就給出了答案，「昨天分兵後，最快一路至少走了一百四十里，最慢一路，也在一百二十里之上！」眾人齊齊皺眉，將目光轉向姜簡，不知道他為何對敵軍的具體行軍速度，如此在意。

「這不應該是史笸籮的謀劃，史笸籮比這狡猾，也能推測出咱們的大致實力！」姜簡根本沒察覺到眾人的目光，雙眉緊皺，輕輕搖頭，「這個打法，有些過於自信。這次來的狼騎，總數只有一萬出頭，剩下的全是來自葛羅祿人的嘍囉。羯曼陀自己身邊，留下的狼騎肯定要比其他各路多。史笸籮身邊，也不能一點兒狼騎都不留。如此算下來，除了羯曼陀自己統帥的那路之外，其他任何一路敵軍的隊伍裡頭，真正突厥狼騎，都不會超過三千。」

「不一定，如果我是羯曼陀，就用葛羅祿人充當疑兵。然後把剩下的突厥狼騎，集中於其中一路！」胡子曰想都不想，就憑藉經驗做出了反駁。

「如果那樣的話，就意味著，我只要帶兵迎擊其中一路，就有六成可能，交戰的不是狼騎！」姜簡的臉上，忽然露出了笑容，將手握成拳頭，輕輕下砸。

「你要出擊，先打垮其中一路！」胡子曰眉頭一挑，瞬間就猜出了姜簡的意圖。

「你帶多少人？如果胡大叔猜錯了，羯曼陀給三路兵馬，都分配了突厥狼騎呢？」杜七藝向來謹慎，果斷提出質疑。

「我只帶驍騎營，免得都護府這邊空虛，讓敵軍有機可乘。如果羯曼陀給三路敵軍，都分配了狼騎，跟其中任何一路交戰，我都不會吃虧！」姜簡笑了笑，臉上忽然寫滿了自信。

驍騎營是從整個回紇十六部裡頭挑選出來的精銳，雖然只有一千五百人，戰鬥力足以頂原來的三千甚至五千人。

如果對手是葛羅祿僕從，他帶著驍騎營撲過去，基本上穩操勝券。如果是一部分突厥狼騎外加一部分葛邏祿僕從，他帶著驍騎營撲上去，至少也能打個平手。

如果他倒楣，剛好遇到了五千以上狼騎。憑著對地形熟悉和精湛的騎術，他也可以帶領驍騎營迅速撤退。初來乍到，人地兩生，敵將未必敢全力追殺！

「小心另外兩路敵軍撲過來增援！」杜七藝被姜簡的自信感染，卻仍舊認真地提醒。

「那就要看，誰更快了！」姜簡俯下身，用手指在輿圖上快速勾勒出一條直線。「這路敵軍，今晚日落之前能抵達白馬湖，如果我判斷沒錯，他的宿營地，也會放在湖畔。而我現在出發，明天天亮之前，就能殺到他的宿營地。趁著天色還沒放亮發起進攻，苦艾嶺、老鴉山的敵軍，即便接到警訊，喚醒士卒，收拾鎧甲和戰馬，至少也需要半個時辰。再加上路上的耽擱，沒有一個半時辰，他們趕不到戰場。而一個半時辰，足以讓我跟白馬湖畔宿營的這路敵軍分出勝負，然後抽身離去！」

這一招，不是來自於李仲堅的兵書，而是李仲堅的刀術。李仲堅的刀術，並不怎麼追求招數的巧妙，對快速和有力，卻追求到了極致。既然羯曼陀放棄了穩紮穩打戰術，想儘快解決掉瀚海都護府，自己就乾脆給他來一個，以快打快，先斷了其一根手指，再考慮其餘！

第九十四章 夜襲

「傳我的命令，下馬，所有人檢查坐騎和備用坐騎的馬鞍、肚帶和馬蹄。然後給坐騎餵炒米、黑椒。待每匹馬吃夠半斤精料，再放牠們去喝水、吃草。然後，人站著喝水吃肉乾和乳酪。一刻鐘之後，再看旅帥的手勢！」姜簡輕輕拉緊菊花青的韁繩，一邊放緩速度，一邊向身邊的傳令們吩咐。

幾個傳令兵都是從婆閏的親兵裡頭精挑細選出來的，第一要求就是聽得懂唐言。因此，毫無遲滯地行了個軍禮，隨即從背後抽出令旗，舉過頭頂，一邊搖擺，一邊拔馬衝向跟上來的別將、校尉和旅帥們。

一千五百多人的隊伍，卻帶了將近四千匹戰馬。急行軍之時，馬蹄聲宛若海潮拍岸。如果用號角聲傳遞命令，隊伍中的大多數人都不可能聽清楚。然而，通過傳令兵與別將、校尉面對面交代，再經校尉、旅帥、隊正逐級下達，很快，整個隊伍就在一條非常淺的溪流旁停了下來。

將士們紛紛跳下坐騎，按照傳達下來的命令順序，先檢查坐騎的裝備，然後打開馬鞍後的乾糧袋，將經過牛奶浸泡又炒熟後的粟米和黑豆，用手捧著伺候各自的坐騎享用。待兩匹坐騎都吃完了一捧，才放了坐騎去河邊休息，自己則一邊用眼角的餘光盯著坐騎，一邊吃乳酪和肉乾兒補充體力。

長途奔襲，對人和坐騎的體力消耗都非常大。所以，每行軍三十里，隊伍就必須停下來休息。而姜簡、胡子曰和驍騎營的將領們，則趁著這個機會，展開輿圖，根據周邊的地形地貌和斥候的建議，對行軍路線做出微調或者修正。「入秋之後，這一帶就沒下過雨。據斥候探查，過了這條小溪之後，一直到白馬湖，也不會出現新的河流。」自然風乾的牛肉，帶著一股子特有的脂香。姜簡一邊咀嚼，一邊指著輿圖低聲向身邊的別將、校尉和旅帥們介紹。「這樣的話，只要再有一個半時辰，咱們就能抵達白馬湖畔。突厥人把臨時營地紮在湖西，咱們會在湖東北側停下來，做最後一次休整，然後拉著馬步行摸到敵營門口！」

「明白！」兩名別將由瓦斯和阿拉巴擔任，前者是別部特勤，而後者則曾經擔任過婆閏的親兵副校尉，因此都很輕鬆地就理解了姜簡的安排，咽下嘴裡的乳酪，低聲回應。

五名校尉，都是胡子曰從長安帶過來的老兄弟，理解起姜簡的安排來，也不費任何力氣。而五名副校尉和十五名旅帥，卻都來自回紇各部的中下層，非但唐言水準有限，對戰爭的理解，也還停留在帶著隊伍向前猛衝的層次上，頓時就開始大眼瞪小眼兒。

「白馬湖東西寬南北窄，從湖東北到湖西，直著游過去也有十多里遠。而這個季節夜風大，湖面在夜裡會起浪，足以掩蓋馬蹄聲。瓦斯，你把我的話用回紇語轉述給大夥聽。」姜簡見狀，少不得又耐心地解釋。

如果只爭黎明時分那一戰的輸贏，他當然不需要費如此大力氣。但是，在燕然大都護府袖手旁觀的情況下，他不知道自己還要帶著麾下的勇士們，跟突厥人周旋多久。所以，隊伍中的所有校尉和旅帥，都是值得培養的對象。培養得越好越快，將來分散到瀚海都護府的其他各部人馬裡頭去，越能收到豐厚的回報。

「是！」瓦斯特勤見過族中長老如何將各自的本領向嫡親晚輩口耳相傳，知道機會難得，答應一聲，立刻將上一道命令和姜簡這次的解釋，仔仔細細地用回紇語，說給副校尉和旅帥們聽。

後者仍舊似懂非懂，臉上卻迅速露出了激動的神色。很顯然，至少已經明白了姜簡的良苦用心。

「天亮之前，人半夢半醒的時候，身體反應最慢。哪怕聽到警訊聲，也需要花一點兒時間才能爬起來。至於讓筋骨恢復靈活，則需要的時間更長。」姜簡友善地向大夥笑了笑，繼續低聲補充：「咱們不能保證，一直不被敵軍發現。但是，儘量爭取在敵軍的筋骨和精神恢復起來之前，殺到他們營地裡頭去！」這些知識，一部分來自胡子曰，另外一部分則來自吳黑闥。姜簡學到了之後，也毫不吝嗇地傳授給了身邊別將、副校尉和旅帥們。絲毫沒考慮過後者的眼睛、頭髮和長相，跟自己存在很大的差別。

而胡子曰，聽到他利用休息的時間給麾下將校們講課，也絲毫不覺得有什麼不妥當。作為大唐百姓，他早已習慣了，不同長相，甚至操著異族語言的人，為大唐而戰。也習慣了把他們當做自己人，彼此互通有無。

「在距離敵營兩百步的位置，無論有沒有被敵軍發現，所有人都停下來擐甲，然後上馬衝鋒。大夥注意保持隊形的速度。殺人不是最重要的，衝到敵軍主將面前，讓他來不及調兵遣將，才該排在第一位……」抬頭看了看頭頂的星星，姜簡一邊判斷距離天亮的時長，一邊繼續補充，年輕的臉上，帶著微笑與自信。

吳黑闥教導他，料敵需要從寬。但是臨戰，則必須把敵軍當成待宰的牛羊。只有做到這一點，弟兄們對勝利才有信心。而弟兄們對勝利的信心，往往是輸贏的關鍵。

草原上缺乏遮擋，天空的星星又大又亮。星光落在他用來遮擋塵土的罩袍上，彷彿給他披上了一層銀白色的甲冑。讓他整個人瞬間顯得高大而又神秘。「是！」兩個別將帶頭，眾校尉和旅帥，將右手拳頭放在心臟處，齊齊躬身。每個人看起來都信心十足。

「旅帥下去檢查各自麾下的弟兄，把體力不支的弟兄和馬匹留下，讓他們天亮後自行返回都護府找都護報到。其他人繼續休息，一會兒聽到我的命令，立即上馬出發。」姜簡不喜歡囉嗦，見大夥都理解了自己的打算，立刻宣佈會議結束。

「是！」眾別將、校尉和旅帥們，再度齊聲答應。然後分頭去檢查各自麾下的弟兄。從始至終，沒有人介意過，姜簡的年齡和族群。甚至，還隱隱以跟在他身後作戰為榮。

只帶著六七個人，用了不到一個月時間，硬是將婆閏已經失去的可汗之位，又重新幫他奪了回來。還先後將突厥飛鷹騎與烏紇的嫡系部屬，打得滿地找牙。這樣的英雄豪傑，年紀比自己小一些，族群與自己不同，又有什麼關係？

跟著他，路肯定越走越寬，自己和自己身後的族人，肯定能有一個光明的未來，才是關鍵！

「啊，阿嚏！」巡夜的突厥斥候打了個噴嚏，雙手抱著膀子，在馬背上搖搖晃晃。漠北晝夜溫差極大，白天時還被太陽曬得渾身冒汗，半夜裡，卻又被風吹得骨頭疼。特別是白馬湖沿岸，風裡頭還夾著濃濃的濕氣，讓人渾身上下說不出的難受。

「都精神一些，把耳朵支起來。這裡是回紇人的地盤，飛鷹騎上次，就是在半夜著了回紇人的道！」帶隊的斥候小箭很不滿意，皺著眉頭高聲呵斥。

「是！」「知道了！」「明白！」斥候們紛紛回應，聲音卻有氣無力。

連續數日行軍，原本就讓他們疲憊不堪。偏偏主帥羯曼陀還嫌速度慢，忽然下令來了一個長途奔襲。令所有斥候們原本就所剩無幾的體力，愈發難以為繼。

至於飛鷹騎半遇襲的教訓，斥候們在心裡頭，多少都有點兒不當回事。有一個在戰場上被人打下馬來摔斷了腿的廢物做主帥，吃敗仗不是正常嗎？

「你們別不當回事，沙缽羅特勤說，回紇那邊，帶兵的是一個很厲害的唐人。三個月前，將陟苾設打下馬來的，就是他！」見眾人回答得過於敷衍，斥候小箭啞著嗓子再度強調。

眾斥候們笑了笑，沒有說話。但是一張張面孔上，卻都露出了幾分鄙夷。陟苾設是個窩囊廢，沙缽羅特勤也沒好哪裡去。生著一張看了就讓人討厭的女人面孔不說，做事還畏首畏尾。哪裡像大可汗和羯曼陀設這般，認定了目標就幹，無所畏懼！

「沙缽羅特勤說，他和那個帶兵的人，一起跟大食馬賊……」斥候小箭的看法與其麾下的弟兄們截然相反，皺著眉頭繼續補充。

話剛說到一半兒，他卻忽然閉上了嘴巴。隨即，將耳朵如獵犬耳朵一般豎了起來，同時輕輕轉頭。斥候們都被嚇一跳，全身上下的疲倦瞬間消失殆盡。一個接一個豎起耳朵，轉頭向四面八方傾聽。

「嘩，嘩……」湖水拍岸聲伴著風聲，在半夜裡格外響亮。除了風聲和水聲之外，隱隱好像還有戰馬的嘶鳴。讓人分不清到底來自身後的大營，還是黑暗中某個方向。

斥候小箭向身後揮了揮手，隨即躍下馬背，將耳朵緊緊貼向地面。眾斥候們則齊齊帶住了坐騎，以免坐騎邁動腳步，干擾小箭的判斷。

沒有聽到馬蹄奔騰聲，鑽入斥候小箭耳朵裡的，仍舊是水波拍打湖岸的聲音。單調且響亮，蓋住了四下裡所有其他動靜。

雖然毫無所獲，有股不祥的預感，卻迅速湧上了小箭的心頭，迅速站起身，他低聲命令，「分散開，兩人一組，向東和向北查探，彼此相距一里，用角聲聯絡！」

「是！」眾斥候也被他弄得神經緊張，答應著撥轉坐騎。還沒等坐騎邁開四蹄，夜風中，忽然傳來數聲熟悉的呼嘯，「嗖嗖嗖……」，又低又急。

「敵……」斥候小箭立刻意識到危險的臨近，尖叫著將身體躲向戰馬身後。然而，卻為時已晚。數十支羽箭，從湖畔的草叢裡射了出來，將他和他麾下的弟兄們，瞬間全都射成了刺蝟。

「嘩嘩……」水波拍岸聲連綿不絕，掩蓋住所有嘈雜，包括斥候小箭陣亡前發出的警訊。

「發信號，通知大軍可以跟上！」胡子曰貓著腰鑽出草叢，一邊朝斥候身上補刀，一邊低聲吩咐。

「嘎嘎，嘎嘎嘎，嘎嘎……」沙啞的水鴨子叫聲，立刻在他身邊響起。他親手訓練出來的回紇斥候們，一邊學著他的樣子斬殺中箭的敵軍，一邊按照約定，向臨近的袍澤發出消息。

「嘎嘎，嘎嘎……」水鴨子聲此起彼落，每五十步一組，接力將消息傳到三里之外。正在拉著戰馬前行的姜簡立刻鬆了一口氣，揮了下緊握的拳頭，低聲命令：「繼續前進，到胡將軍做好標記的位置，然後擐甲備戰！」

「繼續前進，到……」

「繼續……」

傳令兵一個接一個，接力將命令向後傳遞。所有瀚海都護府將士的腳步驟然加快，拉著戰馬和備用坐騎，如同捕獵的老虎一般，迅速且安靜地向獵物靠攏。

三里的距離，成年人徒步行進，也只需要一刻鐘出頭。很快，將士們就看到胡子曰用敵軍斥候的屍體，在湖畔擺出來的巨大箭頭。

沒有人覺得胡子曰殘忍，也沒有人對死者感覺到任何憐憫。斥候之間交鋒，除了必要的俘虜之外，不會留任何活口。如果今夜胡子曰等人埋伏失敗，下場也是一模一樣。

「止步，擐甲，整理馬鞍和馬肚帶！」「止步，擐甲，檢查兵器和箭矢！」「止步……」低低的命令聲，迅速在隊伍中響起，隨即，被風聲和水聲掩蓋得無影無蹤。

「敵軍的營地只拉了一層鹿砦，寬度不足戰馬一躍。」胡子曰貓著腰跑到姜簡身邊，快速彙報，「營門對著西側，從這裡殺過去，是後營。沒有豎箭塔，巡夜的士兵一刻鐘過來一次。看不到咱們這邊。」

「辛苦胡大叔！」姜簡一邊迅速朝自己身上套明光鎧，一邊低聲回應，「您帶著斥候在戰場周邊警戒，如果發現有另外兩支敵軍趕來支援，立刻吹角示警。」

「是！」胡子曰習慣性地行了個軍禮。隨即，又意識到自己是姜簡的長輩，而不是他的下屬，笑著搖了搖頭，快速轉身離去。

姜簡也笑了笑，緊跟著翻身爬上菊花青，扭過頭，對杜七藝吩咐：「準備沙漏，漏盡，吹角。如果在此之前被敵軍發現，就看我的動作行事！」

「是！」杜七藝答應得乾脆俐落，伸手從馬鞍旁的皮箱子裡掏出一只產自大食國的沙漏，快速翻轉。

沙漏的一面被銅片遮擋，另外一面，卻鑲嵌著水晶。裝在沙漏裡的螢光沙淅淅瀝瀝落下，讓位於杜七藝身後的傳令兵們看得清清楚楚。而凡是在他前方的人，卻看不到一點兒光亮。

鎧甲碰撞聲此起彼伏，讓所有人的心臟都迅速抽緊。大夥距離敵軍營地只有二百餘步，雖然有夜幕和水波聲做掩護，卻非常容易被發現。而被敵軍發現得越早，接下來的戰鬥就越危險。

姜簡笑了笑，故意沒有回頭去看沙漏。而是快速整理好兜鍪，檢視束甲絲條，和兵器懸掛位置。然後，在馬背上，將身體坐得穩如磐石。

月已落，日未出，雲將星斗遮住了一大半兒，黎明前的黑暗，最是煎熬。幾個葛邏祿輔兵，掙扎著從冰冷的羊皮上爬起來，去給身邊的牲口添料。作為僕從，他們可沒資格整夜呼呼大睡，必須像伺候孕婦一樣，將突厥老爺的坐騎伺候好。這樣，突厥老爺的坐騎明天才能繼續精神抖擻地馳騁沙場。

「哈……早知道這樣，還不如繼續跟著大唐混！」隊伍中有年輕輔兵不堪疲憊，一邊打著哈欠，一邊小聲嘀咕。

他的話，引起了很多年輕同夥的共鳴。眾人四下看了看，開始交頭接耳。誰都無法理解，自家可汗到底是發的什麼瘋？

以前葛邏祿各部跟著大唐混，眾人雖然偶爾也會被要求與唐軍並肩出戰。但是，大唐會給他們發乾糧、兵器，打了勝仗，還會賞賜下來豐厚的戰利品。而跟著突厥別部混，他們卻被當成奴隸和牲口，乾糧、兵器全都得自帶不說，幹活稍稍讓突厥將士不滿意，就是劈頭蓋臉一頓鞭子。

「哪來的那麼多廢話，可汗的決定，豈是你等能懷疑的？當心被巡夜的突厥人聽見！」帶隊的大箭擔心年輕人禍從口出，皺著眉頭大聲呵斥，「趕緊幹活，讓戰馬吃了精料之後，再去湖邊吃些帶著露水的草。這樣明天上了戰場才有精神。」

「是，骨力染干！」年輕的僕從們被嚇了一哆嗦，連忙答應著去給戰馬加料。帶隊的大箭知道眾人心裡不服，嘆了口氣，繼續低聲說道：「咱們西邊的波斯國，已經被大食人打垮了。咱們東邊，就是車鼻可汗的地盤。如今車鼻可汗又跟大食人成了朋友，夾在兩個強敵之間，咱家可汗還哪裡有的選？」

「可大唐，車鼻可汗未必打得過大唐！」有人不甘心一直被奴役，帶著幾分期盼反駁。

「自從車鼻可汗殺光了整個大唐使團，到現在有小半年了吧！大唐沒發一兵一卒。倒是車鼻可汗的人馬，已經打到了大唐的瀚海都護府！」骨力大箭又嘆了口氣，望著外邊的夜色，幽幽地補充。

眾僕從聞聽，立刻全都不說話了，只管認命地彎著腰勞作。

大唐的確把他們當人，大唐的確曾經給葛邏祿部帶來了前所未有的繁榮。然而，大唐距離葛邏祿諸部太遠，且無力出兵征討車鼻可汗，卻是事實。像他們所在這種，距離突厥別部近，又沒有抗衡突厥別部打擊的小部族，除了任由突厥別部奴役，哪裡還有第二個選擇？

「打仗的時候，都機靈點。別頂著羽箭往上衝，也別擋在突厥老爺的戰馬前頭。萬一……」骨力大箭看了看營地外黑漆漆曠野，不放心的叮囑。話說到一半兒，他忽然沒了聲音，抬起手，拚命地揉自己的眼睛。

眾年輕葛邏祿僕從們，覺得好生奇怪，也紛紛抬起頭，朝著骨力大箭所看的方向觀望。目光穿過單薄稀疏的鹿砦，他們看到正對著自己方向，好像夜幕特別地濃。並且隱隱約約，還有東西在閃著銀光。

「敵，敵軍，好像是敵軍！」骨力大箭的嗓子眼裡，終於又發出聲音，沙啞低沉，還帶著明顯的恐懼，「敵，敵軍，有敵軍，我看到了兵器的反光……」他的聲音驟然轉高，就像被綁上案板的年豬，所發出的最後哀鳴。周圍的葛邏祿年輕人們，卻不敢相信，一邊拚命揉著眼睛，一邊大聲提醒，「骨力染干，別喊，別亂喊，萬一你看差了，嚇到了突厥老爺，他們肯定要砍你的腦袋！」

「敵軍，有敵軍……」骨力大箭已經聽不到身邊年輕人在說什麼，尖叫著轉過身，衝向自己睡覺的帳篷，「快，快取兵器，敵軍，敵軍，敵軍就在營地外！」

「敵軍，敵軍……」年輕的葛邏祿僕從們，也澈底慌了神，丟下手裡草袋子，木瓢，簸箕，尖叫著去抄傢伙。

恐慌迅速蔓延，周圍其他正在忙碌的葛邏祿僕從們，無論看沒看到營地外的情況，全都奔向各自的帳篷。一時間，你推我，我撞你，亂成了一鍋粥。

「不要慌，誰再亂跑亂竄，格殺勿論。」一夥巡夜的突厥士兵在小箭的帶領下，咆哮著趕至，揮舞起兵器，試圖維持秩序。

雙方雖然都操突厥語，但是彼此之間在平時卻貴賤分明，很少互相往來。所以葛邏祿僕從們嘴裡發出的尖叫，帶著濃重的自家口音，突厥小箭和他麾下的士兵根本聽不懂。

聽不懂，就無法及時作出正確判斷。看到葛邏祿人亂成了一鍋粥，突厥小箭本能地就想要先將「營嘯」的苗頭鎮壓下去再說。這個決定在平時，肯定正確無比。而在這一刻，卻錯得離譜。

還沒等他將距離自己最近的幾個葛邏祿僕從給控制住，腳下的大地，忽然開始顫抖，「突突，突突，突突」，一波接一波，宛若湧潮。

「敵襲，敵襲……」根本不用看，憑藉經驗，突厥小箭就知道大地為何而顫抖，扯開嗓子高聲叫嚷。

「敵襲，敵襲……」跟在小箭身邊的突厥兵卒們，也立刻做出了反應。有人扯開嗓子尖叫，有人則吹響了號角，向營地內所有人示警，「嗚嗚嗚，嗚嗚嗚……」還有幾個突厥老兵，則氣焰囂張地抽出弓箭，分開葛邏祿僕從，直奔鹿砦。他們想要憑藉鹿砦為倚仗，阻擋敵軍。然而，才跑了幾步，他們就全都停了下來，滿臉驚恐地看向了夜空。

夜空中，忽然出現了數以百計的流星，拖著長長的尾焰，越過單薄的鹿砦，驟然加速下落。目瞪口呆的突厥老兵們根本來不及轉身，就跟他們身邊的帳篷和葛邏祿僕從們一道，被「流星」瀫底淹沒。

「嗖……」姜簡熟練地鬆開弓弦，將第二支點燃的火箭射向突厥人的營地內。數以千計的流星，緊隨他射出的那支羽箭之後，再度落入突厥人的營地，絢麗得如同天女在散花。

下一個瞬間，「花瓣」呼嘯而落，將更多來不及躲閃的葛邏祿僕從和突厥將士，放倒在地，一部分橘紅色的「花瓣」，不幸濺在了氈子或葛布做成的幔帳上，迅速便引起一團團滾動的火焰。

「跟上我！」沒時間去看兩輪火箭的攻擊效果，姜簡大叫著棄弓，俯身從馬鞍旁抽出長槊，雙腿同時用力夾緊馬腹，所有動作宛若行雲流水。

「唏吁吁……」菊花青收到指令，咆哮著騰空而起，越過葛邏祿僕從昨晚倉促紮下的鹿砦，落入被羽箭砸懵了的人群，藉著慣性，撞翻數名不知所措的葛邏祿僕從，然後繼續向前飛奔。

馬背上，姜簡手臂和腰部同時發力，長槊宛若游龍，將身上帶著兩支火箭的突厥小箭挑得倒飛而起。緊跟著，槊纛前推，槊鋒橫掃，在敵軍當中硬生生掃出了一道血淋淋的豁口。

「跟上姜簡設，跟上姜簡設！」五十名親兵大吼著策馬跳過鹿砦，長槊揮舞，護住姜簡的兩翼和身後，一邊將豁口迅速擴大，一邊努力舉起一面猩紅色的戰旗。

夜風呼嘯，紅旗招展，斗大的唐字，在火光的照射下，如啟明星般奪目。

第三輪策馬從鹿砦上飛躍而過的，是特勤瓦斯、阿巴拉和三十餘名百裡挑一的騎術好手。每個人手裡拿的不是兵器，而是一支帶著繩子的鐵飛抓。

「投！」在戰馬越過鹿砦的瞬間，特勤瓦斯的嘴裡發出一聲斷喝，同時將鐵飛抓擲向鹿砦。馬蹄落地，繼續前衝，帶起一團團紅色的軟泥。綁在馬鞍後的繩索迅速繃直，一根，兩根，三根，近四十根繩索借助鐵飛抓，拉住地面上的三組鹿砦，將後者從泥土裡瞬間拔了出來，在地上拖出一道道深溝。

「跟上，跟上，繼續放火箭！放火箭燒帳篷！」杜七藝與曲彬、韓弘基等五名刀客，帶著大隊人馬從被拔掉鹿砦的缺口處魚貫而出，一邊用生硬的突厥語高聲提醒，一邊將手中的火箭湊向掛在馬脖頸處的氣死風燈上點燃，隨即，將火箭射向四周圍的帳篷。

馬蹄聲如雷，他們的提醒，很難被後面的回紇勇士們聽見。但是，他們的動作，卻被勇士們看得一清二楚。

憑藉最近數日集訓掌握的動作，勇士們在五名副校尉和旅帥的帶領下，將更多的火箭射向營地內，轉眼間，就點燃了上百座帳篷，讓烈火隨著夜風，加速在營地裡蔓延。

「不要慌，拿了兵器向我靠攏，我帶你們去找活路！」葛邏祿大箭骨力，反穿著一張老羊皮做鎧甲，從燃燒的帳篷裡鑽出，扯開嗓子高聲招呼。

一支火箭迅速飛至，被他身上的老羊皮阻擋，無法傷害到他分毫。然而，火苗卻將羊毛點著的一大片，藍色的煙霧伴著刺鼻的焦臭味道，嗆得他滿臉是淚。

「咳，咳咳，咳咳！」迅速甩掉老羊皮，以免被燒成火人。他舉起粗大的鐵鐗，試圖繼續收攏周圍的同族。一支長槊帶著風刺入他的前胸，在他的後背處露出血淋淋的槊鋒。

「啊……」大箭骨力嘴裡發出痛苦的呻吟，全身力氣瞬間被抽乾。手中的鐵鐗重重的墜向地面，他本人則被迅速彈直的槊杆甩了出去，砸向一群慌不擇路的輔兵頭頂。

兩名葛邏祿輔兵躲閃不及，被當場砸翻在地。其餘二十多名輔兵愣了愣，旋即尖叫著為長槊和戰馬讓開道路。

「天兵，天兵！」一名白髮蒼蒼的葛邏祿僕從，忽然記起了二十多年前發生的類似場景，丟下兵器，加速向黑暗處逃遁。策馬殺進營地裡來的敵軍，不是回紇人，而是大唐天兵。白髮蒼蒼的葛邏祿僕從，清晰地記得這身鎧甲，這面戰旗，和戰旗上的那個龍飛鳳舞的大字。

「天兵，天兵！」亂作一團的葛邏祿僕從們，如夢初醒。尖叫著將老人的話，一遍遍重複。同時，轉過身，一哄而散。

大唐天兵來了，大唐天兵來找車鼻可汗算帳了。這個時候，傻瓜才會還跟著車鼻可汗的人一條道走到黑。能逃走，就堅決不要猶豫！

第九十五章　斬將

「跟上我，直搗中軍！」姜簡雙臂發力，持槊橫推，將兩名慌不擇路的葛邏祿僕從推出了半丈遠。隨即長槊前指，高聲疾呼。

胡子曰找的攻擊點非常好，非但防禦薄弱，還貼近葛邏祿僕從的宿營區。面對突如其來的打擊，這些原本就戰鬥意志低落的葛邏祿僕從迅速崩潰。沒有人試圖阻截瀚海都護府勇士，也沒有人願意服從突厥人的指揮，將帳篷、兵器、戰馬全都棄之不顧，尖叫著四下亂竄。

「讓路，不想死的就讓路！」

「跟上姜簡設，去殺敵軍主將！」

「別在葛邏祿人身上浪費力氣，把力氣留給突厥狗！」

跟在姜簡身側和身後的親兵們，沒想到攻擊如此順利。一個個激動得熱血沸騰，大叫著揮動長槊，抽向周圍的葛邏祿僕從，將他們如同羊群般驅散，然後追隨自家主將長驅直入。

「跟上，跟上姜簡設！」

「別戀戰！」

「去中軍，去中軍！」

瓦斯特勤和他身邊三十幾名精銳，也丟下了鐵飛抓和繩索，從腰間拔出橫刀，組成了第二攻擊梯隊。他們可不像姜簡那樣心慈手軟，或用馬踩，或用刀劈，將不小心阻擋了自己去路的葛邏祿僕從，盡數送入了鬼門關。

眾葛邏祿僕從見狀，愈發沒勇氣逗留。一波接一波，像受驚的牛羊般逃向營地各處，同時將恐懼向四面八方傳播。

「站住，不要慌，列陣，列陣……」匆忙趕來的巡夜突厥兵卒，揮舞起兵器朝著葛邏祿人頭上亂劈。希望借助殺戮來逼迫他們停止逃竄，轉身去阻攔瀚海都護府勇士，為突厥狼騎們爭取時間。然而，比起巡夜突厥兵卒手裡的刀，葛邏祿僕從明顯更畏懼那面寫著「唐」字的戰旗。接二連三被砍翻了十幾個，仍舊沒人停下逃命的腳步。

「殺，殺光他們，用他們的屍體擋住敵軍……」匆忙帶領巡夜隊伍趕過來的突厥大箭怒不可遏，舉起已經砍出豁口的鋼刀，向身邊的同夥發號施令。

數百顆「流星」從半空中落下，將他和他身邊的突厥嘍囉，射成了一隻冒著煙的刺蝟。被他阻擋住去路的葛邏祿僕從們嘴裡發出一聲尖叫，踩過他的屍體，加速逃命。

「曲校尉，韓校尉，你兩個帶領本部兵馬，緊跟著姜簡，去取敵軍主將！」杜七藝單手持弓，另一手從後背扯出令旗，大叫著揮舞。

「遵命！」曲六策馬從杜七藝身旁急衝而過，順勢接過令旗，高高地舉過頭頂，「第一團，第二團，跟我來！」

「第一團，第二團，跟上曲校尉！」韓弘基舉起角弓，用生硬的回紇語高聲重複。

「第一團，第二團……」兩名回紇族副校尉帶著傳令兵，迅速將命令傳遍各自麾下弟兄的耳朵。緊跟著，畫角聲如同龍吟般響起，迅速捲過整個營地。六百名精挑細選出來的回紇勇士，收起弓，拔出橫刀，與自己熟悉的副校尉、旅帥一道，跟在曲彬和韓弘基兩人之後，追向前方不遠處那面猩紅色的戰旗！「其餘所有人，繼續放火箭。一路燒過去，別留一面帳篷！」杜七藝深吸一口氣，把心中的緊張與興奮同時壓下，繼續貫徹戰前就制定好的方略，堅決不打半絲折扣。

好朋友姜簡帶兵衝鋒陷陣，他當然不能躲在都護府裡頭看熱鬧。乾脆就毛遂自薦把居中調度的任務接了下來。而瀚海都護府這邊，也的確沒太合適的人選可用，所以姜簡和婆閏兩個商量過後，乾脆禮聘他暫攝了瀚海都護府行軍長史。

反正連姜簡這個副都護都是暫攝，至今都沒經過朝廷的正式任命。瀚海都護府裡再多一個暫攝的行軍長史，也算不上什麼逾越。若是能打敗了突厥人，朝廷那邊高興還來不及，肯定不會在意這些細枝末節。如果打不贏突厥人，瀚海都護府與回紇汗庭，都將灰飛煙滅。更不會有人在乎曾經多出來一個行軍長史。

事實證明，杜七藝沒有辜負姜簡和婆閏兩人的信任。非但將作戰計畫執行得一絲不苟，並且每一次命令下達的時機，都把握得極為準確。在他的命令下，一千四百多名精挑細選出來的回紇精銳，迅速分成了前後兩部分。前一部分大約六百人策馬掄刀，為姜簡提供支援。後半部分，大約八百餘人，則繼續手挽騎弓，將更多的火箭射向沿途經過的每一座帳篷。

臨時營地內，大部分突厥將士都剛剛從睡夢中被驚醒，連盔甲都來不及穿，更甭提結陣抵抗瀚海勇士的衝擊。只有極少一部分突厥將士，頂多是全部兵馬的十分之一，因為剛好輪到後半夜值宿，全副武裝，但是人數卻實在太少，帶隊的大箭也不是什麼將帥之才。憑著對車鼻可汗的忠誠，他們一隊接一隊地擋在了瀚海勇士的戰馬前，然後一隊接一隊地，被長槊刺翻，被馬蹄踩成肉泥。

烈火以令人難以想像的速度在軍營裡蔓延，比烈火蔓延得更快的是人心中的恐懼。許多突厥將士，沒等頭腦澈底恢復清醒，就連同帳篷一起，葬身於馬蹄之下。還有許多突厥將士，穿著貼身葛袍，赤著雙腳從帳篷裡逃出來，將手中的兵器在胸前上下揮舞，試圖「驚退」已經近在咫尺的瀚海勇士。卻被馬槊瞬間挑上了半空，慘叫著在槊鋒上死去。

「天兵，天兵來了！」葛邏祿僕從尖叫聲，此起彼伏，傳遍整座營地。

更多的突厥將士從帳篷裡鑽了出來，手裡沒顧得上拿武器，身上也沒來得及披鎧甲。聽到葛邏祿僕從帶著濃重方言口音的尖叫，他們先是一愣。隨即，就看到了高挑在姜簡身後那面猩紅色的戰旗。

唐！這個漢字，大部分突厥人都認得。

二十年前，也是挑著同樣一面戰旗，穿著同樣披甲的一支精銳，冒著暴風雪奔襲千里，殺進突厥人的王庭。作為別部眾，車鼻可汗麾下這些爪牙，雖然大多數都沒親身經歷過那場戰鬥。但是，對那一戰的結果，卻清清楚楚！整個突厥王庭被連鍋端，頡利大可汗從此去了長安，再也沒有回到草原上來。

恐懼迅速從每一個看到了大唐戰旗的突厥將士心裡頭生出，瞬間湧上頭頂。「唐軍，他們是唐軍！」有人忽然扯開嗓子，高聲尖叫。隨即，丟下兵器，加入了葛邏祿僕從的逃命隊伍。

「他們是唐軍，不是回紇人。唐軍來了……」數以十計的突厥兵卒尖叫著重複，也掉頭逃命，根本顧不上看大唐戰旗下那些敵人的長相。

事實上，他們即便想看，也看不到。回紇內附於大唐多年，鎧甲完全由大唐朝廷配發。為了對抗塞外風沙和草原各部喜歡採用的馳射戰術，每一頂朝廷配發的頭盔，都配有護面。

拉上護面之後，頭盔前方，從下巴到額頭，只有鼻樑以上位置留著一個長方形孔洞，供佩戴者用眼睛觀察敵軍。突厥將士從對面看，根本看不出佩戴者到底長什麼樣！

「站住，不要慌，一起把帳篷放倒，放倒了帳篷，點燃了阻擋戰馬，戰馬怕火！」一名年老的突厥將領忽然從帳篷中鑽出，揮舞著鋼刀高聲命令。

這個命令正確且及時，然而，卻沒有任何人遵從。臉色煞白的葛邏祿僕從和光著雙腳的突厥將士，亂哄哄地從他身邊跑過，誰都沒功夫聽他說什麼，看他一眼。

「站住，全給我站住。我是俟利弗，我是俟利弗注三石失畢，停下聽我的命令！」突厥老將怒火中燒，毫不猶豫地攔住了數名兵卒的去路。若是平時，他報出官銜和名字，這些兵卒肯定會立即停住腳步。然而，此時此刻，他的官銜和名字卻失去了威懾力。那些比他身份低了無數級的兵卒們，迅速轉向，繞開他的手臂，繼續倉皇逃命。

「別逃，站住，拆了帳篷放火！亂逃者斬！」突厥老將石失畢頓時再也控制不住怒氣，揮刀將一名正在繞路的士卒砍翻在地，然後又將還在滴血的刀尖指向其他人，「站住，聽我的命令……」

眾士卒們蒼蠅般炸開，然後逃得更急，看向他的目光，除了恐懼之外，還帶著明顯的鄙夷。

「站住，別逃……」突厥老將俟利弗石失畢又氣又急，揮舞著鋼刀攔向另一夥潰兵。忽然間，卻感覺到大腿肚子處火辣辣地疼。

本能地低頭看去，他看到一支燃燒的箭矢，正插在自己剛剛經過的地面上。而自己的左腿肚子處，寒毛被燒焦了一大片，皮膚也被燎得一片漆黑。

「快逃，別管衣服了，來不及了，唐軍殺過來了！」幾名潰兵從他面前跑過，沒看出他的身份，卻看到他光溜溜的大腿和肚皮，帶著幾分同情高聲提醒。

「站……」叫喊身戛然而止，突厥俟利弗石失畢終於意識到，自己只披了一條毯子。前胸和四肢等處，未著片縷，更甭提什麼鎧甲和標誌官銜等級的飾物。

夜風捲著火星呼嘯而過，突厥俟利弗石失畢忽然感覺到兩腿之間嗖嗖地涼。猛地一轉身，他用毯子裹住自己腰部加入逃命隊伍，再也不敢回頭。

不止是他一個人沒穿衣服，大多數從睡夢中被驚醒的突厥狼騎，都是半裸或全裸狀態。出於本能，他們醒來之後的第一個動作，就是抓起兵器，衝出帳篷查看究竟。待發現全副武裝的瀚海勇士策馬持槊急衝而至，逃命就成了他們最明智的選擇。

騎兵沒有戰馬，戰鬥力至少要打個對折。沒有鎧甲護身，也沒有長矛可以結陣阻擋對手的坐騎，他的戰鬥力還得再降三成。僅憑著兩成不到的戰鬥力，去正面攔截列陣衝鋒的對手，與送死沒有任何差別。凡是有一絲理智的人，都不會如此不珍惜自己的性命！

「讓路，不想死的就讓路！」姜簡揮槊橫掃，將一名擋在自己戰馬前的突厥狼騎掃成了滾地葫蘆，緊跟著又是一記撥草尋蛇，長槊快速左右擺動，將另外三名光著大腿的突厥狼騎掃出五尺開外。

注三、俟利弗：統兵官，位於大箭之上，伯克之下。

菊花青咆哮著邁動四蹄，沿著他用長槊開出來的缺口，快速前突。精挑細選出來的親兵們，緊緊跟上。以姜簡為刀鋒，在亂成一鍋粥的突厥狼騎之間，硬生生劈開一條通道。

一名狼騎忽然從帳篷裡鑽出，愣頭愣腦地撞向菊花青的脖頸。他只穿了一件葛布短袍，兩條毛茸茸的大腿和雙腳完全赤裸。他手裡抓著一把帶鞘的橫刀，卻遲遲沒有將刀身從鞘中拔出。

很顯然，此人的頭腦尚未恢復清醒，衝出來戰鬥完全是出於本能。然而，姜簡卻顧不上分辨此人的來意，手中長槊迅速豎起，擋住了此人的去路，緊跟著，又是一記斜挑。銳利的槊鋒貼著此人肚臍挑入，將此人挑飛了出去，在半空落下一片血雨。

又有兩名突厥狼騎連袂而來，一人頭上帶著頂鐵盔，另外一人手裡抓著個木盆充當盾牌。姜簡抖槊而刺，猩紅色的槊纓如牡丹綻放，瞬間晃得兩名狼騎眼花繚亂。

下一個瞬間，牡丹消失，雪亮的槊鋒刺中頭戴鐵盔者的胸膛，槊杆因為衝擊力而彎曲，將此人提離地面。

「唏吁吁……」菊花青猛然加速，從手裡抓著木盆的狼騎身邊急掠而過。姜簡手中的長槊瞬間彈直，將掛在槊鋒上的屍體彈出。他本人頭也不回，直奔下一個試圖攔路的目標。

手持木盆的狼騎本能地轉身，試圖從側後方向姜簡發起攻擊。兩名瀚海勇士同時挺槊急刺，將此人也挑上了半空之中。

下一個攔在姜簡戰馬前的狼騎，明顯是個軍官。頭上頂著一隻鍍了銅的鐵盔，手中的鋼刀又寬又長。出於對看家本領的自信，此人稍稍與菊花青錯開半個馬頭距離，隨即縱身而起，鋼刀在半空中化作一道閃電，劈向菊花青的脖頸。

「噹啷！」姜簡快速揮槊斜撩，擋住半空中落下來的刀刃。緊跟著快速回抽，讓過刀刃，又猛然來了一記挑刺，槊鋒借助戰馬的速度，以迅雷不及掩耳之勢，刺向了突厥軍官的小腹。

換做平時，那突厥軍官有八成把握變招，用鋼刀撩歪槊鋒，甚至還能順勢再發起一次反擊。然而，剛剛睡夢中醒來的身體，反應卻比平時慢了不止一拍。那突厥軍官幾乎眼睜睜地看著，槊鋒刺入了自己的小腹。而他手中的鋼刀，卻還在回撤的途中。

「噹啷！」鋼刀落地，那突厥軍官圓睜的雙眼死去，屍體像糧草袋子一般，被姜簡甩上了臨近的一座帳篷頂。

帳篷被屍體壓塌，幾個剛剛醒來的狼騎被倒塌的帳篷裹住，尖叫著奮力掙扎。數支火箭從姜簡身後五十步以外飛至，將帳篷迅速變成了一支火把。

顧不上看是誰幫了自己的忙，姜簡繼續策馬前突。兩名狼騎跌跌撞撞地出現，分不清到底是在逃命，還是試圖阻擋他的去路。手中長槊左挑右刺，姜簡將剛剛出現的狼騎刺翻在地，隨即從二人身邊衝過。負責保護他的親兵們持槊跟上，翻飛的馬蹄將兩名倒地的狼騎踩成了肉泥。

前方的營帳忽然變得稀疏，每一座營帳卻比先前被點燃的那些，大了至少一倍。姜簡知道自己已經殺到了營地的核心區，迅速扭頭掃視。在右前方兩百多步外，一座表面包裹著橙黃色鹿皮的帳篷格外醒目。

迅速調整方向，他帶領身邊親兵直奔橙黃色的帳篷。才奔了二十幾步，數支羽箭忽然呼嘯而至。躲閃已經完全來不及，姜簡按照吳黑闥的傳授，快速擺動長槊。效果聊勝於無，一支冷箭恰巧被槊杆撥歪，貼著菊花青的脖頸射入地面。另外兩支冷箭，卻毫無阻礙地射在了他的前胸上。

「噹，叮！」明光鎧濺起兩團火星，將冷箭彈飛。後頸和脊背處，剎那間冷汗淋漓，姜簡卻沒有命令菊花青放慢腳步，將身體稍稍伏低了一些，繼續撲向突厥人的中軍帳。

「保護姜簡設，保護姜簡設！」親兵們大叫著加速，在姜簡的左右兩側，形成兩道血肉屏障。馬蹄正對方向七十步外的帳篷後，一大隊突厥狼騎忽然出現，數量足足有三百人，大部分都沒有來得及穿上盔甲，也沒有戰馬可供驅策。

在一名頭戴銀色鐵盔，盔旁還裝飾著兩隻狐狸尾巴的將領指揮下，狼騎們聚集起臨時抓到的三十多張角弓，朝著姜簡展開攢射，一輪，又是一輪。

倉促射出的羽箭，準頭和威力都乏善可陳。姜簡策馬頂著羽箭疾馳，卻毫髮無傷。在他身邊，三、四名親兵不幸中箭，傷勢也不足以致命。所有親兵，在疾馳中默契地分成五列，保護著姜簡繼續撲向攔路的狼騎，短短七八個彈指，與對手之間的距離就拉近到了一丈之內。

姜簡猛然直起腰，用長槊將一名來不及更換兵器的突厥弓箭手挑離地面。他身邊的親兵們長槊齊刺，將另外四名狼騎開膛破肚。

敵軍倉促組成的陣型，立刻向內凹進去了一大截。鐵盔上裝飾著狐狸尾巴的將領大急，帶領親信咆哮著上前補位。姜簡在迅速轉身，將挑在槊鋒上的屍體甩向此人。「狐狸尾巴」將領慌忙舉刀格擋，刀刃砍入屍體，鮮血頓時淋了他滿頭滿臉。

屍體繼續下落，「狐狸尾巴」將領尖叫著閃避，手忙腳亂，看不清戰場上的形勢變化，他也無法做出正確調整。姜簡趁機槊刺馬踩，將擋在自己面前的狼騎盡數放翻在地。

突厥人臨時組成的攔截陣型，瞬間從中央處斷裂，眾瀚海都護府勇士們簇擁著姜簡，從斷裂處急衝而過。沿途用長槊左挑右刺，將裂口拓寬為一個血肉胡同。

「纏住他們，纏住一個是一個，禁止他們衝擊中軍！」狐狸尾巴大急，一邊瘋狂地衝向瀚海勇士的隊伍末尾，一邊高聲招呼。

他看出姜簡身邊的親兵不多，只要留下其中一部分，剩下的人，就很難再衝開下一道臨時防線。然而，還沒等他麾下的狼騎來得及奉命行事，瓦斯特勤已經帶著第二波瀚海勇士如飛而至，手中橫刀借著戰馬的奔跑速度斜劈，將招架不迭的狼騎兵一個接一個劈進血泊之中。

「狐狸尾巴」將領身邊的狼騎瞬間就被砍翻了二十幾個，僥倖沒處於橫刀攻擊範圍之內的其餘狼騎們，紛紛踉蹌後退，給瓦斯等瀚海勇士讓出足夠寬的通道。

「狐狸尾巴」將領本人，則氣急敗壞，咆哮聲宛若狼嚎：「纏住，從後邊追過去纏住他們，他們沒幾個人……」一句話沒等喊完，他身邊的狼騎們忽然掉轉身，四散奔逃。緊跟著，悶雷般的馬蹄聲，就傳進了他的耳朵。

「狐狸尾巴」將領愣了愣，紅著眼睛朝馬蹄聲來源方向扭頭，恰看到第三攻擊陣列，六百多名瀚海勇士策馬衝到了自己面前。

用力舉起刀，他試圖做最後的掙扎，卻是徒勞。刀光和馬蹄很快就淹沒了他，隨即，他就像大海裡的浪花一般，消失得無影無蹤。

「衝過去，肅清那邊，那座帳篷周圍的所有敵軍！」遊俠曲彬刀指不遠處那座橙黃色的帳篷，用生硬的回紇語呼籲。

「肅清中軍帳周圍所有敵軍！」

「肅清敵軍！」

「肅清……」

隊伍中的副校尉和旅帥們，興奮地重複，將命令瞬間傳遞到身邊每一位瀚海勇士的耳朵。

「得令！」眾勇士齊聲回應，一個個熱血沸騰。

漠南漠北，突厥最強，這幾乎是兩百多年來無法推翻的事實。哪怕在吐迷度可汗還活著的時候，瀚海勇士面對同樣數量的突厥狼騎，也只能利用地形與其周旋，根本沒力量正面與其為敵。

而今天，他的人數比狼騎少了一大截，身邊還不像對方那樣擁有大量僕從。他們卻一路殺到了突厥人的中軍帳前，勢如破竹。

仗打到這種程度，即便最後讓敵軍主將逃走，勇士們也足以驕傲一輩子。以後大夥與狼騎相遇，大夥也絕對不會再像先前那樣，未戰底氣先輸了三分！「攔住他們，攔住他們！」斜刺裡，忽然又傳來一陣紛亂的叫嚷。四百名衣衫不整的狼騎，在一名絡腮鬍子將領的統率下，不要命一般趕至。在兩座帳篷之間，用身體組成了一道人牆。

戰場上，用步兵攔截數量超過自己，且已經衝起了速度的騎兵，無異於飛蛾撲火。但是絡腮鬍子和他麾下那四百多名狼騎，卻義無反顧。

曲彬心中暗道一聲佩服，策馬掄刀，將距離自己最近的兩名狼騎先後砍倒。他身邊的瀚海勇士加速衝刺，刀光閃爍，將攔路的狼騎砍得血肉橫飛。

「啊啊啊……」眼看著自己倉促組織起來的防線，瞬間告破，絡腮鬍子突厥將領嘴裡發出了絕望的大叫。猛然一縱身，他飛竄向曲彬的戰馬之下，拚著自己被馬蹄踩成肉餅，也要讓對手血濺五步。

遊俠曲彬想都不想，果斷用雙腿夾緊了馬腹，同時雙腳力踩馬鐙。他胯下的坐騎得到暗示，嘴裡發出一串咆哮，四蹄騰空而起，越過了絡腮鬍子的頭頂，令對方撲了一個空。沒人會等絡腮鬍子變招，跟在曲彬身後的瀚海勇士們，紛紛揮刀下劈。轉眼間，就將此人亂刃分屍！

「肅清敵軍，支援姜簡設，別讓他們靠近中軍帳！」戰馬落地，曲彬舉刀高呼，同時用目光追尋那面猩紅色的戰旗。

他看到，那面戰旗衝過了最後一道阻擋，殺到了橙黃色的帳篷門口。

他看到，姜簡揮舞長槊，將幾名從橙色帳篷裡衝出來的突厥人挑飛。

他看到，周圍的幾座帳篷裡，衣衫不整，甚至空著手的突厥人，瘋狂地去封堵姜簡的去路，卻一個接一個倒在長槊之下。

他看到，一個頭戴白銀頭盔，鎧甲已經穿好了一大半兒的年輕突厥將軍，從中軍帳內衝了出來，爬上一匹駿馬，在最後七八名侍衛的拚死保護下，落荒而逃。而稍遠處，數以百計的突厥狼騎，正在不要命地向此人靠攏，試圖將此人接走。

「殺了他，他就是圖南，擒賊擒王！」提醒聲，不受控制地從曲彬嘴裡發出，卻不可能傳入姜簡的耳朵。與此同時，曲彬感覺自己的心臟停止了跳動，直接卡在了嗓子眼兒。

彷彿聽到了他的提醒，騎在菊花青上的姜簡，再次加速。長槊瞄著伯克圖南的後心畫影。幾次在即將刺中的瞬間，都被圖南的親兵用身體給擋了下來。

「有種別逃，你是主將！別給車鼻可汗丟人！投降免死！」姜簡身後，瀚海勇士們扯開嗓子，高聲羞辱或者挑釁。然而，卻無法讓伯克圖南的逃命腳步放慢分毫。他們策馬緊追，短時間之內，卻無法將自己與伯克圖南之間的距離拉近。而前方不遠處，已經有冷箭飛來，阻擋他們的去路。

「噹，叮！」姜簡的胸口和頭盔，各中了一記冷箭，雖然沒有穿透頭盔外表的包鐵和明光鎧，卻讓他迅速意識到有大股敵軍的臨近。用目光判斷了一下自己與圖南伯克之間的距離，他猛地從身後拔出一根短柄雙股鋼叉，奮力前擲。雪亮的鋼叉，帶著風聲追上圖南，正中此人沒來記得及套好鎧甲的後心。「啊……」圖南伯克慘叫著從馬背上墜落，與姜簡之間的距離瞬間縮短到不足七尺。對迎面射來的冷箭和側翼撲上來的人影視而不見，姜簡手中長槊奮力下刺，緊跟著又高高地挑起，將絕望的圖南伯克挑過了頭頂。

槊杆迅速彈直，圖南伯克的屍體被彈飛出一丈多遠。剎那間，冷箭消失，撲過來的身影全部停滯，四下裡一片死寂！

第九十六章　風暴

圖南伯克死了，一道完整的命令都沒發出，就被陣斬了！死的時候還背對著敵將，衣衫不整，兩手空空，連他自己的兵器都沒勇氣拔出！

震驚、屈辱、失望和恐懼，相繼從拚死前來救援自家主將的突厥狼騎們心裡湧起，剎那間湧遍了全身。手中角弓，忘記了再搭羽箭，狂奔的雙腿，也忽然失去了力氣。一個接一個，他們迅速停住了腳步，停止了身體的動作，停止了喊叫，茫然不知所措。

「唏吁吁……」姜簡胯下的菊花青，可沒有人類這些複雜的情感。反覆受到火光和鮮血刺激的牠，忽然發現來自正前方的威脅消失，嘴裡立刻發出一連串咆哮，四蹄驟然加速！

姜簡心中，因為成功斬殺敵將而產生的喜悅瞬間消失。不敢把自身的安危，寄託在對手的發呆上。再度揮動長槊，他左挑右刺，將擋在菊花青前的狼騎，一個接一個送回老家。

「殺光他們！」「保護姜簡設！」「殺突厥狗！」眾親兵也被姜簡所帶動，揮舞著長槊衝向不知所措的狼騎，轉眼間，就將前來救援圖南伯克的突厥狼騎，衝了個七零八落。

「啊……」僥倖沒有被長槊刺死的狼騎，如夢初醒。尖叫著轉身，四散奔逃。剛剛趕到的瓦斯特勤見狀，毫不猶豫地帶領其身邊的弟兄展開了屠殺，從背後追上突厥狼騎，將他們一個接一個砍倒在地。

「圖南伯克死了！」「圖南伯克被人殺死！」「唐軍，他們是唐軍！」尖叫聲，遲了十多個呼吸時間，才終於響了起來。中軍帳附近的所有突厥人，無論軍官還是兵卒，全都澈底喪失了抵抗意志。尖叫著撒開雙腿，遠離自家中軍帳，遠離那面猩紅色的戰旗。

「各旅帥，帶領本部兄弟分頭追殺敵軍，別給他們重新聚集的機會！」曲彬帶領第三進攻梯隊也迅速趕到，根據戰局的最新變化，果斷下達了命令。

他和韓弘基兩人所帶瀚海勇士，有整整六百人。沿途中戰損很少，完全可以忽略不計。六名旅帥正殺得熱血沸騰，聽到他的命令，立刻扯開嗓子高聲回應。隨即，各自率領本部勇士，朝著看起來敵軍可能聚集之處，發起了瘋狂進攻。

「圖南伯克死了！」「唐軍，他們是唐軍！」「圖南伯克被陣斬了！」「唐軍，唐軍！」營地裡的突厥狼騎無法反擊，也沒有勇氣抵抗，尖叫著四散奔逃。其倉惶與孱弱，與平素被他們瞧不起的葛邏祿僕從，沒有任何區別！

很多狼騎，剛剛從睡夢中驚醒，就加入了逃命行列，根本不去詢問和辨別有關圖南伯克被陣斬和對手是唐軍的消息是假是真。還有很多狼騎，鑽出冒煙的帳篷，兩手空空，愣頭愣腦地逃向瀚海勇士的戰馬之前，隨即被後者揮刀砍倒。從頭到尾，都沒弄清楚到底發生了什麼事情。

「吹角，通知所有別將和旅帥，注意控制麾下的弟兄。別追出營地太遠！」姜簡在距離營地另一側的鹿砦前，終於拉住了菊花青。扭過頭，喘息著對跟上來的親兵們吩咐。

「嗚嗚嗚，嗚嗚嗚，嗚嗚嗚……」有兩名親兵立刻拉住坐騎，拿出號角，奮力吹響。剎那間，將自家主帥的命令，傳遍了整個營地。

肯定做不到完全傳達準確，也不可能被每個聽到號角聲的將領完全領會。但是，接下來還有幾個專門負責傳令的親兵，會找到每位別將和旅帥，面對面將命令重申。

大局已定，所有人，都不必像先前一樣精神緊繃。負責傳令者不顧疲憊，策馬離去。其他人則帶著幾分難以置信，喘著粗氣以目互視。這才發現，最初的五十名弟兄，如今已經只剩下了三十出頭。將近二十名弟兄掉隊，除非真的有神明保佑，否則，他們不可能再活著爬上馬背。然而，剩下的親兵們，眼睛裡卻沒有多少悲傷。

漠北環境惡劣，且醫療手段匱乏，尋常人能活到三十歲已經是高壽。二十四、五歲戰死沙場，並不算短命。更重要的是，他們今天打敗了突厥人，並且親手將突厥狼騎的強大偽裝，扯下來撕成了碎片。

從今天起，回紇十六部再也不會有人甘心匍匐於突厥人腳下，給後者做牛做馬。為此，他們哪怕付出再大的代價，也絕對值得。
「吹角，通知所有領兵的旅帥，不要屠戮過重。對放棄抵抗者，任他們離去！」姜簡調整了片刻呼吸，一邊撥轉坐騎，一邊沉聲吩咐。儘管，他知道這樣命令，傳下去也未必有什麼效果。
「嗚嗚嗚，嗚嗚嗚……」親兵領命，再度吹響了號角。角聲卻聽起來有氣無力。另外兩名負責傳令的親兵，帶著幾分無奈策馬離開，動作卻慢得如同蝸牛。
姜簡笑了笑，沒計較親兵們耍的這些花樣。回紇被突厥欺壓了數百年，最近又被車鼻可汗唆使烏紇害死了他們的大汗，雙方之間的血海深仇，絕對不是自己三言兩語就能夠化解。而此番突厥狼騎打上門，隨時都可能將回紇十六部連根拔起。作為弱勢的一方，回紇將士也沒多少資格，向失敗者展示自己的仁慈。
有幾點隱約的刺痛，忽然從胳膊和大腿邊緣傳來，姜簡皺著眉頭檢視，剎那間，又被驚得寒毛倒豎。他發現自己的胳膊和大腿外側，竟然插著好幾根羽箭。雖然箭鏃被鎧甲擋住，看起來沒能扎得太深，但是，中箭處，卻早已染滿了紅。來不及仔細分辨，中箭位置的血，到底來自自己，還是敵軍。姜簡趕緊跳下戰馬，伸手去拔箭桿。一動之下，痛楚更為強烈，剎那間，就讓他呻吟出了聲音。
「姜箭設中箭了！」「姜簡設受傷了！」親兵們大急，趕緊也紛紛跳下馬來，對姜簡緊急施救。一通手忙腳亂之後，總算將自家主帥胳膊和大腿處的羽箭，盡數拔出。再看姜簡，雖然受的全都不是致命傷，卻已經疼得冷汗淋漓。「別亂喊，都是些皮外傷！要不了命！」人在疼痛的刺激下，頭腦反而非常清醒。掙扎從裡衣下襬割下布條，姜簡一邊指點親兵們為自己包紮，一邊叮囑，「裹起來，然後幫我把鎧甲套回去，別亂了軍心。」

「不喊，不喊！」眾親兵齊齊禁聲，隨即用身體圍成一個圈子，把姜簡遮擋得嚴嚴實實，以防他人看到自家主將受傷。然後又推出其中公認手指最靈活者替姜簡包紮傷口。

被親兵們好心卻笨拙的舉動，弄得哭笑不得，姜簡只好任由大夥放手施為。那些傷口原本就沒多深，灑上金瘡藥，立刻就停止了滲血。眾親兵心神稍定，繼續用布條包裹傷口，還沒等把第一道傷口處理完畢，卻又聽見姜簡驚詫地喊道：「你，你護腿上也中箭了！別動，你，左肩，右肩，還有肋下，有箭桿在晃蕩！」

眾親兵吃了一驚，紛紛互相檢視。終於發現，中了箭的可不止是姜簡一個。大多數人身上的非要害部位，都插著不止一支箭桿，多虧了大唐朝廷配發的鎧甲沒有偷工減料，而剛才突厥狼騎箭又放得太倉促，大夥兒才逃過了一劫。這下，所有人都不慌了，一邊慶幸地搖頭，一邊互相幫忙，拔掉彼此身上的羽箭，處理傷口。待忙碌完畢，心中對突厥狼騎的戰鬥力評價，又下降了一大截。

說起來就是幾句話的事情，實際上花費的時間卻不算短。眾親兵幫姜簡重新套好了明光鎧，扶著他上菊花青，再舉頭四顧，周圍戰鬥基本已經宣告結束。偌大的營地內，除了中軍帳之外，幾乎所有帳篷都變成了篝火堆。火焰散發著羊毛製品燃燒時特有的焦臭味道，將整個營地照得比白晝還明亮。

在眾人的馬蹄下，橫七豎八地躺著數以百計的屍體。大部分是突厥狼騎的，也有一部分葛邏祿僕從的。屍體上基本都沒穿鎧甲，即便偶爾有穿了鎧甲的，也只穿了一半兒，無法護住身上所有要害。而屍體上的致命傷，全都出現在缺乏鎧甲保護的位置。有的在後心窩，有從肩膀一直切到腰桿。個別受傷的人還沒有嚥氣，在血泊中本能地掙扎。打掃戰場的瀚海都護府兵卒發現了，立刻就會衝過來補刀，澈底將他們送回老家。

「住手！」姜簡看到了，本能地出言阻攔。在他受過的教育裡頭，屠戮敵軍傷兵和俘虜，一直被視為不祥和野蠻的舉動。只要被言官得知，肯定會發起彈劾。

然而，當看到血泊中呻吟者的傷勢，他又硬起心腸，在親兵的簇擁下逕自離去。救不活，瀚海都護府缺醫少藥，即便自家兄弟受了這麼嚴重的傷，一樣只能等死。更何況，躺在血泊中的是敵軍？補上一刀，送他們早點兒上路，對重傷者來說，反倒是一種解脫。

儘量不再看倒在血泊裡的屍體和敵方傷號，姜簡帶著親兵們，從燃燒的帳篷之間穿過，一路直奔突厥狼騎的中軍帳。戰鬥已經結束，打掃戰場、收容俘虜和救治己方傷號的事情，自然有杜七藝這個稱職的行軍長史來負責。而他需要根據臨近的另外兩支敵軍的動向，以便隨時做出新的決定。

「子明，你可算回來了，我正要派人去找你！」杜七藝早就接管了突厥人的中軍帳，聽親兵彙報說副都護返回，立刻小跑著迎了出來。

「怎麼，另外兩支狼騎一起殺過來了？」姜簡聽得心臟一緊，來不及下馬就低聲詢問。

「沒有，沒有！」杜七藝立刻意識到自己剛才的舉動，與行軍長史的身份不符，紅著臉輕輕擺手，「我是擔心，我是擔心你光顧著追殺敵軍，遭到調頭反噬。另外兩支狼騎，據我舅舅，據胡總教頭派人回報，尚無動靜。應該是還沒收到警訊，或者想等著天亮之後，核實了消息再做定奪！」

「他們倒是謹慎！」跳至嗓子眼兒處的心臟，循序回落，姜簡帶著幾分遺憾點評。

如果另外兩路敵軍看到白馬湖這邊的火光，倉促趕過來救援。除了帶領瀚海都護府勇士們抽身而退之外，他還可以兵行險招，主動迎擊其中一路，打對方一個措手不及。而兩路敵軍都沒有任何動作，他反倒不宜過於冒險了。以免被兩路敵軍前後夾擊，把今夜的勝利成果，全都還了回去。

「子明，進中軍帳，進中軍帳聽我跟你彙報。既然另外兩路敵軍暫時沒有動作，你就還有時間進中軍帳緩口氣！」杜七藝終究年齡小，再沉穩也有限，上前拉住菊花青的韁繩，連聲催促。

「好！」姜簡與他相交多年，彼此熟悉對方的脾氣秉性。見了他迫不及待的模樣，立刻知道還有別的情況，笑著答應了一聲，翻身下馬，三步並作兩步，進入中軍帳內。

「子明，此戰咱們大獲全勝。殲敵七百餘，俘虜四百三十餘，還迫降了一千四百多名葛邏祿人！」杜七藝快步尾隨而入，待看到周圍沒有了外人，立刻興奮地手舞足蹈。「羯曼陀想包圍咱們，卻被咱們砍斷了一根手指。接下來，看他還敢不敢囂張！」

「咱們這邊傷亡如何？多嗎？」姜簡的年齡比杜七藝大不了多少，沒有外人在場，也迅速現出了原形，雙拳緊握，紅著臉詢問。

做主將戰後先關心麾下的傷亡，乃是師父吳黑闥傳授給他的用兵之道。所以，哪怕心裡頭再興奮，他也必須有此一問。只是，他的表情和動作，與問題完全不搭界。

「咱們自己的傷亡情況，還沒完全統計！損失最嚴重的應該是你的親兵隊，接下來是瓦斯身邊的弟兄，到了曲校尉那邊，就只剩下零星幾個。我估計，總傷亡肯定不會超過兩百！」早就料到姜簡會有此一問，杜七藝回答得很快。隨即，就迅速轉換了話題，「關鍵是有一千四百多名葛邏祿人，走投無路投降了咱們，包括帶領他們的特勤塔石立！」

「這麼多？你把他們都留下了？他們……」姜簡有些不明白杜七藝為何反覆提到葛邏祿俘虜，皺著眉頭詢問。葛邏祿人不擅長戰鬥，且習慣於追隨強者。他們走投無路選擇投降，原本糧草就不寬裕的瀚海都護府，就得分給他們一份口糧。而作戰之時，還不能指望他們幫忙，反倒要小心他們見勢不妙，又叛回突厥別部那邊去，在背後捅大夥的黑刀。

然而，一句話沒等說完，他忽然瞪圓了眼睛改口，「你的意思是，借他們的……」

「正是！」杜七藝收起笑容，用力點頭，雙目之中，精光閃爍！

「你們真的看清楚了，偷襲前營的是大唐邊軍？」天光已經大亮，左營統軍呼延柄眼裡的困惑卻更濃，盯著被斥候押上來的三名潰兵，沉聲喝問。

在場的俟利弗、大箭、小箭們，一個個也眉頭緊皺，看向潰兵的目光當中，充滿了懷疑。他們在黎明之前最黑暗的時候，被五十里外的火光驚醒。隨即，就意識到圖南伯克及此人所統率的前營，遭到了敵軍襲擊。

然而，再三商議之後，他們卻和左營主將呼延柄一致認為，暫且按兵不動才是最佳選擇。以防倉促趕過去，來不及援救自家袍澤，反倒在半路上遭到敵軍的埋伏。

畢竟事關自家袍澤，雖然下令按兵不動，呼延柄卻派出了大量斥候，去偵查前營的消息，同時叮囑斥候們仔細搜索左營與前營之間幾處最有可能藏兵的位置，堅決不給敵軍設伏的機會。他率部駐紮的苦艾嶺，距離白馬湖只有五十多里遠。斥候們一人三騎，不惜體力和性命，趕過去刺探軍情，很快就將消息一波接一波送了回來。然而，這些消息卻極為混亂，甚至彼此之間相互矛盾。有的說是回紇人利用巫術躲在湖水裡，半夜爬出來向前營發起了襲擊。有的說是葛邏祿僕從與回紇人勾結，半夜發動了叛亂，裡應外合。有的說是葛邏祿人半夜餵馬時不小心點燃了馬料，導致了營嘯……林林總總，不一而足。

甚至還有更離譜的消息，說是有一支大唐邊軍，就隱藏在白馬湖畔，坐等突厥狼騎上鉤。圖南伯克在唐軍眼皮底下紮營，等同於綿羊把自己送到了狼的嘴巴旁。

這怎麼可能？對最後一種說法，包括呼延柄在內，所有將領都拒絕相信。然而，隨著斥候們送回來的消息逐漸增多，他們卻發現，這種說法的可能性也在不斷增加。甚至還有斥候，親眼看到自家同伴，跟敵軍的斥候交上了手。據果斷逃離戰場的他彙報，對手是一名如假包換的大唐邊軍。非但鎧甲、武器都是標準的大唐邊軍制式，甚至向其部屬喊話時，用的也是標準的唐言。

「不可能，絕對不可能，李素立的使者，前幾天還在勸可汗重歸大唐旗下。如果他有膽子派兵出來野戰，又何必裝孫子。」呼延柄仍舊拒絕相信唐軍參戰，然而，心裡頭卻感覺七上八下。

作為一名領軍多年的老將，他其實非常不看好自家可汗此番起兵反叛的前途。雖然車鼻可汗為了起兵反叛，暗中準備了四五年；雖然來自大食國的講經人，給突厥別部帶來了大量的金銀和生鐵；雖然突厥別部這幾年通過吞併弱小，人丁已經擴充到了四十餘萬，可戰之兵超過五萬。但是，有一個缺陷，卻絕非依靠陰謀和外部的支持所能彌補。

那就是，將士們的戰鬥經驗。

近二十年來，大唐各路邊軍不停地開疆拓土，平叛追逃。將士們戰鬥經驗想必極為豐富。像李素立這種沒勇氣作戰，只想靠耍嘴皮子建功立業的人，在大唐，絕對是少數中的少數。而自從頡利可汗帶領整個突厥汗國臣服於大唐之後，各部突厥將士就沒怎麼打過大仗。包括車鼻可汗麾下的別部兒郎，平時也只能欺負一下實力遠不如自己的葛邏祿人、室韋人、同羅人，甚至基本沒有參與過兵力規模上萬的戰爭。

如果大唐邊軍參戰，在雙方兵力相當的情況下，呼延柄不認為狼騎能落到任何好結果。除非率領唐軍的主將，也是李素立那樣的草包。不光是他，呼延柄相信，自家可汗車鼻心裡頭也知道這一差距的存在。不信的話，看突厥別部血洗了大唐使團之後，卻遲遲沒有豎起反旗。發動的幾場戰爭，也是針對漠北幾家部落，卻沒有向受降城靠近半寸！

所以，在天亮之後，弄清楚大唐邊軍是否參戰，就成了呼延柄眼裡的第一要務。重要程度，甚至遠遠超過了弄清楚前營狼騎主將圖南伯克的生死，和前營與敵軍戰鬥的具體經過。

好在草原廣闊，敵軍的斥候不可能截下所有突厥左營這邊派出去的所有哨探。而凌晨那場戰鬥，也不可能沒有任何一個親身經歷的人都被堵在營地裡逃不出來。稍微花了一些力氣，突厥斥候們終於找到了幾個前營的潰兵，並且將他們平安送到了呼延柄面前。

呼延柄趕緊當眾對潰兵進行了審訊，然而，得到的答案，仍舊撲朔迷離。「不，不確定。他們，他們都帶著鐵護面。誰都不說話。騎著馬橫衝直撞！」第一個回答他疑問的，是一名突厥小箭。既沒有穿鎧甲，頭盔也不知道丟去了何處，兩隻腳丫子被草根和石子扎得稀爛。

「該死！」呼延柄低聲唾罵，不知道是罵敵軍，還是被嚇破了膽子的自家小箭。

小箭被嚇得打了個哆嗦，將頭縮進領子裡，不敢再說半個字。

突厥瞧不起弱者，對戰敗逃回來的將士，處置極為隨意。呼延柄如果拔刀當眾砍了他，絕不會受到人任何處罰。

「應該，應該不是唐軍。小的，小的叫布魯丁，是，是俟利弗石失畢的親侄兒。我叔父曾經帶著我們拚死阻擋敵軍，卻寡不敵眾。」另一名光著大腿的突厥狼騎，比小箭聰明，發現呼延柄目露凶光，趕緊大聲彙報。

「你叔父是石失畢？他人呢？」呼延柄顯然與光腿狼騎的叔父相識，立刻將頭轉向了他，沉聲詢問。

「戰，戰死了！」光腿兒狼騎布魯丁的眼前，瞬間閃過自家叔父裹著毯子逃命，卻被來自身後的火箭射死的慘烈畫面，難過地低下了頭，「他帶著我們擋住了上百名敵軍，卻不小心中了冷箭。」

「你叔父是個豪傑！」呼延柄眉頭挑了挑，聲音迅速變得溫柔，「你今後肯定有機會給他報仇。」

「多謝伯克！」布魯丁抬手抹淚，趁機將額角處的冷汗也悄悄地擦了個乾乾淨淨。

「你能確定，襲擊前營的不是唐軍？」呼延柄見他模樣可憐，問話的語氣更加溫柔。

「是啊，你從哪裡判斷出來，襲擊你們的不是唐軍？」

「不是說，他們都帶著面甲嗎？」

在場的其他大箭、小箭，也紛紛開口，與其說是在詢問，不如說是在期盼。

「他們，他們的軍令，不是唐言。我聽到了，我聽到他們喊，不管別處，先去衝擊中軍！」布魯丁既然已經撒了謊，索性把心一橫，將謊言撒到底。

「嗯？」眾大箭，小箭們，如釋重負，悄悄吐氣。

呼延柄也覺得輕鬆了不少，作為主將，卻不敢偏聽偏信，將目光轉向第三名潰兵，仔細求證，「你呢，你看到的敵軍，是回紇人，還是唐人？」

第三名潰兵是個葛邏祿僕從，聽到呼延柄的詢問，立刻趴在了地上，「回，回伯克的話，是，是天兵，是唐人！他們穿著，穿著大唐的鎧甲，拿著馬槊，策馬從鹿砦上躍到營地內，見人就殺！我，我聽到帶頭的將領，用唐言喊話！」

「唐言？你能聽出是唐言？」呼延柄的心臟一抽，質疑的話脫口而出，「他喊的是什麼？」

「我聽不懂，但是，肯定不是回紇話。」葛邏祿僕從不敢撒謊，磕了個頭，鼓起全身的勇氣，開始鸚鵡學舌，「他喊的是，他喊的是，跟上我，直搗中軍！」

後半句話，聽起來無比生硬。然而，卻在剎那間就讓呼延柄的心臟像灌了鉛一樣沉。

「胡言亂語，擾亂軍心，來人，把他們三個，全都給我拖出去，砍了！」毫不猶豫揮了下手臂，他命人將葛邏祿僕從拖出去滅口。

「饒命，伯克饒命……」三名潰兵嚇得趴在地上，苦苦哀求。卻被衝上來的親衛倒拖出了中軍帳外。

呼延柄對哀求聲充耳不聞，只管皺著眉頭，在中軍帳內來回踱步。

如果凌晨時分襲擊前營的是大唐邊軍，恐怕圖南伯克，眼下已經身首異處了。接下來，作為左營的主將，呼延柄需要考慮的不是去不去救圖南伯克，而是怎樣做，才能避免自己的左營，成為大唐邊軍的下一個進攻目標。

「伯克，葛邏祿人被嚇破了膽子，他的話不可信！」

「也許有少量唐軍給回紇人幫忙，不會是一整支大唐邊軍！」

「圖南伯克那邊，一直沒有確切消息，可能已經戰死了。眼下，咱們需要儘快去跟羯曼陀設會合。把圖南伯克遇害的消息告訴他！」

在場的眾大箭、小箭們，也心驚肉跳。紛紛湊到他身邊，低聲獻策。然而，無論是哪一條妙計，都沒有建議呼延柄帶領左營，主動前往白馬湖畔一探究竟。

「好了，不要說了，都閉嘴！你們的意思，我知道了！」呼延柄被吵得心煩意亂，啞著嗓子呵斥。大箭、小箭們未戰先怯，作為主將，他肯定不會再帶著左營主動去找那支襲擊了前營的兵馬作戰。無論對方到底是回紇人，還是大唐邊軍。

然而，接下來該怎麼辦，卻需要花費一些心思去考慮。

不能拔腿就走，讓羯曼陀設認為自己畏懼敵軍。也不能留在原地，給敵軍偷襲自己的機會！還沒等他想出一個頭緒，中軍帳外，忽然傳來了一陣急促的馬蹄聲。緊跟著，一名斥候大箭，就匆匆忙忙地衝進來，先朝著他行了禮，然後喘息著彙報：「報，伯克，葛邏祿特勤塔石立，帶著他手下的殘兵逃，逃到咱們這邊來了。還，還帶回了圖南伯克的屍體！」

「塔石立，他在哪？他麾下還有多少葛邏祿殘兵？」呼延柄大吃一驚，瞪圓了眼睛追問。

「已經，已經到了營門外。卑職沒讓他進來。只讓他派人抬回了圖南伯克的屍體。他麾下，他麾下大概還有一千四五百人。」斥候大箭想都不想，繼續喘息著彙報。

「你做得對，的確不該讓他進營，特別是這種時候，他身邊很可能就混著敵軍的細作！」呼延柄稍作斟酌，嘉許地點頭。

然而，下一個瞬間，他的手卻按住了腰間刀柄，扯開嗓子高聲咆哮：「備戰！傳令，全軍備戰！通知守營門的將士，攔住葛邏祿人，攔住塔石立，敢硬闖營地者……」

「嗚嗚嗚，嗚嗚嗚……」龍吟般的號角聲，將他的命令攔腰切斷。緊跟著，地面開始震動，馬蹄聲宛若山崩海嘯！

「奪門！」就在周圍的狼騎們注意力被號角聲吸引的一剎那，胡子曰從圖南伯克的屍體下抽出橫刀，一刀將前來檢查屍體的突厥小箭砍翻在地。

「奪門！」「奪門！」曲彬、韓弘基、朱韻、王達和趙雄齊聲回應。從圖南伯克的屍體下抽出各自的兵器，朝周圍的狼騎發起進攻，轉眼間，就將十多名狼騎全都放倒於地。

胡子曰和他們五個配合多年，彼此之間默契至極，行雲流水般結成了梅花陣，衝向突厥人的營門之右。幾名當值的突厥兵卒捨命上前阻攔，被他們三下兩下，就砍成了屍體。

營門右側，數名當值的狼騎，已經衝到了控制鐵柵欄的轆轤旁，試圖砍斷轆轤上的繩索，放下柵欄。胡子曰大吼著揮刀，兩隻手臂齊肘而斷。拉欄杆的繩索立刻被血染紅，受傷者淒聲慘叫，單手捂著傷口痛苦地跪倒在地。另外五名狼騎立刻顧不上再搞破壞，先揮刀撲向胡子曰。梅花陣轉動，韓弘基、朱韻、王達和趙雄從不同方向先後出刀。五名狼騎的進攻迅速被截下，隨即，被逼得踉蹌後退。

「堵住大門，放下鐵柵欄堵住大門！」另一隊狼騎如夢初醒，大叫著上前為其同夥提供支援。胡子曰等人結陣而戰，牢牢守住控制鐵柵欄的轆轤和繩索，將衝過來的狼騎接二連三砍倒翻。更多的狼騎咆哮著撲上，卻已經為時太晚。

營門外，瓦斯特勤帶著兩百多名瀚海勇士，在策馬衝刺的途中，甩掉身上葛邏祿服飾，舉起橫刀。陽光下，刀刃反射的光芒如同水波般起伏。匆忙上前攔路的十多名突厥狼騎，一眨眼功夫，就被刀光徹底吞沒！

馬蹄翻飛，帶起一團團紅色的污泥。「中軍！直取中軍！」瓦斯特勤學著凌晨時姜簡的模樣，用生硬的漢語大叫。「中軍！」充當先鋒的三百多名瀚海勇士，齊聲用漢語回應。風馳電掣般衝入突厥人的營地，將出現於戰馬前方和兩側的任何活物，都亂刃分屍。

「奪門！」李思邈和陳元敬帶領另外兩隊瀚海勇士，緊隨先鋒團策馬衝入，一左一右，撲向營門內側。圍攻胡子曰等人的突厥狼騎背後遭到攻擊，不得不轉身迎戰。胡子曰帶領五位老兄弟趁勢發起反攻，將靠近轆轤半丈之內的所有狼騎，一個接一個送回了老家。

營門迅速落入瀚海勇士的掌控，陳元敬舉起傳訊的畫角，奮力吹響，「嗚嗚嗚嗚……」。姜簡那邊，立刻以短促的號角聲做出回應。隨即，帶領全軍發起了總攻。

猩紅色的帥旗向前移動，越過突厥人的營門。兩個團的騎兵從姜簡身邊分出，與前鋒團錯開一個夾角，從兌位和巽位，殺向突厥營地深處。每三百名勇士當中，一半人手持弓箭，遠距離射殺危險目標。另一半人則手持橫刀，將靠近自家隊伍的突厥狼騎全部砍倒。

凌晨時就從睡夢中被驚醒，直到一刻鐘前才剛剛鬆了一口氣兒的突厥狼騎，倉促應戰，被殺得毫無還手之力。很多領兵的突厥大箭、小箭們，根本找不到自己的下屬在哪，更組織不起有效的抵抗。而很多狼騎空有一身武力，卻與身邊的同伴們做不出有效配合。稀裡糊塗就被羽箭射中，然後被策馬衝過來的瀚海勇士砍得身首異處。

擔任前鋒的瀚海勇士們，攻擊更為犀利，將倉促集結起來上前阻路的突厥狼騎，一波接一波衝散。而位置在營地周邊的突厥狼騎想要向自家中軍帳附近靠攏，卻先得面臨李思邈和陳元敬所部瀚海勇士的衝殺，每向中軍帳位置靠近一步，都需要付出鮮血和生命為代價。

混亂與恐懼，迅速在突厥人的營地裡蔓延。突厥狼騎們缺乏大戰經驗的缺點，在狂風暴雨般的打擊下，迅速暴露得清清楚楚。很多年輕的狼騎，看到衝向中軍的同伴一批接一批倒下，腳步本能地放慢。很多鬢角斑白的狼騎，則瞬間想起有關唐軍參戰的謠言，開始東張西望尋找退路。

表現最為不堪的，是葛邏祿僕從。先前傳聞其在前營的同族與回紇人裡應外合，殺死了圖南伯克，他們立即被呼延柄下令沒收了兵器，分散監管在營地內各處，一個個被嚇得六神無主。此刻發現有人冒充他們的同族向突厥狼騎發起了進攻，愈發地心驚膽戰。沒等羽箭射到身邊，就有葛邏祿僕從尖叫著向營外逃去。沒等橫刀砍倒頭上，就有葛邏祿貴族躲到了帳篷後，堅決不再露頭。負責看押他們的突厥狼騎，自顧不暇，根本沒辦法強迫他們留在原地等死。

「七藝，小駱，你帶一個旅弟兄，押著塔石立去煽動他的同族。告訴那些葛邏祿人，只要逃出突厥人的營地就既往不咎！」坐鎮中軍的姜簡，迅速發現了葛邏祿人的地位尷尬，果斷下達了命令。

「哎……」終於得到表現機會的駱履元興奮地答應一聲，用橫刀架在葛邏祿特勤塔石立的脖子上，押著對方就走。

杜七藝見了，趕緊帶領一百名瀚海勇士，策馬跟上。眾人一邊跟在前鋒身後，向營地深處推進，一邊用突厥語，將塔石立特勤的「命令」，向亂做一團的葛邏祿人宣告。不時還強迫塔石立特勤自己喊上兩嗓子，以幫助所有葛邏祿人確定他的身份。

這一招，效果立竿見影，原本就一直擔心遭到突厥狼騎報復的葛邏祿僕從，發現自家特勤果然投靠了唐軍，哪裡還敢繼續留在突厥人的營地之內等死？嘴裡發出一聲尖叫，掉轉身，四散逃命。沿途遇到任何阻擋，要麼推翻在地，要麼側身繞過。

突厥狼騎的臨時營地內，愈發混亂不堪。很多狼騎的去路被潰逃的葛邏祿人所阻，急得揮刀亂砍。而急著逃命的葛邏祿人，也被同伴的鮮血，激發出身體內最後的勇氣。俯身從地上撿起搭帳篷用的木條、草繩，以及戰死者掉落的兵器，與突厥狼騎戰做了一團。

「阿拉巴，你帶一個旅弟兄去放火！把所有帳篷給點了，一個不留！」姜簡作戰馬背上迅速觀察了一下戰局，繼續下達命令。

營地裡的突厥狼騎都已經起床，放火並不能直接對他們造成殺傷，卻可以讓局勢更加混亂。而局勢越亂，領軍的突厥主將，越難以把狼騎組織到他自己身邊，抵擋瀚海勇士們的進攻！

「得令嘞！」別將阿拉巴大叫著答應，立刻帶人四下去執行命令。靠近營門附近的帳篷頂，迅速冒起了火苗。晨風捲著濃煙和毛織品燃燒時特有的焦臭味兒，灌向營地深處，讓突厥狼騎原本就已經非常低落的士氣，瞬間又下降了一大截。

「其他所有人，跟上我，去支援瓦斯特勤，拿下敵軍主將！」再次掃視了一下戰場上的形勢，姜簡持槊在手，奮力前指。

前鋒團的攻勢，在中軍帳附近受到了阻礙。距離有點遠，姜簡看不清楚瓦斯特勤那邊的具體情況如何，卻能夠根據自家隊伍的整體推進速度和越來越激烈的喊殺聲，判斷出敵軍的抵抗越來越頑強，越來越有章法。

這並不令他感到奇怪。得知白馬湖那邊的狼騎遇襲之後，其他各路突厥兵馬，肯定會加強戒備。而白天作戰與凌晨時不同，狼騎的主將可以清楚地看出敵我雙方的兵力對比，以及我方的進攻路線，從而做出相應的戰術調整。

再加上瀚海都護府勇士已經廝殺過一場，體力不如先前。而營地內的突厥人卻是剛剛休息了一整夜，精神和體力都非常充足。雙方在戰鬥中的某一時刻，暫時陷入膠著實屬正常。關鍵是看誰能夠搶先一步想到破局之策。

姜簡的破局之策受其師父吳黑闥的影響，粗暴而直接。親自帶著手頭剩下的所有兵力壓上去，推動或者代替自家前鋒，鑿穿敵軍的防線。

這個戰術，不需要太高明的指揮技巧，也不需要太多的戰鬥經驗。只要主將自己足夠勇猛，並且能帶著身邊的人一起拚命即可！

表面繡著「唐」字的猩紅色戰旗，加速開始向前移動。戰旗之下，三百六十多名瀚海勇士，或擎刀，或持槊，跟隨姜簡一起向前推進。沿途不時有零散或者小股的狼騎，衝出來試圖阻擋他們的腳步，被大夥刀槊齊下，轉眼就碾壓成了肉泥。

「嗚嗚嗚……」傳令兵吹響號角，將自家主帥參戰的消息，傳向前鋒。正在與敵將纏鬥的瓦斯特勤聞聽，臉色瞬間紅得如同滴血。橫刀斜推，他推開砍向自己的利斧，緊跟著從馬鐙上抽出戰靴，縱身躍向了對手的馬背。

這一招非常兇險，如果雙方坐騎的速度稍快，他就會摔在地上，被敵我雙方的其他戰馬活活踩死。然而，因為戰勢陷入膠著，敵我雙方的戰馬此刻都只能原地打圈子。他的身體騰空而起之後，恰恰落向了敵將身後。

那名突厥將領大驚，趕緊轉身揮斧，掃向瓦斯的胸口。瓦斯特勤利用位置優勢，搶先出刀，同時奮力側身。

斧刃未接觸到瓦斯的身體，橫刀的刀刃，卻已經砍在了突厥將領掃過來的胳膊上。剎那間，讓此人的胳膊齊肘斷成了兩截。握著斧頭的手和半截小臂落地，突厥將領疼得眼前陣陣發暈。瓦斯特勤身體迅速坐穩，反手用刀刃在此人的脖頸上抹開了一道三寸長的口子。

血如噴泉般噴出，將瓦斯特勤全身都染成了紅色。胸口前挺，他將已經死去的敵將撞在馬背。隨即，單手抓住馬鞍奮力支撐，整個人再度向前躍出尺餘，重重地坐在了馬鞍中央。

兩把帶著明顯大食風格的長劍和一把鐵鐧向他砸來，逼得他手忙腳亂地招架自救。四周圍，數名瀚海精銳奮力前衝，殺死各自的對手，努力為瓦斯特勤提供支援。兩把大食長劍被迫改變目標，暫且無暇再威脅到瓦斯特勤，後者趁機大吼著揮刀，將鐵鐧的主人斬落馬下。

一把鐵蒺藜骨朵迎頭砸來，瓦斯特勤不敢硬接，揮刀撥向鐵蒺藜骨朵的長柄，借力打力。對手的反應卻極為迅速，猛地將左手橫推，鐵蒺藜骨朵在半空中忽然轉變方向，「噹」地一聲，與橫刀碰了個正著。

火星四濺，瓦斯特勤手中的橫刀被砸成了一個鐵鉤子。不顧疼痛和麻木，他猛地將手臂前揮，將「鐵鉤子」狠狠朝著對手臉上砸去。持鐵蒺藜骨朵的對手不得不仰面躲閃，主動放棄了進攻。一名瀚海勇士趁機抽出馬鞭橫掃，正中此人胯下坐騎的眼睛。

「唏吁吁……」戰馬的眼睛被抽瞎，悲鳴著揚起前蹄。使鐵蒺藜骨朵的突厥大箭措手不及，連人帶兵器被摔在了地面上。

將鐵蒺藜骨朵柄插向地面，他掙扎著試圖起身。另外一名正在呼喝酣戰突厥武將的坐騎，躲避不及，前蹄重重地踩在他的後背上，將他踩得撲倒下去，嘴巴鼻孔等處，鮮血亂冒。

又一雙馬蹄受周圍的空間限制，重重地落在他的肩胛骨上。緊跟著，是第二雙，第三雙，第四雙……。使用鐵蒺藜骨朵的突厥大箭慘叫掙扎，卻無法逃脫，轉眼間，就再也發不出任何動靜。

「拚命上，別丟人。姜簡設帶著傷上來了！」無暇給與對手任何同情，瓦斯特勤從繳獲的戰馬身上抓起一根狼牙棒，一邊揮舞，一邊紅著眼睛大叫。作為姜簡的同齡人，他對後者佩服歸佩服，攀比之心卻沒有完全消失。姜簡在黎明前率隊衝陣，勢如破竹，而他現在卻被敵軍死死堵住了去路，還需要姜簡帶著傷前來助戰。兩相比較，他怎麼可能不羞愧難當？

「殺，殺突厥狗！」

「殺，姜簡設看著咱們！」

在瓦斯特勤的身側和身後，人數已經不到兩百前鋒團將士，大叫著回應。然後鼓足力氣和精神，向攔路的突厥狼騎發起了新一輪衝擊。

突厥狼騎的人數跟他們差不多，一半兒人騎著馬，另一半人拿著長矛步戰。敵我雙方在極為狹小的區域內面對面硬撼，每一個彈指，都有勇士倒下，鮮血在地面上不停地彙聚，汩汩成溪。

「左側，左側！」有人忽然用回紇語大叫，聲音落在瓦斯特勤耳朵裡，宛若醍醐灌頂。揮舞狼牙棒逼開對手，他策馬擠向自己身體的左前方二十多步遠位置，身後和身側，三十幾名瀚海勇士捨命跟上。

敵軍的右側兵力原本就相對單薄，剎那間所承受的壓力增加了一倍，很快就被撕開了一道縫隙，隨即，四分五裂。

「去中軍，去殺敵軍主將！」學著記憶中姜簡的英武模樣，瓦斯特勤策馬闖過破碎的敵陣，大叫著用狼牙棒指向突厥左營的中軍帳。

被擊碎陣列的突厥將士，又氣又急，咆哮著衝向戰馬，卻被他身邊的瀚海勇士奮力擋住，無法靠近他身邊五步範圍之內。

數支長槊忽然飛來，將七八名突厥將士射倒在地。其餘的突厥人尖叫著閃避，瓦斯受到的糾纏迅速消失。猛地用靴尖踢打馬腹，他重新加速，撲向百十步外的中軍帳，如同下山覓食的猛虎。

「結陣，結陣攔住他！」突厥左營在中軍帳外，伯克呼延柄一邊引弓激射，一邊高聲命令。

雙方之間的距離已經不到五十步，兩支破甲錐脫弦而出，直奔瓦斯特勤和他胯下的坐騎。剛剛給戰馬加起速度來的瓦斯特勤，根本來不及閃避，慌忙將狼牙棒橫在胸前。「啪……」第一支破甲錐貼著狼牙棒的邊緣掠過，精鋼打造的箭鏃命中了他的胸口，卻幸運地被護心鏡擋了一下，與護心鏡卡在一起，無法繼續前進分毫。

瓦斯特勤被嚇得寒毛倒豎，本能地伸出左手去拔箭桿。還沒等他的手指握緊，胯下的坐騎忽然悲鳴著栽倒，將他像麻袋般向前摔出了一丈多遠。

眼前金星亂冒，渾身上下無處不疼。瓦斯特勤掙扎試圖站起身，四周卻有數把鋼刀同時砍至。

「啊……」他口中發出絕望的尖叫，揮動狼牙棒四下亂掃。一名突厥狼騎被他掃飛，另外一名狼騎被逼得踉蹌後退。數支羽箭呼嘯著從半空中落下，將其餘突厥狼騎放翻在地。

瓦斯身上，已經掛了彩，依賴於盔甲的保護，傷勢卻都不致命。咆哮著從血泊中站起身，他揮動狼牙棒朝著周圍的突厥狼騎亂砸，將對手砸得人仰馬翻。

「繼續放箭開路，咱們的鎧甲比突厥人的結實！」胡子曰的聲音響起，不帶一絲感情。

先前與他一道成功奪下突厥狼騎營門的曲彬、韓弘基等人，此刻已經殺到了姜簡身側，每個人手中的兵器，都換成了角弓。根本不需要胡子曰的指揮，五位經驗豐富的遊俠兒繼續挽弓而射，將靠近瓦斯的突厥狼騎一個接一個送入地獄。

「去中軍，去中軍！」

「殺突厥人的主將！」

兩百多名擔任前鋒的勇士，終於咆哮著跟了上來，將瓦斯周圍的突厥狼騎殺得節節後退。有人趁機拉過來一匹空著鞍子的戰馬，瓦斯特勤翻身而上，手中的狼牙棒揮舞得如同風車。整個前鋒團隨同他一道策馬向前，然而，前方卻已經又出現了一道新的人牆。

倉促間來不及上馬，徒步趕到中軍附近的三百多名突厥狼騎，在呼延柄身前六十步處，再度結成戰陣，死死擋住瓦斯等人的去路。

憑藉平時嚴格訓練，狼騎們儘量將長矛放在周邊，整個軍陣宛若一隻巨大的刺蝟。而瀚海都護府勇士們的坐騎，速度還沒衝起來，面對明晃晃的槍鋒，本能地停住了腳步。任背上的勇士如何催促，都堅決不肯用血肉之軀，硬衝對方的長矛。

戰局迅速又陷入膠著，手持馬槊的瀚海勇士們俯身而刺，卻被長矛將槊撥歪。突厥狼騎用長矛反擊，也被瀚海勇士們用馬槊擋住。雙方隔著一丈遠的距離，叫罵，咆哮，互相攻擊，傷亡卻荒誕地下降到了個位數，誰也拿對方無可奈何。

「吹角，命令所有人向中軍聚集，不惜代價！」視線被自家狼騎的身影所遮擋，呼延柄無法再放冷箭偷襲，丟下角弓，沉聲命令。

對手的戰術，他能判斷得很清楚。衝到中軍帳前，殺死他本人，或者澈底打亂他的指揮。而他採取的對策也很簡單直接，盡可能地將狼騎聚集到中軍帳附近，阻擋敵軍。

這樣，即便最後不能憑藉兵力和體力優勢，拖垮對手。至少，他也能集中起足夠的兵力，保護自己且戰且退。

「嗚……嗚嗚……」淒厲的號角聲響起，將呼延柄的命令迅速傳遍了整個營地。

營地各處，突厥狼騎的表情仍舊混亂不堪。但是，卻有一部分經驗相對豐富，且位置距離中軍比較近的老卒，主動放棄了各自對手，拚命向自家主將身邊聚攏。特別是暫時還沒有遭到攻擊的後營，一批又一批狼騎在小箭、大箭們的組織下，衝向中軍帳，誓與自家主將共同進退。

「放箭，咱們的人鎧甲更精良！」胡子曰急得兩眼發紅，再度高聲呼籲。曲六、韓弘基等人，和陸續跟上來的瀚海勇士，紛紛挽弓而射。將羽箭冰雹一般射向正在攔路的敵軍。

二十幾名突厥狼騎中箭，刺蝟陣立刻出現了空檔。與此同時，也有四五名瀚海勇士，被半空中落下來的羽箭誤傷，傷勢的確不致命，卻士氣大降。

「胡大叔，放箭掩護我！」胡子曰正欲招呼身邊的弟兄繼續攢射，身背後，卻傳來姜簡的聲音。匆忙回頭，他正準備向對方解釋，慈不掌兵的道理，卻看見對方已經下了馬，帶著百餘名弟兄結成了一道鋒矢陣。

「小心，你身上帶著傷！」解釋的話，迅速變成了提醒，胡子曰滿臉擔憂。

「放箭掩護我！」對胡子曰的提醒充耳不聞，姜簡長槊指向刺蝟陣的右側，隨即邁開雙腿，帶領身後弟兄們繞過瓦斯等人，手中長槊揮舞，將膽敢擋在路上的突厥狼騎一個接一個挑翻。

其餘狼騎紛紛逃散，前方不再有人擋路，卻出現了三座巨大的帳篷。姜簡持槊上前，將最中間的那座帳篷捅出了一個窟窿。身邊的弟兄們刀劈槊挑，眨眼間，就將這座帳篷拆成了一個木條搭成的框架。目光透過框架，可以將刺蝟陣的後背，看得清清楚楚。

「跟上我！」不給敵軍更多反應時間，姜簡大吼著彎腰鑽進帳篷框架，對準另一側試圖阻擋自己的突厥狼騎一記毒蛇吐信。那狼騎本能地用刀撥擋，刀身卻被木框擋了一下，無法繼續移動。眼睜睜地看著槊鋒刺穿了自己的小腹。木框被噴出的鮮血染紅，突厥狼騎圓睜著雙目死去。姜簡迅速抽槊，再度向外反覆直刺，接連將兩名狼騎刺倒。身邊的兄弟們見樣學樣，也紛紛用長槊隔著帳篷框架，將靠近自己的狼騎接二連三刺死！

框架附近的突厥狼騎被逼得踉蹌後退，姜簡趁機再次彎腰，鑽到了帳篷框架的另一側。隨即，就是一記巨蟒攔腰。

兩名狼騎躲避不及，被長槊直接掃翻，他身前頓時空出了一小片。更多的弟兄從帳篷框架內鑽出來，跟他並肩而戰，推著敵軍擠向刺蝟陣。

「右前方三十步，射！」胡子曰看得真切，果斷扯開嗓子，高聲命令，同時將一支傳訊用的響箭，射向自己所指定的目標。

「吱……」響箭畫著弧線落向有前方三十步外，淒厲哨音，吸引了他身邊所有弓箭手的視線。更多的羽箭，紛紛騰空而起，爬上一定高度，又快速下落，剎那間，將突厥人的刺蝟陣右後側，給清空了一大片。

姜簡所遭受的阻力，迅速下降，他繼續持槊開路，帶領弟兄們徑直插向刺蝟陣的背後。幾名剛剛趕到的突厥狼騎拚命上前阻攔，幾個彈指功夫，就被他和他身邊的弟兄們亂槊戳死。

「啊啊啊……」刺蝟陣後排，有狼騎大叫著轉身迎戰。姜簡抖動馬槊，用槊纓晃花他的眼睛，緊跟著，一槊刺穿了他的脖頸。

沒等他繼續向前，一名小箭帶著七八個狼騎，已經搶先從刺蝟陣中脫出。大叫著向他發起了反擊。跟過來的瀚海勇士們果斷撲上，人數在局部達到了對方的三倍。

轉眼間，反擊的突厥小箭和他麾下的狼騎，就被大夥放倒，鮮血如噴泉般四下飛濺。

刺蝟陣中的其他突厥狼騎腹背受敵，頓時方寸大亂。瓦斯特勤帶領他麾下的瀚海勇士，趁機又發起了一次衝擊，將刺蝟陣擠得變扁，變扁，隨即，從正中央處一分為二。

「胡大叔，放箭開路！」姜簡長槊再度指向突厥人的中軍帳，高聲疾呼。「來了！」胡子曰扯開嗓子答應，帶領身邊的弟兄們按照他所指的方向，又潑下一輪箭雨，將奉命上前補位的敵軍，射了個七零八落。

「中軍，中軍！」衝破了刺蝟阻礙的瓦斯等人，揮舞著兵器奮力前突，轉眼間，將自己與突厥人的中軍帳之間的距離，又縮短了一大半兒。姜簡帶領著身邊的弟兄呼喝酣戰，從側翼分走一小半兒突厥狼騎，給瓦斯等人創造更多的戰機。

「頂上去，頂住，他們沒幾個人！」看到情況急轉直下，突厥伯克呼延柄一手持刀，一手舉盾，親自加入戰鬥。其身邊的親兵們見狀，也全都豁出了性命，一波接一波衝向姜簡和瓦斯，前仆後繼。

敵我雙方，在中軍帳附近展開激戰，各不相讓。中軍帳後，不停地有狼騎趕來。姜簡身側，也不停地有瀚海勇士加入。雙方的主將，都來不及對戰術再做任何調整。所有士卒，也很難再去回應主將的命令。雙方憑著直覺和本能，面對面硬撼，不斷有人慘叫著倒下，不斷有血漿騰空而起。臨近的幾座帳篷，都被鮮血染成了紅色。腳下的土地也變得又濕又滑，稍不留神，就會讓人失去平衡。

一名狼騎揮刀砍向姜簡，卻被姜簡搶先一槊，刺穿了胸膛。他痛得面孔扭曲，淒聲慘叫，卻沒有立刻氣絕。丟下橫刀，雙手死死握住了槊杆。姜簡奮力回抽，垂死的狼騎隨著槊杆向他靠近，堅決不肯鬆手。另一名狼騎看到機會，咆哮著衝上前，刀刃貼著槊杆快速前推，直奔姜簡握緊馬槊的手指。

果斷鬆開馬槊，姜簡快步後退。馬槊落地，緊握槊杆的那名狼騎圓睜著雙眼死去。持刀的狼騎嘴裡的咆哮不斷，搶步上前，對著姜簡就是一記力劈金微。

「噹啷！」親兵烏哈挺身上前，架住了狼騎劈向姜簡的刀。另一名親兵彪蠻捨棄了自己的對手，跨步而至，攔腰一刀，將狼騎開膛破肚。沒等他收刀轉身，他的對手已經尾隨而至，刀鋒迅速下落，在他後背上砍出了一道半尺上的傷口。

「娘……」彪蠻嘴裡發出一聲最原始的痛呼，身體晃了晃，軟軟栽倒。烏哈大叫著上前，與殺死他的狼騎拚命。緩過一口氣的姜簡抬腳從血泊中挑起一把鋼刀，雙手握住刀柄，與他並肩而戰。殺死彪蠻的狼騎自知沒本事以一敵二，果斷後退。姜簡快步跟上去，搶在此人得到同夥的支援之前，一刀砍斷了他的脖頸！

「嗖……」有冷箭呼嘯著飛來，卻貼著姜簡的耳朵掠過，沒有起到任何作用。沒等姜簡做出反應，更多的冷箭緊隨而至，落在突厥狼騎和他身邊弟兄人的身上，帶起一道道紅色的煙霧，然而，姜簡本人卻毫髮無傷。

迅速扭頭，姜簡一邊把手中橫刀快速擺動，一邊查看冷箭從何而來。目光所及處，是一隊剛剛趕到的狼騎生力軍。發現攻擊奏效，這夥突厥人再度彎弓搭箭。數十支羽箭卻忽然從天而降，將他們射了個東倒西歪。

「壓制敵軍弓箭手，壓制敵軍弓箭手！」胡子曰的聲音響起，帶著明顯的焦灼。又一排羽箭，從他身後騰空，射向先前那夥突厥生力軍，將對方又放翻了一大半兒。僥倖沒被射中的狼騎生力軍，不得不先就近尋找隱蔽處自保。胡子曰暗自鬆了一口氣，用目光尋找姜簡的身影。

下一個瞬間，他看到一名突厥大箭帶著兩個爪牙，氣勢洶洶撲向姜簡。毫不猶豫地調轉角弓，對準大箭就是一記激射。

「噗！」羽箭從突厥大箭左眼眶射入，直貫入腦。突厥大箭哼都沒來得及哼一聲，轟然栽倒。他身邊的兩名爪牙被嚇得亡魂大冒，本能地停住了腳步。姜簡趁機揮刀撲上，左劈右剁，將兩名狼騎的靈魂送回了金微山下。親兵沒來得及跟上，姜簡身前身後，忽然全是狼騎。來不及後退，他揮刀奮力橫掃，使出一記夜戰八方，逼得狼騎們紛紛躲閃。緊跟著一刀向前砍去，將與自己正面相對的狼騎開膛破肚。

左右兩側各有刀光閃起，姜簡轉身，舉刀上撩。「噹！」地一聲，將左側砍來的鋼刀撩飛。緊跟著快步橫跨。右側的刀光落空，在他身邊帶起一陣腥風。以左腳為軸，姜簡右腳再次斜向跨步，同時腰桿發力，整個人如同陀螺般快速轉動，攔腰將右側的狼騎砍成了兩段。鮮血噴了他滿頭，他卻顧不上擦，揮刀再度撲向左側的狼騎。後者被嚇得大聲尖叫，果斷掉頭逃命。姜簡不屑追殺，舉刀尋找新的目標，卻發現自己眼前空空蕩蕩，十步之內，不見任何敵軍身影。

「我斬了突厥主將，我斬了突厥人的敵將！」瓦斯的聲音忽然傳來，欣喜若狂。

「突厥人的主將死了，突厥人的主將死了！」歡呼聲爆發，震耳欲聾。十步之外的突厥狼騎，踉蹌後退，不知所措。隨即，爭先恐後掉轉身，亡命奔逃。

「追上去！別給他們重新聚集機會！」勝利來得太突然，姜簡感覺自己眼前陣陣發黑。用刀支撐住身體，啞著嗓子命令。

「殺突厥狗！」

「不要放過一個！」

「殺……」

四下裡，瀚海勇士們轟然回應，不顧身體的疲憊，衝向潰退的突厥人，咬住對方的身影緊追不捨。

第九十七章　投效

與崩潰的葛邏祿僕從沒什麼兩樣，中軍帳附近的突厥狼騎，將後背送給瀚海勇士，一窩蜂地逃向後營。而後營深處，還有沒接到呼延柄死訊的狼騎，拚命趕往中軍。雙方在半路上相遇，迅速擠做了一團。

追過來的瀚海勇士趁機刀砍槊刺，將突厥狼騎放翻了整整兩大排。擠成一團的突厥狼騎迅速分散，所有人都認清了現實，爭先恐後逃命，不做任何抵抗。

「殺突厥狗，殺突厥狗！」奉命於左右兩翼牽制敵軍的瀚海勇士，也終於衝破了重重阻礙，趕到中軍帳附近。發現狼騎已經崩潰，他們立刻又從左右兩翼，開始追亡逐北。遇到跑不動的狼騎，毫不猶豫亂刀砍死。遇到攔路的帳篷，則刀砍馬踏，將其拆了個七零八落。

沒有人出面協調指揮瀚海都護府的勇士們，該如何追殺突厥潰兵，事實上，這時候即便姜簡親自出馬，命令也不可能被大多數勇士聽見。接連兩場大勝，已經令勇士們心中對突厥狼騎的畏懼一掃而空。而祖祖輩輩積壓在心底對突厥人的仇恨，卻在畏懼消失之後，迅速而徹底地爆發！

即便沿途有帳篷阻擋，騎兵也跑得比步兵快。轉眼間，一夥潰逃的突厥狼騎，就被從側翼追過來瀚海勇士趕上。不需要領軍的校尉下令，勇士們就斜插過去，將狼騎的隊伍分割成數段。隨即像秋風掃落葉一般，將這夥狼騎給斬殺殆盡。

徒步從中路追過來的瀚海勇士高聲抱怨，指責從側翼追過來的袍澤搶功。後者抹了一把濺在臉上血，策馬快速追向視線內的另外一夥突厥狼騎，堅決不浪費半點兒時間。前者先是氣得跳腳，隨即，開始從周圍尋找無主的坐騎，彌補自己在速度上的不足。

匆促之間，哪裡容易找到那麼多無主坐騎？倒是突厥狼騎來不及使用的弓箭，被勇士們從臨近的帳篷裡陸續翻了出來。箭矢肯定飛得比馬快，抄了弓箭在手的勇士們，嘴裡興奮地發出一串大叫，撒腿撲向距離自己最近的狼騎，搶在他們被自家騎著馬的袍澤殺死之前，用冷箭將他們一個個狙殺。

「啊啊啊……」擺脫不了瀚海騎兵，又面臨冷箭攢射。十幾名狼騎在絕望中，被激發出了最後的凶狠。忽然轉過身，咆哮著做困獸之鬥。

兩名正在砍殺狼騎的瀚海勇士被殺了措手不及，先後中刀掉下了坐騎。其餘瀚海勇士怒不可遏，結伴發起了新一輪衝鋒。狼騎們的抵抗迅速被粉碎，接二連三被砍倒在地，慘叫聲不絕於耳。

周圍的另外幾夥狼騎立刻放棄了拚個魚死網破的打算，邁動雙腿繼續逃命。轉眼逃到營地邊緣，卻被自家鹿砦擋住了去路。狼騎們嘴裡發出一串絕望的尖叫，紛紛轉身衝向營地的後門。

充當後門的鐵柵欄，已經被搶先一步逃走的葛邏祿僕從推翻在地，位置靠近後門的突厥狼騎暢通無阻。然而，很快就有一隊瀚海都護府騎兵迂迴而至，刀砍馬踏，將後門變成了鬼門關。

所有來不及逃出營外的狼騎嘴裡再度發出尖叫，轉身衝向鹿砦，或者努力尋找鹿砦的縫隙，側著身體向外擠。或者丟了兵器，手腳並用向外爬。一隊瀚海勇士徒步追了上來，隔著不到二十步遠的位置開弓放箭，正在翻越鹿砦的狼騎無法閃避，轉眼間被射得血流成河。

放箭的瀚海勇士不肯給予敵人任何憐憫，將所有卡在鹿砦附近的突厥狼騎殺死之後，又結伴堵住了後門。幾個落後的突厥狼騎剛好逃至，迎頭就被他們射了個人仰馬翻。

騎著馬的瀚海勇士見有人代替自己封堵了營門，立刻策動坐騎加速，去追殺已經逃到曠野上的突厥潰兵。秋天已至，上午的陽光亮得刺眼，草原上缺乏遮擋物，那些逃走的突厥潰兵，被看得清清楚楚。能夠成功擺脫追殺的幸運兒零星無幾，大多數人，用不了多久便會被從身後騎著馬追過來的瀚海勇士砍倒，時間只在早晚。

「饒命……」有狼騎走投無路，精神徹底崩潰。跪在地上，向他們素來瞧不起的對手乞求憐憫。回應他們的，卻仍舊是無情的刀光。雖然大多數瀚海勇士，能夠看得懂突厥狼騎的投降動作，卻不肯停止殺戮。一如以往突厥狼騎如何對待被擊敗的其他對手。

「傳，傳我的命令，投降的敵軍免死。留著他們瓦解羯曼陀的軍心！」當姜簡終於緩過一口氣，命令親兵去制止無謂的屠殺，卻為時已晚。

突厥左營的兩千餘狼騎，除了最早見情勢不妙就偷了馬逃走的一百多人之外，其餘幾乎被砍殺殆盡。而殺得興起的瀚海勇士，甚至對逃出營地外的葛邏祿人也咆哮著舉起了鋼刀。虧得杜七藝和駱履元兩人發現得早，並且果斷帶領麾下的弟兄們上前制止，才讓殺紅了眼的瀚海勇士悻然做罷。饒是如此，仍有上百名葛邏祿人死於非命。

「這事，怪我疏忽了。剛才得知敵軍主將被瓦斯陣斬，忽然間身體發虛，差一點兒就癱在地上！」聽完駱履元專程趕回來的彙報，姜簡心中頓時湧起了幾分愧疚，咧著嘴低聲解釋。

「剛才太亂了，大夥都擔心突厥人窮途反噬，誰都顧不上想那麼多！」駱履元也累得筋疲力竭，卻主動替姜簡尋找理由。

「其他葛邏祿人動靜如何？可有什麼表示？」姜簡搖了搖頭，低聲詢問。錯就是錯，他沒打算掩蓋。事實上，剛才這一仗雖然大獲全勝，自己這邊卻犯下很多錯誤。如果突厥狼騎的數量再增加一倍或者狼騎的主將最後不表現得那麼蠻勇，此戰誰笑到最後，未必可知。

所以，與其文過飾非，不如坦然承認錯誤，然後從中汲取教訓，並且拿出彌補方案。反正，眼下朝廷那邊也沒空管瀚海都護府的死活，言官們更顧不上彈劾他這個檢校[注四]副都護。

「葛邏祿人全都被嚇壞了，沒有任何反應。甚至對我和七藝感恩戴德。」駱履元的回應完全出乎姜簡預料，並且帶著幾分扭捏，「另外，葛邏祿特勤塔石立還拜託我向你請求一件事……」

「什麼事？」姜簡立刻皺起了眉頭，警覺追問。「你和七藝沒隨便答應他吧。這當口，咱們可不能輕易答應他任何事情。」

「沒，沒有！」駱履元聞聽，立刻將頭搖成了撥浪鼓，「我和七藝雖然都覺得他可憐，但是，卻也知道葛邏祿人的信譽向來不怎麼樣。所以，才特地過來向你請示。」

看了看姜簡的臉色，發現後者沒有嫌他多管閒事的跡象，他又快速補充：「塔石立特勤想請我向你轉達，他願意帶著麾下的所有葛邏祿人依附於你。不是投降，也不是依附於回紇，而是徹徹底底地依附於你。他，他和他麾下的牧人，以後全都心甘情願做你的奴僕。你到哪，他們就跟到哪，永不背叛！」

「你說什麼？」一天一夜沒睡覺，又經歷了兩場惡戰，姜簡的反應明顯遲鈍，瞪圓了眼睛低聲追問。

「葛邏祿特勤塔石立，希望帶著這兩次被俘的所有同族，依附於你個人，做你的忠實奴僕。從此永遠為你而戰。」駱履元自己也覺得有些不可思議，苦笑著低聲解釋，「大概就是尊你為可汗的意思。但是你得先找塊地盤，把他們安頓下來。」

「我這個瀚海副都護，還是暫攝的呢，哪有錢糧養這麼多奴僕！」姜簡抬手輕拍了好幾下自己的頭盔，才終於弄明白駱履元在說什麼，皺著眉頭低聲拒絕。「並且，他們一時半會兒，也派不上

注四、檢校，在唐初檢校某職位，就是代理某職的意思。

用場！」

他的擔心不無道理。上一仗，就有一千四百多名葛邏祿人做了瀚海都護府的俘虜。這一仗，恐怕逃到營地外無處安身的葛邏祿人，比上一仗還多。忽然間多出來三千張嘴巴來，對瀚海都護府絕對是一個巨大的負擔，至於他本人，更是養活不起。

況且對於總計只有二十多萬人的回紇來說，身邊突然間多出來三千多名異族，並且還全都是青壯男丁，絕對是一個巨大的隱患。一旦發生矛盾，婆閏這邊處理得稍不及時，恐怕就會演變成流血事件。

更無奈的是，這些葛邏祿人還不能帶上戰場。因為誰也保證不了他們會不會突然改了主意，給大夥來一記背刺。

「塔石立特勤說，如果你不收下他們，他們所有人肯定死無葬身之地。羯曼陀會把兩次敗仗的罪責，全推到他和他的族人頭上。即便你放他們走，他們也無法活著越過金微山。」明白姜簡的難處，駱履元想了想，繼續小聲補充。「奶奶的，還賴上老子了！」姜簡差點被氣笑了，撇著嘴唾罵。

作為一個太平盛世中長大的漢家讀書郎，他本能地排斥濫殺無辜。所以先前的確打算，待趕走了羯曼陀，就將所有葛邏祿俘虜釋放回家。而塔石立特勤說法，等同於提前把這條路給堵死了，告訴他所有被俘虜的葛邏祿人，已經有家歸不得。

「葛邏祿人的祖居地，夾在昭武九姓與突厥別部之間。昭武九姓，已經被大食擊敗。塔石立他們想返回部落，肯定要通過突厥別部的勢力範圍。」駱履元也笑著搖頭，隨即主動替塔石立解釋。

「他不會繞得再往北一些，那邊天空地闊，車鼻可汗總不能全都放上崗哨！」姜簡仍舊不願意給自己找麻煩，搖著頭反駁。

話音落下，他忽然意識到駱履元一直在幫葛邏祿說情。愣了愣，低聲詢問：「七藝怎麼說？難道是想讓我接受葛邏祿人的投效？」

「七藝說，暫且留下他們，好過讓他們繼續助紂為虐。」駱履元等的就是這一問，趕緊踮起腳尖，趴在他耳畔回應，「他還說，雖然婆閏與你是師兄弟，你麾下也不能沒自己的班底可用。另外……」迅速看了一下姜簡了臉色，確定對方沒有生氣，退開半步，他又繼續補充：「如果你看不上葛邏祿人的實力，可以效仿安頓匈奴人的辦法，送他們南下內附。對於朝廷來說，此舉意義絕對重大，不亞於班超當年說服鄯善國棄匈奴歸漢。」

「班超說服鄯善國歸漢？七藝你們倆，可真瞧得起我！」姜簡沒有生氣，卻搖著頭連翻眼皮。

當年大漢經營西域，鄯善國在大漢與匈奴之間搖擺不定。班超一行三十六人夜襲匈奴人的營地，斬殺匈奴使者，令鄯善國無路可退，不得不堅定地站在了大漢這一邊。進而，引發了連鎖效應，西域各國紛紛歸漢，配合大漢兵馬，將匈奴打得倉皇西遁。

自己何德何能，敢跟班超相提並論？

然而，稍稍轉念，姜簡就知道，杜七藝說得不無道理。

雖然塔石立特勤做不了整個葛邏祿汗庭的主，三千葛邏祿俘虜也代表不了全體葛邏祿人。可對大唐朝廷來說，這個節骨眼上，三千葛邏祿人南下歸附，卻代表著漠北民心所向。

而有了塔石立特勤內附大唐這個嫌隙，車鼻可汗今後作戰時，再挾裹其他葛邏祿人做僕從，恐怕就得掂量掂量。甚至不得不派遣一部分兵馬，嚴格監視葛邏祿各部。以防狼騎外出作戰之時，被葛邏祿人趁機端了他的老巢。

「七藝說得有道理，你去把塔石立喊過來，不，把塔石立特勤請過來。我在突厥人的中軍帳裡，親自跟他談。」少年人心裡，沒那麼亂七八糟。明白了杜七藝建議自己收下葛邏祿人的原因，姜簡果斷選擇從善如流。

「哎！」駱履元發現自己又幫上了忙，心滿意足地答應。隨即，跳上馬背，快速去向葛邏祿特勤塔石立傳遞姜簡的答覆。

「小心點兒，地上到處都是屍體和雜物。」看到他急急忙忙的樣子，姜簡不放心地高聲叮囑，隨即，笑容湧了滿臉。

杜七藝生了一顆九孔玲瓏心，然而，他卻說錯了一件事。自己在瀚海都護府，並非沒有自己的班底。

自己身邊，還有他。還有駱履元、陳元敬、李思邈、胡大叔。自己絕非孤零零一個人！

「姜簡，我活捉了一名俟利弗！我活捉了一名俟利弗！」陳元敬的聲音，從不遠處傳來，帶著無法掩飾的喜悅。

姜簡快速扭頭，只見對方騎著一匹被血染紅的馬，快速向自己跑來。馬鞍前，還橫著一名身材魁梧的俘虜。那俘虜似乎不服氣，拚命掙扎，試圖滾下馬背。陳元敬一隻手牢牢地按住此人的脊背，另一隻手舉起橫刀，用刀背在此人皮糙肉厚處猛抽。

姜簡看得再度搖頭而笑，剎那間，陽光灑了他滿身滿臉。

第九十八章 戰場之外

陽光透過窗紗，曬在人的身上，溫暖如少婦的懷抱。

「烏婭，不要！」婆閏伸出手，向身邊摸去，卻摸了一個空。剎那間，他全身肌肉緊繃，筆直地坐了起來，單手抓住了放在床榻旁的刀，警惕地四下環視。待發現自己身在何處，軀幹又是一軟，重重地栽回了床榻上，痛苦地閉緊了雙眼。

又做噩夢了。他不明白，自己為何總是夢見父親的妃子烏婭？通過審問烏紇身邊的親信和奸賊賀魯，他早已掌握了足夠的證據，確定就是這個狠毒的女人，受烏紇的指使毒死了自己的父親。然而，他卻對此女恨不起來。烏婭不僅僅害死了他父親，還救了他的命。如果那晚不是烏婭捨命相救，並且自焚吸引了王庭內所有人的注意力，婆閏知道自己根本沒機會逃出生天。

他永遠忘不了那一幕，為了逼他離開，烏婭用尖刀自刺。刀尖鋒利，頓時就刺破了她的皮膚。一行血跡，沿著白皙的小腹表面迤邐而下，嬌豔奪目。他當時不敢細看，但是，那畫面卻一次次出現在他夢中。讓他每一次，都感覺喘不過氣來。

在夢裡，他一次次試圖奪下刀，帶著烏婭一起離開。然而，每一次，卻都以失敗告終，眼睜睜地看著烏婭化作一團火焰。

「可汗醒了！」「可汗可否睡得好！」「可汗早安！」「奴奴來伺候可汗穿衣！」一連串嬌滴滴的問候，忽然傳入了耳朵，讓婆閏不得不重新將眼睛睜開。

六個如花似玉的女子，滿臉嫵媚地邁著小碎步入內，試圖攙扶他起身。她們都是他父親的側室，按照傳統，在他父親去世之後，又順理成章成了新可汗的女人。而現在，新可汗恰恰是他。

「你們都下去吧，我自己來！」婆閏彷彿仍舊沒完全睡醒，擺擺手，示意幾個側室告退。

他不是不喜歡美麗女子，事實上，這六個女子，年齡都沒比他大多少，相貌也絕對一等一。也不是受了漢家禮儀影響，視接受父親的側室為一種罪惡。事實上，如果他不接受這些女子，對後者來說才是災難。

顧忌他的感受，除了他親叔叔俱羅勃之外，他麾下沒有任何一個別部吐屯和將領，敢把他父親的側室們接進家門。而在草原上，一個失去丈夫庇護的女人，很少能獨自活過三年。但是，面對這些鮮花一般的女人，婆閏卻提不起什麼興趣。甚至本能地抗拒跟她們距離太近。

「大汗，您日夜操勞，怎麼能再為這些雜事分神？」

「大汗，奴奴替您梳頭。」

「大汗，讓奴奴來吧，您……」

六名女子的身體明顯僵了僵，卻陪著笑臉，小心翼翼地祈求。

「我說過了，我自己來！」婆閏眉頭一皺，聲音裡透出了明顯的不耐煩。

六名女子的身體又是一僵，嫵媚凍結在了臉上。隨即，答應著緩緩施禮，轉身離去，看背影，一個個，如同霜打過後的糜子注五。

婆閏心中，頓時又感覺好生不忍，想了想，柔聲解釋：「我剛才做噩夢了，現在需要安靜一下，明天再讓你們伺候洗漱更衣！」

「是！」六名女子齊聲答應，脊背立刻直了起來，整個人看上去也重新恢復了精神。

「月麗朵兒，你把我身邊的所有女人排個班次。每天上午，下午和晚上，各四人，輪流當值。」心中偷偷嘆了口氣，婆閏對著一個最為熟悉的背影吩咐。

「是！」被他喊到名字的女子，迅速回過頭，笑容如同鮮花般絢麗。「奴奴這就去安排，奴奴一定讓大汗和所有姐妹們都滿意。」

「三十歲以上的就算了，讓她們安心住在金帳後面的帳篷裡，待遇和供養，以後會跟公主等同！」婆閏想了想，又迅速補充。

他父親留給她的側室實在有點兒多，哪怕當初被他叔父俱羅勃分走了一部分，如今剩下的，仍舊能把屬於可汗的帳篷群，塞得滿滿當當。

此外，還有他成為可汗之前貼身伺候他的女子，數量也不少。雖然曾經被烏紇賞賜給了別人，最近卻又被陸續交還了回來，令他身後的各座帳篷，更為擁擠。

一直不給這些女子一個說法，早晚會出亂子。可每個女子都放在眼前，他也覺得頭疼。所以，乾脆以年齡一刀切，把超過三十歲的，全都當作長公主供養起來。剩下年輕體力充足的，留在身邊先幹些雜活，再一點點想如何安排。「是！」月麗朵兒躬身行禮，笑容愈發豔麗奪目。

她能從婆閏今天的命令中，感覺到對方的青澀和善良。比起野心勃勃且冷血的烏紇，跟隨婆閏，對所有姐妹們來說，顯然是個更好的歸宿。哪怕其中很多人，可能這輩子都沒機會成為婆閏可汗的可敦，但是，至少婆閏活著一天，她們就能保證錦衣玉食。

「出去吧，把朝食準備好！」婆閏感覺自己的頭仍舊有些疼，揮了揮手，吩咐六個心滿意足的女子們退下。輕輕站起身，他脫下自己濕了一片的褻褲，揉成一團，丟在腳下。然後抓起女子們送來的衣服和飾物，一件件穿戴整齊。門外的另一個房間，很快傳來了的銅器和瓷器的碰撞聲。緊跟著，一股濃郁的奶香，就鑽入了他的鼻孔。受大唐的影響，他的寢帳雖然是一個圓形的氈包，卻被分隔成了內，中，外三個獨立的房間。最內一個房間，歸他和為他侍寢可敦居住。中間一個房間，供侍女們晚上休息和他平時享用早餐，最外邊一個，則供他處理一些公務和接受下屬們的覲見。

注五、糜子，高寒地區生長的農作物，類似於小米，產量極低。但生長期短，秸稈可以餵馬。

處理公務的時間還沒到，這幾天師兄不在，他也沒心情處理公務。婆閏深深地吸了一口氣，振作精神，走向已經裝滿了清水的臉盆，將掛在旁邊架子上的面巾放在水裡潤濕，然後對著鏡子，認真地擦拭自己的面孔。

鏡子裡頭是一張年輕且稚氣未退的臉。已經開始長鬍鬚，但是鬍鬚卻很軟，並且一直長不長。草原上陽光充足，風吹日曬，很容易把人的臉變成古銅色。然而，鏡子裡的臉，卻白白淨淨。前一段時間在外邊奔波，原本已經讓他的膚色開始變深。最近幾天成了大汗，整天悶在金帳內處理公務，好不容易才變深的膚色，竟然迅速褪去，讓他再度變得面如冠玉，唇白齒紅。這樣的相貌，對做大汗的人來說，可不是什麼好事情。很難讓人心生畏懼，卻非常容易被人認為良善可欺。前幾日姜簡在的時候還好，憑著連番大勝之威，輕易沒人敢跳出來捋他們師兄弟倆的虎鬚。昨天姜簡帶著精銳外出作戰，有幾個部族長老，就開始嘀嘀咕咕。

回紇王庭剛剛經歷了一場內亂，人心不穩，這當口，姜簡當然不能因為有長老在私下裡嘀嘀咕咕，就治對方的罪。但心裡頭的感覺，卻像在羊肉上看到了蛆蟲一樣難受。

「忍！」朝著鏡子上潑了一把冷水，婆閏咬著牙叮囑自己。

師父韓華教導過自己，想做一個英明的可汗，就得留下一些自己不喜歡的人做臣子。即便他們有時候會拖後腿。

如果因為他們拖後腿，就把他們全都趕得遠遠的，顯然得不償失。因為一旦你習慣於只聽正確的話，那麼哪天你犯了錯誤，也不會有人敢提醒或者勸阻。

婆閏不能完全理解師父的話，卻知道師父是大唐最有學問的人之一。所以，儘管對那些長老不滿，他仍舊把心中的厭惡強行壓了下去。

不過，忍讓的效果似乎不太好。

就在他梳洗完畢，還沒等吃上第一口早飯。門外當值的親兵就進來彙報，長老福奎求見。

「請！請他入內跟我一起用餐就是！」婆閏皺了皺眉，強裝出一副笑臉叮囑。

福奎是在烏紇篡位之時，主動站出來替他說話的長老之一。雖然後來此人迫於形勢，不得不向烏紇低頭。但是，在重新登上汗位之後，婆閏仍舊給了此人豐厚的回報。非但讓此人擔任了珂羅啜[注六]，還將其一個兒子提拔為親兵校尉。然而，福奎長老表現，卻有些配不上珂羅啜這一職位。上任沒幾天，就將其性子綿軟，能力平庸的弱點，暴露無遺。

昨天有幾個長老私下裡嘀嘀咕咕，福奎就沒有出面制止。今天一大早，前來覲見，恐怕也不是想要替自己這個可汗分憂。

果然不出婆閏所料，那福奎入內之後，先簡單行了一個禮，隨即就開始低聲抱怨，「可汗，杜長史制定的稅制太麻煩了。許多別部梅錄，根本不知道該如何執行。」

注六、珂羅啜：古代官職，類似於長老會的會長。

「不是和原來差不多嗎，每四頭羊上活羊一頭，每五頭牛上交牛犢一頭，每六匹馬上交一匹，如果想把牲口留下，可以用等值的羊肉乾、乾乳酪、礦石、氊子或者獸皮相抵。」婆閏皺了皺眉，柔聲反問，「甚至比先前，還低了一些。我記得先前，無論牛羊馬匹，都是逢四抽一吧？」

「話是這麼說，但先可汗那會兒，從部民手裡收到的稅，是各部留一半兒，另外一半送往汗庭。而現在，卻要求各部留四成，交六成！」福奎長老臉孔抽搐，露出了彷彿自己剛剛被強盜洗劫過一樣的心疼表情。

婆閏立刻明白了長老們在反對什麼，笑了笑，耐著性子開解：「各位長老恐怕是誤會了。我記得杜長史制定的稅制是，各部留四，汗庭留三，另外三成，是拿出來進常平倉。而常平倉裡的東西，我本人和汗庭都不會動用，只用來撥付給受災的部落，或者供養戰場上受了重傷，無法自己養活自己的彩號。」

「救急哪裡用得了那麼多，甚至超過了汗庭所得。」福奎早有準備，搖著頭低聲反駁，「並且十六部都是一家，以前哪個部落受災或者遇到的麻煩，其他各部沒施以援手？至於彩號，各部落也從沒讓他們受凍受餓過，何必還多設一個常平倉出來？」

「以前二十年，咱們回紇幾乎沒打過大仗。受傷致殘的人不多，自然容易照顧一些。而眼下，突厥人卻來勢洶洶。」婆閏輕輕搖了搖頭，繼續低聲解釋，「另外，常平倉這個辦法是我想出來的，杜長史只是補充了一些細節。如果諸位長老都覺得太多，等明年咱們打跑了突厥人，就改成各部留五成，王庭得四成，常平倉分一成。」

「如果戰後能改回來，當然最好！」見婆閏已經讓步，福奎也不願做得太過分，躬下身，主動承諾，「我下去之後，就跟各位長老說，常平倉乃是權宜之計，讓他們不必太擔心。並且催他們先把王庭需要的那部分稅交上來！」

「有勞了！」婆閏心中嘆了口氣，強笑著點頭。

回紇想要強大，就必須模仿中原制度，將更多的權力收歸汗庭。同時，讓普通牧民也能感受到汗庭的存在。所以，他登上可汗之位後，才在杜七藝的幫助下，苦心積慮推出了常平倉。

然而，第一步，就遭到了如此大的阻力。接下來想引入其他的中原制度，恐怕更不會輕鬆。

「為可汗效勞，是老夫的榮幸！」福奎再度躬身，卻沒有立刻離去。而是皺著眉頭向前湊了湊，用極低的聲音提醒，「可汗別嫌老夫多嘴，原來咱們回紇王庭雖然也稱為瀚海都護府，卻是同一般人馬打兩面旗子，從都護、副都護，到旅帥、隊正，都是咱們自己的人。而如今，副都護和長史……」

「副都護是我師兄，長史和他一起救過我的命！」婆閏迅速站起身，厲聲打斷。「福奎，誰讓你來跟我說這些的？沒有副都護和長史，我早就被烏紇給殺了，根本活不到現在！」

「老夫，老夫不是那個意思，可汗誤會了！」沒想到婆閏反應這麼激烈，福奎長老被嚇得踉蹌後退。隨即，卻又硬著頭皮補充，「我們都知道，沒有姜副都護和杜長史，就不可能再造汗庭。可，可他們兩個都是漢人。而可汗又把最精銳的軍隊和收支大權，交給了他們倆。萬一哪天……」

「呼……」秋風破窗而入，帶著幾分透骨地涼。

第九十九章　大捷

「誰教你這麼說的？帶他親自來見我！」婆閏的臉，瞬間變成了鐵青色，手指帳篷門口，高聲命令。「讓他當面跟我說！」

他身體稱不上強壯，面孔也稍顯稚嫩。而這一刻，卻如同一頭被激怒了的老虎，隨時準備撲向面前的對手。咬斷對方的喉嚨，撕爛對方的身軀。

「是，是郝……」福奎長老被撲面而來的殺氣，逼得踉蹌而退。本能地就想說出進讒者的名字，然而，忽然間又意識到這樣做的後果，又迅速改口，「好幾個長老都這麼說。他們也是……」

「讓他們來見我，當著我的面兒跟我說。否則，我就當沒聽見！」婆閏深吸一口氣，強壓下心中怒火，咬著牙重申，「至於長老您，我請你做珂羅啜，是為了輔佐我振興回紇，而不是為了拉幫結派。」師父曾經說過，想成為一個合格的可汗，就必須能遏制自己的怒氣。哪怕想要殺人，也得先緩上幾天，等怒氣消了，再確定要殺的人是否犯了死罪。否則，哪怕對方真的罪該萬死，可汗也會因此背負上惡名。這樣做，非常不合算，甚至會讓外人對被殺者產生同情。

作為大唐最有學問的人之一，師父總是能用非常淺顯的話語，把道理解釋清楚。雖然總計在師父身邊的時間也不滿一個月，但是，婆閏卻覺得師父為自己推開了一扇窗，讓自己看到全新的世界。

「這，這，可汗恕罪，恕罪。我，我……」撲面而來的殺氣迅速消退，然而，福奎長老卻愈發感到緊張，說出來的話語不成句。

「現在，嫌我師兄和杜長史位高權重了？當初我被烏紇追殺之時，他們在哪？當初我師兄和杜長史只帶著區區兩百親兵，就捨命去偷襲突厥飛鷹騎之時，他們在哪？前一陣子我實力弱，烏紇實力強的時候，他們又在哪？」婆閏心中愈發失望，冷笑著連聲質問。

福奎長老抬起手，不停地擦汗，然而，臉上的汗卻越擦越多，一張老臉，也紫中透黑，「他們，他們也不是衝著姜副都護和杜長史，而是怕開了這個先例之後，將來就成了定制……」

「成了定制又怎麼樣？既然是大唐的瀚海都護府，朝廷派個副都護來，又有什麼不妥？」婆閏狠狠瞪了一眼，毫不客氣地打斷，「朝廷為咱們提供的鎧甲軍械，還有各種賞賜，咱們就應該白拿？況且以前沒有大唐支持的時候，咱們過的什麼日子？占多大地盤？我父親就任瀚海都護府之後，咱們過的又是什麼日子，地盤擴張到多大？白天鵝的子孫，什麼時候變得如此沒有良心？」

不待福奎再狡辯，頓了頓，他繼續冷笑著質問：「況且沒有大唐，咱們拿什麼抵擋突厥狼騎？憑你，憑我，還是憑那些做事不靈，卻專門給自己人背後捅刀的長老？」

「這……」福奎回答不上來，低下頭避免與婆閏的目光相接。

婆閏問的這些話，他內心深處，早就知道答案。婆閏所說的道理，他其實也全都懂。但是，想到今後部落裡的大事小情，總會被「外人」來插一腳，他就覺得渾身上下說不出的難受。

「怎麼，不敢承認事實？還是覺得咱們離開大唐，日子一樣會過得很滋潤？」婆閏能猜到福奎為何會這樣做，搖了搖頭，惋惜此人爛泥扶不上牆，「珂羅啜，別忘了眼下，突厥狼騎已經打到了家門口兒。如果你剛才那些話，被我師兄和杜長史他們知道，他們兩個會怎麼想？如果我師兄和杜長史他們抽身而去，退位讓賢，哪個長老，吐屯和特勤，有膽子和本事頂上他們倆的位置，帶領兵馬去跟突厥人一爭高下？」

「姜副，姜副都護和杜長史都不在，老夫才，才偷偷提醒可汗。他們如果在的話，老夫肯定不說！」福奎長老激靈靈打個哆嗦，垂著頭解釋，「另外，長老們也是擔心，姜副都護和杜長史能不能打得贏。咱們十六部的精銳，可全交給了姜副都護。萬一他不珍惜，或者打輸了……」

「贏了，又贏了，長生天保佑……」一陣歡呼聲，突然穿窗而入，將他的解釋聲瞬間吞沒。婆閏眼睛裡的憤怒和失望，迅速變成了狂喜。沒功夫再搭理福奎，三步兩步衝向寢帳門口。

「大捷，可汗，大捷！」背著三杆號旗的信使，恰好策馬衝到了他的寢帳門口，一邊翻身滾下馬背，一邊喘息著彙報，「副都護凌晨在白馬湖，擊潰狼騎前營。斬其主將，俘虜葛邏祿特勤及其麾下爪牙一千四百餘人……」

「姜副都護可曾受傷？我軍傷亡如何？」婆閏興奮得心臟怦怦亂跳，一把拉起信使，高聲追問。

「我軍傷亡如何？姜副都護呢，他什麼時候能帶著兵馬趕回來？」福奎長老也顧不上繼續爭風吃醋，三步兩步衝出寢帳，連聲追問。

「我軍傷亡輕微，總數不足一百！」信使抬手抹了一下嘴角的白沫，喘息著補充，「姜副都護帶兵殺向苦艾嶺了，說要殺那邊的狼騎一個措手不及！」

「啊……」福奎長老兩眼圓睜，嘴巴張大得能夠塞進一隻鵝蛋，「他，他，他怎麼如此膽大。苦，苦艾嶺那邊的狼騎，已經有了防備，他，他……」

凌晨那一戰，不用細問，他也能猜到姜簡採用了夜襲戰術，所以傷亡可以忽略不計。而接下來在苦艾嶺，突厥狼騎就不可能毫無防備。並且突厥狼騎已經休息了整整一個晚上，姜簡和他身邊的健兒們，卻是剛剛打過一場惡戰，又長途奔襲！

「不是自己的族人，就不知道心疼。」眨眼功夫，福奎長老臉上的驚詫已經變成了惶急，咬牙跺腳，低聲叫嚷，「可汗，快，快派人去阻止姜副都護，不要輕敵大意。仗不是這麼打的，他再驍勇善戰……」

「來不及，我也不會派人去！」婆閏皺著眉頭看了他一眼，果斷否決，「您老還是回去歇著吧！軍務上面的事情，您不懂，就別跟著摻和了！」說罷，又迅速將目光轉向信使，拍著對方的手背詢問，「副都護去了多久了，他是否有書信或者口信兒給我？」

「副都護沒打掃戰場，就帶著大隊人馬殺向苦艾嶺了，當時天還沒完全亮！」雖然是多人多馬接力傳遞軍情，信使仍舊被累得幾乎散架，一邊大口大口地喘粗氣，一邊繼續彙報，「沒書信，口信只有兩個字，放，放心！」

「師兄說讓我放心，那就沒問題了！」婆閏笑了笑，親自架住信使，拖向自己的寢帳，「跟我來，去我寢帳裡休息，那邊有剛熬好的奶粥和乾乳酪。福奎長老，你去通知所有人，今天上午的議事取消，我要等著師兄的下一份捷報！」

「是，這？」福奎先高聲回應，隨即，驚詫又寫了滿臉？

隔著上百里路，仗開始打沒開始打還兩說呢，婆閏居然就堅信他師兄能打贏。這份信任，也盲目了吧？萬一姜簡辜負了他的信任呢？精銳盡失，突厥狼騎卻從三個方向洶湧而來，汗庭恐怕遷徙都來不及？

然而，這個節骨眼兒上，他又不能壞了口彩，說姜簡一定會吃敗仗。所以，儘管心裡頭著急，福奎卻仍舊耷拉著腦袋，回到長老們日常議事的大帳，向所有人宣佈自家可汗的命令。

眾長老們聞聽，一個個心中也七上八下。但是有凌晨那場大勝在，他們除了耐著性子等待之外，做不了任何事情。

人在著急的時候，時間就會變慢。熬啊，熬啊，終於熬到的中午，仍舊沒聽到任何姜簡那邊的消息，幾個先前私下串聯，試圖排擠姜簡和杜七藝的長老，再也按捺不住，互相使了眼色，同時長身而起。

「諸位，你們要去哪？」福奎長老也正等得心焦，見幾個長老似乎要有所行動，趕緊起身阻攔。

「我們去見可汗，不能這麼等下去了。必須做兩手準備！」帶頭的長老郝施突揮舞了一下手臂，高聲呼籲，「咱們不能將回紇十六部的安危，全都壓在兩個外人身上。萬一他們兩個打輸了，他們自己可以逃回中原，咱們……」

「大捷，大捷……」與早晨同樣的歡呼聲，再度穿窗而入，將他的話再度吞沒。

長老郝施突愣了愣，臉上立刻現出了不正常的紅。福奎長老則以與年齡完全不相稱的敏捷，一縱身衝出長老們專用的議事大帳，扯開嗓子朝著策馬而過的信使高聲詢問：「可是苦艾嶺方向傳回來的捷報？打贏了，真的又打贏了？姜副都護……」

「大捷，大捷，我軍全殲苦艾嶺狼騎，斬其主將。」信使已經累散了架，卻沒有減速，雙手抱著戰馬的脖子，從他們身邊疾馳而過，「跟隨狼騎的葛邏祿人，已經全部歸降！另外一支狼騎聽聞消息，嚇得自己焚燒掉了自己的營地，倉皇遠遁。」

「感謝長生天！」

「大捷，大捷！」

「可汗萬歲！」

「姜簡設威武！」

歡呼聲從四下裡傳來，一浪高過一浪。福奎張著嘴巴，愣在了原地，半晌都說不出一個字。

他發現，自己真的老了。老得已經看不清這片天地。而頭頂的陽光，卻格外的明媚！

第一百章 方寸

「特勤，羯曼陀設那邊有消息了。」身穿大箭服色的史金躡手躡腳地走入帳篷，用極低的聲音向史笸籮彙報。

「這麼快？」正在捧著一本兵書閱讀的史笸籮迅速抬起頭，帶著幾分驚詫詢問，「是哪一路跟回紇人交上了手，損失如何？我大哥眼下到了什麼位置？」雖然被羯曼陀找藉口趕出了決策隊伍，留在後方看守糧草。但是，史笸籮卻從沒放棄對戰局的關注。利用手頭僅剩下的職權，以運送糧食和向羯曼陀彙報為藉口，不斷將心腹派往後者身邊。也不斷將前方的情況帶了回來。

「是圖南的前鋒營和呼延柄的左營，都被端掉了。前鋒營連同傷號活著撤回來不到四成，左營幾乎全軍覆沒。圖南和呼延柄兩個都被姜簡給陣斬，腦袋掛在了回紇王庭的旗杆上。」史金迅速朝左右看了看，聲音裡不帶任何同情。他是史笸籮最信任的侍衛，命運也早就牢牢地跟史笸籮綁在了一起。羯曼陀擔心史笸籮出鋒頭，先前將史笸籮丟在了後方管糧草輜重，他也被一道剝奪了上前線立功的機會。此刻得知前鋒營和左營雙雙潰敗，他臉上不能笑，心中卻充滿了報復的快意。

「不可能？姜簡頂多端掉其中一個！」饒是一直推崇姜簡的本事，史笸籮也不敢相信接連兩個營的精銳狼騎，被姜簡秋風掃落葉般幹掉，站起身，三步兩步奔撲在帳篷中央的輿圖。

輿圖上，敵我雙方的兵力部署，都標得清清楚楚。附近還專門擺了一份米籌，用來隨時模擬戰場的地貌並推算雙方勝負。按照史笸籮事先的推算，除非姜簡捨棄了回紇王庭不要。否則，能抽調出來在周邊作戰的兵力，不會超過三千。而三千回紇兵，有打敗前鋒營、左營和右營其中之一的機會，卻很難做到速戰速決，更不可能做到以一擊二。

然而，史金探聽到的結果，卻和他的推斷恰恰相反。四下看了看，此人將聲音壓得更低，「的確都端掉了，是我姐夫偷偷在羯曼陀那邊送給我的消息。另外，茨畢聽說圖南和呼延柄先後被殺，嚇得一把火燒掉了輜重，帶著麾下弟兄直接逃去了大句子！」

「怎麼會這樣？」史笸籮仍舊無法相信，圍著輿圖和盛放米籌的木盤反覆轉圈兒。「不應該，圖南和呼延柄都是知兵之人，以前跟在我父親身後，沒少討伐過其他部落！」

史金不敢接這個話茬，繼續低聲補充：「羯曼陀被氣得差點兒沒昏過去，命人將茨畢拖出去斬首。多虧了他身邊的長老和伯克們一起求情，才改成了抽一百鞭子，降為旅帥，不是，不是，我說順了嘴，特勤勿怪！是降為大箭戴罪立功！」

「該死，我的話，我大哥一句都沒聽進去！」史笸籮猛地停住腳步，決定接受現實。目光盯著輿圖上的幾處狼騎駐紮地點，反覆看了幾遍，又輕聲點評。「如果前鋒營和左營都被擊潰，茨畢立刻撤兵趕往大甸子與主力會合，其實是最佳選擇！是個將才，我大哥冤枉了他！」

「要不屬下以特勤的名義，偷偷給他送點兒藥材過去？」史金心思一轉，湊到輿圖前小聲試探。

「不用，兩軍爭雄之際，讓羯曼陀對我起了疑心，只會白白便宜了對手！」史笸籮想都不想，立刻搖頭否決，「另外，等會兒我寫一封信，安排人幫我送到羯曼陀那裡。提醒他……」他本打算提醒羯曼陀，注意狼騎的士氣，不要急著去跟姜簡決戰。然而，轉念一想，自己上次提醒二哥陟苾，效果與期望恰恰相反，並且過後還被懷疑使了激將法。又嘆了口氣，輕輕搖頭，「罷了，不寫了。我大哥肯定不會聽。」

「不但不會聽，吃了虧還會朝特勤身上推。」史金吃一次虧學一次乖，也苦笑著勸告。

「算了，不提這事兒。唉……」史笸籮聞聽，再度低聲長嘆。隨即，將目光重新集中到輿圖上，「說說，前鋒營和左營到底是怎麼輸的？莫非姜簡和婆閏兩個不要老巢，把所有兵馬都埋伏在了白馬湖那邊？」

「不是，據謠傳，是有一支唐軍與姜簡聯手，借助夜色的掩護襲擊了前鋒營。然後，又假扮成潰逃的葛邏祿人，趕去苦艾嶺，殺了左營一個措手不及！」史金想了想，用盡可能簡單的語言彙報。

「唐軍？他們可看清楚了？規模多大的一支唐軍？」史笸籮神情一凜，皺著眉頭追問。

即便狂妄如他父親車鼻可汗，也認為突厥別部需要將漠北的大部分勢力整合到一處，才有叩關南下的可能。而制服回紇，就是實現整合的最關鍵一步。如果在這一步，唐軍就向回紇派出了援兵，接下來的事情，難度就會成倍增加，甚至稍不留神，就前功盡棄。

「都是據說，但是誰也沒看清楚真的是唐軍，還是回紇人假冒。至於數量，有人說三千，有人說上萬，還有人說只有兩到三個團。」史金臉上露出了幾分尷尬，猶豫著回應。

擔心史笸籮對自己失望，想了想，他又趕緊補充了一句：「關鍵是回紇那邊的鎧甲，和咱們這邊一樣，原來都是大唐朝廷撥付。只要把護面拉起來，就很難分辨到底是不是唐軍。」

「兩到三個團？撐死了一千人出頭？」史笸籮壓根兒沒仔細聽他的補充，皺著眉頭，低聲沉吟，「兩三個團，就把前鋒營和左營打得片甲不留，莫非來的是玄甲鐵騎？」

話音未落，他又自己搖頭否認，「不可能，絕對不可能。李世民都快病死了，這種時候，玄甲鐵騎肯定要留在長安城裡保衛皇宮和太子府，絕對不可能被派到漠北來！如果不是玄甲鐵騎的話，眼下大唐的主要兵力，都放在西域，倉促之間也很難抽出兵馬來。至於李素立那廝膽子比兔子還小，更不可能派兵來幫婆閏！」

「屬下也覺得不可能。但是，據說，羯曼陀那邊已經準備向可汗彙報，有大股的唐軍參戰。」史金也搖了搖頭，順著他的意思說道。

「胡鬧，不核實清楚，怎麼能胡亂彙報！」史笸籮氣得直跺腳，卻無可奈何。

主將是羯曼陀不是他，前者無論怎麼做，他都沒資格置喙。而如果他單獨寫一封信給自己的父親車鼻可汗，很容易被誤會打羯曼陀的小報告。非但解決不了問題，反倒會引起他父親的不滿。

「羯曼陀不這麼彙報的話，大汗肯定會非常生氣。」史金卻是旁觀者清，咧了下嘴，小聲提醒，「報告有唐軍替回紇人出頭，圖南和呼延柄吃了敗仗就有情可原。而他，接下來如果成功拿下回紇汗庭，戰功會更顯赫。如果不小心又打輸了……」

「如果又打輸了，就只能怪唐軍實力太強大，非他無能！」史管籮頓時心下雪亮，咬著牙附和。他現在終於明白，為何二哥陟苾斷腿之前那麼能折騰，大哥羯曼陀的位置卻始終穩如磐石了。

論聰明，自己和陟苾兩人加起來，恐怕也不如羯曼陀一根腳趾頭。雖然，雖然羯曼陀平時看上去資質平庸，甚至像一個缺心眼的莽夫。

「還有一種謠傳，說葛邏祿人跟回紇早就暗中勾結，所以姜簡領著兵馬一到，他們立即倒戈，裡應外合！」見史管籮已經明白了自己的意思，史金就不再多浪費精力，迅速轉向下一條情報。「但是我姐夫，還有其他伯克、別，別俟利弗和大箭們，都，都覺得可能性極低。」

與回紇一樣，突厥別部在車鼻可汗發動叛亂之前，軍中也有很長時間，採用了大唐的「營團」制。而車鼻可汗發動叛亂之後，為了彰顯自己是突厥正統，又將相應的軍職，一一回復到了「祖制」。

如此一番折騰，聽起來倒是純粹了，但是，很多人一時半會兒卻難以適應。經常說著說著，一些「營團」制的官稱，就從嘴裡冒了出來。

「毫無可能，基本上是吃了敗仗之後，潰退回來的將士給自己找理由！」史管籮何等的聰明，立刻猜出了謠言的成因，緊跟著，又眉頭緊皺著詢問：「葛邏祿特勤塔石立呢，他怎麼說？」

「塔石立被姜簡活捉了，姜簡就是押著他，冒充他的下屬，摸到了呼延柄的眼皮底下，一舉鎖定了勝局！」史金的聲音再度變低，落在史笸籮耳朵裡，卻如同霹靂。

「趕緊備馬，跟我一起去見我大哥。塔石立是塔石立，葛邏祿是葛邏祿。」丟下手裡的算籌，史笸籮風風火火衝向帳篷門口，「越是這種時候，也不能隨便懷疑自己人。否則，啊—」

一名傳令的信使推門而入，差點兒跟他撞了個滿懷。史笸籮本能地閃身避讓，話語戛然而止。信使又向前衝了四五步，才勉強站穩身體。緊跟著，就將一份軍令雙手捧過了頭頂，「沙缽羅特勤，緊急軍令。羯曼陀設命令你，將輜重營內的葛邏祿人所有大箭以上軍官殺掉，士卒收繳了武器，分營關押，不得有誤！」

「完了！」史笸籮的身體晃了晃，額頭剎那間湧出了大顆大顆的汗珠。軍令已經下到了他這裡，主營那邊，恐怕所有葛邏祿軍官都已經被羯曼陀下令斬盡殺絕。未等決戰，方寸先亂，並且自斷一臂。這仗，他不知道自家兄長還怎麼打得贏？

第一百零一章　打上門

天空像一口被燒紅的大鍋，倒扣在原野之上。夕陽西下，點燃大鍋表面流動的雲，點燃傍晚的薄霧，也將齊膝蓋高的野草，點得像著了火一般，明亮奪目。晚風吹過，從東向西，金燦燦的火苗隨風跳躍起伏。

胡子曰與曲彬兩個，帶著二十名斥候，分成前後五個組，在火焰一般的野草間疾馳而過，風帶著一絲絲涼意，從背後吹透眾人身上的大唐鎖子甲，吹乾長途顛簸的汗水，讓人神清氣爽，彷彿隨時都可能騰空而起，直上九霄。

這片草原諢名喚做大甸子，南北寬五十餘里，東西長一百四十餘里，平坦廣袤，宛若一張人工編織的毛毯，鋪在兩條季節河之間，幾乎看不到多少起伏。這樣的地形，想埋伏大隊的人馬，難比登天。同理，想神不知鬼不覺地接近某個目標，也是癡人說夢。

連日來，雙方的斥候，已經多次在這片地帶不期而遇。每次相遇，緊跟著都是一場你死我活的廝殺。

突厥斥候相對經驗豐富，大多數情況下都占了上風。但是，瀚海都護府的斥候在自己家門口作戰，士氣旺盛，並非完全沒有還手之力。每五次交手，至少能贏上一到兩次，也給對手留下了極其深刻的印象。

特別是最近兩天，因為白馬湖和苦艾嶺接連兩場大捷的消息已經傳開。瀚海都護府上下對於突厥狼騎的畏懼，幾乎一掃而空。反倒是突厥狼騎這邊，士氣一降再降，此消彼長，雙方漸漸開始平分秋色。

「總教頭，曲校尉問你，還繼續往西走嗎？按照逃難的牧民說法，過了前面那片沙棗林，距離突厥人的大營可就沒多遠了！」一名騎著黑馬的少年斥候加速靠近胡子曰，喘息著向他請示。

「過了沙棗林之後，再向前走三里路，如果還找不到合適的目標，咱們就撤。」胡子曰腳踩馬鐙坐直了身體，向遠方眺望了幾眼，沉聲回應，「你回去向曲校尉彙報時，順便通知另外三夥斥候，一起加速跟上來，跟在我身後，組雁行陣，就是大雁南歸時那種佇列！」

「哎！屬下明白！」騎黑馬的少年斥候眼神一亮，答應著迅速撥轉馬頭，風一樣離去。又學到了，雁行陣的意思，就是大雁趕路時的陣型。怪不得同伴們得知總教頭要親自帶隊偵查敵情，都爭著要一道隨行。在路上那個聽他隨便點撥上幾句，就能收益甚多。

而據謠傳副都護和杜長史都是總教頭的弟子。大夥在總教頭身邊表現出色一些，也容易得到副都護和杜長史的賞識。

「嗯呼呼，嗯呼呼，呼呼嚕嚕……」胡子曰可沒功夫，管身後斥候們怎麼想。不待少年人去遠，就忽然將手搭在嘴上，發出了一串堪稱詭異的鳥鳴。

這種聲音源自雕梟，草原各部根據其叫聲，又稱其為恨虎。聲音宛若鬼哭，並且越是在空曠處，越恐怖。非但讓人聽了之後寒毛倒豎，草原上常見的留鳥，沙半斤（沙雞）、野鴿子（斑鳩），百靈、麻雀等鳥類，聽到之後也會嚇得四散奔逃。

前方的沙棗林，卻沒有出現任何動靜。甚至連最膽小最愚蠢的沙半斤，都沒嚇出一隻來。胡子曰似乎不甘心，果斷放緩了坐騎，一邊用左手示意自己身後的弟兄們減速，一邊將右手再次搭到嘴上，發出與上一次同樣的詭異聲音，「嗯呼呼，嗯呼呼，呼呼嚕……」

仍舊沒有驚飛一隻鳥類，沙棗林靜悄悄的，宛若死去。果斷俯身，胡子曰抄起騎弓，順勢搭箭於弓臂，看都不看，朝著沙棗林深處就是一記激射。

「嗖……」羽箭脫離弓臂，宛若流星把射入沙棗林，帶起一團翠綠色的煙霧。這回，沙棗林裡終於有了動靜，十幾名突厥斥候猛然從沙棗樹後閃出，一邊策馬加速，一邊彎弓搭箭。

「嗖……」胡子曰搶先放箭，將一名突厥斥候射下了坐騎，隨即，撥馬便逃。雙腿夾緊馬腹，他將第三支羽箭搭上弓弦，卻不忙著射，而是高聲招呼麾下的斥候們注意陣型。「弟兄們，來活了，雁行陣！」

「雁行陣，左右分開，不用跑得太快，咱們的鎧甲比突厥人的好！」剛剛跟上來的曲彬，也撥轉了坐騎，同時用手勢和漢語，將胡子曰的命令解釋給斥候們聽。然而，效果卻乏善可陳。

瀚海都護府的斥候缺乏經驗，能迅速理解胡子曰和曲彬兩人意思的人不到三成。大夥見兩個將領先後撥轉了坐騎，也慌慌張張地調頭逃命。埋伏在沙棗林裡的突厥斥候們見狀，策馬追得更急。一邊追，一邊將羽箭不要錢般朝著胡子曰等人的背影射了過來。

「呼啦啦……」逆風疾馳，胡子曰身後的披風被吹得上下起伏，宛若一面旗幟。兩支羽箭從背後射至，正中披風的中央。銳利的箭鏃，立刻透披風而過。然而，箭桿卻被起伏的披風扯歪，轉眼間，整支羽箭就扯得失去了方向，像飾物一樣掛在披風上，隨著披風一道起伏。

「嗖……」胡子曰迅速轉身，瞄著距離自己最近突厥斥候還了一箭。羽箭借著風力，直奔三十步外敵軍的胸口。那名突厥斥候正在策馬加速，就像主動將身體送到了箭鏃上一般，根本來不及做任何遮擋和閃避。緊跟著，嘴裡發出一聲悶哼，整個人從馬背重重地栽向了地面。

臨近的幾名突厥斥候，立刻大叫著向胡子曰展開了攢射。胡子曰看都不看，將脊背對著敵人，一邊策馬狂奔，一邊將第三支羽箭搭上了弓弦。

又有兩支羽箭射中了他的披風，變成了飾物。還有一支羽箭將披風穿透，命中了他的後背。箭鏃卻被鎖子甲卡住，徒勞無功。

作為大唐十三種制式鎧甲之一，鎖子甲廣受中下級軍官和斥候的追捧，其受歡迎程度，甚至遠遠超過了明光鎧。雖然對近戰武器的防護力，遠不如明光鎧。但是，對於羽箭，鎖子甲的防護力卻絲毫不比明光鎧差。

明光鎧的防護力，主要集中在人體的軀幹，鎖子甲的防護力，卻均勻地分配給了全身，哪怕穿上兩層，也不影響四肢的靈活性。

還有更重要的一點，就是鎖子甲的份量，只有明光鎧的三成。可以在保護斥候的同時，極大地減輕戰馬的負擔。讓他們放心地在原野上縱橫來去，卻不用擔心將戰馬活活累死。

胡子曰經驗豐富，又地位超然。帶領斥候外出執行任務，當然要給麾下的斥候們，每人爭取到一領鎖子甲。這個看似多餘的舉動，今天卻起到了決定性的作用。

「噗，噗……」綢緞被箭鏃撕裂聲，接連不斷。胡子曰的左右兩側，也有其他瀚海都護府的斥候，被突厥人射中。然而，大部分羽箭，都被隨風飄舞的披風扯飛，沒起到任何作用。零星幾支羽箭突破了披風的遮擋，卻又遇到了鎖子甲，仍舊無法造成致命傷。

瀚海都護府斥候們，發現狼騎射來的羽箭，對自己構不成致命威脅，心中的緊張和害怕迅速退散，在曲彬和幾個夥長的不斷招呼下，開始努力重整隊形。而曲彬和隊伍中的幾個夥長們，則一邊策馬與追兵保持距離，一邊像胡子曰那樣，轉身放箭反擊。雖然準頭也很難保證，卻占了順風放箭的便宜。非但羽箭的有效射程比追兵遠上一大截，速度也快得讓對手難以躲閃或者格擋。

「啊……」準備再不佳，射得次數多了，偶爾也能命中目標一次。很快，就有突厥斥候被傷到了要害，慘叫著跌下了坐騎。

來自瀚海都護府的斥候們，立刻大受鼓舞。紛紛張開騎弓轉身，將羽箭一輪接一輪射向敵軍，打得越來越有章法，準頭也越來越高。轉眼間，就又將三名突厥斥候射下了馬背。

「射那個領頭的大個子，集中箭矢，射那個領頭的大個子！」帶隊的突厥大箭，發現自己一方越打越吃虧，果斷調整戰術，命令其麾下的斥候們集中箭矢，專門對付胡子曰一個。

擒賊先擒王，不但中原人懂得這一戰術，突厥人一樣精熟。當即，十幾名突厥斥候紛紛策馬挽弓，一起追向胡子曰，試圖將他亂箭射成篩子。

「要了老命嘍……，雁行陣！」胡子曰嘴裡發出一聲怪叫，卻沒多少恐慌。隨即，雙腿磕打馬腹，將坐騎的速度加到了極限。

他胯下的鐵驊騮，乃是當日阿波那贈送給姜簡的三匹寶馬之一。雖然比不上特勒驃、菊花青這般名貴，卻也是千里挑一的良駒。加起速來，風馳電掣，讓追兵無論怎麼努力，跟他之間的距離都拉得越來越遠。

而他念念不忘的雁行陣，卻在突厥斥候的喊殺聲中，漸漸形成了輪廓。他儼然變成了「頭雁」，其餘瀚海都護府斥候在移動的戰場兩側組成了「人字」。而咬住他的背影緊追不捨的突厥狼騎，卻稀裡糊塗地，被夾在了「人字」的中央。

「放箭，按照我的方向！」曲彬發現時機已到，扯開嗓子高喊了一聲，隨即，將一支響箭搭上弓弦，瞄準突厥大箭就是一記激射。

「吱……」響箭拖著刺耳的哨音，飛向四十步外的目標。雖然很快就引起了目標的警覺，被對方及時用掛在胳膊上的皮盾擋住，卻拉開了反擊了帷幕。眾瀚海都護府斥候們，紛紛張弓而射，將十七八支羽箭，同時射向同一個目標。那名突厥大箭嚇得扯開嗓子大叫，果斷放棄了對胡子曰的追殺，揮舞角弓遮擋，同時用掛在左臂上的皮盾，護住自己的要害。

晚風有點大，十七八支羽箭，至少八成，都偏離了目標。但是，仍有四支羽箭，落在那突厥大箭的身上。

其中一支，被皮盾擋住，徒勞無功。一支僅僅在鐵盔上，砸出了幾點火星。另外兩支，卻分別命中了目標的肩膀和大腿，刺穿皮甲，深入盈寸！

「啊……」大叫聲變成了慘叫，突厥大箭丟下角弓，雙手抱住戰馬脖頸，避免自己因為疼痛過度失去知覺，跌下坐騎。第二輪羽箭轉瞬又至，三支命中了他的身體，兩支命中了他的戰馬，將他與坐騎一道放翻在了血泊之中。

「烏日賀，烏日賀……」眾突厥斥候終於發現上當，大叫著轉身，朝施放響箭為瀚海健兒指示目標的曲彬展開攢射。

曲彬躲閃不及，剎那間接連中了四箭，卻沒有一處傷口深度超過三分。一邊倒吸冷氣，他一邊挽弓還擊，只一箭就將距離自己最近的敵軍射下了馬背。眾瀚海斥候勇氣暴漲，不待曲彬指揮，也紛紛將羽箭不要錢般向敵軍射去。雙方保持著策馬並行的姿態，連續對射了三輪，又有兩名突厥斥候，中箭落馬。而瀚海斥候這邊，也終於出現了傷亡，一名弟兄的坐騎被射中後栽倒，將他整個人甩出了兩丈多遠，生死未卜。另一名弟兄的眼窩被射中，長箭貫腦，當場氣絕。

「咱們人多，集中力量解決掉一個是一個！」曲彬心疼麾下的弟兄，扯開嗓子高聲提醒。

「射那個騎黃馬的！」

「射那個騎黑馬的！」

「射那個絡腮鬍子！」

眾瀚海斥候立刻有了主意，大叫著互相提醒。羽箭成組而去，準頭大幅提高，一輪過後，又將兩名突厥斥候送回了老家。

「嗖嗖嗖……」位於「人字」另半邊的瀚海斥候，也從突厥人的背後發起了反擊，將羽箭一支接一支射向各自選定的目標。

馬背顛簸，瞄準不易，晚風又吹得稍稍有些急。他們射出的羽箭，大多數都落到了空處。然而，卻成了壓垮對手的最後一根稻草。

「啊啊啊……」發現自己遭到了左右夾攻，人數也越來越少，眾突厥斥候嘴裡又發出一串狼嚎般的尖叫。紛紛將坐騎撥歪一個角度，奪路而逃。

五組瀚海斥候之間，始終都保持著巨大的空檔。突厥人果斷選擇逃走，他們根本來不及阻攔。

只能大罵著策動坐騎，緊追不捨。

敵我雙方，角色與半刻鐘之前，澈底掉了個。原來的逃命者變成了追殺者，原來的追殺者，卻倉惶逃命。

至於逃命的方向，在草原上根本無所謂，四下裡都足夠空曠，突厥斥候無論朝哪個方向跑，短時間之內都不會遇到天然形成的障礙，只要能擺脫對手就是勝利！

「馬快的跟上我，從側面超過去，攔住他們的去路！」胡子曰匆匆忙忙兜轉回來，剛剛與麾下的斥候們會合到一處，隨即，就做出了一個大膽的決定。不給任何人反對和思考的時間，他策動鐵驊騮，再度加速，風馳電掣般追向突厥斥候，將彼此之間的距離越拉越近。

一名斥候轉身放箭，銳利的箭鏃倒映著傍晚的霞光，直奔他的面門。胡子曰迅速側頭避過，隨即挽弓而射，羽箭宛若流星，正中對方的戰馬屁股。

「唏吁吁……」戰馬吃痛，悲鳴著撂起了蹶子，將背上的突厥斥候掀落於地。沒功夫理睬落馬者的死活，胡子曰繼續策動鐵驊騮加速，在不到二十個彈指的時間裡，接連超過了四名敵軍，與逃得最快的一名突厥斥候隔著兩丈遠的距離並轡而行。

那名突厥斥候身穿的是大唐配發的皮甲，為了標明自己不再是唐軍，特地於鎧甲的前胸和大腿外側，各自縫上了兩片帶著毛的鹿皮，模樣顯得不倫不類。發現胡子曰試圖超過自己，前頭攔路，此人又急又怕，拉開騎弓，朝著胡子曰胯下的鐵驊騮就是一記連珠箭。

「呼喇！」胡子曰毫不猶豫丟下騎弓，從馬鞍後扯下給坐騎防曬用的葛布，側轉身，由上到下猛掃。粗劣厚重且上面沾滿了泥土和草屑的葛布，在戰馬身側掃起一股冷風。突厥斥候射來的兩支連珠箭，一支被直接掃飛，另外一支被氣流帶偏了方向，徒勞無功。

那斥候小箭急得兩眼冒火，再度搭破甲錐與弓臂，瞄準胡子曰眼睛激射。胡子曰迅速側頭，躲過凌空飛來破甲錐，同時用雙腳控制坐騎調整方向。

鐵驊騮嘴裡發出一聲咆哮，偏離原來路線，從側面向突厥斥候小箭靠攏。那突厥小箭頓時就有些著了慌，將第四支，第五支，第六支羽箭，接連向胡子曰射了過來。上射人，下射馬，毫無停頓。胡子曰根本沒時間還手，只好拚命將葛布掄起，風車般在自己身側轉動。這一招純粹是在賭博，根本不可能擋住所有羽箭。然而，非常幸運的是，對手連續三箭全部射歪，沒碰到他和鐵驊騮的半根寒毛。

說時遲，那時快，三箭過後，雙方之間的距離，已經縮短到了不足八尺。那突厥小箭來不及繼續拉開騎弓，大叫著將弓臂砸向胡子曰的腦袋，胡子曰側頭閃過，同時也將手中葛布，狠狠砸向對方的馬頭。

葛布在半空中被風展開，雲一般快速向後飄落。那突厥小箭視線被吸引，拔刀的動作立刻出現了一絲停滯。而胡子曰，卻抽刀在手，猛地將身體向側前方一探，朝著對方的戰馬脖頸就來了一記霸王揮鞭。

那突厥小箭被迫採取守勢，揮刀遮擋。二人的兵器在半空中相撞，火星四射。胡子曰快速撤刀，緊跟著又是一記橫掃千軍。那突厥小箭來不及再變招，果斷將身體下伏。雪亮的刀鋒貼著他後背而過，掃破披風，掃起幾片碎布。二人之間的距離再度拉近，相距不足三尺。鐵驊騮猛地張開嘴巴，「喀嚓」，在對方戰馬脖頸上撕下一團血肉。

「唏吁吁，吁吁……」悲鳴聲不絕，小箭的坐騎疼得向前竄出一丈多遠，後腿四下亂踢。突厥小箭為了避免被摔得筋斷骨折，只好努力抱住坐騎的脖頸。胡子曰跟上去一刀抽下，在小箭的後背處抽出了一道兩尺長的傷口。

鮮血狂噴而出，突厥小箭瞬間死去，屍體被坐騎帶著繼續向前飛奔。胡子曰催動鐵驊騮一邊向前跑，一邊調整方向，人和馬的身影，在草地上畫了一個巨大的圈子，七八個彈指之後，澈底兜轉了回來，跟其他逃命的突厥斥候，衝了個頭對頭。

沒時間去管是否有同伴跟上，他大吼著舉起刀，劈向距離自己最近的一名突厥斥候。對方被嚇得寒毛倒豎，手忙腳亂的招架，轉眼之間，就被他斬於馬下。另一名突厥斥候原本有可乘之機衝上前給他一刀，卻被沖天而起的血光嚇破了膽子，竟然撥歪馬頭，再度繞路而逃。

戰場之上，這可是純粹的找死行為。胡子曰根本沒有時間去思考對手為什麼會這樣做，身體就做出了反應。單腳脫離馬鐙，身體倒向另外一側，整個人在馬鞍上橫了過來，補償雙方之間被拉開的距離，猿臂舒展，右手中橫刀貼著逃命者的大腿根部急掠而過。半邊裙甲落地，試圖繞路逃命的突厥斥候大腿根部的皮肉和血管同時被抹斷，剎那間血流如瀑。

曲彬帶著三名最機靈的瀚海都護府斥候恰恰趕至，揮舞著兵器，擋住了最後兩名突厥斥候的去路。

「啊啊……」那兩名突厥斥候沒勇氣與曲彬等人硬碰硬，尖叫著放緩了馬速，隨即緊拉著韁繩，東張西望尋找新的出路。其餘瀚海都護府勇士紛紛趕至，從四面八方將其團團包圍。

「投降免死！」剛剛成功返回馬背的胡子曰，鬼使神差地用突厥語喊了一句，隨即從馬鞍後拉出一條套索，準備上前抓活口。本以為肯定要費一番力氣，誰料，那兩名突厥斥候竟然雙雙丟下了兵器，隨即，高高地舉起了雙手。「投降，我們投降！」

「饒命……」

兩個突厥斥候都不會說漢語，肢體所表達的意思，卻一清二楚。這下，反倒讓胡子曰有些不適應了，用眼神跟曲彬交流了好幾次，才終於又用生硬的突厥語吩咐：「下馬，舉著手過來，別耍花樣，否則，死！」

兩名突厥斥候乖乖地跳下坐騎，高舉著雙手走到了他的面前。這下，胡子曰終於澈底放了心，趕緊命令身邊的弟兄也跳下馬背，用繩子將兩名俘虜綁了，然後又趕緊安排人去打掃戰場。

「這突厥狗，一代不如一代了。虧得還把李素立給嚇了個半死！」曲彬累得滿頭大汗，一邊抬起衣袖去擦，一邊帶著幾分困惑嘀咕。

「比咱們當年遇到的突厥狗，可是差了不止一點兒半點兒！」胡子曰渾身上下，也累得像散了架一般，喘息著連連搖頭，「就這點兒本事，還想打進中原去，車鼻可汗的心，可真不是一般的大！」

「估計是打敗了幾個小部落，就覺得自己翅膀硬了。然後被大食人一煽動，就澈底忘記了自己幾斤幾兩！」曲彬撇了撇嘴，滿臉不屑地點評。「也就是陛下病重，滿朝文武沒人肯站出來替陛下做這個主。否則，隨便調一府精兵過來，都能蕩平了他！」

「是啊，大唐不缺精兵強將，就是沒人敢站出來做這個主！」胡子曰苦笑，嘆息著搖頭。

「這幫老匹夫！」曲彬朝地上吐了口吐沫，撇著嘴唾罵。

罵歸罵，他心裡卻非常清楚，朝堂上的大事，不是自己和胡子曰兩個草民所能管得了的。哪怕當年二人沒有解甲歸田，現在頂多也就是個府兵別將，連參加廷議的資格都沒有，更甭說左右當權大臣做出的決定。

成功抓到俘虜所帶來的喜悅，迅速消散。兩個年過半百了老卒，忽然都失去了說話的興趣，拉著戰馬的韁繩連連嘆氣。

突厥狼騎一代不如一代，大唐比突厥又能好多少？如果皇帝和滿朝文武，都變成了不思進取的垂垂老朽，底下的將士再用命，又如何能保證自己的血沒有白流？

「報告總教頭，其他落馬的突厥斥候都已經死了！」一名斥候夥長策馬靠近，向二人高聲彙報檢視戰場的結果，「咱們這邊落馬的弟兄，也都蒙受了長生天的召喚！」

「把咱們的弟兄屍體帶上，把俘虜也押上馬背，回去覆命。其他屍體，留著餵狼！」胡子曰迅速停止了胡思亂想，沉聲吩咐。

斥候夥長答應著去執行命令，胡子曰心裡頭，卻仍舊覺得憋著一口惡氣始終無法宣洩，回頭向沙棗林方向掃了兩眼，他壓低了聲音跟曲彬商量，「要不你先壓著俘虜回去繳令？這兩個俘虜都是小卒，未必知道什麼重要軍情，我再往西轉悠轉悠！」

「回去的路，弟兄們比咱倆熟！」曲彬跟他心有靈犀，立刻笑著點頭，「我跟你一起去，做票大的，好歹出了心中這口惡氣！」

第一百零二章　冒失與應付

二人說幹就幹，當即，胡子曰就安排身邊的斥候帶著俘虜和陣亡袍澤，返回瀚海都護府去繳令。而他自己和曲彬則從戰死的突厥人身上，扒下的鎧甲，套在了各自的鎧甲之外。又各自帶著四匹戰馬、三把橫刀、兩張角弓、五壺羽箭和足夠吃十天的乾糧，穿過了沙棗林，繼續向突厥人的營地方向摸了過去。也不是單純的邪火上頭，二人這樣做，其實也考慮過即將面臨的風險。總體來說，只要不摸到突厥營地的五里之內，喪命的機會並不高。

首先，現在的突厥狼騎，實力跟當年曾經打到渭水河畔的那支狼騎，根本沒法比。如果跟狼騎的斥候在野外突然相遇，哪怕對方的數量比自己這邊多出十倍，胡子曰和曲彬兩個，也有把握全身而退。

其次，瀚海都護府的斥候，能力有限。帶在身邊，也幫不上多少忙，反而容易引起敵軍的關注。而就胡子曰和曲彬老哥倆，想找地方藏身便容易了許多。實在不行，臨時找塊灌木叢鑽進去，都能躲上一兩個時辰不被敵軍發現。再次，就是天時對自己有利。太陽已經落到了大地邊緣之下，馬上夜幕就要降臨。除非決定對瀚海都護府展開夜襲，否則突厥狼騎的主帥羯曼陀不可能入夜之後再派斥候出營，更不可能派大股兵馬出來巡視。而小股巡邏兵，也不可能離開營地太遠。

黑夜裡人的視野有限，相隔超過二十丈，往往就無法發現彼此的身影。只要保持足夠的警惕，胡子曰甚至有把握，在巡邏兵來到能發現自己的距離之前，搶先一步藏起來或者溜走。

至於此行符不符合軍中規矩，如果胡子曰和曲彬兩個是循規蹈矩的人，也不至於擁有如此高超的身手且為大唐征戰多年，卻連個像樣的職位都沒撈到，就解甲歸田了。

而接下來所發生的事實也證明，胡子曰和曲彬兩個的判斷沒錯。一路摸到了距離突厥人的大營不到五里遠的地方，二人都沒有遇到任何敵軍。

接連兩場大敗，對羯曼陀所部的這支狼騎的士氣打擊極為沉重。尤其是對下層軍官和士卒，非但先前身上的傲氣全部被打了個精光，心中隱約還對傳說中已經趕過來參戰的大唐邊軍，產生了無法擺脫的畏懼之意。

很多中下層軍官和兵卒，這兩天能不遠離大隊人馬，就不願意遠離大隊人馬，包括奉命出來巡邏，都想方設法應付，以免在營外逗留太久，或者脫離吊斗上的瞭望手視野範圍，成為唐軍斥候的優先打擊目標。

可兩軍交戰，怕是沒有用的。並且通常情況是越怕什麼，越會遇到什麼。亥時剛過，大箭托爾就接到一個讓他心裡發毛的任務，帶領麾下弟兄，外出去尋找自家失蹤的斥候隊。

「亞失必特勤、骨陸他們那隊斥候，先前被派去哪執行任務了？」仗著前來傳令的將領跟自己有過數面之緣，大箭托爾硬著頭皮詢問，「如果需要摸到回紇汗庭附近，他們的確不可能現在就傳回來消息！」

「不是沒傳回來消息，而是既沒有送回來任何消息，也沒有回來一個人。而且他們那隊斥候，有十二個人。」亞失必特勤瞪了他一眼，沒好氣兒地回應，「而他們今天的任務，只是向東巡視五十里，並伺機獵殺出現在巡視範圍之內的回紇斥候！」

「這……」大箭托爾脊背處一涼，頓時寒毛迅速倒豎而起。

奉命獵殺回紇斥候，卻遲遲沒有回營。最大可能就是成了別人的獵物。而對手能將他們殺得一乾二淨，不讓其中任何一個逃回來報信兒，要麼是精銳中的精銳，要麼人數是他們的五倍以上。想到在漆黑的深夜，自己帶著百餘名弟兄，在曠野裡與五六十名回紇精銳，甚至大唐邊軍突然遭遇，大箭托爾就額頭上就冒出了冷汗。將牙齒咬了又咬，又硬著頭皮提醒，「這，這可不是什麼好兆頭。特勤，請，請恕屬下多嘴。如果是敵軍的斥候殺了他們，這會兒，應該也早就帶著他們的腦袋去回紇王庭那邊領功了，不可能還留在附近。」

「讓你去你就去，哪來的那麼多廢話？」亞失必特勤將眼睛一瞪，低聲呵斥，「莫非，你想抗命？」

「不敢，不敢，卑職借一百個膽子也不敢。」大箭托兒打了個哆嗦，趕緊彎著腰解釋，「卑職只是怕白跑一趟，辜負了您的期待。卑職接令，這就點齊了弟兄出發！」

「你知道自己該幹什麼就好！」亞失必特勤瞪了他一眼，鐵青著臉補充。順手，將一支令箭遞給了對方。

平心而論，他也不願意在半夜派兵出去執行任務。一則風險太大，二來也未必能有什麼收穫。但是，命令是羯曼陀下的，對方最近兩天，情緒極差，看誰都不順眼。他才不會為了這點兒小事，去跟羯曼陀唱反調，引火焚身。

「卑職知道！」大箭托兒接過令箭，耷拉著腦袋去召集其麾下的弟兄。亞失必特勤看得心中不忍，猶豫了一下，又低聲補充：「還有另外兩支弟兄，會跟你們一起出去，分頭尋找那隊斥候。黑燈瞎火的，你記得讓弟兄們打起火把，免得敵軍都走到對面了，仍舊對他們視而不見！」

「卑職明白！」大箭托兒身體迅速停住腳步，轉過身，感激地行禮，「卑職多謝伯克提點。」說罷，急匆匆離去，步履比先前輕鬆了十倍。

漆黑的夜裡，上百人舉著火把出營，敵軍的斥候在三里之外，就能看清楚隊伍的規模。如果他們還沒撤離的話，肯定先掂量掂量彼此的實力，再決定該怎麼做。

如果三支隊伍，一道高舉著火把外出找人，即便彼此之間分開一段距離，敵軍斥候看到之後，也會遠遠地避開，輕易不會再衝過來廝殺。

如此，自己和麾下弟兄們，返回營地的可能性就大增。至於失蹤的那些斥候，這會找和不找，還有什麼意義？瞎耽誤功夫而已，根本沒必要太認真。

第一百零三章 白忙活一場

「突厥人到底想要幹什麼？」三百狼騎剛一出軍營，就引起了胡子曰和曲彬兩人的警覺。站在軍營西北方兩里外的灌木叢旁，二人看了又看，心中充滿了困惑。

因為距離較遠，且夜色甚濃，他們看不清楚到底有多少狼騎出了軍營，只能根據火把的密集程度和蔓延長度，估算其數量在三百到五百之間。

這種規模的兵力，外出巡邏顯然太浪費，去偷襲瀚海都護府又太單薄。更何況，誰家半夜偷襲別人，還打著火把，唯恐對方的哨兵發現不了？

「可能是某位大人物，半夜睡不著，想出來散散心吧！」半刻鐘之後，胡子曰終於想出了一個可能的答案，撇著嘴搖頭，「算了，不管他。反正不會走到咱們這邊來。繼續下絆馬索，爭取明天天亮之前，能有收穫。」

「嗯，大哥說得對，看不懂就算了，咱們繼續做正經事情！」曲彬想了想，重重點頭。

二人最開始並沒想要摸到距離突厥軍營如此之近的位置。然而，負責巡視營地周邊的突厥狼騎做事情實在太敷衍，幾處擔任暗哨的突厥斥候也太外行，所以，二人摸著摸著，就膽子越來越大。非但突破了自己給自己預定的五里界限，並且從軍營的東南方，繞著彎子一路摸到了西北側。

凡事都有正反兩面。負責巡視營地周邊的突厥狼騎做事情敷衍，給了胡子曰和曲彬二人可乘之機，讓老哥倆沒費什麼力氣就繞著軍營走了大半圈兒。同時，也讓老哥倆抓條大魚的心願澈底落空。大魚躲在軍營裡不出來，二人即便膽子再大，也不敢衝進軍營裡頭去抓。況且他們也不可能活著衝進去。

汲取了前鋒營和左營遇襲的教訓，阿史那羯曼陀下令砍光了周圍五里內所有樹木，將軍營用鹿砦圍了裡三層外三層，還沿著鹿砦的內側搭建了三十幾座碉樓。

如今，整個突厥狼騎的營地儼然成了一個木製的堅城，想再像先前那樣策馬直接躍鹿砦而過，簡直就是白日做夢。想要從營門處強攻，恐怕沒等抵達營門，就會被碉樓內的神箭手射成刺蝟。

先前當著一眾學徒的面兒，把話說得那麼滿。如果抓不成大魚就灰溜溜地返回瀚海都護府，胡子曰和曲彬老哥倆，臉往哪擱？於是乎，二人稍加核計，乾脆退而求其次，跑到突厥軍營西北側設陷阱，準備俘虜在羯曼陀與車鼻可汗或者與史笸籮之間傳遞消息和軍令的信使。

二人少年時經歷過隋末那場曠日持久的群雄混戰，後來又參與過大唐攻滅突厥的戰爭，非但作戰經驗豐富，肚子裡還裝了一大堆書本上根本不會記載的江湖歪招，互相配合著動手，很快就在軍營西北兩里遠位置，因陋就簡地佈置七個不同種類的陷阱。

之所以佈置這麼多，倒不是為了炫技。而是這片諢名喚做大甸子的草原上，根本沒有正經的道路。從西北方向通往羯曼陀軍營，光是被馬蹄踩出來的小徑就有三條，無論選擇哪一條，最終都能抵達目的地。想要儘快抓到俘虜，老哥倆只好不放過每條一條小徑，甚至在小徑之間的空地上也設上一個陷阱，以防萬一。

時間在不知不覺中，就到了後半夜。胡子曰和曲彬兩個又看到先前不知是什麼原因外出的那三百餘名突厥狼騎，打著火把返回了軍營。隨即，便聽到了淒厲的號角聲。緊跟著，突厥人的軍營驟然變得很亮，很亮，在黑漆漆的曠野中，如同一盞巨大的燈籠般醒目。

「羯曼陀在聚將！大半夜聚將，估計是發現了什麼緊急情況。」胡子曰在沙棘叢後等得無聊，朝著軍營張望了幾眼，打著哈欠推測。

「糟了！」下一刻，他又跳了起來，全身上下的疲倦一掃而空，「咱們丟在野地裡的那些突厥斥候的屍體，被他們找到了。如果我是羯曼陀，這口氣肯定咽不下去。」

「接下來，羯曼陀肯定會派出大批兵馬來搜索，以防還有別人藏在他的軍營周圍，伺機而動！」曲彬想了想，皺著眉頭附和。

「不是還有別人，是咱們！」胡子曰瞪了他一眼，氣得連連跺腳，「咱們倆，白忙活了大半夜！」

看熱鬧的人，忽然變成了熱鬧的一部分。老哥倆以目互視，不甘心，卻又滿臉無奈。

無法保證接下來突厥狼騎還是只會對軍營以東方向展開搜索，卻忽略軍營以西區域。他們必須趕在被敵軍發現之前，遠離軍營。而接下來數日，甚至直到羯曼陀養足了麾下狼騎的士氣，率軍殺向瀚海都護府，他們都很難再找到像今夜這麼好的時機。

不甘心，也得趕緊走。否則，非但達不成目標，反而很容易把自己的性命也搭上。狠狠朝地上吐了兩口吐沫，胡子曰邁動腳步，直奔自己的鐵驊騮。還沒等拉住戰馬的韁繩，胳膊卻被追過來的曲彬一把扯住。

「必須走，別賭命！過幾天，等突厥人洩了這口氣，咱們還有機會再摸過來。」關鍵時刻，胡子曰又澈底恢復了理智，拍了曲彬的手背一巴掌，低聲命令。

「不是，不是！」曲彬著急地連連搖頭，隨即，手指西北方的夜幕，「小點兒聲，你聽，有馬蹄聲，有人連夜騎著馬趕了過來！」

「馬蹄聲？」胡子曰毫不猶豫趴在了地上，側轉身，拔出橫刀貼近地面，又將耳朵迅速貼上了橫刀。

隔著冰冷的刀身，幾串極其輕微的馬蹄聲，迅速傳入了他的耳朵。來自西北方向，最多五匹馬，相距大約三里，跑得非常急。

大半夜朝著軍營方向策馬疾馳的，肯定不是尋常百姓。以最快速度收起刀，胡子曰起身，三步兩步奔向鐵驊騮，一邊飛身而上，一邊低聲招呼，「迎上去，抓大魚。然後趁著被狼騎發現之前，直接向南走，只要過了河，狼騎就甭想再找到咱們！」

「好！」曲彬點頭，飛身上馬，動作如行雲流水。

第一百零四章

耀武揚威

二人策動坐騎緩緩加速，直奔馬蹄聲來源方向。一邊走，一邊用目光搜尋敵軍信使的身影，同時豎起耳朵仔細分辨周圍的動靜。

夜色正濃，目光很難看到一百步之外。胯下和身邊的坐騎奔跑時動靜嘈雜，令人的耳朵很難再去接受和分辨更遠處的馬蹄聲。跑了半里遠之後，胡子曰和曲彬兩個，不得不將所有坐騎停下來，重新尋找目標。隨即又修正前進方向，力爭能堵在敵軍信使的必經之路上。如此這般折騰了三四回，最終憑藉獵人般的戰場直覺，發現了五個騎著馬狂奔的身影。

「誰在那邊？」對方的目光也很銳利，幾乎在被胡子曰和曲彬兩人發現的同時，就大喝著抄起了角弓。

「口令！」胡子曰毫不猶豫地用突厥語質問，同時策動戰馬加速，氣焰要多囂張有多囂張。

雙方相隔一百多步，都沒打燈籠，只能看到彼此身影的輪廓，根本看不到具體的打扮和長相。

當即，五名策馬狂奔的突厥人就有些發懵，扯開嗓子高聲解釋，「自己人，是自己人。我們從金雞嶺過來，奉沙缽羅特勤之命，給羯曼陀設送信。我們不知道今晚的口令……」

「口令！止步！」胡子曰單手按住刀柄，繼續加速向對方靠近，身體微微下俯，手臂，腰桿和大腿同時蓄力。

他不敢說太多的話，否則一定會被對方聽出破綻。而巡邏兵最常用的兩個詞，卻被他說得極為標準，再配上他和曲彬兩個那不講道理的架勢，短時間內，足夠以假亂真。

當即，五名送信的突厥人鬆開了弓弦，放緩馬速，喘息著繼續解釋：「我們不知道今天的口令，我們是沙缽羅特勤的親兵，帶著他給的信物。你，你要幹什麼……」

話才說了一半兒，胡子曰已經衝到了二十步之內。身體猛然坐直，橫刀出鞘，人、馬、刀合為一體，速度快如閃電。

「他不是咱們的人，射，快射！」終於有一名生著黃鬍子的信使發現了情況不對，將騎弓舉起，對準胡子曰，同時扯開嗓子向同伴發出提醒。

來不及給弓臂蓄足力，他就將羽箭射出。成功命中了胡子曰的胸口，卻連套在鎖子甲外的皮甲都沒穿透，箭桿像個裝飾品一樣，搖搖晃晃。其他四名突厥信使，也連忙挽弓而射，羽箭呼嘯，卻沒有一支命中目標。

下一個瞬間，刀光已經近在咫尺。黃鬍子沒有機會射出第二箭，尖叫著舉起弓臂遮擋。只聽「哢嚓」一聲脆響，弓臂斷成了兩截，而刀光卻去勢不減，貼合他的護肩鎧甲，掃中了他的脖頸。一顆圓睜著雙眼的頭顱飛起，無頭的屍體被戰馬帶著前衝數步，緩緩落入馬蹄下的雜草叢中。

胡子曰騎著鐵驊騮，與無頭的屍體擦肩而過，刀光橫掃，直奔另一名突厥灰眼睛信使。那信使被嚇得魂飛魄散，尖叫著將手中弓臂亂揮。刀光與弓臂沒有發生任何接觸，就掃中了他的左胸，將胸甲一分為二。胸甲下的皮膚和血肉，也同時被一分為二。尖叫聲戛然而止，灰眼睛信使身體內的血漿瞬間流盡，跌下坐騎，一命嗚呼。

第三名信使的頭盔上，有一縷紅纓，身份比另外幾名高，身手也遠好於他身邊的同伴。趁著胡子曰斬殺自己同伴的機會，他果斷丟下了弓，拔刀在手，縱馬直向前闖。

不迎戰胡子曰，也不迎戰曲彬，他只管衝向遠處亮如旭日的突厥軍營。距離軍營不到四里，戰馬瘋狂加速，用不了一百個彈指。他只要衝進燈光照亮的範圍之內，碉樓裡的弓箭手，自然會幫他解決追兵。

「站住，別跑！」沒想到紅盔纓如此老練果斷，胡子曰被閃了個措手不及。趕緊撥轉鐵驊騮，緊追不捨。

剛剛解決掉一名信使的曲彬，也趕緊策馬來攔。卻被最後一名信使捨命纏住，無法對紅盔纓造成任何干擾。

「生擒他！」胡子曰對曲彬丟下一句話，策馬死死咬住紅盔纓信使的身影。後者所騎的戰馬，是一匹大宛良駒，俗稱黃驃。通體呈金黃色，奔行時的速度絲毫不亞於鐵驊騮。轉眼功夫，雙方一追一逃，就跑出四百步，彼此之間的距離，卻沒有絲毫地縮短。

胡子曰大急，從馬鞍下扯出一把短斧，奮力前擲。「呼……」短斧帶起一股寒風，直奔黃驃馬的後腿。

「呀……」紅盔纓信使彷彿背後長著眼睛，尖叫拍打戰馬的脖頸。黃驃馬得到主人的提醒，猛地騰空而起。堪堪避開了飛來的短斧，隨即嘶鳴著落地，跑得如同風馳電掣。

沒功夫欣賞黃驃馬的靈活身姿，胡子曰果斷從自家馬鞍之後，抽出了第二支短斧，狠狠砸向紅盔纓的脊背。後者聽到兵器破空聲，立刻擰身，揮刀，在電光石火間擋住了短斧的柄部，令其打著鏇子落向了地面。

還沒等他將身體轉回，第三把短斧又呼嘯而至，目標正是黃驃馬的屁股。紅盔纓氣急敗壞，大罵著將短斧擊落。緊跟著，卻又飛來了一枚鐵膽、一枚飛鏢和一枚透骨釘。

「叮！」「噹啷！」罵聲迅速被金屬撞擊聲取代，紅盔纓閉上嘴巴，集中精神應付暗器，被逼得手忙腳亂。

擰著身體對付暗器，很容易失去平衡。好在他胯下的黃驃馬神俊，竟然主動放慢腳步，全力配合他的動作。胡子曰要的就是這個結果，趁機用雙腿夾緊鐵驊騮的小腹，將坐騎的速度壓榨到了極限。雙方之間的距離，迅速縮短，轉眼間，就不足五尺。

「卑鄙！」紅盔纓這才意識到，自己上了對手的當。嘴裡又發出一聲叫罵，揮刀迎著追上來的胡子曰猛劈。

「噹啷！」胡子曰從容舉刀，撩開對方的攻擊。借著馬速揮刀前掃，砍向紅盔纓的肩膀。後者舉刀格擋，隨即又還了一記斜抽。胡子曰恰恰揮刀抽來，兩把兵器在半空中再度相撞，火星四濺。

「誰在那？口令！」半空中，忽然傳來的一聲喝問。正在交戰的二人齊齊抬頭，這才發現，雙方的位置，距離突厥人的軍營，已經不足三百步。彼此的打扮和面孔，也都被高挑碉樓上的燈籠火把，照得一清二楚。

「救命……」紅盔纓毫不猶豫地張開嘴大叫，向碉樓上的弓箭手求救。胡子曰卻默默地接連砍出了三刀，上砍人，下砍馬，逼得紅盔纓招架不迭。隨即，又一刀抽下，正中紅盔纓握刀的手臂。

「啊……」呼救聲變成了痛苦的尖叫，紅盔纓右臂齊著手腕而斷。橫刀和右手同時落地，他痛苦地將身體縮成了一團。

胡子曰趁機又是一刀，用刀背砍中了紅盔纓的脖頸。緊跟著，伸出左手，拉住此人的束甲腰帶，將昏迷不醒的他提在手裡，撥馬揚長而去！

第一百零五章 神僕

「他不是咱們的人，他是唐軍，他是唐軍！」碉樓中的突厥弓箭手們如夢方醒，大叫著朝胡子曰射出一排箭雨。

能有什麼用？此時此刻，雙方之間的距離足足還有二百五六十步，尋常角弓射出的羽箭即便射到這個距離，也失去了殺傷力。而射程更遠的擎張弩，整個突厥也湊不出一百張，又有誰會先知先覺，把如此利器搬上碉樓？

「唐軍，他是唐軍斥候，拿下他，拿下他。」軍營內，也有一隊當值的突厥士卒，亂哄哄拎著兵器，衝向大門。然而，卻被自家緊閉的大門擋住了去路。

也不怪他們反應慢，著實是對手太狡猾。傍晚時為了迷惑敵軍，胡子曰特地從戰死的突厥斥候身上扒了一件皮甲，套在了自己的鎖子甲之外。先前無論是碉樓中的弓箭手，還是大門內當值的兵卒，看到的景象都是，兩個自己人騎著馬火併，根本不知道應該幫誰。

直到胡子曰打暈了紅盔纓，拎著此人策馬而去。碉樓中的弓箭手和門內當值的兵卒們，也意識到此人是敵非友，再想要有所動作，哪裡還來得及？

當軍營西側的大門被打開，一眾兵卒騎著馬衝出門外，燈火照亮的範圍之內，哪裡還找得到胡子曰的蹤影？只剩下一串鮮紅的血跡，從距離大門兩百五六十步遠的位置，一路灑向夜幕之後，證明剛才他們看到的不是幻覺，而是真真切切曾經發生過的事實。

「呼延大石，你帶著八十名弟兄，踩著血跡去追，務必把被掠走的弟兄救回來。」當值的大箭知道此事隱瞞不住，咬了咬牙，沉聲吩咐。「其他人，跟我回去向羯曼陀設彙報！」

「是！」被點到名字的小箭激靈靈打了個冷戰，硬著頭皮答應。

黑燈瞎火地去追一名經驗豐富的大唐斥候，能追上的可能性，比放牧時撿金子高不了多少。而萬一那名斥候還有一群同夥埋伏在夜幕之後，等待著自己的，就是一場不死不休的廝殺。

不過，比起面對羯曼陀的怒火，追殺那名大唐斥候的風險，無疑要小許多。追殺大唐斥候的時候，遭到埋伏的可能，不會超過三成。而如果不去追殺，直接去面見羯曼陀，今晚在西門附近當值的軍官，被此人下令打個半死的可能性，卻超過七成！

「緊閉營門，如果有人敢靠近到百步之內，必須讓他表明身份，以防唐軍細作假冒咱們的人，混進軍營裡來搗亂！」那當值的大箭，也知道將剛才發生的事情如實向羯曼陀彙報，自己肯定落不到好果子吃，想了想，再度沉聲吩咐。「像剛才那樣的情況，如果不是碉樓上的弟兄們謹慎，及時喝止了他們繼續向營門靠近，那唐軍斥候，就會押著被俘虜的弟兄，徑直衝進軍營裡頭來！」「遵命！」無論是碉樓上當值的弓箭手，還是門內當值的其他士卒，都果斷答應，沒有人對大箭的後半句話，提出任何質疑。剛才在軍營門外發生的事情，肯定瞞不過羯曼陀的耳朵。所以大夥不得不主動上報。但是上報時怎麼說，對大夥最有利，卻是一門學問。

如果實話實說，承認大夥兒被那名大唐斥候身上的偽裝所騙，沒來得及對自己人施以援手，哪怕理由再充分，當值的大箭小箭，也難免吃上一頓軍棍。而稍微統一一下口徑，說大唐斥候原本想押著被俘虜的信使混入軍營之內，被識破身份之後惱羞成怒，砍掉了信使的手臂倉皇逃遁。而那名信使雖然被大唐斥候用刀子頂著後心，最後關頭卻毅然發起了反擊，只是本事稍遜對方一籌，卻用一隻手臂為大夥換來的準備時間，則對大夥，包括那名被俘的信使，都有百利而無一害。

「嗯……」見眾人都明白了自己的意思，當值的大箭沉吟著點了下頭，隨即，帶領十幾名親信做見證，火速趕往了中軍。

中軍帳內，羯曼陀正為自家一整隊斥候，在距離軍營不到十里遠的位置，被唐軍殺了個精光而震怒，聽聞西門口又出現了大唐斥候，還掠走了自家信使，頓時暴跳如雷。

「廢物，全都是廢物。即便他是突然發難，你們救不了自己的信使，難道還不能衝出去將他剁碎了餵狼？你們這些廢物，還有臉自誇識破了他的陰謀？他一個人，即便押著信使混進軍營裡頭，又能翻得起什麼風浪？分明是你們蠢，沒看出他的真正圖謀。他壓根兒就沒想過混進軍營，把信使押到大門口砍斷胳膊，就是為了向咱們示威！」

「設英明，卑職的確沒想到，那廝是專門為了示威而來！」當值的大箭被噴了一臉吐沫星子，卻偷偷鬆了一口氣。低下頭，老老實實地承認自己是個笨蛋。

「連這麼簡單的事情都想不到，老子留你有什麼用？」羯曼陀抬起腳，一腳將大箭踹倒在地，緊跟著，彎下腰又是兩記大耳光。

「設息怒，卑職知道錯了，卑職該死！」大箭的嘴角，立刻出現了血跡，卻知道，今天這一關，自己算是糊弄過去了，啞著嗓子連聲求饒。

「滾出去繼續當值，老子今夜不想再看到你！」羯曼陀打也打了，罵也罵了，便不想再追究當值大箭的責任，又朝著對方屁股上補了一腳，喘息著命令。

直覺告訴他，眼前這名大箭說得未必全是實話。然而，前鋒營和左營的兩個領軍伯克都稀裡糊塗死在了敵人手上，區區一個大箭，沒來得及從敵人手裡救下一名信使，又何必苛責？

敵軍接連獲得了勝利，絕非僅僅憑藉狡猾，或者僥倖，這一點兒，在接到前鋒營和左營相繼被打垮的噩耗之後，羯曼陀心裡頭就已經一清二楚。

陟苾、烏紇、圖南和呼延柄等人的戰敗，也絕非僅僅因為一時不慎，這一點，羯曼陀心裡頭其實也早就想得明明白白。

他甚至知道，所謂葛邏祿人暗中勾結回紇，都是戰敗歸來者為了遮羞或者避免遭到追究，而找出來的藉口。只是，為了讓身邊的其他狼騎不至於對敵軍產生畏懼，同時也為了避免剩下的葛邏祿人，發現敵軍實力強大，日後真的臨陣倒戈，他才接受了這種說法，並且順水推舟殺掉了葛邏祿人當中的所有軍官和貴族。

「沙缽羅的謹慎是對的，他那位姓姜的朋友非常有本事，回紇人跟在他身後，就如同羊群跟上了雄獅。」看清楚了敵軍的真正實力，羯曼陀就有些後悔，自己當初不該將史笸籮留在後方看管糧草。

他原本親口在自家父親車鼻可汗面前說過，給予自己的弟弟沙缽羅信任、支持和足夠的立功機會。將後者當做自己的磨刀石，時刻激勵自己上進。然而，前一段時間在路上，看著沙缽羅將一切安排得井井有條，卻又一下子就失去了理智，出爾反爾。

這真是一個愚蠢至極的做法。如果重來一次，羯曼陀絕對不會，被忌妒蒙蔽了心臟。他知道，如果有史笸籮跟在自己身邊，即便此人提醒自己的話，自己聽著再感覺刺耳，至少也會讓自己暗地裡叮囑圖南和呼延柄，多加三分小心。

羯曼陀現在知道了，沙缽羅其實沒有說錯，狼騎並不像自己和父親想的那樣強，大唐也不像自己和父親期待的那樣弱。而回紇不過是大唐的一個附庸，在姜簡接手之後，就能展示出如此強悍的實力。如果有一支真正的大唐精銳殺到漠北來，或者大唐派出了更多像姜簡這樣的少年，其後果羯曼陀不敢多想。

「設，講經人阿不德求見！」正想得鬱悶之際，耳畔卻又傳來的親兵小箭貼兒魯的聲音，隱約帶著幾分期盼。

「阿不德，深更半夜的，他又有什麼事情？」羯曼陀迅速收起思緒，做出一副蠻橫粗暴的模樣詢問。阿不德是另一位講經人歐麥爾的弟子或者是下屬。具體二人之間的具體關係和級別劃分，羯曼陀一直弄不太清楚。

反正這兩人在他看來，都不是什麼好鳥。來到突厥別部，也只是為了讓突厥人充當他們的開路先鋒。至於二人嘴裡所說的什麼神跡，什麼真經，羯曼陀更是一個字都不信。

如果神明真的已經指定了大食人來統治世間萬國的話，隨便施展一個神術就能做到，又何必讓大食人自己打打殺殺？

「阿不德智者說，他麾下的神僕們已經做好了準備。」明顯感覺出葛邏祿心中的不喜，親兵大箭貼兒魯，仍舊欠著身體補充。「他說，想得到您的准許，派神僕去給外邊的唐軍斥候一個教訓！」

「什麼？」羯曼陀的眼睛裡，立刻閃起了精光。

他和他父親車鼻可汗，早就得出結論。所謂神僕，就是一群被講經人忽悠傻了的狂信徒，絕對不堪大用。

然而，眼下他需要時間，休整隊伍，讓弟兄們重新恢復士氣。瀚海都護府的斥候，卻一而再，再而三地打上門來羞辱。

他如果因為遭到的羞辱，就領著兵馬殺向瀚海都護府，肯定著了姜簡的道。但是，如果他不能儘快還以顏色，弟兄們的士氣非但難以儘快恢復，反倒會因為他表現得「軟弱」而一降再降。

既然阿不德對他麾下的那群瘋子，如此有信心……

猛然深吸了一口氣，羯曼陀笑著揮手，「請，快請阿不德智者進來。準備茶，用最上等的茶磚去熬，我剛好有疑問，需要向智者求教。」

「是！」親兵小箭貼兒魯答應一聲，興匆匆地轉身離去。

羯曼陀朝著他的背影，微笑點頭，右手卻輕輕地按在了腰間的刀柄上。

貼兒魯不能留了，必須儘快找個理由，送他回長生天的懷抱。

突厥人是狼神的子孫，絕不是什麼真神的奴僕。

凡是忘記了祖宗，自甘墮落者，就必須儘快清除掉，絕對不能姑息！

「神廟可以建起來，就必須可以拆掉！」擺出禮賢下士的笑容，坐直了身體，羯曼陀在心中低聲告誡自己，同時將刀柄握得更緊。

第一百零六章 勸降

「唳……」半空中，蒼鷹盤旋，秋風將白雲扯成一縷縷絲絮。

「該死的扁毛畜生！」胡子曰迅速仰起頭，將弓拉滿，箭指半空中的蒼鷹。幾個彈指之後，卻又無可奈何地將弓箭收起，策動坐騎加速向南飛奔。

「唳……」鷹鳴聲刺耳，追逐著馬蹄帶起的煙塵，如影隨形。

「分頭走，你帶著兩名俘虜、三匹馬，其餘的馬都給我留下。我陪著他們玩玩！」胡子曰猛地拉住了坐騎，高聲吩咐。

「胡老大！」曲彬大急，紅著眼睛高喊，「河畔就快到了，只要咱們過了河……」

「沒用！你心裡清楚！別廢話！」胡子曰瞪了他一眼，搖頭打斷，「河水可以讓獵犬鼻子失靈，但奈何不了老鷹！」

「那你先走，我來斷後！」知道自己說服不了胡子曰，曲彬果斷改口，「你年紀比我大，身手也不如我！」

「滾！再不走，咱倆全都得死在這兒！你把俘虜帶回去交給姜簡，我拉著追兵兜圈子。」胡子曰揚起馬韁繩，朝著曲彬虛抽，「老子身手不如你？論活命的本事，老子一個頂你倆！」

曲彬哪裡肯聽，啞著嗓子爭論。「我不認識路，你帶著俘虜……」

「滾蛋，你過了河之後一直向東走，不需要認識路！」胡子曰雙眉倒豎，厲聲打斷，「別耽誤事，咱倆好不容易才抓了條大魚。回去告訴姜簡，突厥人這邊有幫手。」

說罷，不再給曲彬「討價還價」的資格，他迅速探身，左手和右手各自拉住兩匹戰馬的韁繩，迅速掉頭向西。

「唳……」半空中盤旋的蒼鷹，果然上當，嘴裡發出一聲尖利的鳴叫，拍打著翅膀，緊隨其後。

「胡老大，活著回來！」曲彬阻攔不及，只能扯開嗓子高喊，「否則，你的錢，老子全都昧下，一文都不會分給你外甥！」喊罷，策動坐騎和最後兩匹戰馬，馱著綁在馬鞍上的俘虜，如飛而去。

「我呸！想得美！你死了，老子都不會死！」胡子曰朝地上啐了一口，策馬繼續狂奔。

正如他先前所料，天空中的蒼鷹沒能力區分哪個目標更重要，只懂得追著人馬數量大的一夥跟蹤。而他這邊，有五匹戰馬，曲彬那邊卻只有三匹！

「這隻鷹應該不是突厥人的，否則，羯曼陀早就讓斥候把牠放出來了，不會等到今天！」胡子曰一邊策馬加速，一邊迅速在心中得出結論。

蒼鷹的目光銳利，盤旋在天空之中，三十里內的目標基本都逃不過牠的眼睛。如果天空中的蒼鷹屬於突厥人，只要把牠放出來，大夥昨天下午，根本不可能摸到沙棗林附近。殺光了敵軍的斥候之後，也不會一直到半夜，才被敵軍發現。

而鷹早不出現，晚不出現，偏偏在自己俘虜了突厥信使的第二天上午，就盯上了自己。很顯然，是另外一夥人，接受了突厥主將羯曼陀的委託參與了進來，或者主動對突厥主將施以援手。

無論這夥人參與進來的原因是什麼，他們的存在，都必須被及時彙報給姜簡知曉。否則，萬一姜簡帶著瀚海都護府的弟兄跟羯曼陀交戰之時，這夥人忽然殺了出來，肯定會給戰局增添許多變數，甚至打姜簡他們一個措手不及。

「唳……」「唳……」鷹鳴聲忽然轉急，扁毛畜生在半空中打著圈子，不斷做出下撲的姿勢。然而，每次撲到距離胡子曰百步之內，就立刻調轉方向，急拍翅膀迅速拉高，堅決不給胡子曰用羽箭瞄準自己的機會。

「別瞎耽誤功夫了，老子不怕。去叫你的主人過來，老子在前面等著他。」胡子曰見那蒼鷹狡猾，索性收起了弓箭，策動戰馬加速衝向不遠處的一小片樹林。

他手中角弓的有效射程，只有一百四十步。騎弓比角弓還要短上一小半兒。而對空中的目標仰面而射，無論角弓還是騎弓，距離超過五十步，都很難造成致命傷。

胡子曰雖然射術高超，卻知道自己絕對達不到傳說中的「射雕手」水準。所以，乾脆放棄了擊殺那頭老鷹的念頭，專心琢磨如何對付即將到來的追兵。一根用來捆俘虜的皮繩，被他迅速用刀切成了四段兒，分別拴在了樹幹上，高度比周圍青草低出半寸。一棵手臂粗細的樺樹，被他砍掉樹冠後拉彎，樹幹卡在了另一棵大樹的根部，就像一道天然生成的拱門。幾塊巴掌大小的石頭被他撿了起來，放到了頭頂的樹杈中間。數支飛鏢被他倒著插進了土裡，鏢鋒在草叢中忽隱忽現……

天空中那隻鷹不停地盤旋，胡子曰知道牠看見自己的一舉一動。但是，胡子曰不相信，扁毛畜生有本事，將牠看到的情況，全都彙報給其主人聽。

「這份本事，不找個傳人可惜了！」當把幾個簡易陷阱全部準備完畢，胡子曰拍了拍手，一邊欣賞一邊感慨。

這些本事，都是很多很多年之前，他在軍中一點點摸索出來的。解甲歸田之後，他本以為會帶進棺材裡，卻沒想到，今天在漠北居然又派上了用場。

多年沒施展，技藝已經有點兒生疏，但水準仍舊超過了瀚海都護府這邊任何一個斥候，甚至在突厥人那邊，也找不出能比他做陷阱做得更好的人。

胡子曰有些遺憾，自己居然沒給這份技藝找個傳人。以前在長安城之時，他沒機會將做陷阱的本事當眾展示，姜簡和李思邈等少年，自然也想不到，他除了做肥腸、講古、舞刀弄槍之外，還是一名合格的斥候。

少年們不知道他在這方面的本事，自然也不會主動求著他傳授。而他總覺得這些本事對少年人們來說，學了之後也是屠龍之技，基本上派不上用場，所以也沒想著要教。當然，在長安城那會兒，他沒把握用這些本事從少年們手裡換來現錢，也是一個非常重要因素。

那會兒，姜簡除了喜歡聽他講古之外，還喜歡向他討教刀術。李思邈除了喜歡聽他講古之外，還向他討教過如何使用弓箭。陳元敬力氣大，除了聽他講古之外，對鋼鞭情有獨鍾。駱履元口袋裡沒什麼餘錢，除了免費聽他講古之外，其他什麼都不學……。其實如果駱履元想學的話，少給點錢，甚至不給錢，他也會手把手教的。他跟少年們在一起，圖的不光是少年們兜裡的零花錢，還有那一份被尊敬的感覺。

他從沒對少年們說起過，自己當年在軍中到底擔任什麼職務。卻故意給少年們造成一種印象，他跟衛國公（李靖）、英國公（徐世績）、盧國公（程咬金）這些人很熟，熟到能夠經常並肩作戰。在少年們眼裡，如果當初他胡子曰不選擇解甲歸田，他的名字即便上不了凌煙閣，至少距離凌煙閣的大門不會太遠……。那份被尊敬的感覺，是除了數錢之外，第二能讓他心神愉悅的東西。也是促使他接受了姜蓉的委託，帶著曲彬等老兄弟出塞尋找姜簡的重要因素。「錢麼，有時候並不重要。真的是為了錢，老子早就回長安去了。」從馬鞍後解下弓和箭壺，胡子曰一邊將羽箭插到腳下的草地中，一邊笑著自言自語。

天空中的鷹唳聲忽然消失，馬蹄聲卻緊跟著由遠及近。迅速抬起頭，胡子曰朝林子外掃視，隨即，苦笑直起腰，順勢將羽箭搭上了弓臂，緩緩拉開了弓弦。

追兵頭戴鐵盔，身穿皮甲，胸甲表面，隱約還有一排豎起的寬條。

那是專門縫在胸甲外的口袋，可以插入鐵板，加強防護力。胡子曰曾經從姜簡口中聽說過這種鎧甲，立刻猜出了追兵的身份。而追兵手中的武器，則更清楚地證明了他的判斷。清一色的長劍，跟大橫刀一樣長，比大橫刀還寬半寸，兩側開刃，在陽光下泛起一抹冷冽的藍。是大食人，故鄉遠在萬里之外，卻從萬里之外一路打到大唐邊境的大食人。他們對大唐垂涎三尺，而大唐卻對他們毫無防範。

「出來投降吧，你走不掉了。我向真神發誓，保證你的安全。」追兵隊伍的正前方，一個身高八尺餘，手臂上停著蒼鷹的男子，忽然放緩了坐騎，用熟練的突厥語，朝著樹林高聲叫嚷。

他看不到胡子曰藏在何處，卻通過蒼鷹的示意，確定了胡子曰就藏在這片樹林之內。而整片樹林，不過方圓半里左右。給他一刻鐘時間，就能翻個底朝天。

在他身後，三十多匹戰馬，同時減速。馬背上，所有人都將長劍指向樹林，高度和角度，幾乎一模一樣。

一股無形的殺氣，撲面而至，令胡子曰脖頸後的寒毛，根根豎起。

對手全都是身經百戰的老行伍，否則，殺氣不可能這麼盛。一共三十六人，彼此之間配合非常默契。而他，此刻身邊卻沒有任何同伴，以後也不會有任何援軍。

「你的本領很強，也很勇敢。那些突厥人，都不如你。」見胡子曰沒有回應，手臂上停著蒼鷹的男子，策馬又向前走了幾步，再度高聲叫嚷。「你不用投降他們，投降我，我保證你安全。你是個英雄，不該死在突厥人手裡。皈依真神，為真神而戰，今後，咱們就是兄弟！」

這一次，他用的是漢語，雖然說得不是很標準，但是，每一句話的意思，胡子曰都聽得明明白白。屏住呼吸，胡子曰將弓拉滿，羽箭緩緩瞄準喊話者手臂上的蒼鷹。扁毛畜生警惕性極高，立刻意識到了危險，尖叫著振翅欲飛。

箭若流星，掠過足足七十步遠，正中牠的胸口。

「回去後必須讓姜簡加錢！」胡子曰看都不看，彎腰拔起第二支箭，借助起身動作，挽弓如滿月。

「嗖……」羽箭再度脫弦而去，直奔喊話者胯下的坐騎。

第一百零七章　不同

說時遲，那時快，喊話的大食男子根本沒來得及做出任何反應，手中的蒼鷹已經被射了個對穿。鮮血夾著數根羽毛，頓時濺了他滿頭滿臉。

「啊……，我的鷹，我的鷹！」此人心痛如刀割，厲聲尖叫，同時卻本能地拉緊了戰馬韁繩。周圍的其他大食匪徒，也紛紛單手回扯，剎那間，將各自坐騎的韁繩拉了個筆直。

「唏吁吁……」戰馬悲鳴著抬起前蹄和上半身，將其背上的主人擋了個結結實實。胡子曰的第二支羽箭恰恰飛至，射穿了喊話者胯下坐騎的脖頸。

「謝赫注七小心！」

「冷箭，冷箭又來了！」

「斥候，小心那名唐國斥候，他拿的是步弓！」

注七、謝赫，首領的意思。

沒想到胡子曰竟然是一位射箭手，眾大食匪徒們在鬆開韁繩之後，又尖叫著撥轉坐騎，圍著落馬的自家謝赫，快速兜起了圈子，同時，將身體儘量伏向戰馬的脖頸。

「該死匪類，早晚遭報應！」雖然如願命中了目標，胡子曰卻被大食匪徒的集體反應，氣得臉色發青，咬著牙低聲咒罵。同時，將第三支羽箭搭上弓臂。

所有匪徒同時採取一樣的動作，說明林子外的這群大食匪徒，訓練有素。而在這幫傢伙平素的訓練當中，驟然遇襲，戰馬就可以拿來當盾牌使用。在中原，騎兵向來把戰馬視為同伴。行軍和作戰之時，哪怕自己吃不飽，都會想方設法給戰馬弄一口精料。雖然遇到緊急情況，騎兵也會採取鐙裡藏身這種招數保命。但大多數時候，騎兵都會主動替戰馬提供必要的保護。像大食人這種連羽箭射向哪裡都不看，就直接將坐騎充當盾牌的行為，等同於出賣袍澤，在胡子曰眼裡，絕對不可饒恕。

「嗖……」帶著幾分憤怒，第三支羽箭射向一名伏在馬背上的大食人。不幸的事，這次，羽箭卻落了空。

目標的移動速度太快，身體也伏得太低，而他，已經一日一夜沒休息，體力和精神，都遠不如平時。

「殺了他，他只有一個人，衝過去殺了他！」落馬的大食首領，卻沒有被摔死。一個軲轆爬起來，用胡子曰聽不懂的大食語，高聲命令，「殺了他，送他下火獄接受審判！」

「審判……」「審判……」眾匪徒立刻有了底氣，紛紛撥轉坐騎，衝向樹林。一半兒人揮舞著長劍，另外一半兒則快速將手中長劍換成了騎弓。

「嗖……」「嗖……」，胡子曰毫不猶豫地射出了第四箭和第五箭。一支羽箭落空，另外一支羽箭，正中一匹戰馬前胸。

可憐的畜生立刻悲鳴著摔倒，將其背上的匪徒摔出了一丈多遠。草地柔軟，這名匪徒受的傷並不重。然而，還沒等他爬起來，其餘大食匪徒，已經毫不停頓地策馬踩過了他的身體，轉眼間，就將他踩得筋斷骨折。

「畜生，一群畜生！」胡子曰以前從沒跟大食兵卒打過交道，對大食人整體的印象，還停留在長安城裡那些揮金如土的大食商販和穿衣服很少的大食舞娘上。今日突然見到對方殘忍如斯，罵得愈發大聲。

沒等他再度拉開角弓，大食人的羽箭已經朝著他的藏身處呼嘯而至。剎那間，將他身邊的樹枝樹葉射得綠煙亂冒。

毫不猶豫橫向跨步，胡子曰將身體藏於樹幹之後。隨即，再度斜向走位，三步兩步，來到自己先前準備好的另一個藏身處，俯身，搭箭，直腰，拉弓，幾個動作一氣呵成，羽箭迅速脫離弓弦，正中一名大食匪徒的胸口。

「在那邊，在那邊！」其餘大食人，根本不管同伴死活，一邊高喊著互相提醒，一邊調轉騎弓，瞄向胡子曰的新藏身處。

「嗖……」搶在藏身處被敵軍的羽箭覆蓋之前，胡子曰將第七箭射出，然後看都不看，背起角弓，如同猿猴般在樹林裡飛竄。轉眼間，就又不知去向。眾大食匪徒再度挽弓攢射，將胡子曰剛剛離開的位置，用羽箭覆蓋。兩輪過後，他們沒遭到任何還擊，也聽不見胡子曰的動靜。收起騎弓，舉起長劍，互相掩護著策馬進入了樹林，從三個方向朝著剛剛被羽箭覆蓋處快速迫近。

「救，救我。」前胸中箭的那名大食匪徒，口吐鮮血，卻還未死去，在距離樹林三十步遠的血泊中，痛苦地將身體縮成了一團。

正在策馬進入樹林的其餘大食匪徒，迅速扭頭，隨即，又果斷將求救聲忽略。他們都是真神最虔誠的信徒，也是經過講經人認定的，真神的僕人。為了真神犧牲，乃是他們的宿命，也是他們的榮耀。為了傳播真神的榮光，為了地上天國的建立，他們連自己的性命，都可以毫不猶豫的付出，當然，更不會吝嗇自己的同伴。

更何況，前胸中箭，鮮血卻從口鼻中流出，說明箭鏃已經深入內臟。他們即便轉身去救，也不可能讓中箭者活著看到明天的朝陽。而一旦藏在樹林中的大唐斥候趁機逃走，他們拿什麼向講經人，向真神交代？

彷彿冥冥中真的有神仙，褒獎他們的冷酷。剛剛進入白樺林不到十步，他們就看到一具撲倒在樹幹旁的傷號。頭盔著地，背後插著兩支羽箭。

「真神保佑！」走在最前方的三名大食匪徒，喜出望外，大叫著策馬朝著傷號撲了過去，手中長劍在半空中劃出三條耀眼的弧線。

「唏吁吁……」還沒等長劍砍中目標，一匹坐騎嘴裡忽然發出了淒厲的哀鳴。身體向前踉蹌了幾步，轟然而倒，將背上的匪徒摔出老遠。

「呼……」一根手臂粗細的樹幹，忽然從地上彈起，以迅雷不及掩耳之勢，砸在了另外一名匪徒的左胸，將此人直接砸下了坐騎，口中鮮血狂噴。

「有陷阱，有陷阱！」第三名匪徒嚇得寒毛倒豎，趕緊拉住了坐騎，同時迅速用目光在身體周圍掃視。哪裡還來得及？他胯下的坐騎忽然也發出一串悲鳴，踉蹌數步，軟軟地跪倒於地。前蹄處，一支飛鏢透過蹄甲而出，血流如注。

地面上的「傷號」，也被受傷的戰馬壓在了身下，哪裡是什麼人，分明是一頂突厥人的皮盔和一件披風，底下塞了幾根樹枝而已。

「小心，大夥小心！唐人在樹林裡佈置了陷阱！」其餘大食匪徒氣得兩眼冒煙，卻不敢再繼續前進，撥轉坐騎，緩緩退向樹林之外。

已經潛行到樹林另一側邊緣的胡子曰見狀，果斷從自己的後背上取下角弓，挽弓便射。由於樹枝和樹葉的阻擋，連續兩箭，都毫無建樹。然而，卻成功激起了一眾大食匪徒的怒火。

「殺了他，殺了他！」眾匪徒大叫著催動戰馬，試圖衝到胡子曰身邊，將其一劍砍翻在地。卻不料，再度觸動了胡子曰佈置的陷阱，轉眼間，就又有兩人掉下了坐騎。

「兔崽子，有種就過來一戰！」胡子曰還不解恨，翻身跳上鐵驊騮，抽刀在手，朝著眾匪徒耀武揚威。眾匪徒不知道林子裡還藏著多少陷阱，不敢繼續前衝，只能拿出騎弓對著他攢射。然而，卻無奈樹枝樹葉茂密，沒有一支羽箭，能夠成功射到胡子曰附近。

「出來，繞過樹林！樹林只有兩三里寬，很容易就能繞到另一側去。」最先落馬的那名大食首領終於徒步趕到，看見眾匪徒被胡子曰耍得團團轉，啞著嗓子提醒。

眾匪徒聞聽，立刻不再理會胡子曰的挑釁。再次撥轉坐騎，退向樹林之外。結果，不小心又觸發了兩處機關，被從頭頂掉下來的石頭，砸得鼻青臉腫。

這些陷阱威力都不下於對戰馬的傷害，也遠遠超過了對人。然而，繼續觸發下去，眾大食匪徒接下來就得徒步趕路。因此，儘管心裡頭恨不得立刻將狡猾的大唐斥候抓住，碎屍萬段，匪徒們卻不得不放慢速度，一邊小心翼翼地檢查各自的四周和腳下，一邊努力緩緩向外挪動。好不容易退出了樹林，繞向另一側。哪裡還找得到胡子曰的身影？後者早就騎著鐵驊騮，帶著四匹備用坐騎，逃得不知去向。

「該死的唐人，今天一定要把你抓住，送你下火獄！」大食匪徒頭目阿布氣得兩眼冒火，跺著腳破口大罵。

「燒死他！」

「送他下火獄！」

其餘匪徒，紛紛高聲附和，然而，卻沒有任何一個，主動請纓去追蹤胡子曰。神僕都是真神的狂信徒，在征服波斯的戰鬥中，曾經創造過戰死六成，剩餘四成仍舊向敵軍發起衝鋒，並一舉擊潰敵軍的奇蹟。剛才的戰鬥雖然令他們折損頗重，卻遠不到讓他們士氣崩潰的地步。然而，對手的勇悍與難纏，卻讓每一名神僕，都心有餘悸。

一對三十六，居然還有膽子率先發起進攻，如此勇敢的對手，他們以前從沒見到過。而那讓人防不勝防的陷阱，更是給他們一個個頭大如斗。

誠然，那些陷阱的威力都不大，殺傷目標主要也是戰馬。但是，草原如此廣闊，沒有了坐騎代步，他們不知道得走多久，才能見到人煙。而萬一同伴們沒有及時跟上來，或者失去了坐騎之後，被上司視作累贅丟下，半夜裡再遇到狼群，他們就得死無全屍。

「不用沮喪，瀚海在東方，那名大唐斥候想與他們自己人會合，只能向西南方繞路。」作為頭目，阿布敏銳地察覺到了麾下匪徒們心中生出了畏懼之意，笑了笑，非常鎮定地說道，「而他身邊不止一匹戰馬，咱們雖然失去了獵鷹，卻沒失去眼睛。只要找到新鮮的馬糞，就能再度咬住他的尾巴！」

「謝赫英明！」眾匪徒聞聽，精神頓時一振，扯開嗓子齊聲回應。

「下馬，進樹林把受傷的弟兄全都抬出來。能救治的救治，無法救治的，留給阿奇斯他們收容。我這就給他們發信號，讓他們帶著備用坐騎，速速趕過來會合。」大食首領阿布朝著眾人點點頭，繼續吩咐。渾身上下，看不到半點受挫後的鬱悶。

眾匪徒見他如此鎮定，也紛紛抖擻精神，徒步進入樹林去救助傷患。而頭領阿布，則從死去的戰馬身上取下一袋子狼糞，擺在空曠處，用乾草和樹枝點燃。

剎那間，灰黑色的煙霧扶搖而上，在天地之間形成了一根筆直的煙柱。緊跟著，他又拿出一支巨大的牛角號，奮力吹響。

「嗚……」洪亮的號聲，在空曠的原野間迴盪，久久不息。

「嗚嗚……」一聲回應，在東北方響起。緊跟著，又是一聲。

作為預備隊的另外一夥大食匪徒，趕著備用坐騎跟了上來。依靠煙柱和號聲的指引，迅速向首領阿布靠攏。

「一會兒兵分兩路，一路徑直向西，一路轉向西南。彼此之間，用號角聲聯絡。無論是哪一路，只要發現那名唐軍斥候的蹤影，立刻用號角招呼另外一路去協助圍捕！」眼看著自家麾下的力量，就要翻倍，首領阿布忽然改變了主意，蹲下身，用長劍在地上勾勾畫畫，「活捉那名唐國斥候，然後把他送回大馬士革。這人應該是個身經百戰老兵，大埃米爾[注八]需要通過這樣的人，來瞭解自己的對手！」

「遵命！」眾匪徒們神色一凜，回答得無比鄭重。

在短短二十年內，大食國從兩河流域，一路打到了呼羅珊，領土擴張了數十倍。沿途遇到的對手，要麼野蠻蒙昧，要麼腐朽不堪。

久而久之，讓大食國上下，心裡都產生一股盲目的自大。認為遠在東方的大唐，頂多與波斯相似。只要佈置得當，用不了多久便能將其征服。而最近兩個月的經歷，特別是剛才的經歷，卻讓眾神僕們忽然發現，自己以前想得太簡單了。大唐不是波斯，也不是拜占庭。

他和大食一樣強大，也一樣朝氣蓬勃。如果大食參照以前征服波斯和拜占庭的經驗，來謀劃征服大唐，後果必將不堪設想。

注八、埃米爾：總督。哈里發時代，對波斯和東方的侵略，主要由敘利亞總督來執行。

第一百零八章　傳承

「馬糞，這裡有馬糞！那邊也有，很多很多馬糞。」半個時辰之後，一名匪徒跳下坐騎，跪在一堆黃綠色的排泄物旁，大呼小叫。

「不要碰！阿齊茲，你去檢查一下，是不是唐國斥候留下的馬糞！」匪徒首領阿布風馳電掣般趕到，扯開嗓子，向身邊一個留著捲毛絡腮鬍子的嘍囉吩咐。

「是！」捲毛絡腮鬍子阿齊茲答應一聲，飛身下馬，三步兩步衝到馬糞旁，跪下去，用手指在裡邊來回扒拉。他出身於波斯附近一個擅長養馬的部落，從小就接受長輩們的言傳身教，對馬的瞭解遠遠超過對人。

短短幾個彈指功夫，他就完成了對馬糞的研究。緊跟著，手腳並用向前爬了十多步，又將另外一堆馬糞抓在手裡，先一點點地用手指慢撚，隨即，將手指舉到鼻子旁，仔細分辨其味道。

兩堆馬糞的顏色和形狀不一致，但裡邊卻都找到了未曾消化乾淨的黑豆。而馬糞的氣味，帶著明顯的惡臭。這是豆類用雞蛋炒過，才能造成的結果，據阿齊茲所知，突厥人從來不會如此奢侈，哪怕是羯曼陀的坐騎，也沒資格享受吃雞蛋的待遇。

「報告謝赫，肯定是唐國斥候留下的馬糞！」隨便薅了把雜草擦了擦手，他一邊繼續仔細觀察周圍痕跡，一邊向頭領阿布高聲彙報，「一共有五匹戰馬，都是一等一的良駒。那唐國斥候經驗非常豐富，五匹馬一直在輪換著騎，從蹄印的跨度來看，五匹馬體力目前都很充沛。」

「他朝哪個方向去了？天黑之前還能追得上嗎？」一個名叫阿庫巴的匪徒頭目眉頭緊皺，話語裡帶上了明顯的焦躁。

「是啊，阿齊茲，天黑之後，他就可以趁機藏起來。而咱們的獵鷹卻被他給射死了！」另外幾名大食匪徒，也圍攏上前，七嘴八舌地詢問。

大唐斥候所帶的備用坐騎太多，一路不停地輪換，速度很難慢下來。而他這邊，在會合了預備隊之後，也只能保證一人兩騎，正常情況下，雙方之間的距離，只會越拉越遠。

「天黑之前，應該有可能。」阿齊茲皺著眉頭想了想，低聲給出答案，「他可以不停地換馬，但是，他自己卻沒法輪換。如果昨天下午時那夥突厥斥候，也是被此人和他的同伴所殺，此人已經至少一天一夜沒有睡過覺。」

「那就追，你頭前帶路，沿著他留下馬糞和馬蹄印兒！」匪徒首領阿布的眼神，頓時一亮，揮了下手臂，高聲吩咐。

經常騎馬的人都知道策馬奔馳，對人的體力消耗極大。哪怕再強悍的戰士，騎著馬連續跑上一百五十里路，也會被累得筋疲力竭。所以騎兵日常行軍，二三十里停下來休息一次，乃是常態。只有負責傳遞軍情的信使，才會一口氣跑出上百里路不做任何停歇。

而即便是信使送八百里加急，也不會是一個人從頭跑到尾。每跑百十里，就會在驛站中換上另外一波信使接力。如果在迫不得已的情況下，同一個信使連續跑上兩三天，基本上人就跑廢了，接下來沒有四五個月時間休養，身體恢復不了正常。

所以，接下來他們與那名唐國斥候比的，不是誰速度更快，而是誰的體力最後耗盡。從此地向西，沿途五百里之內，所有部落為了躲避戰火，都已經遷徙到了別處。那名唐國斥候找不到任何同伴接應，也找不到任何部落庇護。既要防備追兵，還要防備曠野裡的猛獸，最多到明天早晨，就會累得從馬背上掉下來。而屆時，他只要帶領麾下的神僕找到對方，就能將此人生擒活捉。

「是！」阿齊茲答應一聲，翻身跳上了坐騎。像獵犬一樣，引領著所有匪徒向西南而去。匪徒首領阿布，則一邊策馬跟上，一邊冷笑著抓起號角，奮力吹響，「嗚嗚，嗚嗚……」

「嗚嗚，嗚嗚……」奉命分頭追趕唐國斥候的另外一路匪徒，迅速以牛角號回應。緊跟著改變方向，迅速朝阿布這邊靠攏。

兩路匪徒再度合兵一處，一邊追趕，一邊留意沿途的各種可疑痕跡，以免被那名狡猾的唐國斥候，金蟬脫殼。

從上午巳時追到正午，又從正午追到了申時，中間四次改變方向，差點將目標追丟，但是最後，憑藉著阿齊茲強大的追蹤能力，仍舊咬住了目標留下的痕跡。

「他體力快耗盡了！」匪徒首領阿布累得腰瘦背疼，臉上的表情卻越來越興奮。

那名唐國斥候，恐怕是他這輩子遇到的最狡猾的對手。幾乎整整一天時間，都在拖著他們兜圈子，這一點，從今天大夥走過的路徑上，他就能清楚地做出判斷。

那名唐國斥候，也非常懂得保存體力。即便明知道追兵就在其身後，也非常規律地停下來做短暫的休息，並且努力保持戰馬的食物供應。在好幾處馬蹄和糞便密集之處，阿布都於草叢中找到用雞蛋炒過的黑豆顆粒。

那名唐國斥候，性格還異常堅韌。哪怕是在逃命途中，也不停地製造陷阱。大半日追下來，阿布這邊已經又損失了七匹駿馬，還有兩名嘍囉從馬背上摔下來之後斷了大腿，不得不由專人帶著半途折返。

一路追到現在，大食匪徒首領阿布心中對那名唐國斥候，越來越欣賞，甚至生出了幾分惺惺相惜之意。不過，惺惺相惜歸惺惺相惜，他卻不會放對方離開。並且清楚地知道，對方的體力已經到了極限。

最近唐國斥候停下來休整的位置，間隔已經越來越短。原本還有二十里，如今已經只有十一二里出頭。這說明，此人在馬背上已經坐不穩身體，不得不頻繁停下來恢復體力。而隨著時間的推移，此人會越來越疲勞，直到在馬背上睡著，然後直接墜落於地。

「向南，唐國斥候向南拐了！」前方又傳來興奮的大叫，卻是阿齊茲通過地上的馬糞和馬蹄印記，判斷出目標再次調轉了逃命方向。

「他想過河！」大食匪徒首領阿布，立刻就猜出了對手的打算，獰笑著發出命令，「阿庫巴，你帶著第一，第二什加速追上去，到河岸邊堵他。如果他跳水求生，就讓他見識見識咱們的水性！」

「是，謝赫！」

「追，到河畔去堵他。」

「唐國斥候以為咱們跟突厥人一樣，不會游泳。這次，讓他長長見識！」同樣已經疲憊到了極點的匪徒們，立刻精神大振，七嘴八舌地回應。隨即，整個隊伍一分為二。其中兩小隊匪徒跟在小頭目阿庫巴身後撥馬向南，直撲二十多里外的河岸。

塞外各族很少有人熟悉水性，甚至有個別部落，認為洗澡會惹怒天神。而他們中間，卻有幾個人是可以在海裡徒手捉魚的高手。那名唐國斥候想要借助草原上的季節河擺脫他們的追捕，簡直就是白日做夢。

「阿齊茲，你繼續追蹤唐國斥候留下的痕跡。我帶著其餘弟兄，跟在你身後。」目送阿庫巴等匪徒遠去，大食匪徒首領阿布，又下達了第二道命令。「此人狡猾，弄不好半路上又會掉頭折回來！」

「是！」阿齊茲將剛剛攪過馬糞的手朝鎧甲上抹了抹，答應著跳上坐騎。「唳！」半空中隱約有鷹啼傳來，大食土匪頭目阿布微微一愣，迅速舉頭張望，卻只看到一個巴掌的小黑點兒。

不是死掉的那隻獵鷹復生，而是一隻野外生長的個體。遺憾地嘆了口氣，他策動戰馬，跟上麾下嘍囉們的腳步。

兩夥匪徒相互配合，堅決不給目標脫身的機會。又過了大約半個時辰，終於在靠近季節河的一片蘆葦蕩旁，鎖定了胡子曰的身影。

正如大食匪徒頭目阿布先前的判斷，胡子曰原本打算渡河逃生。然而，還沒等抵達河畔，就已經被搶先一步到達的阿庫巴等匪徒發現，並且大呼小叫地堵住了去路。

不得已，他只好策馬沿著河畔繼續向西奔逃，還沒等把阿庫巴等匪徒甩開。阿布、阿齊茲等匪徒，已經循著他留在草地上的馬蹄印記，追了上來。

匪徒們繼續兵分兩路，一路貼著河岸橫插，一路從北向南包抄，很快，就將他逼到了蘆葦蕩中。時值初秋，蘆葦長到了兩人多高。胡子曰騎著馬扎進去，轉眼就又消失了蹤影。然而，大食土匪頭目阿布，這一次卻絲毫都不著急。

只見他，先挑出五個水性最好的匪徒，脫掉衣服，在岸邊隨時待命。然後又指揮著手下的其他匪徒們，沿著蘆葦蕩的周邊，兜成一個巨大的圓弧。最後，則命令圓弧周圍的匪徒們，全都跳下了坐騎，三人一組，從圓弧周邊向內，展開了拉網式搜索。

常年在不同地域征戰所積累的經驗，再次幫助阿布做出了正確決定。蘆葦的下半截長在水中，深淺不一。長長的葉子與倒伏的水草相互纏繞，幾乎是天生的絆馬索。目標策馬在蘆葦蕩中穿行，未必比徒步更靈活。

而目標所騎乘和攜帶的戰馬，只要移動，就會壓倒大片的蘆葦，並且發出清楚的聲響。他和他手下的「神僕」們，只要找到大片蘆葦被壓倒的痕跡，再仔細傾聽周圍的聲音，就能重新鎖定目標。屆時，目標想要脫身，選擇就只剩下了一個。丟掉所有戰馬和武器，游向對岸。而在岸邊恭候的五名水性最好的「神僕」，就可以迅速追上去，將目標生擒活捉。

「唏吁吁……」馬嘶聲在蘆葦蕩中響起，迅速暴露了目標的方位。眾匪徒大喜，邁開腳步，爭先恐後撲向目標。

蘆葦大片大片地被長劍砍倒，十幾條通道，在蘆葦蕩中快速出現，指向同一個方向。很快，就有匪徒在通道的盡頭，發現了目標的身影。

「投降吧！你逃不掉了。我們不會殺死你，也不會把你交給羯曼陀處置！」小頭目阿庫巴跑得最快，雙手舉著長劍，將擋在自己面前的蘆葦砍得東倒西歪，「這都是真神的旨意，他希望你留下，跟我們一道傳播真神的榮光！」「去你娘的！」胡子曰根本聽不懂對方在喊什麼，背靠著鐵驊騮，抬手就是一箭。羽箭接連穿過四棵蘆葦，帶起一團翠綠色的碎渣，最終，卻被蘆葦碰歪，軟軟地落入了齊腰深的河水之中。

「哈哈哈，你射不中我。」小頭目阿庫巴先被嚇得彎腰閃避，隨即，放聲大笑，「這就是真神顯靈，他改變了羽箭的方向。別掙扎了，真神無所不能。他……」

又一支羽箭，迎面飛來，被他揮劍磕飛。緊跟著，卻又砸來了一張角弓。大叫著側身，他躲開了角弓，還沒等站穩身體，一道金色的刀光，就迎面劈了過來。

「呀……」小頭目阿庫巴嘴裡發出一聲驚呼，雙手舉劍招架。迎頭劈過來的橫刀與劍身相撞，火星四射。下一個瞬間，他終於看清楚了目標的模樣，眉毛白了一半兒，眼角全是皺紋，臉上寫滿了歲月的滄桑。緊跟著，左腹貼近肋骨處傳來一股劇痛，他兩眼翻白，軟軟地倒進了河水之中。

「唳……」彌留之際，阿庫巴隱約又聽到了一聲鷹啼，熟悉而又陌生。努力睜開眼睛，他試圖看向天空的蒼鷹，卻只看到了一片金燦燦的晚霞。

「噹啷！」金燦燦的霞光中，胡子曰邁步撲向另一名大食匪徒，橫刀在對方長劍上，砍出一串火星。

身體晃了晃，他迅速向左滑步，緊跟著橫刀斜掃。數棵蘆葦沖天而起，伴著一顆帶血的頭顱。

一把長劍攔腰砍至，胡子曰不敢硬接，踉蹌後退。持劍的大食匪徒如影隨形，追過來再次向他發起攻擊，左腳卻忽然被水草絆了一下，身體瞬間失去了平衡。胡子曰毫不猶豫揮刀下抹，將此人頸部左側血管，一分為二。

鮮血狂噴，將胡子曰右半邊的身體染紅。他根本沒時間躲閃，忽然揮刀斜挑。一把從側面砍過來的長劍，被橫刀挑偏。他借著斜挑的動作快速轉身，偷襲者毫不猶豫後撤，腳步踉蹌，蹚得河水嘩嘩作響。胡子曰舉刀欲追，另外一把大食長劍忽然刺了過來，逼得他不得不快速揮刀招架。

更多的大食匪徒從不同方向發起進攻，胡子曰左遮右擋，轉眼間，就被累得氣喘如牛。兩天一夜沒合眼，他的體力早已被消耗到了極限。其餘大食匪徒見狀，也紛紛加速衝過來，將他團團包圍，長劍如林，胡子曰在劍林揮刀苦戰，步履蹣跚，身體踉蹌。

一把長劍刺破了鎖子甲，在他的後背上留下了一條半寸深的傷口。胡子曰踉蹌前撲，避免長劍刺得更深。咬著牙揮刀橫掃，他砍斷一隻持劍的手臂。又一把長劍趁機砍來，在他的大腿左側，帶起了一團血霧。鎖子甲可以有效擋住流矢，卻擋不住長劍的近距離攻擊。胡子曰知道，今日自己在劫難逃。咆哮著使出一招夜戰八方，他磕開另外三把長劍，踉蹌著衝向河道中央。

他沒做過一天大唐的官，也沒拿過李家一天俸祿，然而，他卻是個中原人，不能落入蠻夷手裡，讓祖宗蒙羞。

「活捉他！」大食匪徒頭目阿布在旁邊看得真切，獰笑著下令。眾匪徒大叫著追上，如狼群撲向了羸弱的老馬。半空中，忽然有羽箭落下，將衝在最前面的三名匪徒，瞬間射成了刺蝟。

「唳……」一隻蒼鷹從半空中撲落，利爪在大食匪徒首領阿布臉上，留下兩條深深的血槽。數艘羊皮筏子，沿著金色的河面順流而下。皮筏子上，姜簡、杜七藝、駱履元、李思邈、陳元敬等少年挽弓激射，將被打懵了的大食匪徒，接二連三放倒。

以前，一直是胡子曰保護他們，照顧他們。

現在，輪到他們來保住胡大叔！
至於要不要胡大叔付錢，大夥平安回去之後再說。

第一百零九章 戰術

胡子曰趴在毯子上，鎖子甲被剝下來丟在毯子旁的草叢中，裡衣也被撩到了肩膀處。杜七藝從駱履元手裡接過用鹽水潤濕的白葛布，小心翼翼地擦拭他後背和大腿上的傷口。

「啊，疼，疼死我了。輕點，輕點兒！」白葛布剛剛與傷口接觸，胡子曰的身體就像案板上活魚一樣抽搐了起來，叫喊聲穿雲裂帛，「你的手怎麼這麼重，平時教你練武，怎麼沒見你使這麼大力氣？」

「您，您忍忍，我，我已經很輕了。如果不把傷口用鹽水擦乾淨，怕，怕風邪入體注九。」杜七藝被說得額頭見汗，抬起手，滿臉委屈地解釋，「這些都是您教給我的，還說需要用烙鐵把傷口烙糊。」一不小心，葛布上的鹽水，直接滴進了傷口裡，疼得胡子曰又發出一串鬼哭狼嚎，「啊……，我，我教你用鹽水洗傷口，不是讓你殺人，啊……」

「這就好，這就好，您老忍著點兒。」姜簡小跑著上前，蹲下身，遞過一大把剛剛洗乾淨的蒲公英，「把這個嚼碎了吃下去，解毒去火。」胡子曰扭過頭，毫不客氣地從姜簡手中叼過蒲公英，大嚼特嚼，一股強烈的苦味，直沖腦門，刺激得他鼻涕和眼淚直流。然而，背後的疼覺，卻瞬間被抵消了一小半兒，令他的身體迅速鬆弛了下去，癱在地上不停地打哆嗦。

「我再去給您弄口吃的，然後等您有了力氣，咱們得再用燒紅的匕首把傷口烙一下。您別怕，我們會儘量輕一點兒。實在不行，就用蒙汗藥把您麻翻了再烙。」姜簡用手幫胡子曰擦了擦額頭上的冷汗，柔聲叮囑。

「蒙汗藥，你怎麼會用那東西！」胡子曰尖叫著詢問。隨即，就意識到，肯定是自己那幾位好兄弟所給，氣得用手捶地，「不用麻翻，那東西用多了，人就會變成傻子！你們儘管動手。老子剛才只是想叫喚兩聲，證明自己還活著，啊……」說話間，杜七藝又重新蘸了鹽水，幫他清洗另外一處傷口，疼得他用手揪住地面上的青草，慘叫連連。

類似的傷口，他後背上有兩處，大腿側面和右胸口各有一處。大食匪徒先前顯然是想活捉他，所以攻擊時主動避開了要害部位，以免造成致命傷。否則，他根本撐不到姜簡等人趕至。但是，所有傷口都進了水，如果不及時處理，一旦風邪入體，縱使神仙出手，也無力回天。

時值初秋，地上的青草長得濃密且粗壯。卻在短短十幾個彈指功夫，就被胡子曰給薅禿了一大片。姜簡看得不忍心，連忙將手中剩下的蒲公英，一股腦塞進他的嘴裡。強烈苦味兒，再度將疼痛

注九、風邪入體，即破傷風。破傷風這個詞出現在唐代晚期。此時仍叫風邪。

沖淡。胡子曰停止慘叫，趴在地上氣喘如牛。

「大食人只跑掉了三個，剩下的全被我們射死在蘆葦叢中了。」駱履元機靈，蹲下身，一邊幫胡子曰擦汗，一邊想方設法分散他的注意力，「那幫傢伙，可比突厥人難對付多了。明明人數沒咱們這邊多，居然還想蹚著水過來把羊皮筏子弄翻！」

「能被派到漠北來的，都是身經百戰的精銳。並且，以前應該很少吃敗仗。」胡子曰果然「中計」，迅速接過了他的話頭，「也不知道羯曼陀身邊，像這樣的大食幫兇還有多少。如果兵力超過五百，肯定是個大麻煩！」

「應該沒有那麼多，大食人眼下只佔據了波斯。從波斯到突厥別部，中間要麼經過龜茲，要麼從突騎施人的聚集地繞路。無論走哪條路，想要不驚動大唐邊軍，他們都得假扮成商隊和夥計，或者馬賊，規模不可能太大。」姜簡在幾個月之前，跟另外一夥大食匪徒打過交道，多少掌握了後者的一些情況，想了想，低聲提出了自己的看法。

「那倒是！」胡子曰輕輕皺眉，又輕輕點頭，「不過，若是三五百人，夾在商隊中分批混過來，也不會太難。龜茲那邊，就沒多少正經邊軍，全靠周邊各部落一起幫忙撐著。可各部落逐水草而居，行蹤不定。做事情，也不會像邊軍那樣上心。」

「等下次跟羯曼陀交手的時候，我會專門放一隊兵馬，交給您帶著，以防萬一。」姜簡點點頭，鄭重許諾。

胡子曰立刻就來了精神，握著一把草葉子，用拳頭捶地，「行，我幫你盯著這群大食來的王八蛋，今天仗著人多欺負老子。老子就讓他們知道知道，馬王爺究竟長了幾隻眼睛。」

「那咱們就說定了，您先翻個身，讓七藝給您擦右胸處的傷口。」姜簡笑著伸出手，輕輕抬起胡子曰右側肩膀。

「嘶……」胡子曰疼得齜牙咧嘴，卻順從借助姜簡的力量，緩緩將身體翻了過來，平躺於毯子上。夕陽的餘暉，立刻照亮了他血跡斑斑的前胸。除了一處新添的傷口之外，還有幾處大大小小的疤痕，格外醒目。

「大食人如果知道您老以前的戰績，絕對會後悔今天招惹您！」駱履元看了一眼傷口，繼續用話語分散胡子曰的注意力，「當年，二十萬突厥狼騎，都被您老和曲六叔他們給打得抱頭鼠竄。今天大食匪徒想憑著區區三四十號……」

「當年頡利身邊的突厥人沒有那麼多，總計也就十二萬出頭。並且其中大部分都是牧民和新兵。」胡子曰忽然一改在長安城時的張揚，謙虛且認真地糾正，「真正的狼騎精銳，已經在前面的兩仗，被柴紹和徐世績兩人收拾得差不多了，逃回頡利身邊的，只有一萬出頭殘兵敗將。」

「但衝進頡利可汗中軍帳把他嚇跑的，只有二百大唐勇士，而您是其中之一。」杜七藝用蘸了鹽水的葛布按住傷口，來回擦拭。

胡子曰疼得額頭青筋亂跳，卻滿臉自豪，「那倒是，蘇定方帶著我們兩百弟兄，一路殺到了頡利可汗的被窩旁，嘶……，你曲六叔用火把點了他的帳篷，我的馬沒曲六快，嘶……，只朝著頡利背影射了兩箭，可惜距離太遠，沒射中……」這是他平生最得意的戰績，每次說起，都興奮得兩眼放光。今天被杜七藝再度提起，胸前傷口的疼痛，似乎也減輕了許多。

趁著他說得高興，杜七藝趕緊將他大腿外側的傷口，也用葛布沾著鹽水清理乾淨。隨即，便準備去拿放了蒙汗藥的烤肉，讓他吃下。以便對傷口進行下一步處理。

誰料，腳步剛一挪動，就又被胡子曰大聲叫住，「等等，曲六呢。七藝，你六叔呢？姜簡，你們路上看到曲彬了嗎？」

「放心，胡大叔，我們正是在半路上看到曲六叔，才確定了你的大致方位。」姜簡笑著低下頭，輕聲回應，「他押著俘虜，跟韓五叔先回瀚海都護府了。身邊還有二十名弟兄隨行，保證路上不會出現問題。」

「半路碰上了，這麼巧？你什麼時候碰上的他？這當口，你不在瀚海都護府坐鎮，跑出來作甚？你可別糊弄我，曲彬跟我是生死兄弟。」胡子曰敏銳地察覺出時間對不上，臉上立刻現出了幾分焦急的神色。

「我哪敢糊弄您啊，不信你問小駱和其他人？」姜簡拿他沒辦法，只好仔細解釋給他聽，「我半夜聽斥候彙報，說你跟曲六叔兩個要去突厥人的軍營附近抓大魚……」

聽了他的話，胡子曰才終於明白，為何自己今天能幸運地逃過死劫了。

原來姜簡等人，在昨天後半夜，聽斥候彙報說他和曲彬冒險去了突厥人的大營附近。今天一大早，就趕緊帶著阿波那送的獵鷹，與杜七藝、韓弘基等人一道出來接應。獵鷹小黑目光銳利，在空曠的原野上更好能派上用場，中午時分，隔著數里遠，就發現了曲彬和兩名突厥俘虜，並且成功地將自家主人領到了曲彬身側。

當得知為了讓曲彬成功將俘虜送回，胡子曰主動引走了大食匪徒。姜簡等人大急，趕緊策馬直奔河岸。一邊命令獵鷹小黑沿著河道向西向北反覆搜索，一邊想方設法渡河。

恰好河南岸有一支商隊路過，眾人便跟商販借了幾隻渡河用的羊皮筏子。而幸運的是，小黑也在天空中，看到了姜簡想要找的目標。大夥粗略計算了一下方位，發現胡子曰位於自己的下游，乾脆乘著羊皮筏子順流而下，最終搶在胡子曰被河水吞沒之前，將他救了回來。

為了讓胡子曰安心，姜簡故意說得輕描淡寫。然而，作為久經沙場的老行伍，胡子曰豈能想不到，此舉背後所隱藏的風險？用手捶了一下地面，紅著眼睛說道：「小子，你不放心我，讓韓五帶著七藝他們出來找我就是了。你是一軍主帥，萬一落到突厥人手裡，瀚海都護府的天就得塌下來。」

「我根據最近幾支斥候的彙報，推算出羯曼陀暫時不會帶著他的主力渡過野馬河。而只要我不打旗號，也不太可能引起突厥人的重視。」姜簡早就猜到胡子曰會這麼說，笑了笑，低聲解釋，「另外，小黑認生。目前除了我和阿茹，其他人的命令，牠都不肯聽。」

理由很充分，胡子曰卻拒絕接受，又用拳頭捶了一下地面，低聲訓斥：「那你也不該離開大軍，出來接我。我不過是你手下的一個老卒，你這樣做，落在別人眼裡，就是不知道輕重。更何況，婆閏那邊已經有很多人覺得你權力太大，年齡又太小，正千方百計想把兵權收回去。」

「大敵當前，我相信婆閏能分得清楚輕重緩急。」姜簡對一些長老的私下串聯，早有耳聞，但是卻對婆閏信心十足，「他不會聽那些人的瞎叫喚。至少在突厥人的威脅解除之前，那些人的話，他一句都不會聽。至於突厥人對瀚海都護府的威脅解除之後……」

笑了笑，他臉上露出了幾分灑脫，「我這個副都護，估計也暫攝到了頭。屆時，哪怕朝廷不派新的副都護來，我也會自己請辭。然後學您一樣，落個自在逍遙。」

胡子曰聞聽，氣得一把揪住了姜簡的鎧甲下襬，「胡說，這可是從四品武職，哪能說辭就辭。當年蘇定方帶著我們，一把火燒了頡利可汗的中軍帳，才撈到個五品郎將做，比你低了整整兩個大級！而我當年，連個校尉都不是！」話音落下，忽然又意識到，這話跟自己以前在長安城中故意塑造出來的大俠風範極度不符。喘了幾口粗氣，繼續補充：「況且婆閏身邊那些吐屯和長老，一個比一個心眼子多。你不幫他盯著一點兒，弄不好，他就會成為第二個吐迷度！」

「這些都是他自己的事情，不能總指望我。並且，他早晚都會長大。」姜簡倒是看得開，繼續笑著回應，「況且您也說過，權力面前沒有兄弟。好兄弟如果長期一起執掌權柄，遲早連兄弟都沒得做。」

「胡說，我啥時候說這種話？我一直說，兄弟齊心，其利斷金，嘶……」胡子曰想都不想，就搔頭反駁。動作太大扯了傷口，疼得再度倒吸涼氣。

吸過之後，他就追悔莫及。

當初在快活樓講古，他說到瓦崗寨內部大火併，的確曾經說過，權力面前沒兄弟這種話，並且還故意裝出了一副看穿一切的高人風範。哪裡想到，這些話，竟然對姜簡影響這麼大，甚至被少年人奉為圭臬！想把自己先前的話，盡數推翻，一時半會兒肯定來不及。因此，胡子曰毫不猶豫地，將話頭岔向別處，「別扯這些沒用的，突厥人的威脅，沒那麼容易解決。你打算什麼時候跟羯曼陀決戰？我看突厥人那邊的士氣不高，而羯曼陀手中的兵馬，光算數量，也沒比咱們高出多少。」

「原本我準備拖到第一場雪落下之前，那時，我能再整訓出兩千騎兵來。」姜簡最近幾天，也一直在琢磨決戰的時機，聽胡子曰問起，立刻坦然相告，「但是被您砍斷了手臂那個俘虜，是我的老熟人，名叫史金。他怕死，已經把羯曼陀那邊的虛實，全都交代了出來。所以，我準備換一個戰術，悄悄帶人去，一把火燒光了他的糧草，看他餓著肚子，還怎麼跟我交鋒！」

第一百一十章 運籌帷幄

蹲在米盤旁，手裡抓著幾個算籌，史笸籮如同泥塑木雕般，半晌連眼皮都不眨一下。

米盤上，堆的是大甸子附近的地形。一塊方圓兩三四百里的大草原，被一南一北兩條季節河夾在中間。沒有山，沒有大片的樹林，沒有明顯的溝谷，甚至連稍高一些的丘陵都沒有。只是零星點綴著幾小塊林地，每一塊的方圓都不會超過二里，根本無法為百人以上規模的兵馬掩飾行藏。

這種地形，對於喜歡偷襲的姜簡來說，簡直老天爺設定的難題。史笸籮仔細琢磨過姜簡以前的所有戰例，除了跟他一道對付蘇涼和戈契希爾的那兩場之外，其餘全是偷襲，毫無例外。並且大多數偷襲，都是在凌晨發起，一個時辰之內結束戰鬥，絕不拖延。羯曼陀將狼騎主力的營地，選在了大甸子，等同於直接廢掉了姜簡最拿手的戰術。

四下裡一馬平川，讓姜簡很難帶著大隊人馬，神不知鬼不覺地出現在軍營周圍十里之內。哪怕是借助夜幕做掩護，也很難瞞過分散在營地周圍的暗哨和定時圍著營地巡邏的斥候。而十里遠的距離，哪怕是戰馬全力衝刺，也需要花費大半炷香時間。有大半炷香時間做緩衝，已經足夠訓練有素的狼騎們從帳篷內爬起來，頂盔摜甲嚴陣以待。

換句話說，只要羯曼陀不帶著狼騎主力離開目前的營地，貿然向瀚海都護府推進，姜簡就基本上找不到偷襲他的機會。而雙方擺開了陣勢明刀明槍地交戰，姜簡麾下的那些回紇雜兵，肯定不是突厥狼騎的對手。

史笸籮根據自己收集到的情報，仔細核算過。眼下姜簡手上能動用的回紇兵，數量頂多一萬出頭。而這一萬出頭的回紇兵裡，還有近半數嚴重缺乏訓練，只能充當輔兵用來運輸物資或者打掃戰場，實力等同於羯曼陀麾下的葛邏祿僕從。

眼下姜簡手中真正能夠稱作戰兵的，絕對不會超過四千人，甚至可能連四千都不到，並且以前隸屬於不同的回紇別部，姜簡將他們倉促捏在一起，很難保證他們彼此之間能夠熟練配合。所以姜簡每次作戰，都必須親自衝殺在第一線。這樣的戰術最簡單，也最能夠鼓舞士氣。同時，對其麾下的回紇將士要求也最低。後者只需要緊跟著他的旗幟就行，不必考慮什麼中途戰術變化，也不用考慮太多的彼此配合。如同鐵錐砸石頭，一錘子下去了事。

而眼下羯曼陀手裡的狼騎，怎麼算，也在六千以上。除了士氣低落之外，其他各方面，都遠遠強於姜簡手頭那夥烏合之眾。雙方在野外正面交鋒，姜簡本人的統兵和指揮能力，可能會略高於羯曼陀。但是，他麾下的將士，卻會嚴重阻礙他一身本事的發揮。只要羯曼陀能調度人馬，及時遏制住姜簡的第一波衝鋒，接下來，戰局就會慢慢落入羯曼陀的掌控。並且拖延的時間越長，需要做出的戰術調整越多越複雜，突厥狼騎的勝算就越大。

至於傳說中的唐軍？史笸籮忽然搖搖頭，將米盤上代表大唐邊軍的泥偶，迅速拿下來擺在了一旁。他現在可以肯定大唐邊軍沒趕過來參戰，所謂大唐邊軍幫助回紇人打敗了圖南和呼延柄，純粹是逃回來的突厥潰兵，為了避免遭受羯曼陀的懲罰，而蓄意編造的藉口。

如果真的有那樣一支大唐邊軍的存在，姜簡以極小的代價打垮了圖南和呼延柄之後，就應該一鼓作氣，與大唐邊軍連袂殺到大甸子。趁著羯曼陀這邊士氣大降，人心惶惶的機會，澈底鎖定勝局。

事實是，姜簡在以極小的代價，獲取了連戰連勝的碩果，卻帶兵返回了回紇王庭。那就意味著，他知道自己的實力遠不如羯曼陀。如果他身邊有一支大唐邊軍相助，就根本不會出現這種情況。

失去了前鋒營和左營之後，羯曼陀選擇了按兵不動恢復士氣，現在看來，的確是個恰當的選擇。除了不該清洗葛邏祿貴族和軍官之外，對於羯曼陀的其他舉措，從旁觀者角度，史笸籮都覺得還算中規中矩。

只要羯曼陀一直中規中矩，不再想著一戰定乾坤，狼騎因為前鋒營和左右潰敗，而被迅速拉低的士氣，肯定能夠慢慢恢復正常。而姜簡那邊，卻不可能在短短一兩個月之內，訓練出太多的合格兵馬，整體實力很難再大幅增長。

距離第一場雪落下，應該還有半個月時間。第一場雪落之後，到野外冷得澈底無法安身，則至少還有一個月。回紇王庭沒有中原城池那種高牆，在今後四十五天當中的任何一天，只要狼騎的士氣恢復得差不多了，羯曼陀都可以點起兵馬，有條不紊地向回紇王庭迫近。當狼騎迫近到距離回紇王庭二十里之內，如果姜簡還想不出破局之策，接下來就會是一場毫無花巧的決戰。

輕輕搖了搖頭，史笸籮將代表回紇兵馬的泥偶，也從米盤上撤掉了三分之一。婆閏剛剛奪回汗位沒多久，做不到讓所有別部吐屯都跟他生死與共。一旦狼騎成功抵達回紇王庭附近，自己只要略施小計，就能讓一部分回紇吐屯選擇保存實力，將隸屬於其麾下的兵馬召回。屆時……

「沒有什麼屆時！」臉上忽然出現了懊惱的表情，史笸籮鬱悶地用拳頭捶了一下地面，將剛剛從米盤上撤下來的泥偶，又放回了原來位置。羯曼陀不會讓他放手施為，也很難聽從他的建議。甚至會像陟苾那樣，聽了他的建議之後，故意反其道而行之。他所想到的分化瓦解敵軍的招數，都根本派不上用場。敵我雙方接下來，仍舊是一場惡戰。羯曼陀這邊雖然能夠贏得最後的勝利，所付出的代價，也必將極為高昂。

「不行，必須想辦法，幫羯曼陀一個忙。哪怕過後，被他再度恩將仇報。」咬著牙揮拳，史笸籮低下頭，將算籌擺來擺去，弄的啪啪作響。然而，片刻之後，卻又喟然長嘆。

他發現自己無計可施。只要自己將來還有可能染指可汗之位，羯曼陀就不會讓自己有太多表現機會。哪怕羯曼陀本人不會如此小肚雞腸，羯曼陀身邊的那些親信們，也會不停地提醒他防微杜漸。

想得到羯曼陀的徹底信任，除非他也像陟苾一樣，徹底變成殘廢。可他又沒犯下什麼重罪，為何要砍斷自己的一條腿或者一隻胳膊？哪怕是為了他父親的大業，為啥不能是羯曼陀做一些改變，而是他做出這麼大的犧牲？

越想，越沮喪。不由自主地，史笸籮的目光，就飄到了對手那邊。如果他自己與姜簡易位而處，該如何破局？雖然不可能主動去幫助姜簡，但是，無聊時想上一想，也會讓他感覺振奮莫名。

眼下他雖然是後營主將，但後營上下，大小軍官卻全都是羯曼陀的人，只對他保持表面上的尊敬，不會真心聽從他的調遣。整個後營，能被他當做心腹的人，全部加起來都不到十個。其中最受他信任的史金，還在五天前就奉命去給他兄長羯曼陀送信，至今未歸。

「史金怎麼還沒回來？不會出事了吧。我那封信上，沒多管什麼閒事啊？」猛然間想到自己的心腹有可能失蹤了，史笸籮激靈靈打了個哆嗦，兩隻眼睛立刻瞪了個滾圓。

後營到羯曼陀那裡，不過是一天多的路程。史金已經走了五天了，到現在非但沒有帶回羯曼陀的回信和那邊的情況，甚至人也不見了蹤影。而最近一批向主營那邊押運的糧草，也走了三天。按道理，羯曼陀那邊收到糧草之後，至少得給一份回執才對。卻不料，押運糧草的官兵同樣石沉大海。

如果自己是姜簡，想要破局，在無法偷襲羯曼陀的情況下，最佳下手目標，就是後營！這裡存放著所有糧草輜重，只要一把火將糧草輜重燒光，接下來，羯曼陀要麼趕緊退兵，要麼就會與他麾下的狼騎一道，被活活餓死！

如果自己想要對後營下手，第一件事，就是派遣少量精銳，繞過羯曼陀，切斷後營和中軍主力之間的聯繫！史金五天未歸，上一支運送糧草的隊伍出發之後，也三天沒有消息返回。這意味著什麼？意味著後營和中軍之間的聯繫，已經被敵軍澈底切斷。意味著史金已經出了事，意味著即便上一批糧草已經成功送到了羯曼陀那裡，運送糧食的將士和葛邏祿人，也在返回後營的途中，被人殺了一個全軍覆沒。

不用再算，史笸籮已經猜到，姜簡已經殺到了後營和中軍之間。並且，極有可能此時此刻，正帶著精銳騎兵，神不知鬼不覺向自己目前所在位置，金雞嶺下這座避風的無名山谷殺了過來！

「來人，吹角聚將！」將手中算籌丟在地上，史笸籮竄起來，大吼著衝向自己的書案。卻因為起身太急，眼前瞬間一黑，天旋地轉。

「特勤小心！」親兵鐵奴反應快，一個箭步竄上前，用身體架住了史笸籮的腋窩，避免他摔個頭破血流。

「特勤小心！」門外當值的其他親兵，也聽到了動靜，蜂擁而入，摟腰的摟腰，攙胳膊的攙胳膊，將史笸籮攙向書案。

史笸籮用手臂牢牢抱住鐵奴，勒得後者喘不過來氣，臉色迅速變紫，兩眼翻白。鐵奴好不容易才撐到了史笸籮鬆開了手臂，卻又被他一把推出了三尺多遠，差點兒直接跌出門外。

「傳令，傳令所有將士，整軍備戰。傳令當值的兵卒，緊閉營門，加固鹿砦。傳令給碉樓上的瞭望手，嚴密監視周圍，發現異常，立刻向我彙報。快，快去！」史笸籮掙脫所有攙扶，像發瘋了一般衝到了書案後，抓起令箭，上下揮舞。

「是！」親兵鐵奴不敢問他到底發的什麼瘋，答應一聲，上前接過令箭，轉身就跑。才跑出三五步，卻跟一名剛剛跳下馬背的斥候頭目，撞了個滿懷。「啊……」斥候頭目被撞得倒坐於地，低聲驚呼。隨即，一軲轆爬起來，手腳並用爬進了中軍帳內。

「報，特勤。敵軍，大隊敵軍，距離軍營不到五里。」沒功夫將身體站直，斥候頭目喘息著彙報。「至少兩千人，全都是騎兵，全都是騎兵！」

「知道了，來人，攙他下去休息！」猜測中最險惡的情況出現在眼前，史笸籮反而不像剛才那樣驚慌了，擺擺手，強迫自己鎮定下來吩咐。

隨即，快速抓起第二支、第三支、第四支、第五支令箭，用非常平和的聲音，調兵遣將，「呼雷，你去通知所有大箭，整頓好各自麾下的兵馬，到谷口集合。」

「依塔赫，你去召集所有葛邏祿人，讓他們用馬車拉著糧食，去谷口構築營壘。聽清楚了，用糧食和馬車，不用心疼。如果咱們打輸了，所有糧食和輜重都得歸了別人！」

「霍爾，你帶著十名弟兄，去告知羯曼陀，後營遇襲，讓他別管我的死活，立刻去攻打回紇王庭。趕在姜簡回來之前，抄了他的老巢！」

「瑪納，你去……」

俗話說，將是三軍之膽。

見史笸籮鎮定自若，原本心中惶恐不堪的親兵們，也迅速恢復了冷靜，答應著上前接過令箭，飛快地離去。

當把所有能想到的對策安排完畢，史笸籮深吸一口氣，朝著身邊最後四名親兵吩咐：「你們幾個，幫我擐甲，備好馬匹和兵器，咱們去谷口，迎擊敵軍！」

「特勤……」親兵們被嚇了一大跳，本能地就想出言勸阻。

史笸籮笑了笑，迅速擺手打斷了眾人的話，「沒時間了，把盔甲幫我拿著，去谷口換。我不能讓弟兄們失望！」

說罷，邁開雙腿，大步流星走出中軍帳外。

這場戰爭，不僅僅是突厥別部與大唐之間的戰爭。還是新一代突厥年輕人，與新一代大唐年輕人之間的戰爭。眼下，他的好朋友，大唐太學最出色的學生姜簡來了，作為阿史那家族的嫡系血脈，他阿史那沙缽羅，怎麼可能躲在別人身後？

帳外，風和日麗，萬里晴空，正是迎客和交戰的好天氣。

第一百一十一章 棋逢對手

論身手，史笸籮知道自己比姜簡略有不如。但是，論謀略和機變，他卻相信自己絕對不在姜簡之下。

幾個月前，姜簡面對人數十倍於自己的戈契希爾匪徒，冷靜地利用周邊地形排兵佈陣的英姿，他到現在記憶猶新。今天，面對忽然殺上門來的回紇精銳，他也一定能夠做到同樣的鎮定自若，利用起身邊的一切，堅決不給對手任何可趁之機！

姜簡身上沒有絲毫的回紇血脈，卻能讓數千回紇將士歸心，憑的是他每戰必先，悍不畏死。他史笸籮是阿史那家族的嫡支，只要拿出同樣的勇氣，大敵當前，後營的突厥狼騎沒理由不將他視為中心。

姜簡從不怨天尤人，哪怕形勢對自己再不利，只想著如何擺脫困境，化不利為有利。姜簡從沒強求過別人如何如何，他卻用行動告訴身邊所有人，如何做，才是一個真正的男兒。

姜簡……

這就是史笸籮的長處了，驕傲歸驕傲，卻能清楚地看到別人的優點，並且不在乎主動彎下腰來向對方學習。

一邊用姜簡的表現給自己鼓勁，他一邊大步走向軍營大門口。才走了不到一半兒，就看見一大群當值的狼騎慌慌張張地跑了過來。

「唐軍，唐軍殺到谷口了！」

「唐軍，大隊的唐軍……」

「快去找塔爾罕，找塔爾罕想辦法！」

「來不及了，來不及了……」

一邊跑，這群狼騎一邊大喊大叫，彷彿中了邪一般，將恐慌四下傳播。

「站住，全給我站住，就地整隊，跟我去封堵谷口。地形狹窄，回紇人再多也派不上用場！」史笸籮上前一步，果斷擋住了眾人的去路，「不用慌，中軍距離這邊只有一天的路程。我已經派人去向羯曼陀設求救……」

眾狼騎看了他一眼，側開身子繞路而行，對他的話充耳不聞。

一個長得像女人般的特勤，以前從來沒單獨領過兵，也沒立下過任何戰功。連他父親和兄長，都不相信他會有什麼真本事。危急關頭，他怎麼可能帶領大夥力挽狂瀾？

「亂軍者，斬！」事態緊急，史笸籮根本沒功夫再耐著性子勸說眾人，轉身從親兵腰間抽出橫刀，朝著眾狼騎迎頭就劈。

「啊……！」「呀……」眾狼騎哪裡想到長相如女子般秀氣，平時還被羯曼陀壓制得連大氣兒都不敢出的史笸籮，竟然會如此狠辣，猝不及防之下，接連被砍倒了四五個。

而史笸籮，仍舊不肯甘休，快速俯身，用染血的橫刀迅速在自己身前的地面上畫出一道紅色的線，厲聲斷喝：「來人，給我守住這條線。敢亂跑亂竄，退過這條線者，殺無赦！」

「是！」僅剩的四名親兵神色一凜，扯開嗓子回應。快步走到用鮮血畫出來的紅線之後，並肩而立。

「你們這群孬種……」無暇看親兵們如何執行自己的命令，史笸籮用還在滴血的橫刀，指向其他嚇傻了的狼騎，厲聲斷喝，「要麼殺了我，要麼準備迎戰敵軍！否則，只要我活著返回金微山，一定會按照兵冊找上門，跟你們算一算今天的舊帳！」其餘眾狼騎被嚇得踉蹌而退，誰也不敢再亂跑亂竄，也不敢跟史笸籮的目光相接。

平時仗著自己是羯曼陀的嫡系，不把史笸籮放在眼裡是一回事。殺了此人，則是另外一回事。此人再不受待見，也是車鼻可汗的三兒子。除非大夥殺了史笸籮之後，也把車鼻可汗一塊兒幹掉，否則，哪怕為了維護阿史那家族的威嚴，車鼻可汗也得殺大夥兒全家。

「我兄長平素待你們不薄，你們就這樣回報他？全軍的糧草輜重都儲存在這座山谷裡。如果被敵軍攻入山谷，我兄長和他麾下的六千弟兄，斷然沒有活著退回金微山下的機會。而你等，即便逃回去，也得被斬首示眾，成為全突厥的恥辱！」見眾狼騎暫時被自己鎮住，史笸籮換了一口氣，繼續高聲斷喝，「而前去谷口迎戰，咱們未必沒有獲勝的機會！敵軍遠道而來，人數只有一千出頭！早就跑得筋疲力竭。咱們這邊加上葛邏祿人，兵力至少是敵軍的三倍。」不給眾狼騎仔細思考的機會，頓了頓，他毅然宣佈：「守住山谷，糧草輜重，我拿三成出來給爾等私分！逃回去，自己被斬首示眾，還要拖累家人。怎麼做，你們自己選！」

說罷，將橫刀朝紅線上一插，轉過身，從親兵手中接過甲冑，當眾開始開始披掛。四名親兵平時因為跟著史笸籮這個不受待見的特勤，沒少受窩囊氣。此刻卻一個個挺胸拔背，滿臉驕傲。

陸續有其他驚慌失措的狼騎從前方跑過來，看到地上的屍體和紅線，再看到正在從容不迫頂盔攢甲準備作戰的史笸籮，心中好生慚愧，紛紛放慢了腳步。恰好一眾大箭，也接到了史笸籮的命令，紛紛出手幫忙整頓隊伍，雙管齊下，竟然讓混亂迅速平息了下去。

「土茨，這把刀給你！」須臾之後，史笸籮穿戴完畢，從地上拔起橫刀，親手交給了趕過來幫忙的一名大箭，「帶領你麾下的弟兄督戰，誰敢後退，就砍了他，包括我自己在內！」

「特勤……」大箭土茨欽佩得五體投地，雙手接過橫刀，迅速捧到與自己的鼻樑等高，「卑職謹遵特勤命令，絕不辜負！」

「其他人，是男人的，就跟我走，守住谷口！」史笸籮拍了下大箭土茨的肩膀，轉過身，奮力揮舞手臂，「羯曼陀的糧草輜重都在山谷裡，我今日絕不會做逃兵。你們所有人都可以看著我！如果我丟下你們先跑了，儘管拿兵器朝我後背招呼。如果我還在戰鬥，你們當中有人逃了，你們就向長生天禱告，千萬別讓我活著回去！」

說罷，大步流星向營門口，同時也是山谷入口走去，不管眾狼騎是否跟上，也堅決不再回頭。

突厥向來敬重勇士，看到阿史那沙缽羅特勤親自去守谷口，眾狼騎心中對他的最後一絲輕慢，也迅速消失不見。紛紛吶喊著抄起兵器，大步跟在了他的身後。

也有個別狼騎，不願意跟著史笸籮一道去跟敵軍拚命，然而，往近處看，有兇神惡煞般的督戰隊磨刀霍霍。往遠處想，則有史笸籮那句，按照兵冊找上門算帳的狠話，猶豫了片刻，只好縮手縮腳地跟上了隊伍。

金雞嶺下的無名山谷是個「死胡同」，「葫蘆口」開向東南方。寬三丈上下，夾在兩座小山之間，宛若一個天然形成的大門。

「大門」之內，便是一片葫蘆狀的谷地，長四百餘步，最寬處有一百多步，最窄處則只有五步。三面環山，剛好省掉了搭建寨牆的物資與功夫。姜簡帶的全是騎兵，所以史笸籮也不擔心他翻過山頭殺入軍營。便把主要精力，放在了山谷入口處。

距離山谷入口處，在周邊承擔警戒任務的突厥斥候們，已經與探路的大唐瀚海都護府斥候交上了手。雙方騎著戰馬你來我往，場面甚為熱鬧。但是傷亡卻都不大，甚至好半天，都沒有人掉下馬背。

突厥這邊的斥候明顯更訓練有素，人數卻遠不如對方，士氣也極其低迷。大部分時間裡，都是在且戰且退，以免被對手分割開來，亂刀砍死。偶爾搬回了幾分局面，也把握不住機會擴大戰果。瀚海都護府的斥候們，雖然士氣高漲，身手卻比對手差了一大截，全憑著超過對手三倍的兵力，才勉強佔據了上風。想要徹底鎖定勝局，卻明顯力不從心。

「弓箭手準備，敵軍只要進入距離營門七十步之內，立刻放箭射殺！」匆忙趕到的俟利弗塔爾罕，一眼就將山谷口的情況看得清清楚楚。果斷扯開嗓子，高聲下令。

「是！」跟過來的狼騎們，紛紛取出弓箭，瞄準唐軍和自家的斥候，只待雙方進入指定範圍之內，就來一次迎頭覆蓋。

「不要放箭，吹角，命令所有斥候立刻撤回軍營。」史笸籮聲音，卻在眾人耳畔忽然響起，帶著不容置疑的堅定。

「特勤……」俟利弗塔爾罕聞聽，立刻急了眼，皺著眉頭出言提醒，「敵軍斥候也能聽到號角聲，他們會立刻撥馬逃開。」眼下這種情況，讓敵我雙方的斥候繼續糾纏，一路來到羽箭有效射程之內，其實才是最佳選擇。屆時，自家弓箭手，就可以對指定區域內的所有目標，來一次無差別殺傷。

雖然這樣做，難免會將自己人一併幹掉，但是，按照當下谷口處雙方斥候的數量比，被羽箭幹掉的敵方斥候，肯定會遠遠超過被誤傷的自己人。

「吹角，讓所有斥候立刻撤回山谷。」史笸籮狠狠瞪了他一眼，再度高聲重申。「敵軍斥候跑就跑了，我不希望拿弟兄們的性命去換！」

俟利弗塔爾罕大怒，瞪圓了眼睛與史笸籮對視。然而，卻在兩三個彈指之後，就敗下陣來。轉過頭，對自己身邊的親信吩咐：「聽到了嗎？特勤要你們吹角，召回所有在外邊的斥候。別愣著，趕快！」

「是！」正左右為難的親兵如蒙大赦，高聲答應著取出號角，奮力吹響。「嗚嗚嗚，嗚嗚嗚……」焦躁的號角聲，迅速在史笸籮身側響起。剎那間，響徹整個山谷。谷口處，眾突厥斥候聞聽，立刻捨棄了各自的對手，拚命逃向軍營。與他們交手的瀚海都護府斥候策馬追了幾步，發現軍營內已經有了準備，警覺地撥轉了坐騎，潮水般撤到了兩百步之外。

「哼……」俟利弗塔爾罕皺著眉頭發出一聲冷哼，瞪圓眼睛看向史笸籮，提醒對方不聽自己的諫言，錯過了打擊敵軍士氣的良機。而史笸籮卻對來自背後的動靜充耳不聞，兩眼盯著山谷外，繼續發號施令，「來人，在距離軍營門口三十步外，給我把放一把火。把鹿砦和柵欄，丟過去當劈柴！」

「特勤……」塔爾罕愣了愣，再度試圖出言阻止。然而，卻看到史笸籮大步流星衝到了營門外三十步處，用戰靴在地上畫出一道長長的橫線。

剛剛退到遠處的瀚海斥候見狀，立刻咆哮著試圖衝過來，將史笸籮生擒活捉。後者毫不猶豫揮動手臂，下令放箭。剎那間，上百支羽箭從軍營內騰空而起，越過他的頭頂，在瀚海斥候的必經之路下，射出一片死亡陰影。

眾瀚海斥候被嚇了一跳，趕緊停止了冒險，撥轉坐騎，再度退出了羽箭射程之外。而史笸籮則強壓下心中的緊張，用靴子尖兒點橫線上不同位置輕點，「這，這，還有這，點火，先點出一串火堆，再將火堆燒成火牆。不要怕，前天夜裡剛下過雨，地面上的草還濕著，火勢不會失控。」

抬頭看了看敵我雙方，他一邊畫，一邊高聲解釋：「也不用擔心燒到軍營，今天刮的是西北風。即便火勢失控，火頭也不會捲到咱們這邊。」

「都愣著幹什麼？按照特勤說的去做！」塔爾罕又氣又怕，紅著眼睛向身邊的狼騎們下令。見過不要命的，但是像沙缽羅特勤這樣不要命的，在阿史那家族裡頭，甚至整個突厥上層貴族裡頭，卻沒幾個。

不把自己性命當回事的人，發起狠來才更可怕。如果他繼續說三道四，接下來，沙缽羅特勤首要剷除的目標恐怕就是他，而不是近在咫尺的敵軍。

「是！」眾狼騎答應一聲，七手八腳去放火。片刻功夫，就在距離軍營大門三十步遠位置，製造出了一道火焰屏障。

恰好有一陣西北風吹來，捲著濃煙吹向山谷之外。將一眾瀚海斥候熏了眼淚直流，不得已，策動坐騎大步後退。

沒想到自家特勤臨時想出來的對策，效果竟然好到如此地步，眾狼騎興奮得大呼小叫，「成功了，成功了，戰馬怕火，唐軍無法再往裡衝。」

「沙缽羅特勤威武！」

「高明，高明，順風放火，熏死他們！」

「動手，一起來！」

「把營牆拆了，當劈柴加大火勢！」

「特勤有令，製造火牆，阻擋敵軍！」

其他匆忙趕過來的狼騎見狀，也大叫著加入了「戰鬥」，正應了「眾人拾柴火焰高」那句俗話，轉眼間，火牆就徹底堵住了谷口。

趁著唐軍無法展開進攻的機會，阿史那沙缽羅快速組織人手，在火牆與軍營之間，清理出三道隔離帶。

這是當初姜簡和他在那座有清泉的山上，對付大食戈契希爾匪徒時採用的殺招。憑藉簡單的一道火牆，硬是遏制住了匪徒們的攻勢，並且令其花費了足足兩個時辰，才重新恢復了士氣，組織起了下一輪進攻。

如今用同樣的招數對付姜簡，史笸籮心中覺得好生荒誕。然而，看看身後那滿山谷的糧草輜重，再看看周圍這些嚴重缺乏鬥志的將士，他知道自己別無選擇。

「伊利格，你去催一下葛邏祿人，讓他們動作快點兒。火牆維持不了多長時間！」

「帕奇斯，你去帶人打些水來，把這裡潑濕。」

「塔爾罕，你負責整理隊伍。把除了督戰隊之外的所有狼騎集中起來，聽我的號令。讓各大箭準備好了之後，也向我彙報。」

深吸一口氣，史笸籮將更多的命令，一道接一道傳了下去。

這次，沒有人再提出任何質疑，包括在後營中素有聲望的老將塔爾罕，都凜然領命。

突厥人素來尊重強者，剛才那種混亂情況，換了他們其中任何一個，都不可能比沙缽羅特勤做得更好。既然沙缽羅特勤，已經證明了他的本事。大敵當前，眾人與其亂哄哄地各自為戰，何不試試聽從沙缽羅特勤的指揮？說不定，他可以帶著大夥逆轉乾坤！

「敵軍遠道而來，體力和糧草都不會太充足。咱們只要頂住他的前三輪進攻，讓他無法速戰速決，基本上就能穩操勝券。我已經派人去我兄長那邊求救，他接到警訊之後，用不了一天，就能帶領大隊人馬趕過來。」目光掃視全場，史笸籮了最後總結。稍顯陰柔的面孔上，帶著與年齡極不相稱的成熟與自信。「屆時，咱們內外夾擊，定然能讓敵軍有來無回！」

「特勤英明！」眾將士心神稍定，齊齊俯身行禮。

「拜託諸位，跟我一起，讓敵軍知道什麼是真正的突厥男兒！」史笸籮以手撫胸，鄭重還禮。

隨即，不再多囉嗦，轉過身，將一個筆直的背影留給眾將士。

此時此刻，他心裡清楚地知道，金雞嶺通往大甸子的道路，已經被姜簡切斷。他派出去的信使，能不能及時將警訊送到羯曼陀手中，其實很難確定。

而即便羯曼陀收到了警訊，是選擇立刻率軍回援金雞嶺這邊，還是按照他的建議直撲回紇王庭，也在五五之間。但是，身邊眾狼騎的士氣已經可用。憑藉有利的地形和充裕的補給，他未必不能守住腳下這座無名山谷。

「呼……」秋風掠過頭頂，將烈火吹得更旺。火牆上的濃煙迅速開始變淡，而火焰卻變得更加明亮剔透。

目光從跳動火焰之間穿過，史笸籮努力觀察對手的情況，力求在火牆失去效力之前，做到知己知彼。

他看到更多穿著大唐甲冑的騎兵趕至，在距離火牆五百步處，開始整理隊形。他看到有兩名做旅帥打扮的人，將大食人的騎兵專用皮盾挎在手臂上，匆匆忙忙跑向火牆，又匆忙離去。他看到兩隊新趕來的騎兵，忽然跳下了坐騎，用盾牌和長槍，擺出了一條五丈寬，兩側向前，中央內凹的軍陣，他看到旌旗搖動，另外兩隊新趕來的騎兵也跳下了坐騎，在橫陣後取出乾糧，給自己和戰馬補充體力……

敵軍動作有些生澀，但是，所有人卻在努力做得更好。而敵軍所採用的那一套「營團旅隊夥」制度，也明顯比突厥這邊剛剛恢復沒多久的「伯克、俟利弗、大箭、小箭」制度更為簡潔便利。再加上層次分明的旗幟，令眼前這些敵軍雖然訓練程度不足，卻也隱約露出了幾分精銳風範。

「嗚嗚嗚，嗚嗚嗚……」有號角聲忽然吹響，吸引了史筥籮的注意力。視線迅速朝著號角起源處掃去，他看到一個身穿明光鎧，手持長槊的年輕將軍，在二十幾名將領和親兵的簇擁下，緩緩走向了敵軍隊伍的前方。緊跟著，歡呼聲宛若湧潮。

「姜簡設！」

「副都護威武！」

「萬勝，萬勝……」

不用再細看，史筥籮都知道是誰來了。本能地挺直了身體，他將右手緊緊握成了拳頭。而姜簡的目光，恰恰向火牆掃來，先是愣了愣，隨即輕輕搖頭。「這廝找到了對付火牆的辦法！」史筥籮的心臟一緊，迅速轉身去尋找趁手兵器。然而，身體轉了一半兒，他卻又強迫轉了回去，與姜簡遙遙相對。

他相信距離那麼遠，姜簡的目光不可能穿透火牆，發現自己的存在。更沒那麼快就找到破解火牆的對策，即便找到了，也沒那麼容易付諸實施。他相信以姜簡的性子，在偷襲不成的情況下，絕不會連自己這邊什麼情況都不掌握，就貿然發起進攻。他還相信姜簡會珍惜手下那些回紇將士的性命，不會隨便就讓將士們以身犯險。

他相信……

他相信姜簡，勝過相信自己身邊的這些同族。雖然姜簡跟他相處的時間總計加起來都不到一個月，其中還有大半個月時間裡，彼此看對方都不順眼。

忽然間，史笸籮心中湧起一股強烈的渴望，火牆可以變得單薄一些。讓姜簡的目光能夠透過火牆，看到現在的自己。看到自己，在前後不到一刻鐘時間裡，將後營將士整合起來，從容不迫迎接戰鬥的模樣。

看到自己臨危不懼的英姿和指揮若定的身影。看到用馬車和大袋的糧食，匆匆搭造，並且漸漸成型的營壘。看到狼騎們在營壘後，挽弓持刀，嚴陣以待……

他肯定會佩服我，哪怕嘴上不說，心中也會佩服。臉上忽然湧滿了笑容，史笸籮抬起手，朝著火牆另外一側的姜簡，輕輕揮舞，彷彿多日不見的好朋友，在秋遊時相逢，彼此打個招呼。

「好麼，這招他也學會了！」彷彿冥冥中有所感應，姜簡忽然笑著對火牆揮手，雖然他看不見，史笸籮就在另外一側與自己遙遙相對。

「這招是我跟敵軍主將史笸籮，當初一起拿來對付大食匪徒的。」迅速扭頭，他向滿臉困惑的杜七藝、瓦斯、陳元敬等人解釋。他真名叫阿史那沙缽羅，是車鼻可汗的三兒子。被車鼻可汗送到長安求學，麻痺朝廷。車鼻可汗屠戮了大唐使團時候，沒提前通知他撤離。他自己機靈，得到消息之後立刻逃出了長安，然後隱姓埋名藏在商隊中，跟我恰好做了同伴。」

「我和紅線，幾個月前在長安城裡遇到過一個名叫史笸籮的突厥人，應該就是他。當時卻不知道他是車鼻可汗的兒子，還奇怪他為什麼鬼鬼祟祟，好像做賊一般！」杜七藝接過話頭，笑著說道。

「卻是冤家路窄，這次剛好把他抓起來算總帳！」瓦斯特勤向山谷內眺望了幾眼，笑著插嘴。

「這道山谷我來過，裡邊是葫蘆形。只有咱們眼前這一個出口。咱們把谷口堵住，他想逃走，就只能徒步翻山越嶺。」

「派斥候巡視，兩條腿肯定沒四條腿跑得快！」

「先累他個半死，然後抓個老實的……」

艾爾班、庫牙等回紇將領，也紛紛笑著附和。一張張年輕的面孔上，寫滿了自信。

跟在姜簡身後作戰，大夥就沒輸過。這次，肯定也是一樣。

「殺進去，活捉了他！」

「活捉了他，讓他給姜簡設跳胡旋舞！」

周圍的將士們聞聽，紛紛高聲鼓噪，雖然身體疲憊，卻對即將發生的戰鬥，毫無畏懼。

整個瀚海都護府上下，如今都信心十足。哪怕是車鼻可汗親自領軍，大夥都敢與其正面一戰。

更何況，山谷裡的狼騎，充其量只有區區一千四五百人！「大夥兒千萬不要掉以輕心，史笸籮比陟苾，可是狡猾得多！」姜簡自己，比身邊任何一名將士都冷靜，雙手輕輕下壓，示意眾人稍安勿躁，

「艾爾班……」

「在！」被他點了名字的回紇特勤艾爾班立刻在馬背上坐直了身體，興奮地拱手。

「你挑上二十個擅長爬山的弟兄，給我到周圍探路。看看有沒有小徑，可以從兩側或者後面通往山谷之內。」姜簡拔出一支令箭，笑著吩咐。

「得令！」艾爾班上前接過令箭，立刻策馬而去，很為自己第一個被姜簡指派任務而感到榮耀。其他幾個年齡與艾爾班相仿的回紇將領看到了，臉上立刻露出了羨慕的表情，紛紛策動坐騎向前湊了幾步，以免姜簡在安排任務之時把自己落下。

士氣可鼓不可洩，姜簡將大夥的動作看在眼裡，果斷拔出了更多令箭，「庫牙，你帶著你麾下的弟兄，下馬充當弓箭手。先養足了精神和體力，半個時辰之後，聽我號令！」

「塔屯，你帶本部弟兄，充當先登。敵軍放火阻路，接下來基本上可以確定會選擇死守不出。你讓弟兄們先休息，半個時辰之後，在弓箭手的掩護下，去一探敵軍虛實！」

「巴紮樂，你帶本部弟兄，趁著火牆未滅，去前頭佈置四道絆馬索。然後退下來，就地休整！」

「忽律奧，你帶兩百弟兄，將兵器換成長矛。休息過後，在這裡結長矛陣，以防敵軍反衝。」

「烏都古……」

「是！」「得令！」「末將明白！」被點了名字的將領們，紛紛躬身領命，一個答應得比一個響亮。卻沒注意到，姜簡給大多數人的命令，執行時間都推遲到了半個時辰之後。而從現在到任務開始執行之間這半個時辰，他們當中大多數人都只需要做好一件事，帶著各自麾下的弟兄養精蓄銳。

「趙校尉，朱校尉！」目送眾回紇將領離去，姜簡想了想，又抽出了一支令箭，輕輕舉在了眼前。

「在！」兩位受胡子曰邀請到塞外尋找姜簡，又受婆閏禮聘，差一點兒把命丟在回紇王庭的老江湖，趙雄和朱韻雙雙肅立拱手。

「敵將狡猾，不會單純地死守。你們兩個，帶領各自麾下弟兄，做預備隊。等會兒先登隊萬一失手，我會派你們帶著各自麾下的弟兄，上前接應。我不需要你們斬殺多少敵軍，只需要你們盡可能把弟兄們活著帶出來。」捧著令箭拱手還了個禮，姜簡用很小的聲音交代，臉色要多鄭重有多鄭重。

「明白，你儘管放心！」趙雄和朱韻兩個互相看了看，用力點頭。

先前看到姜簡給一眾回紇少年佈置任務，他們兩個已經本能地想要出言提醒，當心敵軍會藏著後招。而現在，他們很欣慰，姜簡在連番大勝之後，仍舊能夠不驕不躁。

「元敬，我的親兵這次交給你。七藝，你帶人豎個碉斗起來，等會兒爬上去，登高總覽全域！如果我和元敬出戰，全部兵馬就交給你調遣。」朝著趙雄和朱韻兩位前輩笑了笑，姜簡又抽出兩支令箭，分別交到了陳元敬和杜七藝之手。

「副都護，子明，我有一個主意，不知道當講不當講。」沒等陳元敬和杜七藝離去，姜簡的戰馬韁繩忽然被人輕輕拉動，緊跟著，駱履元的聲音，就傳入了他的耳畔。

「小駱，有話你就直說。」姜簡低下頭，看向不知道什麼時候來到自己馬頭前的駱履元，目光中明顯帶上了歉意。在他的所有朋友中，駱履元是一個最容易被忽略的存在。年齡最小，身手也一般，還不像杜七藝那樣足智多謀。所以，大多數時候，他都不會給駱履元佈置什麼任務，只單純地讓對方領一份的俸祿，積累一些經驗和戰功，以便此人將來需要的時候能夠用得上。

「你剛才安排艾爾班去探路，看看有沒有辦法翻過這幾座山頭，直接殺到敵軍的身後。」駱履元也知道，自己跟杜七藝、陳元敬等人存在差距，剛一開口，臉色就開始發紅，額頭上也隱隱滲出了汗珠，「我想帶幾個人，跟著去。其實，其實並不需要殺到敵軍身後，能，能爬到山頂就好。並且，不要太多的人。山谷裡存放著大量的軍糧和馬料，天乾物燥，大夥居高臨下……」

「恐怕很難，史笸籮那個人非常狡猾，他不會讓糧倉和馬料，放在能夠被火箭射得到的位置上。」姜簡立刻明白了駱履元的意思，皺著眉輕輕搖頭，「如果捨命衝下去放火，基本上下去的弟兄，都不可能活著撤出來。目前，咱們還不需要如此。」

「我的意思不是放火箭，也不是帶人下去放火！」駱履元大急，立刻顧不上緊張，抬起頭，看著姜簡的眼睛高聲解釋，「是山就有坡，我把乾草裹在石頭上做成球，居高臨下往下滾，可以比弓箭射得還遠。如果把草球點燃了，即便一時半會兒滾不到糧倉附近，也能引發滾滾濃煙。兩軍交戰，身後忽然冒起了濃煙，我不信那些突厥人，軍心不亂！」

「我撥五十名親兵給你，你儘管放手去做！」姜簡大喜，果斷抽出了最後一支令箭，拍在了駱履元的掌心。

史笸籮絕對不是一個容易對付的敵人，作為曾經並肩戰鬥過的朋友，他對此深信不疑。自己麾下的弟兄，雖然兵力超過了山谷裡的突厥狼騎，戰鬥力卻未必比後者高出多少，對此，他也心知肚明。但是，他身邊有一群可以信賴，可以依靠的長輩和朋友，史笸籮卻肯定沒有。

否則的話，當初車鼻可汗造反，不會不派人通知史笸籮提前離開長安。前一段時間，羯曼陀也不會把最瞭解自己的史笸籮，丟在金雞嶺。

這將是他破敵的關鍵。

「讓路，讓路，緊急軍情……」百里之外的大甸子，三名斥候策馬直闖羯曼陀的中軍，一邊衝，一邊扯開嗓子高聲叫嚷。

沿途的突厥將士紛紛退向帳篷之後，給斥候們讓出一條寬闊的通道。隨即，一個個將眼睛轉向中軍，目光裡充滿了困惑。

方圓四百里之內，能夠威脅到狼騎的，只有瀚海都護府一家。除非後者放棄老巢，主動前來決戰，否則，怎麼可能發生緊急軍情。而放棄了經營多年的老巢，主動到大甸子來與狼騎決戰，對瀚海都護府上下來說，顯然並不是一個聰明選擇。婆閏和姜簡兩人當中任何一個，只要腦袋沒被驢子踢過，都不會做如此愚蠢的決定。

「報，報，緊急軍情！」那三名斥候，卻沒精力向將士們解釋到底是什麼緊急軍情。以最快速度衝到了中軍帳門口，不待當值的親兵上前幫忙拉住坐騎，就翻身滾了下來。隨即，雙手托起各自的身份牌，連滾帶爬地闖門而入。「來人，扶住他們，再給他們三個拿一袋馬奶酒來。」正在中軍帳內跟將領們議事的羯曼陀被嚇了一跳，趕緊站起身，高聲吩咐。「不必急，天塌不了。先把氣兒喘勻了，然後慢慢說！」

「是！」中軍帳內當值的親兵，立刻分成了兩波。一波上前扶住斥候，另外一波快步去取恢復體力的馬奶酒。

三名斥候已經累脫了力，將胳膊搭在上前攙扶自己的親兵肩膀上，一邊大口大口地喘粗氣，一邊斷斷續續的彙報，「設，卑職和麾下的弟兄們，在南邊，南邊那條無定河之南，發現，發現了大量，大量的馬糞和馬蹄腳印。方向，方向可能是金雞嶺！」

「什麼？」羯曼陀的兩道眉毛，立刻如匕首般豎起。三步兩步走上前，拉住斥候頭目的胳膊，「你確定不是商隊？馬糞當中可有駱駝糞。除了馬蹄印和馬糞之外，你還發現了什麼？」

「沒，沒駱駝糞。」斥候頭目口吐白沫，卻努力讓自己不要倒下，「一坨都沒有。除了馬糞之外，小的們還發現了這個。」

掙扎著騰出左手，他在自己的懷裡快速掏出一串用馬鬃穿著的狼牙，哆哆嗦嗦地舉到了羯曼陀面前。「這個是回紇人的飾物，中間的繩子是用馬鬃搓成的，斷，斷了。才，才不小心才落在了地上。」

「小的們還發現了糜子粒兒，還有，還有乳酪渣！」

「小的們，還，還發現了黑豆！」

另外兩名斥候喘息著抬起頭，斷斷續續地補充。

不需要更多的物證，羯曼陀已經猜到了事實真相。將狼牙搶過來緊緊握在手裡，聲音剎那間變得無比冰冷，「回紇騎兵？奔金雞嶺去了？規模多大？你可派人去跟蹤？」

突厥人以狼為聖物，所以根本不會佩戴狼牙為首飾。而回紇人與霫人，則以白天鵝為祖先，視狼為魔鬼，所以族中青壯射死了野狼之後，會拔下其牙齒做成飾物隨身佩戴。

霫族聚居大潢水附近（西拉木倫河），距離此地還有兩三千餘里，這個季節，肯定不會出現在大甸子附近。那麼，答案就只剩下了一個，瀚海都護府派出了一支精銳，繞路奔襲金雞嶺，試圖毀掉突厥大軍的糧草。

「方向，方向肯定是金雞嶺那邊！」斥候頭目老成，不替主帥做判斷，只管提供力所能及的答案，「根據馬蹄印兒和馬糞數量，可以確定馬匹總數超過了四千匹，蹄子印兒深淺各占一半兒。卑職已經派弟兄踩著馬蹄印追了下去，如果沒被敵軍麻煩，明天一早能送回準確消息！」

「明天一早？」羯曼陀鬆開斥候頭目，暴躁地在中軍帳內踱步。在場的幾個將領，全都臉色鐵青，卻誰都不敢瞎出主意，以免干擾了主帥的決斷。

四千匹戰馬，蹄子印深淺各占一半兒，意味著至少兩千名瀚海都護府精銳，殺向了金雞嶺。而駐守在金雞嶺下無名山谷裡的突厥狼騎，卻只有一千四百多人。

如果領兵駐守無名山谷糧庫的，是一員宿將還好，憑藉有利地形，他可能跟前來偷襲的敵軍打個平分秋色。偏偏駐守無名山谷的，還是沒有任何領兵作戰經驗的沙缽羅特勤。

「不能繼續等了，明天一早，做任何決定都已經來不及！」羯曼陀做事，也的確不需要別人支招，在中軍帳內踱了十幾步之後，就已經想出了一個完整的對策，「茨畢，你帶兩千人馬，速速出發，去救援沙缽羅。如果途中追上了敵軍，不用請示，直接給我滅了他！」

「是！」被點了將的伯克茨畢高聲答應著上前接令，隨即，轉身大步離去。

「羯曼陀設，敵軍兵力可能不止兩千，且士氣正旺！」一名花白鬍子老將看得心急，上前半步，低聲提醒。「茨畢用兵向來小心有餘，銳氣不足……」

「正因為他小心有餘，我才派他去救援沙缽羅。」羯曼陀看了他一眼，皺著眉頭打斷，「如果他趕到金雞嶺之時，糧庫未失。兩千兵馬，足夠在背後牽制敵軍，令對方不敢全力攻入山谷。如果屆時沙缽羅已經丟了糧庫，他也能夠將麾下的兩千狼騎，完完整整給我帶回來。」

「這……」花白鬍子老將猶豫了一下，不敢再多囉嗦。

羯曼陀對沙缽羅態度，一直變來變去。他提醒對方小伯克茨畢能力有限，還不至於引起誤解。如果堅持要求羯曼陀派遣更多的兵馬去救沙缽羅，很容易被對方認為，對沙缽羅過於關心，進而引火焚身。

其他幾個將領，互相看了看，都很明智地繼續保持了沉默。羯曼陀不是個願意聽從屬下建議的人，也算不上有擔當。此時給他提建議，打了勝仗還好說，萬一吃了敗仗，過後就要落一堆麻煩。

「回紇人兵力有限，此番精銳盡出，偷襲咱們的糧庫，他的老巢必然空虛。」見眾將都不再說話，羯曼陀用力揮了下手臂，聲音陡然轉高，「本帥決定，從即刻起，結束休整，全軍出擊，直撲回紇王庭！活捉了婆閏，他手頭的牛羊糧草，足夠咱們吃到明年！」

第一百一十二章　換家

「塔屯，你帶本部弟兄，持盾推進到距離敵軍火牆五十步處待命。庫牙，你帶領弓箭手跟上，到距離敵軍火牆七十步處，尋機殺敵，不必請示。其他人，帶領本部弟兄到弓箭手之後列陣！」姜簡的臉色不是很好看，皺著眉頭沉聲命令。

火牆即將熄滅，煙霧越來越淡，然而，火牆後，一道臨時用馬車和麻袋搭建出來的營壘，卻迅速顯露出了輪廓。

營壘高不足七尺，寬度卻有三丈餘，將無名山谷的谷口，堵了個嚴絲合縫。整條營壘上，沒有留任何大門供人馬出入。營壘後，卻堆起了十幾個塔臺。每座塔臺上，還壘著一道齊腰高的矮牆。胸牆後，四五名突厥狼騎持弓而立，隨時準備居高臨下射殺敢於靠近營壘的對手。

史笸籮先前命人在谷口製造火牆，並不僅僅是為了阻擋騎兵的進攻。並且是為了給他自己爭取時間。利用這段時間，他指揮手下的葛邏祿人，不惜血本搭建出了一道臨時營壘。不用問，姜簡就能猜到，麻袋裡裝的全是糧食！

「那個笸籮，的確像你說的一樣難纏！」聽出姜簡聲音裡的煩躁之意，陳元敬手持盾牌走到他身側，壓低了聲音開解，「不過這樣也好，可以檢驗一下咱們真正練兵成果。否則，每次都是你親自帶隊直取敵軍主將，弟兄們真正實力如何，根本無從得知。」

「我還是低估了那廝！」明白陳元敬怕自己尷尬，姜簡扭過頭，苦笑著回應，「本以為他會反擊一下，這樣我就能抓住機會殺進去。沒想到他如此沉得住氣。和他平時的表現，絲毫都不一樣。」

史笸籮根本沒打算反擊，而是下定了決心要死守到底。至於採用這種烏龜戰術會不會遭到人嘲笑，他不在乎！

這讓姜簡先前的很多佈置，都直接落了空。不得不在臨戰之前，重新做出調整。從某種程度上說，這相當於，他和姜簡兩人，已經隔空交了一次手。結果是，他大占上風。

「未必是他能沉得住氣，而是他有自知之明，知道身手遠不如你。乾脆就不出來現眼。」李思邈也拎著一面盾牌，快步走到姜簡另外一側，笑著點評。「就是，換了我也一樣，打不過，就得認慫。總好過被你一刀砍翻在地，進而全軍崩潰。」陳元敬舉盾護住自己和姜簡的左半身，繼續開解。

「這才剛剛開始，接下來，咱們慢慢跟他玩。」李思邈用刀身拍打盾牌，笑著補充。

兄弟倆你一句，我一句，很快就讓姜簡的心態，恢復了正常。而此時全體將士，也推進到了指定位置，隨時可以向營壘發起進攻。

站在塔臺上的突厥狼騎看到機會，搶先挽弓而射，試圖給瀚海唐軍當頭一棒。而瀚海唐軍中的弓箭手們，也隨著庫牙一聲令下，將羽箭一排排射上了半空。密密麻麻的箭矢呼嘯往來，剎那間，令天空中的陽光為之一暗。然而，殺傷效果卻乏善可陳。

手持盾牌的瀚海先登，迅速舉起盾牌，構築了一道臨時盾牆，擋住了突厥狼騎居高臨下射來羽箭。塔臺上的矮牆，則為狼騎們提供了良好的保護。只要他們不將身體探出的太多，就不必擔心被羽箭所傷。

「嗚嗚嗚……」營壘後的突厥人吹響了號角，為自家弓箭手助威打氣。

「嗚嗚，嗚嗚，嗚嗚……」瀚海唐軍的弓箭手不甘示弱，毫不猶豫地以角聲相還。羽箭伴著號角聲，繼續在空中往來，效果仍舊微乎其微。干擾羽箭的，不光有盾牌、矮牆和敵我雙方將士身上的鎧甲，頭上的兜鍪。那道正在變成餘燼的火牆上空，隱約也有一道無形的氣流，將往來的羽箭托高，吹歪，令其很難射向雙方弓箭手們的預定目標。

五輪羽箭往來過後，敵我雙方不約而同地停止了射擊。弓箭手將角弓戳在地上，一邊調整呼吸，一邊輪流活動兩支手臂。其他將士，則將目光集中於餘燼之上。餘燼上已經沒有了火苗，卻不時仍有紅光閃爍。敵我雙方的主將，都有耐心，等待火星澈底熄滅。

而火星熄滅的下一個瞬間，便是惡戰的開始。

事實上，雙方都沒等太久。也許只過了半刻鐘，也許時間更短。號角聲很快就再度響起，如龍吟般，在山谷之間來回激蕩。密密麻麻的羽箭再度遮住陽光，落向交戰雙方的頭頂。

瀚海唐軍當中，擔任先登的兩百多名勇士，在塔屯特勤的帶領下，舉著盾牌邁開大步，直撲突厥人用馬車和整袋軍糧搭建起來的臨時營壘。營壘之上，數百突厥狼騎忽然出現，手持長槍，槍鋒向下攢刺，宛若猛獸露出的獠牙

「搭人梯！」距離營壘還有五步，塔屯特勤大吼著揮動左臂，將盾牌橫著甩向營壘頂部的突厥狼騎，同時雙腿驟然加速。

「搭人梯，搭人梯！」跑在最前排的瀚海健兒齊聲重複，隨即，也將一面面盾牌甩向半空。盾牌呼嘯盤旋，將站在營壘上的突厥狼騎，砸得東倒西歪。已經衝到營壘之下的塔屯特勤縱身而起，左腳踩住馬車露出來的車輪，上半身立刻高出了營壘。右手奮力揮刀，掃起了一片血雨腥風。

兩名正在躲避盾牌的狼騎，小腿中刀，慘叫著跌向營壘之後。其餘狼騎紛紛持槍撲至，銳利的槍鋒直奔塔屯特勤的胸口和哽嗓。後者不得不舉刀招架，轉眼間，跳起之勢耗盡，身體快速下落，兩名親兵大吼著衝上去，雙手高舉盾牌，托住他的雙腳。

「給我讓開！」得到支撐的塔屯特勤再度揮刀，砍落四五顆槍頭。正對著他的突厥狼騎們，手中長槍變成了棒杆，尖叫著揮棒杆下砸。再看塔屯，用頭盔和肩膀硬接了兩下棒杆的重擊，猛然雙腿發力，縱身躍起，徑直撞入了狼騎隊伍中央。

雙腳踩住裝滿了糧食的麻袋，他大吼著轉身。手腕翻轉，掌中橫刀霜刃向外。所抹過之處，血光飛濺。

另外二十幾名瀚海健兒，也踩著盾牌跳上營壘，與突厥狼騎戰做一團。雙方刀槍並舉，在狹窄的營壘頂部貼身肉搏，每一個彈指，都有人慘叫著跌向地面。

「頂住，頂住，把他們打下去！」不停地有突厥狼騎從營壘內踩著糧袋搭建的臺階，大叫著爬上來彌補戰死者留下的空缺。瀚海健兒也踩著人梯，從外部不斷地跳上營壘頂。敵我雙方的傷亡都在快速攀升，敵我雙方卻都不願後退半步，鮮血順著營壘邊緣淅淅瀝瀝下淌，不多時就將營壘染得像火一樣紅。

「忽律奧，帶著長矛手殺過去，從營壘外捅突厥人的大腿根兒！」見塔屯帶領一眾先登，遲遲撕不開突破口，姜簡果斷舉起角旗，命令第二隊精銳投入戰鬥。

這支兩百人的長矛手，原本用來防範敵軍策馬反撲。既然史笸籮沒給營壘留出口，反撲自然也不可能出現。因此，姜簡剛好將其拿來充當第二攻擊梯隊。

「得令！」校尉忽律奧高聲回應，帶領麾下弟兄，繞過自家弓箭手，快步衝向營壘。手中的長矛長達兩丈四尺，他們不需要爬上營壘頂部，就能向敵軍展開進攻。明晃晃的矛鋒反覆攢刺，把正在營壘頂部圍堵先登隊的突厥狼騎，捅得鬼哭狼嚎。

碉樓上的突厥弓箭手見狀，趕緊彎弓搭箭，然而，敵我雙方的將士在營壘上擠做一團，他們根本無法保證自己不誤傷同類。只好又將弓弦鬆開，跺著腳大喊大叫。

「弟兄們，向我靠攏，向我靠攏！」得到支援的塔屯特勤立刻鬆了一口氣，舉起血淋淋的橫刀，高聲呼籲。

兩名先登砍翻各自的對手，咆哮著衝到他身側，隨即，又與他並肩而進，另外兩名剛剛跳上營壘沒多久的自己人，對三名狼騎展開前後夾擊。那三名狼騎寡不敵眾，轉眼間被砍下了營壘，落在血泊之中不知死活。

塔屯特勤哈哈大笑，帶領四名精銳，結伴撲向另外一夥狼騎。後者被殺得手忙腳亂，下半身空門大露。站在營壘外的忽律奧舉長槍上挑，挑穿一名狼騎的肚皮，將其挑在槍鋒上摔出半丈遠。其餘狼騎又氣又急，尖叫著彎下腰，去削槍桿。塔屯等人瞅準機會，揮刀亂剁，將另外三名狼騎砍得身首異處。

局勢漸漸變得對進攻方有利，營壘頂上的狼騎數量迅速減少，而衝上來的瀚海勇士卻不斷增加。又過了短短十幾個彈指功夫，左半邊營壘已經被塔屯特勤和他麾下的勇士們佔領。帶著弟兄們，他繼續向右側擠壓，將突厥狼騎所佔據的地盤不斷壓縮。

「嗚……嗚……」號角聲忽然在山谷深處響起，怪異而低沉。

正在營壘頂部苦苦支撐的狼騎聞聽，毫不猶豫側轉身，一個接一個跳了下去，轉眼間，就跳了個乾乾淨淨。

「別跑，繼續戰，有種別跑！」塔屯特勤一手刀，一手握拳，朝著跳入營壘之內倉皇撤退的狼騎高聲叫囂。「有種……」

一句話還沒定喊完，半空中已經傳來了羽箭破空聲。「嗖嗖嗖……」，數以百計的羽箭從天而降，將他身前身側的弟兄，射到了一大片。

「啊……」饒是身上的鎧甲質地精良，塔屯特勤的肩膀上也見了紅。他本能地想揮刀格擋，哪裡擋得過來，轉眼間，大腿、胸口處也被羽箭射中，疼得眼冒金星。

「向外跳！」下一個瞬間，耳畔忽然傳來了一聲提醒。塔屯特勤毫不猶豫縱身向後，搶在被新一輪羽箭射中之前，墜於營壘之外。

「向外跳，快！」「快跳！」提醒聲接連不斷，好不容易才佔領了營壘頂部的先登們，紅著眼睛縱身躍下，每個人都氣得臉色鐵青。

更多的箭矢從半空中下落，營壘表面，很快就被覆蓋上了一層雕翎。趙雄和朱韻兩個，各自帶著一百精銳，舉盾護住塔屯特勤和一眾撤下來的先登，以及手持長矛的弟兄們，快速後退。

「七十到一百步，人數兩百出頭！」姜簡身後，一座臨時豎起的碉斗上，杜七藝揮舞這角旗，高聲彙報。

「弓箭手，營壘後八十步，漫射！」姜簡迅速扭頭看了一眼角旗，果斷下令反擊。

來自瀚海唐軍弓箭手們拉滿角弓，將密密麻麻的羽箭向自家主將制定的位置拋射。隔著一道營壘，他們看不見敵軍的弓箭手藏在什麼位置，卻堅信，自家主將不會讓大夥無的放矢。

「逆風，射程不夠。羽箭儘量壓低，高過營壘即可！」杜七藝的聲音再度傳來，將羽箭覆蓋效果和調整建議，一併地傳進姜簡的耳朵。

站在兩丈四尺高的碉斗之上，杜七藝可以清楚地看清楚山谷中敵軍的一舉一動。包括突厥弓箭手的位置和自家弓箭手上一輪的攻擊效果。姜簡聞聽，立刻將他的建議全盤接納，指揮瀚海都護府的弓箭手們，朝著敵軍弓箭手的頭頂又是一輪漫射。

營壘內的塔臺上，突厥弓箭手也加入了戰鬥。居高臨下，向唐軍傾瀉羽箭。姜簡見狀，果斷又調來一隊刀盾手，舉盾於頭頂，護住自家弓箭手的要害。

從營壘內飛出來的羽箭，明顯出現停頓。可見唐軍的新一輪射擊效果遠遠超過了上一輪。姜簡心中頓時有了數，指揮自家弓箭手又是三輪連射。從營壘內飛出來的羽箭愈發稀落，慘叫聲此起彼伏。

「嗚……」憤怒的號角聲響起，震得人耳朵隱隱做痛。躲在營壘內的突厥弓箭手改變了目標，再度與瀚海唐軍的弓箭手展開了對射。

姜簡熟練地調整戰術，調來更多的刀盾手組建盾牆。隨即，再度根據杜七藝的提示，調整羽箭的覆蓋範圍。雙方射出的羽箭，隔著一堵營壘和一道盾牆，飛來飛去。看起來非常激烈，殺傷效果卻都遠不如先前。不多時，便都失去了興趣，相繼停止了浪費。

「我帶麾下弟兄靠上去，把營壘給點了，麻袋裡頭裝的全是糧食，很容易點著！」李思邈看得鬱悶，喘著粗氣向姜簡請纓。

話音剛落，卻看到營壘之後，隱約有黑影晃動。緊跟著，上百名葛邏祿僕從拎著水桶，衝上營壘，冒著被羽箭射程刺中的風險，將桶裡的清水，潑在了麻袋表面。

「天殺的突厥雜種！」沒等出招，敵將就搶先一步做出了防備，李思邈心中甭提有多憋屈了，揮舞著橫刀破口大罵。

「這樣也好，你帶人舉著盾牌，把傷患和戰死的弟兄們全都給拖下來！」這回，輪到姜簡安慰他了。拍了拍他的肩膀，笑著吩咐。「然後咱們再慢慢想辦法！反正敵軍不可能趁機反攻。」

「嗯……」李思邈咬著牙點頭，隨即，叫起五十名親兵，跟自己一道去營壘之下營救瀚海傷患，收斂戰死者遺骸。

塔臺上的突厥弓箭手看到了，也不放箭阻攔。任由李思邈等人放手施為。待眾人將自家傷患和戰死袍澤的屍體全部搬走之後，一夥葛邏祿僕從，也拉著繩索從營壘頂上爬下，將摔到營壘外的突厥狼騎屍體，全都扯回了營壘之內。「傳我的命令，全體後撤到兩百步之外，養精蓄銳！」暫時想不出破敵的辦法，姜簡果斷下令後撤休整。眾將校答應了一聲「是！」，各自帶領麾下的弟兄大步後撤。待來到敵軍的羽箭射程之外，清點完損失，大夥的臉色都變得極為難看。

剛才的戰鬥算不上多激烈，傷亡數量卻高得驚人。隨同塔屯特勤一道衝上敵軍營壘的先登勇士，戰死了三十七人，重傷六人，還有四十幾名輕傷號。總傷亡率，超過了五成！

至於塔屯特勤本人，因為是突厥弓箭手的重點目標，全身上下多處中箭，全憑鎧甲品質出色，傷勢才不足以致命。然而，短時間內想要再爬起來作戰，顯然已經毫無可能。

換句話說，戰鬥力在瀚海都護府內部穩居前三的先登團，已經基本上被打殘了。而瀚海唐軍的到目前為止，卻連一道營壘都沒拿下來。如果史笸籮不惜血本，在山谷內多建上幾道類似的營壘，恐怕把帶來的兩千弟兄耗光，姜簡都殺不到突厥人的糧倉之前。

「下一次我帶隊，不爬營壘。把糧食袋子搬開，給弟兄們打出一個門出來！」老江湖朱韻經歷的戰事多，默默地觀察片刻，低聲向姜簡請纓。

「剛才還有可能，現在，糧食袋子已經被敵將澆上了水！」沒等姜簡回應，另一個老江湖趙雄，已經指出了問題所在。

為了搬運方便，大唐和突厥的軍糧，每一麻袋的重量都在二百斤上下，差別只是裡邊裝的到底是小米、麥粒兒，還是糜子。而無論裝的是什麼，通常兩名軍漢相互配合，就能將一袋軍糧抬起來丟上馬車或者牲口的脊背。

不過，這只是乾燥糧食的重量。如果軍糧泡了水，每一麻袋的重量，就會直接翻上一倍，甚至數倍。這種情況下，想把麻袋搬開，難度也會成倍地增加。更何況，敵軍不會眼睜睜地看著你動手拆他們的營壘。

「那就想辦法直接爬過去，不在營壘頂部做任何耽擱。」朱韻想了想，皺著眉頭提出了第二條建議。「爬進去之後，一直咬住守營壘的突厥人不放，就能避免他們動用弓箭攢射！」

「除非後續隊伍能夠及時跟上，源源不斷。否則，敵軍主將可以調動三倍的兵力來圍攻你。」趙雄想了想，再度搖頭，「另外，搭臺上的弓箭手，也能居高臨下，把你和你麾下的弟兄挨個點名。」

「咱們可以派弓箭手，與碉樓上的突厥人對射。」朱韻不服，皺著眉補充。

「剛才又不是沒這樣做過，從低處朝高處射，咱們總歸吃虧。」趙雄嘆了口氣，話語如兜頭冷水，澆了朱韻一個透心涼。

「地面很軟，可以試試沿著營壘根部挖坑，讓營壘自己塌掉！」

「下一次，人上去之後，接應的弟兄，立刻把盾牌丟給他們。遇到突厥弓箭手攢射，好歹能擋一擋。」

「澆水只能打濕糧食的表面一層，澆不到裡頭。咱們砍來柴火燒，把營壘直接點燃了燒成灰！」

「突厥人在搭建營壘之時，忘記給馬車拆掉車輪。車輪位置明顯空了，咱們用鐵錘把車輪砸掉，就有機會鑽到營壘之內去！」

「拆車輪……」

其他幾個校尉、旅帥，也紛紛開口，向姜簡獻計獻策。但無論哪一條計策，都存在極大的缺陷。站在對手的角度，很容易就找出破解之道。

「陳校尉，你去找些掘土的鏟子和乾糧口袋來。」姜簡耐心地聽了片刻，忽然間靈機一動，輕輕揮手。

「鏟子和口袋？」陳元敬聽得先是微微一愣，旋即驚喜就湧了滿臉，「你要幹什麼？你莫非要搬了糧食走？」

「史笸籮這麼糟蹋糧食，我看著不忍心，幫他吃一點兒。」姜簡扭頭看了看周圍的山嶺，笑著回應。「趕緊去，別給史笸籮變招的時間。那廝，肯定很快就能想到這個破綻！」

「是！」陳元敬答應著狂奔而去，不多時，就帶著親兵們，收集到了兩百多個剛剛騰出的乾糧袋子。

姜簡振作精神，再度調兵遣將，隨即一聲令下，指揮弟兄們向山谷發起了第二次進攻。

起初，仍舊是瀚海唐軍的弓箭手，與塔臺上的突厥弓箭手，隔著五六十步遠互射。待雙方的弓箭手，胳膊都開始發痠，號角聲立刻響徹天地。朱韻和趙雄兩位老江湖，各自帶領一百刀盾兵，直撲落滿箭矢的營壘。

兩大隊突厥狼騎，咆哮著從內部衝上營壘迎戰。雙方很快就又殺了個難解難分。趁著突厥人的注意力，全都被營壘頂部的戰鬥吸引。姜簡悄悄打了個手勢，陳元敬和李思邈兩個心領神會，帶領他的親兵悄然摸向營壘之下。

這次，卻不是拿長矛捅突厥狼騎的大腿，而是用橫刀和鏟子，對付起了裝滿麋子的麻袋。轉眼間，就將靠近地面位置的麻袋，給割破了二三十袋。

「快點裝，人不吃，也能餵馬！」陳元敬低聲命令，旋即，親自抓起一把鏟子，從麻袋中鏟起突厥人的軍糧，就往乾糧袋子裡裝。李思邈和其餘弟兄見樣學樣，轉眼間，就將五十幾個乾糧袋子，裝了個滿滿當當。

「過去幫忙！」校尉忽律奧大叫一聲，帶領其麾下弟兄，快步衝到營壘下，接過乾糧袋子，扛起來就走。轉眼間扛到了兩百步之外，將袋子口向下一抖，放掉所有麋子，再度拎著空蕩蕩的袋子快步返回。

「放下，卑鄙！」站在塔臺上的突厥弓箭手，將忽律奧等人倒糧食的動作，看得清清楚楚。立刻意識到糧食來自何處。不顧手腕痠痛，大叫著開弓放箭，阻擋後者繼續挖自家的牆腳。

然而，為了避免誤傷營壘頂部正在激戰的自己人，他們將羽箭射得又高又飄。結果準頭大打折扣。非但未能成功將忽律奧和他麾下的弟兄們給嚇住，反而令眾人愈發膽大，扛著乾糧袋子一趟又一趟跑得不亦樂乎。

「嗚……嗚……」怪異而低沉號角聲，再度於山谷深處響起。卻是塔臺上的突厥弓箭手發現無力阻擋瀚海唐軍繼續挖自家的牆腳，及時將情況報告給了史筐籮。後者聞聽，立刻故技重施，用約定的號角聲，通知營壘頂部正在苦苦支撐的狼騎們後撤。

眾狼騎等的就是這一刻，果斷跳回了營壘之內。而這一次，瀚海唐軍卻沒有上當。在朱韻和趙雄兩位老江湖的率領下，眾人果斷轉身跳向了營壘之外，轉眼間，就退得一個都不剩。

不待史笸籮組織突厥弓箭手向外漫射，瀚海唐軍在自家刀盾手的掩護下，迅速後撤。隨即，庫紮特勤帶領其麾下的弟兄上前補位，隔著一道營壘，將羽箭射向杜七藝所指定的區域。

戰鬥忽然變得漫長且無聊，弓箭呼嘯往來，給彼此造成的傷亡卻都是個位數。當雙方弓箭手都因為疲勞停止了射擊，朱韻和趙雄兩位老江湖帶領各自麾下的弟兄，又攻上了營壘頂。而陳元敬、李思邈和忽律奧三人，則各自帶領一隊弟兄相互配合，又開始對著營壘下部和底部的軍糧袋子大挖特挖。

倉促用裝滿了糧食的麻袋和馬車搭建的臨時營壘，哪禁得起如此挖？中央處，一個巨大的空洞漸漸現出了輪廓。陳元敬看得真切，立刻停止了挖掘。先派人去將情況彙報給姜簡，隨即，指揮弟兄們用繩索拴住幾個被挖得半空的麻袋，奮力向後扯動。

「噹噹噹，噹噹噹……」鑼聲忽然在山谷外響起，清脆且響亮。

正在率領弟兄們與狼騎激戰的趙雄和朱韻，毫不猶豫扯開嗓子高喊：「撤，所有人跟我一起撤，快！」緊跟著，縱身從營壘上一躍而下。眾瀚海勇士見狀，毫不猶豫地緊隨其後。已經被大夥兒壓得節節敗退的突厥狼騎，驟然發現壓力消失，一個個大眼瞪小眼，不明所以。

沒給他們太多時間去尋找答案，陳元敬帶領麾下弟兄，繼續使力。幾個被挖得半空的麻袋，相繼被扯離營壘底部，緊跟著，「轟隆」一聲，整座營壘從正中央處塌成了兩段。

「啊……」猝不及防，十幾名位置靠近營壘中央的突厥狼騎，從坍塌處相繼摔下，摔的頭破血流。其餘狼騎嚇得魂飛膽喪，相繼轉身跳向了營壘之內。「衝進去宰突厥狗！」朱韻大叫一聲，邁步衝向缺口。兩名突厥狼騎慌慌張張上前阻攔，被他一刀一個，砍翻在地。他麾下的瀚海勇士紛紛跟上，鋼刀揮舞，轉眼間，就衝進了營壘之內。

營壘內，一名突厥大箭慌慌張張來戰，被朱韻一刀砍在胸口上，胸甲瞬間碎裂為兩半兒，鮮血沿著胸骨和肚皮淋漓而下。那大箭疼得淒聲慘叫，轉過身，踉蹌逃命。朱韻從背後追上去，又一刀砍落了此人的頭顱。血如噴泉般濺起，剎那間，濺了另外兩名衝上來的狼騎滿頭滿臉。二人尖叫著抬手去擦眼睛，朱韻趁機揮刀橫掃，斬掉兩隻毛茸茸的大腿。受傷的狼騎慘叫著倒地，手裡的鋼刀甩出老遠。跟在朱韻身後衝進營壘內的瀚海勇士們紛紛揮刀下剁，一眨眼功夫，就將二人亂刀分屍。

「嗖嗖嗖……」數支羽箭忽然從半空中落下，不分敵我，將朱韻周圍的所有人，射得身上血漿亂冒。受傷的突厥狼騎破口大罵，士氣一落千丈。受傷的瀚海勇士，卻按照平時訓練時的要求，手按傷口快速撤向一旁，為同伴讓開道路。後續跟上來的其他瀚海勇士，迅速揮刀，將突厥狼騎砍得血肉橫飛。十幾名手腳麻利的瀚海勇士踩著糧食袋子搭成的臺階，衝上塔臺。幾座塔臺上的突厥弓箭手大聲呼救，周圍的狼騎們，卻惱恨他們先前不分敵我胡亂放箭殺人，拒絕施以援手。轉眼間，幾座塔臺，就被瀚海勇士攻陷。塔臺上的突厥弓箭手，被一個接一個砍出塔臺外，屍體摔得血肉模糊。

朱韻的右胸口，也中了兩箭。雖然箭鏃被鎧甲卡住，無法繼續前進。但箭鏃的尖端卻刺破了他的皮膚，每動一下，都宛若小刀子割肉。翻轉刀鋒，他將兩支羽箭砍斷。緊跟著，單手握住其中一支箭桿，用力拉扯。染血的箭鏃與箭桿一道，被他從鎧甲上拉下，隨即，又是另外一支。

胸甲立刻被血染紅，朱韻深吸了一口氣，強忍疼痛繼續追殺敵軍。趙雄帶領另外數十名瀚海勇士，趁機從他身邊衝過，與他麾下的勇士們一道，將突厥狼騎砍得節節敗退。

「嗚……嗚……」怪異的號角聲第三次從山谷深處響起，早已招架不住的突厥狼騎們如蒙大赦，轉過身，爭先恐後逃命。

趙雄和朱韻帶著瀚海勇士們緊追不捨，才追十幾步，一陣箭雨兜頭而來。逼得二人不得不帶領弟兄們停止追殺，舉盾結陣自保。

校尉巴紮樂帶領一隊親兵，高舉盾牌衝上前接應，在軍陣之外，迅速構建盾牆。待眾瀚海將士頂著箭雨，重新站穩了腳跟。面前已經沒有了一個活著的狼騎。

而不遠處，數十道用糧食袋子搭建的短牆赫然在目。彼此之間交錯重疊，誰也不知道短牆究竟有多少層，更不知道各層短牆之間的通道藏在何處？

「迷魂陣？」拎著鏟子衝上來的陳元敬停住腳步，兩隻眼睛剎那間瞪了個滾圓。迷魂陣這東西，他以前只是在胡子曰所講的故事裡聽說過，一直以為是市井中雜談怪論，現實中根本不可能存在。

卻不料，今日竟然完完整整地出現在了他面前。

「跟我上啊，殺突厥狗！」校尉巴紮樂卻沒聽說過什麼迷魂陣，發現狼騎已經退得不知去向，大吼一嗓子，帶頭衝向了短牆。

「殺啊，殺突厥狗！」巴紮樂麾下的瀚海勇士們見校尉大人身先士卒，也咆哮著衝向了短牆之間的入口，根本不管短牆之後到底有沒有陷阱。

「站住，別衝動！小心有埋伏！」朱韻和趙雄兩人的聲音緊跟著響起，卻沒起到任何作用。

巴紮樂和他麾下的弟兄們，先前一直充當預備隊，沒撈到仗打。早就憋得嗷嗷直叫。此刻發現有機會直搗敵軍心窩，一個衝得比一個快。

「站住，別亂衝。等待軍令！你們忘了嗎？沒軍令亂衝，打贏了也不計戰功！」朱韻和趙雄兩個大急，揮刀持盾，努力阻擋巴紮樂麾下勇士的去路。他們兩個沒聽說過什麼迷魂陣，戰鬥經驗卻極為豐富。憑藉直覺，就判斷出前路危險重重。

眼前每一堵短牆只有七尺來高，半丈寬窄，無法當做營壘使用。但是短牆後，卻可以隱藏許多狼騎。巴紮樂校尉看都不看清楚，就貿然往裡闖，肯定要吃大虧。

「站住，別亂衝。等待軍令！沒軍令亂衝，打贏了也不計戰功。」趙雄和朱韻二人麾下的瀚海勇士，也紛紛扯開嗓子，用回紇語將二人的話一遍遍重複。一部分巴紮樂的手下，遲疑著放慢腳步，臉上卻帶著明顯的不甘心。還沒等他們決定到底聽誰的話，矮牆後，兵器撞擊聲和慘叫聲已經交替響起。緊跟著，十幾個剛剛衝入短牆之間空檔的瀚海勇士，又踉蹌著退了下來，每個人身上都染滿了紅。

「有埋伏，有埋伏！」

「突厥狗就躲在短牆後！」

「救巴紮樂，救巴紮樂……」

不顧自己身上的傷勢，退下來的人扯開嗓子高喊，聲音裡充滿了委屈。

「所有人原地結陣，等待軍令！」趙雄急得兩眼冒火，卻知道不能莽撞行事，扯開嗓子高喊。

「所有人原地結陣，結陣，防止突厥人反撲！巴紮樂交給我們去救！」朱韻也強壓下心頭焦灼，高聲配合。

兩個老江湖在瀚海勇士中間，威望甚高，聯起手來，立刻鎮住了局面。沒更多時間耽擱，二人交換了一下眼神，面孔同時轉向了距離自己最近的那堵短牆。

「你左邊，我右邊，各帶五名弟兄，衝進去之後，一起向這堵短牆後殺。會合到一起，再退出來！」趙雄用刀尖朝著短牆指了指，咬著牙做出決定。

「好！」朱韻答應著帶頭，隨即，點起五名親信，高舉著盾牌衝向短牆左側的入口。

腳步剛一邁進入口，他的頭皮就是一緊。只見被鮮血染紅的地面上，赫然躺著三具無頭的屍體。看鎧甲，顯然來自瀚海唐軍無疑。

身體左側忽然有寒光閃爍，朱韻迅速舉盾。「砰！」一支鐵鐧砸在盾牌表面，震得他手臂發麻，腳步踉蹌。緊跟著，兩杆長槍從右前方刺至，毒蛇般直奔他的小腹。

「掩護我！」朱韻大叫，舉著盾牌快速轉身，右手中的橫刀奮力斜推。兩杆長槍相繼被他推偏，擦著他大腿刺入地面。緊跟著，他手中的盾牌也與槍桿相撞，發出刺耳的聲響。

鐵鐧再度從背後砸來，直奔他的後腦勺。三名他手把手訓練出來的親兵連袂衝上，用盾牌擋下鐵鐧，死死護住他的後背。緩過一口氣兒的朱韻咆哮著揮刀，將兩杆正在變招的長槍砍成了木棍。緊跟著他邁步舉刀上撩，將從矮牆後砍過來的一把鋼刀撩飛到半空之中。

丟了兵器的狼騎快速後退，朱韻不管身後的鐵鐧和身側的木棍，邁步衝上，埋伏在矮牆後的另外五名狼騎揮舞著兵器，與他展開激戰，卻受限於前後兩堵短牆，無法對他進行合圍。

擋住一把砍向自己肩膀的橫刀，朱韻揮刀斜掃。緊跟著撤刀招架，磕開一根鋼鞭。不給鋼鞭的主人抽身後撤的機會，他大喝著提膝，狠狠頂在對方護腿皮甲正中央處。

「啊……」鋼鞭的主人丟下兵器，痛苦將身體縮成了一團。另外幾名狼騎嚇得打了個哆嗦，動作立刻變慢。就在此時，趙雄從矮牆右側入口也轉過身來，與朱韻前後夾擊。兩個老江湖配合默契，轉眼間，將六名伏兵全部殺死，成功會合到了一處。

「從左邊殺出去！」二人默契地點了點頭，大吼著衝向朱韻衝進來的入口。埋伏在附近的其他狼騎抵擋不住，被殺得倉惶後退。轉眼間，朱韻和趙雄帶著各自的五名親兵退出短牆陣，隊伍中，每個人都汗出如漿。

沒看到巴紮樂校尉在哪，但是，兩個老江湖心裡頭卻都清楚，此人已經凶多吉少了。短牆之後又是一重短牆，三四個入口之後又是三四個入口，這一重短牆的入口與下一重短牆的入口，還不是正對。巴紮樂衝進去之後，很容易就會與他身邊的弟兄被迫分散開。而埋伏在短牆後的狼騎，卻可以將他們分割包圍，以眾凌寡。

「噹噹噹……」清脆的銅鑼聲，從背後傳來，卻是姜簡那邊得知了前方的情況，及時發出了後撤命令。

「全體都有，撤到第一道營壘之外！」朝著短牆不甘心地看了一眼，趙雄扯開嗓子命令。

「巴紮樂還沒出來！」

「巴紮樂校尉失陷在裡頭了！」

幾名先前不停勸阻，莽撞衝進第一重短牆後又活著退下來的瀚海勇士大急，紅著眼睛喊得聲嘶力竭。

話音未落，數十支羽箭從半空中呼嘯而下。眾人或揮刀格擋，或舉盾護頭，手忙腳亂。還沒等大夥兒緩過一口氣兒，幾隊突厥狼騎，已經結伴從短牆殺出，揮動兵器將數名距離矮牆太近的瀚海勇士砍倒在血泊之中。

猝不及防，其他眾瀚海勇士也被殺得節節敗退。朱韻和趙勇兩個帶領親兵試圖穩住陣腳，卻被潰退下來的自己人，衝得站立不穩。數支冷箭襲來，朱韻和趙雄不得不舉盾遮擋。身前的壓力忽然一輕，卻是十幾名瀚海勇士承受不住壓力，轉過身，落荒而逃。

「結陣，結陣一起退出去，否則誰也走不了！」朱韻又氣又急，揮舞著盾牌和兵器，逆人流而上。回應者寥寥無幾，因為嚴重缺乏訓練，大多數瀚海勇士在進攻受挫之後，都對獲取勝利失去了信心。發現身邊有袍澤掉頭逃命，立刻選擇了盲從。

轉眼間，結陣後撤就變成了毫無秩序的潰退，任朱韻和趙雄兩位老江湖如何阻攔，都無濟於事。而一名狼騎大箭，卻迅速發現了二人是隊伍的核心。果斷放棄了對其他瀚海勇士的追殺，帶領十數名爪牙，咆哮著向二人發起了進攻。

「奶奶的，找死！」朱韻又羞又怒，高舉著橫刀迎向突厥大箭。趙雄想都不想，果斷選擇跟他並肩而戰。兩兄弟聯手，不到三招，就將突厥大箭砍翻於地。然而，另外兩名突厥大箭卻又帶著各自的親信咆哮著衝了過來，將二人和他們身邊僅剩下的幾名親兵團團包圍。

「啊……」一名親兵被長槍刺穿，慘叫著倒下。緊跟著，又是一名。朱韻和趙雄兩個左遮右擋，將靠近自己的狼騎挨個砍翻。然而，他們身邊的親兵卻以更快速度減少。

一名狼騎揮刀砍來，朱韻側身讓過鋼刀，緊跟著，攔腰一刀回敬，將對方開膛破肚。一杆長槍貼著地面掃向他的腳踝，他不得不縱身跳起，三把鋼刀立刻從不同角度砍向他的身體，讓他避無可避。

「噹啷！」趙雄放棄自己的對手，衝過來替朱韻擋住砍向大腿的鋼刀。朱韻怒吼著將盾牌下壓，擋住第二道刀光。第三道刀光從他肋下掠過，帶起一串猩紅色的血珠。劇烈的疼痛立刻鑽入了朱韻的腦仁，他反手一刀砍斷偷襲者手臂，用盾牌支撐著自己的身體避免栽倒。

「殺了他，殺了他！」

「殺當官的，殺當官的領賞！」

「殺……」

四周圍響起一陣鬼哭狼嚎，眾狼騎爭先恐後撲向朱韻和趙雄，試圖快速結束戰鬥。「嗖……」，一根投矛忽然從半空落下，將其中一名狼騎狠狠釘在了地上。緊跟著，又是兩杆投矛和一把飛斧，將另外三名狼騎送回了老家。

「不想死的讓路！」一個年輕的聲音，瞬間響徹戰場。身穿黑色明光鎧的姜簡緊隨聲音衝入戰團。手中長刀圍繞朱韻快速掃個半個圈子，帶起數道血霧。

「膽小鬼退向兩邊，不要擋路！」

「不想死的讓開！」

瓦斯特勤帶著近百名最早接受整訓的瀚海唐軍精銳，大喊著跟上姜簡的腳步。沿途遇到慌不擇路的自家潰兵，一腳踹翻在地。遇到膽敢擋路的狼騎，亂刀砍成肉泥。

「趙叔送朱叔下去療傷！其他人，跟我來！」將朱韻牢牢地護在自己身後，姜簡一邊揮刀砍向距離自己最近的狼騎，一邊高聲吩咐。

「不用管老夫，老夫沒事兒！」朱韻臉色漲紅，喘著粗氣抗議。然而，話音未落，支撐身體的盾牌卻一歪，差點直接趴在地上。

「行了，別逞強了，小心拖了姜都護的後腿！」趙雄在旁邊看得真切，趕緊伸手托住了朱韻的腋窩，將他架在自己的肩膀上，轉身就走。

三十幾名剛剛趕來的瀚海唐軍精銳結伴從二人身邊衝過，與姜簡一起呼喝酣戰，轉眼間，就遏制住了狼騎的囂張氣焰，令史笸籮苦心謀劃的反攻難以為繼。

「老夫……」朱韻掙扎著扭頭，看到姜簡揮刀衝向狼騎，身背後，眾瀚海唐軍精銳吶喊著追隨，寸步不離。剎那間，心裡覺得一輕，隨即，苦笑著搖搖頭，任由趙雄將自己架離了戰場。

老了，真的老了。

雖然平素一口一個老夫，他卻一直沒覺得自己跟年輕時候有多大差別。而現在，他卻清楚地知道，老夫兩個字，放在自己頭上已經貨真價實。

「那小子比咱們年輕時候強，還比咱們會來事，也早就贏得了軍心。」知道朱韻心中的如何感覺，趙雄笑著安慰，「要我說，咱們這趟塞外，賺大了。」「嗯！」朱韻臉上的苦澀，迅速變成了豁達，笑著點頭。

「殺突厥狗！」「白天鵝的子孫，別丟祖先的臉！」「姜簡設來了，殺回去，殺突厥狗！」吶喊聲此起彼伏，更多的瀚海唐軍精銳從趙雄和朱韻二人身邊衝過，去追隨姜簡的腳步。包括一部分潰兵，也轉過身，紅著臉重新加入了戰鬥。

局勢快速逆轉，突厥狼騎支撐不住，被殺得節節敗退。數百支羽箭從短牆之後飛來，將交戰雙方不分敵我射倒了十幾個。姜簡和他身邊的弟兄們不得不揮舞兵器和盾牌自保，一眾活著的狼騎趁機加快腳步，轉眼間就全都消失在了短牆陣之後。

「不要追，姜簡，不要追，小心突厥人的埋伏！」陳元敬氣喘吁吁地衝過來，卡在鎧甲上的箭矢上下晃蕩。

「所有人，止步，後撤！弓箭手，前方五十步拋射！」姜簡果斷下令停止了對狼騎的追殺，帶領身邊的弟兄們大步後撤。庫牙帶領弓箭手迅速向前，朝著姜簡指定的區域射出一波羽箭。

「裡邊是一座迷魂陣，巴紮樂剛才衝進去，就再也沒出來！」陳元敬緊跟姜簡腳步，喘息著向他介紹短牆後的情況。「朱叔和趙叔他們兩個進去接應他，也吃了大虧。」

「不是迷魂陣，這東西我認識。」姜簡抬手幫陳元敬拔掉身上的羽箭，笑著回應，「的確不好對付，但是未必沒有破解辦法。」

短牆層層疊疊，對第一次見到它的人來說，的確有點兒神秘。而在姜簡眼裡，卻似曾相識。幾個月前，他和史笸籮兩個帶領一眾少年，利用橫在山路和深谷旁的一塊岩石，硬生生擋住了大食戈契希爾匪幫的進攻。今天，史笸籮不過是故技重施，用裝滿了糧食的麻袋壘出了「岩石」群，來對付他的進攻。

但是史笸籮卻忘了，當日大夥之所以能夠頂住戈契希爾的進攻，還有一個至關重要的因素，那就是大夥位於半山坡，居高臨下可以清楚地看到戈契希爾匪徒的一舉一動。而戈契希爾那邊，卻對大夥的具體部署一無所知。

今天，史笸籮把「岩石」挪到的山谷裡，就有些畫虎不成反類犬了。只要把杜七藝所在的碉斗向前挪上五十步，或者就近搭建一座瞭望塔，短牆背後和短牆之間的敵軍所有佈置，對自己來說，就毫無秘密可言。

想到這兒，姜簡扭頭向四周圍看了看，果斷下令，「庫牙，派弓箭手登上左右兩側的塔臺。居高臨下壓制敵軍弓箭手，中間那座塔臺留給陳元敬！」

正指揮著弓箭手跟敵軍對射的庫牙聞聽，眼睛頓時一亮。趕緊從後排分出十名體力最充沛的弓箭手，讓他們分頭登上位於營壘與短牆之間，左右兩側的塔臺。

「瓦斯，先派幾個人拿著盾牌上塔臺去保護弓箭手。然後，帶領其餘弟兄，背靠中間那座塔臺結陣。」姜簡的眼神也越來越亮，一邊觀察周圍的情況，一邊繼續調整部署。

「是！」儘管不明白姜簡為何會下了這樣一道奇怪的命令，瓦斯特勤答應的卻毫不猶豫。

「陳校尉，你帶五十名弟兄，從營壘上拆糧袋，把中間那座塔臺加高。高出矮牆一倍為止，再於正對矮牆方向，架起盾牌做胸牆。」朝著瓦斯的背影點點頭，姜簡將目光快速轉向滿臉困惑的陳元敬，高聲吩咐。

「是！」陳元敬也高聲答應，隨即，臉上立刻露出了幾分狂喜。

在長安城的時候，他可沒少聽胡子曰講故事。各種真真假假的陣法、殺招都記得清清楚楚。而在胡子曰所講過的故事當中，就有瞭望塔這種重要設施。站在上面，非但能夠看得清楚敵情，還可以伺機施放冷箭，射殺敵軍重要將領。

「巴勒，你帶人去倒塌的營壘那，試試能不能拆兩輛馬車下來，我有大用。」

「忽律奧，帶人去外邊收集樹枝或者沙棘枝，給你半個時辰，不管收集到多少，都送到我身邊來！」

「圖克……」

目送陳元敬離去，姜簡繼續調兵遣將。全身上下，已經看不到多少青澀，隱約之間，還帶上了幾分大將之風。

被他點到名字的將校答應著離去，才走了幾步，一名斥候忽然從山谷外策馬衝至，隔著老遠，就將背上的角旗拔下來，舉在手中用力揮舞，「報，緊急軍情。駱司倉命我送來緊急軍情。」

「給他讓開道路！攙他下馬！」姜簡的眼神又是一亮，果斷下令。

四周圍的瀚海健兒們，紛紛側身閃避，讓出一條通道。讓斥候可以繼續策馬直達姜簡身側。隨即，大夥拉韁繩的拉韁繩，攙胳膊的攙胳膊，將已經累癱了的斥候扶下坐騎。

「報，副都護，駱司倉帶著我們，發現，發現一道小徑。可以一路爬上左側的山頂。」斥候不待站穩，就從懷中摸出一件信物，雙手捧給姜簡檢視，「駱司倉說，讓您無論如何等到日落，再對山谷發起總攻。另外，他需要您吸引敵軍主將的注意力，避免他那邊被發現！還有，還有，駱司倉說人手不夠，請副都護再，再派兩百弟兄給他。」

大概是他自己也知道，駱履元提的要求有些過分，彙報的聲音越來越低，到最後，幾乎細不可聞。

「駱司倉要幹什麼？」

「這邊人手還不夠呢，怎麼可能分兵給他？」

「他難道能帶兵從小路殺下去？」

幾個瀚海都護府校尉不相信駱履元能起到影響戰局的作用，皺著眉頭高聲質問。同時將面孔轉向姜簡，期待他不要支持駱履元的胡鬧。

出乎所有人的意料，姜簡只是輕輕皺了皺眉，就立刻給了答覆，「好，我就等到日落。反正搭建瞭望塔也需要時間。你還騎得了馬嗎？如果不能，就去拿張羊皮，把駱司倉的位置畫出來！我派援兵拿著地圖找過去！」

「卑職，卑職還，還騎得動！」斥候又驚又喜，紅著眼睛點頭，「卑職，卑職這就去向駱參軍覆命！」

「李校尉，你帶西林、阿合奇兩名旅帥和他們麾下的弟兄，騎馬跟著他去支援小駱。」姜簡笑了笑，乾脆將帶兵前去支援的任務，交給了李思邈。

「是！」李思邈乾脆俐落地答應了一聲，上前接過將令。隨即攙扶起斥候，快速去營壘外召集兵馬。

「其他所有人，除了弓箭手之外，全部退到中央塔臺下整隊！」朝著李思邈的背影點了點頭，姜簡再度吩咐。

李思邈在長安城之時，跟駱履元關係就走得很近。性子又相對穩重，不會因為駱履元年紀小且平時缺乏存在感，就對此人心存輕視。由他帶隊支援駱履元，再妥當不過。而接下來，姜簡需要做的就是想盡一切辦法給史笸籮施加壓力，讓此人注意不到頭頂的動靜。

做法也很簡單，繼續按部就班地搭建瞭望塔，並組織弓箭手輪流登上左右兩側塔臺射殺矮牆後的突厥狼騎即可。以史笸籮的聰明，肯定立刻就會意識到，瞭望塔建成之後將起到什麼作用。也肯定會想盡各種辦法，在瞭望臺建成之前將其毀掉。

屆時，他就可以拿瞭望塔當做誘餌，不停地消耗敵軍的力量。同時，讓史笸籮無暇他顧。

事實也正如他的預料，陳元敬剛剛將中央位置那座塔臺加高了一層，短牆之後，就響起了狂躁的號角聲。

緊跟著，三隊狼騎手持盾牌，從不同的短牆後衝出。頂著箭雨撲向正在修建中的瞭望塔，一個個如同飛蛾撲火。

「左右兩側塔臺，射殺敵軍弓箭手！」姜簡早有準備，立刻做出針對性調整，「庫牙，帶領其他弓箭手退向兩翼，尋機殺敵。刀盾手上前十步，結龜背陣。長槍手去刀盾手身後，挺搶攢刺敵軍！」

這是一個非常標準的防守招數，平時由胡子曰帶著瀚海唐軍演練過無數次，因此，眾將士施展起來毫無遲滯。轉眼間，就組成了一個龜背形陣列。刀盾手在前，長槍從刀盾手肩頭或者腋下露出，宛若被激怒的刺蝟！

衝過來試圖破壞瞭望塔的突厥狼騎，被龜背陣擋住去路，無法繼續前進半步。而退向兩翼的瀚海弓箭手，卻趁機向他們頭上傾斜了兩輪羽箭。不少狼騎中箭倒地，但未中箭的狼騎卻咬著牙不肯後退，用鋼刀砍得盾牌砰砰作響。站在瀚海刀盾手身後的長槍手果斷出槍前刺，將空門大露的狼騎挨個刺死。

「嗖嗖嗖……」短牆後射來一輪羽箭，落向龜背陣。大部分卻被盾牌阻擋，只有不到一成，落到了盾牌之後。其中絕大多數，卻射不穿長槍手頭上的鐵兜鍪和身上鐵護胸，徒勞無功。偶爾一兩支羽箭僥倖射中了長槍手胳膊，也造不成致命傷，對整個龜背陣的影響微乎其微。

看到短牆後的弓箭手位置前移，站在塔臺上的瀚海弓箭手立刻發起反擊。雖然總計只有十來張弓，卻居高臨下，準頭十足，轉眼間，就將突厥弓箭手放翻了七八個。

死亡近在咫尺，突厥弓箭手無法忽略來自塔臺的威脅，不得不專門分出一部分兵力，壓制塔臺上的瀚海弓箭手。而退向兩翼的瀚海弓箭手，卻通過塔臺上的同伴，判斷出突厥弓箭手在短牆後的大致方位，很快就調轉角弓，向後者頭上潑了一輪箭雨。

同時應對來自兩個方向的攻擊，突厥弓箭手損失急劇增加，不得不主動後退。龜背陣前的狼騎失去自家弓箭手支援，攻勢更加難以為繼。姜簡趁機下令反推，弓形的龜背陣迅速向魚鱗陣轉換，頂著狼騎，一步步返回短牆。

「嗚嗚嗚，嗚嗚嗚……」史笸籮見麾下的狼騎損失越來越重，趕緊命人吹響了退兵號角。狼騎們齊齊鬆了一口氣，迅速退回短牆之後。受陣型所困，瀚海唐軍將士無法及時展開追殺，朝著狼騎的背影大呼小叫，極盡嘲諷之能事。「圖克，帶領五十名弟兄，去拆牆。割開最底層那些麻袋，掏空裡邊的糧食，牆就會倒塌，小心別砸到自己。」

「庫牙，你通知塔臺上的弓箭手，掩護圖克！其他人，原地結陣備戰。」

姜簡堅決不給史笸籮喘息的機會，立刻下達了新的命令。

將士們立刻按照命令行事，五十名身強力壯的瀚海健兒，拿著鐵鏟和乾糧袋子衝到一堵短牆下，開始大挖牆腳。有了先前破壞營壘的經驗，他們幹起來輕車熟路。雖然突厥人在軍糧袋子上潑了許多冷水，給「挖牆腳」工作增加了許多難度。但是，不到半炷香時間，第一堵短牆的根基就已經被挖空，「轟隆」一聲倒落塵埃。

參與挖牆的瀚海健兒們齊聲歡呼，隨即，又對臨近的另外一堵矮牆展開的破壞。史笸籮大急，再度調遣大隊狼騎前來阻止。圖克校尉見狀，丟下乾糧袋子，毫不猶豫地逃回本陣。而早已準備多時的姜簡，立刻帶領將士們與狼騎展開了對攻，不多時又將後者趕回了短牆之後。

知道短牆陣的優勢和缺陷，他堅決不衝到短牆之後。而是再次調人上前，繼續破壞其餘的短牆。寧可多浪費些是時間，也不給史笸籮可乘之機。

第二堵短牆，只用了三分之一炷香時間，就被挖塌。緊跟著，是第三堵。史笸籮氣急敗壞，親自帶領百餘名狼騎出來廝殺。姜簡立刻帶著瀚海唐軍迎戰。雙方在狹窄的地形上，面對面揮刀，各不相讓。膠著了二十幾個彈指之後，狼騎終於支撐不住，在史笸籮的帶領下悻然撤退。

這次，姜簡派人試探著追過了第二重短牆，卻沒等史笸籮那邊做出反應，就快速退了下來。他也不著急，乾脆繼續派人進行拆牆大業。反正短牆數量有限，早晚有拆光的時候。屆時，看史笸籮還能使出什麼殺招。

史笸籮當然不肯束手待斃，又組織人馬進行了反擊。雙方如此你來我往，誰也奈何不了對方。只是將第一重短牆，在一次次往來中，被拆了個精光。

「咚咚咚……」半空中傳來一陣激烈的鼓聲，卻是瞭望塔終於完工，陳元敬嘗試用鼓聲向姜簡傳遞消息。

如此一來，短牆陣的威力大降，史笸籮那邊的任何動作，都第一時間落入了陳元敬的眼裡，隨即，就被通知給了姜簡。

姜簡從容調兵遣將，將史筐籮和其麾下的突厥狼騎，壓在第二重短牆之後無法出頭。隨即，派人繼續拆牆。

時間在忙碌中，過得飛快。第二重短牆，剛拆掉了其中兩堵，太陽就已經落到了山背後。眼看著夜幕即將降臨，史筐籮和一眾狼騎，齊齊鬆了一口氣。只盼在入夜之後，瞭望塔失去作用，自己這邊能挽回劣勢，獲得喘息之機。

然而，戰局卻不如人願。就在夕陽的餘暉越來越暗之際，眾狼騎右側的山頂上，卻忽然冒出了耀眼的紅光。

「誰在那？」

「誰在那放火！」

「糟了，回紇人爬到了咱們頭頂上！」

四周正在變暗，突然有大團的火光出現，無法不引人注目。當即，眾狼騎的目光，就全部被火光吸引力過去，嘴裡發出一連串驚呼。

「不用慌，那邊是絕壁。回紇人即便爬到了山頂，也沒法衝進山谷裡來！」史筐籮也被驚得頭皮陣陣發緊，卻扯開嗓子高呼，努力穩定軍心。

他的話音還在山谷間迴盪，一只巨大的火球，就從山頂處呼嘯而落。先墜於他說的絕壁之下，又沿著山坡「轟轟隆」向山谷中央滾了兩百餘步，沿途散播只無數紅色的火星。

緊跟著，又是二三十只。每一只火球都有半丈大小，流星般從山頂落下，一路翻滾著向山谷深處碾壓。

一只火球未必能在偌大的山谷裡引發火災。幾十甚至上百只火球成串地從山頂往下掉，早晚會有火星濺到糧倉附近。一旦糧食和馬料被引燃，後果不堪設想！

當即，短牆後的突厥狼騎就炸了鍋，一部分人掉頭衝向山谷深處，去阻止火勢向糧倉蔓延。另外一部分人，則叫囂著向牆外發起衝擊，試圖趕在火災爆發之前殺出一條血路，逃之夭夭。

「不要慌，不要慌。呼雷、依塔赫，你們兩個帶領各自麾下的弟兄，去組織葛邏祿人清理糧倉附近的雜草，朝糧倉上潑水！」史笸籮心急如焚，卻強迫自己保持鎮定，重新調整部署。「其他人，跟我一起守住短牆，別給回紇人可乘之機。不要慌，不要往外衝，聽我說，敵軍肯定早有準備，就等著你們衝出去送死……」如果此刻發令者是羯曼陀，或者史笸籮早就有機會獨自領兵，也許還能夠力挽狂瀾。只可惜，如果永遠是如果。

眾將領是羯曼陀的下屬，原本就對史笸籮有些輕視。而史笸籮本人，以前也沒有什麼能夠拿得出手的戰功。眾將領先前肯服從他的指揮，是因為他在強敵來襲之時，給了大夥守住山谷的希望。而現在，希望基本上已經破滅，眾將領立刻又開始自行其是。

短短七八個彈指功夫，史笸籮身邊的狼騎就少了一大半兒。剩餘一小半兒則是在觀望向外衝殺的那批同夥是否能成功殺出一條血路，而不是準備與史笸籮共同進退。

「弓箭手，迎頭射殺敵軍。其他人，鋒矢陣，準備反衝！」短牆外，姜簡黑刀前指，意氣風發。駱履元沒有辜負他的信任，終於成功從敵人頭頂丟下了火球，並且無論規模，還是效果，都遠遠超過了他的預期。史笸籮以為今天是二人之間的對決，卻無論如何都想不到，自己這邊從來都不是孤軍奮戰。自打與史笸籮分道揚鑣那天起，自己身邊就始終有杜七藝、駱履元、陳元敬等朋友傾力相助，還有吳黑闥、胡子曰、曲彬等長輩手把手的教導。史笸籮把幾個月之前的東西，推陳出新，就以為得計。卻無論如何都想不到，自己在這幾個月來，又學會了更多的新本事，早就不是昔日吳下阿蒙。

「嗖嗖嗖……」羽箭從半空中落下，將從短牆後衝出來的突厥狼騎，給射倒了整整一排。其餘狼騎繼續揮舞著兵器前衝，對同伴的死亡視而不見。「眾將士，跟我來！」姜簡扯開嗓子大吼了一聲，揮舞黑刀迎上了狼騎。身背後，數以百計的瀚海唐軍咆哮著回應，揮刀舞盾，組成一座鋒矢形陣列，緊隨他的腳步。

雙方毫無花巧地相撞，狼騎的隊伍四分五裂。瀚海唐軍的鋒矢陣，卻只是側前方出現幾處破損，整體安然無恙。很快，就有後排的將士，向前補位，將鋒矢陣恢復得完好如初。大夥繼續追隨姜簡的腳步，撕碎狼騎的隊伍，殺入第二重短牆之後，碾碎沿途任何阻擋！

第二重短牆之後，橫七豎八躺著數具屍體。大多數都是中箭而死的突厥狼騎，也有幾具是先前隨著校尉巴紮樂一道殺入短牆陣的瀚海勇士。

姜簡無法分辨得太仔細，也無暇停下來指派人手為陣亡的瀚海勇士們收殮屍骸，揮舞著婆閏送給自己的長刀，撲向一夥突厥狼騎。瓦斯特勤和校尉禿蠻一左一右護住他的側翼，其餘瀚海勇士捨命相隨，刀光閃爍，潑起一道道血浪。先前選擇觀望的突厥狼騎大部分都尖叫著逃向山谷深處，卻仍有一小部分狼騎見突圍無望，反倒豁出去了性命，舉刀迎戰。姜簡剛剛砍翻了一名小箭，忽然感覺頭頂發麻，果斷側身躲閃。一把橫刀貼著他的護肩獸頭劈落，刀身與他的臂甲邊緣相摩擦，發出刺耳的聲響。毫不猶豫地抬起腳，姜簡一腳踹中了對方的小腹。偷襲失敗的狼騎嘴裡噴出一股血，身體迅速弓成了蝦米形。瓦斯特勤看準機會，一刀砍掉了此人的首級。

無頭的屍體倒下，鮮血噴紅了短牆。幾名突厥狼騎的眼睛也被燒得通紅，咆哮著撲向姜簡。校尉禿蠻舉刀攔下其中一個，瓦斯特勤揮刀力劈，將另外一個連人帶兵器一道劈成兩段。姜簡左右不受威脅，專心應對正前方的狼騎。長刀揮舞，將第三名狼騎開膛破肚。

其餘狼騎見勢不妙，紛紛轉身逃命。「向左轉……」趁著下一波有組織的狼騎沒有撲上來之前，姜簡舉起長刀，高聲疾呼。隨即，身體左轉，帶領眾瀚海勇士們，清理第二重和第三重短牆之間的殘餘敵軍。

「跟上副都護！」

「向左，向左！」

「跟上姜簡設！」

瀚海勇士們高聲叫喊著緊跟他的腳步，整個鋒矢陣在兩重短牆之間快速彎折，變形，隨即又快速恢復了原狀的七成。

能保持七成原狀的鋒矢陣，威力仍舊遠遠高於毫無章法的亂鬥。第二重和第三重短牆之間的突厥狼騎，根本阻擋不住。很快，就被唐軍像趕羊般，從中央偏右位置，趕到了短牆的左側，隨即，又從兩堵短牆之間的空檔處，倉皇退向了第三重短牆之後。

「吱……」陳元敬在瞭望塔上射出一支響箭，提醒姜簡第三重短牆後偏左位置，有一夥狼騎聚集。「馬車……」姜簡果斷停住腳步，扯開嗓子大吼。校尉巴勒高聲回應，帶領幾名親信，推著剛剛從營壘上拆下來的馬車，穿過第二重短牆，直奔自家主將的身側。

「巴勒，你推車從這裡衝進去！」姜簡指了指第三重兩堵短牆之間一處空檔，高聲吩咐，「其他人，跟我一起護住巴勒！」

「是！」校尉巴勒毫不猶豫地答應，與身邊的親信一道，推著裝滿了乾草和灌木的馬車直奔姜簡所指。車身剛剛進入第三重短牆之後一半兒，數名負隅頑抗的狼騎已經尖叫著從左右兩側撲上來，鋼刀剁得車身木屑亂飛。

「只管向前推，其他交給我！」姜簡在校尉巴勒耳畔高聲吩咐，同時騰出一隻手幫忙控制車轅。瓦斯特勤見狀，也用盾牌頂住了巴勒的後背。本來該由兩匹挽馬拖行的馬車，在四人合力推動之下，驟然加速，「轟地」一聲，衝進了第三重短牆之後，與迎面反撲過來的兩名狼騎撞了個正著。

「啊……」兩名狼騎被撞得口吐鮮血，倒飛而起。巴勒、姜簡、瓦斯等人，也與馬車一道，衝入了第三重短牆背後。幾名先前用刀砍中了車身的狼騎，被帶得腳步踉蹌，姜簡趁機揮刀來了一記斜掃，將一名狼騎的右手連同橫刀一併掃到了半空之中。

「殺突厥狗！」瓦斯和禿鑾側轉身，向其餘狼騎發起攻擊。兩名狼騎先後倒地，其餘狼騎被逼得踉蹌後退。姜簡揮舞著長刀左劈右砍，為其餘袍澤殺出一條通道。他身後的瀚海勇士咆哮著衝過第三重短牆，將橫刀與盾牌揮舞，將靠近姜簡的狼騎一個接一個殺死。

沒有第四道短牆，鋒矢陣也難以為繼。停下來重新結陣，顯然不是一個好主意。瀚海唐軍的訓練時間太短，能將陣型維持這麼久，已經是極限。而眼下，敵軍顯然比瀚海唐軍更需要時間。

「跟我來！」姜簡用目光快速掃視山谷，舉起長刀再度高呼。山谷深處已經多處起火，火光將他的視野照得一片通亮。短短兩三個彈指功夫，他就又看到一夥聚集在一起的敵軍，邁步衝了過去，直奔其中一個做大箭打扮的狼騎頭目。

山谷只有一個出口，後退的結果，恐怕與迎戰一樣。那名大箭果斷選擇了迎戰，揮舞起一根鋼鞭衝向姜簡。校尉巴勒在旁邊看得真切，與自己的同伴推著馬車急衝而至。那大箭不得不改變路線，躲避馬車。姜簡邁步揮刀，直接來了一記大辟如虎。

「噹啷！」那大箭來不及站穩身體，就橫鋼鞭招架。刀刃與鋼鞭相撞，火星四濺。姜簡手腕偏轉，刀身壓著鋼鞭快速下滑。鋼鞭沒有護鍔，那大箭必須在兵器和右手之間做出選擇。

根本不需要考慮，正常人的反應都是一樣。下一個瞬間，大箭果斷棄鞭，後退，躲向衝過來的自家同夥身後。姜簡大步追至，長刀橫掃，身隨刀轉，在狼騎的隊伍中，硬生生掃出一團紅色的漩渦。

三名躲閃不及的狼騎受傷倒下，其餘狼騎紅著眼睛，圍攻姜簡。半空中忽然有冷箭飛來，剎那間，將狼騎們又放倒了四五個。其餘狼騎被逼得東躲西藏，原本就不整齊的隊伍，瞬間四分五裂。

眾瀚海勇士咆哮著追上姜簡，將狼騎的隊伍撕得更碎，將每個不肯逃走的狼騎亂刀砍成肉泥。

「跟我來！」姜簡長刀前指，帶領眾瀚海勇士撲向下一個目標。那一團狼騎有五十幾人，站在一塊光禿禿的岩石旁，左顧右盼。看到眾瀚海勇士舉刀向自己衝來，眾狼騎嘴裡立刻發出了刺耳的尖叫，隨即，一哄而散！

「殺突厥狗！」「殺突厥狗！」眾瀚海勇士從背後追上去，將逃命的突厥狼騎挨個砍翻在地。隨即，緊跟著姜簡，去尋找下一簇對手。

山谷裡多處起火，眾人的視野非常清晰。很快，眾人就找到了新的攻擊目標。然而，還沒等衝到附近，目標再度四散奔逃。

「跟上我，往裡頭殺！」姜簡停住腳步，舉刀呼籲。帶領瀚海勇士們繼續向山谷深處突進，沿途遇到的抵抗越來越弱，一路勢如破竹。

前方忽然有大批敵軍出現，足足五六百人。姜簡被嚇了一跳，趕緊停住腳步，招呼瀚海勇士們向自己靠攏。倉促之間，哪裡來得及？才湊了一百弟兄不到，敵軍已經近在咫尺。

「跟上我，衝散他們！」姜簡不敢繼續等待，大吼著衝向敵軍。擋在他面前的是一名九尺高的大塊頭，雙手握著一根長長的兵器，嘴裡發出一連串絕望的尖叫。

「他手裡拿的是木棍！」姜簡忽然發現情況有些不對勁，刀卻無法停下，將木棍一分為二，緊跟著，刀刃砍在大塊頭的胸口處，將此人開膛破肚。

「啊……」大塊頭嘴裡的尖叫變成了慘叫，仰面朝天栽倒。其他敵軍亂哄哄地從他身邊衝過，姜簡迅速揮刀橫掃，將三隻木鍬一根扁擔砍成了數段。

「跟上姜簡設！」瓦斯特勤和禿鸞兩個緊跟在姜簡身後衝入敵軍隊伍，揮刀向四下亂砍。敵軍接二連三被他們砍倒，卻像送死一般，前仆後繼。

「跟上副都護！」「跟上！」見姜簡、瓦斯和禿鸞三個如入無人之境，其餘瀚海勇士大受鼓舞，揮舞著兵器大步向前，轉眼間，就遏制住了敵軍勢頭，令其無法繼續向前移動半步。

敵軍不敢繼續前衝，卻也不肯退回山谷深處，亂哄哄地擠在一起，如同待宰的羔羊。姜簡砍翻了距離自己最近的一名敵將，正準備繼續向前衝殺，忽然間，有人在敵軍的隊伍後部，高高地舉起了雙手，用生硬的語言叫嚷：「饒命，天兵爺爺饒命，我們不是突厥人，我們是被突厥人抓來的葛邏祿奴隸！」

「什麼？你們是葛邏祿人？」姜簡詫異地停住了長刀，仔細打量，這才發現，幾乎所有敵軍，手中拿的都是木棍、木鍬、扁擔等物，沒有一支正經兵器。而敵軍身上，也沒有任何甲冑保護，只有一件看不出顏色的單衣。

「我們是葛邏祿人，我們是被突厥人抓來幹活的奴隸！」敵軍隊伍後，一名膚色相對白淨男子，急切地回應：「燒起來了，糧倉那邊燒起來了。請天兵老爺給我等一條生路！」

「請天兵老爺給我等一條生路！」敵軍隊伍中，僅有的幾個會說唐言者，丟下手裡的木棍，跪倒於地，苦苦哀求。

剎那間，其餘葛邏祿人一排排跪了下去，不會說唐言，卻連連叩頭。

「分散開，去山谷外，不准聚集，否則殺無赦！」姜簡先前在白馬湖畔，已經俘虜了好幾千葛邏祿人，知道這幫傢伙既沒有多少戰鬥意志，也沒有多少戰鬥力，不忍心將其盡數屠戮，用長刀朝山谷左側指了指，高聲吩咐，「自己走出去，外邊有人收容你們！」

「多謝天兵爺爺，多謝天兵爺爺！」眾葛邏祿僕從聽不明白姜簡在說什麼，卻看懂了他的動作，一邊七嘴八舌地道謝，一邊站起身，爭先恐後貼著左側山谷的邊緣逃命。

「巴勒，你去通知杜長史，讓他組織外邊的弟兄，收容俘虜，捕殺逃出去的突厥狼騎。」姜簡踮起腳尖，向山谷深處望了一眼，又喘息著向推著馬車跟上來的校尉巴勒吩咐。「讓他注意留一條出路給狼騎，寧可過後尾隨追殺，別逼對方拚命！」

「是！」校尉巴勒放下馬車，轉身快步奔向山谷之外。姜簡則停住腳步，高聲招呼其餘瀚海勇士，儘快向自己靠攏。

剛才葛邏祿人彙報說，山谷裡起了火，所以他們才倉皇外逃。而突厥狼騎，顯然也沒有對他們做太多阻攔。這意味著，他們所說的，極有可能是事實！大火已經接近，甚至點燃了糧倉。所有退向山谷深處的突厥狼騎，不趕緊衝出來的話，就得被活活燒成飛灰！

人在走投無路的情況下，最豁得出去性命。姜簡看不清楚山谷深處的火勢到底如何，卻知道自己必須提前做好準備，以防萬一。

他不繼續帶隊向山谷深處衝殺，而是將已經靠攏到自己身邊的瀚海勇士，重新組成軍陣。還沒等他將軍陣組織完整，腳下的地面忽然開始微微顫抖，緊跟著，一片黑壓壓的人頭和數以千計的戰馬，出現在了他的視野之內。

有突厥狼騎，有葛邏祿僕從。無論拿著兵器，還是空著雙手，無論身上穿著甲冑，還是只剩下一件單衣。所有人，都在倉惶逃命，誰也不敢停下腳步。平素溫順膽小的戰馬，此時此刻，卻如同瘋虎。悲鳴著張開四蹄，衝向逃命的人群。凡是被其追上者，要麼被撞飛到半空中，要麼被踩在四蹄之下。

「快，退，退到短牆陣外！」剎那間，姜簡後背處的寒毛一根根豎起，果斷扯開嗓子大喊，推搡著身邊的袍澤快速後撤，「分散，分散向山谷兩側，從兩側退到短牆之外，身體貼著山谷兩側！」

「後退，後退，分散後退！」瓦斯、禿蠻等人，也嚇得臉色煞白，扯開嗓子把姜簡的命令一遍遍重複。「退出去，身體貼著山谷兩側的岩石。」

「退，馬驚了。快退！」眾瀚海勇士，知道情況不妙，按照姜簡的命令迅速退向山谷兩側，隨即，緊貼這岩壁發足狂奔。好在大夥沒進山谷多深，才勉強在與驚馬相撞之前，退到了第二重短牆之外。

上千匹戰馬，緊跟著衝至。沿途無論遇到活人，還是屍體，都直接踩成肉泥。發現短牆阻路，衝在最前方的幾匹戰馬四蹄騰空，居然從第三重短牆上飛躍而過。身體剛剛落地，來不及減速，就又與第二重短牆相撞，「轟隆」一聲，牆塌馬死，血流滿地。

「唏吁吁……」其餘戰馬，大聲悲鳴。放棄飛躍，主動衝向短牆之間的通道。幾個彈指之後，短牆之間的通道，就不夠用。而後續衝來的戰馬，卻不肯放慢速度，接二連三衝向通道，將身體擠得血肉模糊。

「轟！」一堵短牆被硬生生擠塌，緊跟著，又是一堵。轉眼間，第三重短牆不復存在，第二重短牆，也被衝倒了一大半兒。十幾名躲閃不及的瀚海勇士，被短牆直接砸倒，又被數以千計的馬蹄從身體上踩過，轉眼就沒了聲息。「火牛陣！」背靠著岩壁，姜簡眼睜睜地看著數以千計的戰馬從自己面前跑過，欲哭無淚。

幾個月之前，他曾經用火焰驅趕駱駝，衝垮了史笸籮指揮的飛鷹騎。今日，史笸籮卻以同樣的手段，打了他一個措手不及。

毫無疑問，驚馬衝過去之後，史笸籮就會帶著突厥精銳，向山谷外發起反攻。姜簡抬手抹掉嘴角的血，手握刀柄，等待最後的戰鬥。

數千匹驚馬，不光給了他當頭一棒，同時還踩死了很多突厥狼騎和葛邏祿僕從。史笸籮身邊的精銳，肯定不會剩得太多。而他這邊，雖然損失慘重，活下來的瀚海勇士，應該也能湊出五六百人。不需要再用什麼計策，也不必再考慮什麼招數。雙方的計策都已經用盡，招數也都使光。接下來，只需要面對面地硬撼，看誰笑到最後。

一邊等待，他一邊默默地積蓄體力，儘量讓自己的狀態恢復到最佳。然而，驚馬如同洪水一般衝過之後，史笸籮卻遲遲不見蹤影。

「還能站起來的人，結陣！」姜簡啞著嗓子大喝，將身體轉向山谷，舉目遠眺。只見山谷中，火光伴著濃煙四下翻滾，卻再無一個活著的人影。

「結，結陣！」瓦斯特勤硬著頭皮跟上來，與姜簡並肩而立，喊話的聲音帶著明顯的顫抖，臉色像晚春時節的殘雪一樣蒼白。

「結，結陣，跟上姜簡設……」其他瀚海都護府的校尉、旅帥們，也用同樣顫抖的聲音回應。掙扎著離開兩側的山壁，一邊打著哆嗦，一邊朝姜簡身邊靠攏。

「結，結陣！結陣！」附近活下來的瀚海勇士們，機械地重複，然後努力拖著發軟的雙腿，響應軍官的號召。

誰也沒資格笑話他們膽子小，四五千匹戰馬受驚前衝，即便是熊羆虎豹，也都得退避三舍。剛才大夥目睹馬群從自己身邊如同洪流般湧過，將躲避不及的袍澤踩成肉泥，心中的恐懼可想而知。

此時此刻，還沒有崩潰，還能夠繼續咬著牙挪到姜簡身邊與後者並肩戰鬥，已經是非常難能可貴，換了大唐府兵的百戰精銳與他們易地而處，也未必比他們更勇敢。

從姜簡以下，幾乎每個人都存了必死之心。就等著史笸籮帶領剩餘的突厥精銳衝出來，拚個痛快。誰料，剩餘的突厥狼騎卻遲遲不肯現身，只有秋風捲著熱浪，一波波朝人的臉上拍。

「子，子明副都護，沒人，山谷裡看不到人了。火，火已經快燒到，燒到第三重土牆的殘骸那塊了！」半空中，忽然傳來了陳元敬的聲音，讓所有人大吃一驚。

姜簡抬頭看去，只見陳元敬從頭到腳蓋滿了灰塵，只剩下眼睛和牙齒不是暗黃色，手扶著被馬群擠塌了一半兒的瞭望臺，身體抖得如同篩糠。

「你先下來！別管突厥人了。瞭望臺上還有誰，趕緊一起下來。」顧不上再考慮史笸籮和剩餘的突厥狼騎的威脅，姜簡扯開嗓子高喊，「其他塔臺上還有人嗎？趕緊下來。火馬上就要燒過來了！」

後面一句，是對著另外幾座被戰馬擠垮了的塔臺喊的。姜簡清楚地記得，自己帶隊殺進短牆陣之內時，在瞭望臺和幾座塔臺上，都安排了弓箭手。而如今，短牆陣已經被受驚的馬群硬生生抹平，突厥狼騎也不見蹤影，眾弓箭手不趕緊撤下來，更待何時？

「我，我身邊還有，還有兩名活著的弟兄。其他，其他人與塌掉了的麻袋，剛才一起掉下去了」陳元敬哆嗦著替所有人回應，聲音裡帶著明顯的哭腔，「左邊，左邊塔臺上應該還有活著的弟兄，右邊，右邊塔臺應該沒人了。右邊塔臺被馬群擠塌時，上半截麻袋一股腦全都掉了下去！」

姜簡聽得心中一痛，大步走向瞭望塔，「你還走得動嗎？我過去攙你下來。瓦斯、禿鸞，帶幾個人過去，搜索另外兩座高臺！」

「是！」瓦斯和禿鸞兩個答應著邁動腳步，各自帶領十幾名還能邁得動雙腿的弟兄，蹣跚著奔向垮掉了一半兒的塔臺。每個人心中，都痛得猶如刀割。臨時用麻袋裝著軍糧堆出來的塔臺，牢固程度有限，剛才被驚馬硬生生擠垮。當時掉下去的弟兄，根本沒有活下來的可能。

再加上剛才躲避不及，被驚馬活活踩死和被壓在倒塌的短牆之下，被馬蹄踩成肉醬的弟兄，瀚海唐軍總計死於馬蹄下的人數，已經遠遠超過了跟突厥狼騎面對面交鋒。

「來人，去聯絡杜長史，看看他那邊的傷亡情況如何？」此時此刻，姜簡的心情，比所有人都沉重。一邊帶領親兵去營救陳元敬等人，一邊高聲吩咐。「不必了，我在這呢！子明，不必擔心，我那邊地形更寬闊一些，接到警訊之後，立刻就給馬群讓開了道路！」杜七藝的聲音，卻緊跟著就響起，剎那間，讓他驚喜交加。

喜的是，差點給自己和身邊瀚海勇士帶來滅頂之災的馬群，居然沒給杜七藝那邊造成更大殺傷。

驚的是，是誰提前給杜七藝示警，讓他能搶在馬群到來之前做出正確選擇？

「也是多虧了你的決斷。你放出來讓我收容的那些葛邏祿人，還算有良心。見到我之後，立刻告訴我山谷裡火勢已經失控。」彷彿猜到他心中的疑問，杜七藝一邊邁步向他靠近，一邊高聲解釋，「另外，你讓巴勒通知我，小心突厥狼騎情急拚命，專門放一條逃命的通道給他們，我也剛好照著做了。再加上留在碉斗上的弟兄，提前看到了馬群衝出山谷，我那邊才搶先一步，給驚馬讓開了去路！」

話音落下，瓦斯、禿鑾以及周圍的其他瀚海勇士們，看向姜簡的目光裡，崇拜立刻又濃了幾分。至於剛才大夥被驚馬衝得狼狽不堪，說實話，誰都知道怪不得姜簡。畢竟，姜簡也不可能未卜先知，算出火勢會這麼快就失去控制。此外，此戰瀚海唐軍的損失雖然大，作為對手的突厥狼騎，卻幾乎全軍覆沒，並且突厥人存放在山谷裡的全部糧草輜重，也被燒了個精光。無論按照雙方戰損比例來判斷，或是按照既定目標是否實現來判斷，勝利都貨真價實。

「巴勒已經帶人去追蹤驚馬去了，他判斷，馬群跑累了，就會停下來吃草。」唯恐己方士氣受打擊太重，想了想，杜七藝繼續高聲向姜簡彙報，「我估計，他至少能抓回四千匹戰馬來，全都是可以騎著上陣的良駒。其中一部分，還鞍轡俱全！」

「你說什麼，驚馬帶著馬鞍。你看到驚馬帶著馬鞍了？多少匹？」姜簡的眼睛忽然一亮，一把拉住了杜七藝的胳膊，連聲詢問。

「馬群過後，地上落下了十幾隻馬鞍。當時具體多少匹戰馬背著鞍子，我沒看清楚，應該不多！」杜七藝不明白他為何有此一問，皺著眉頭回應。隨即，將手握成拳頭，猛地砸向自己的大腿，「糟了，有人藏在馬群裡頭！」

「狡猾的突厥狗！」

「怪不得找不到他們，該死，我剛才居然沒想到！」

「太狠了，竟然敢藏在驚馬群中，他就不怕掉下來被活活踩死！」

「夠狠，為了自己逃命，驅趕驚馬連自己人一起踩！」

瓦斯、禿鬙等瀚海勇士，都對如何擺弄戰馬非常熟悉，也被氣得破口大罵。戰馬在平時休息的時候，肯定會解掉馬鞍、肚帶、馬鐙這些累贅。所以，受驚戰馬的背上，就不該出現馬鞍。而馬群所過之處，遺落了十多具馬鞍，則意味著，剛才有人騎著馬，採用鐙裡藏身的姿勢，混在受驚的馬群之中，一起衝出了山谷！

「瓦斯，趕緊帶人騎馬去追，小心巴勒吃虧！」姜簡沒有跟大夥一起大罵，搖了搖頭，高聲吩咐。

「是！」瓦斯氣得兩眼冒火，答應一聲，不顧身體的疲憊，以最快速度衝向山谷之外。「弟兄們！還能騎馬的，全都跟我走！」

「是！」眾瀚海勇士扯開嗓子答應，邁開大步，緊隨瓦斯身後。

衝著大夥的背影笑了笑，姜簡再度搖頭。

他相信，混在驚馬群中逃出山谷的狼騎，數量不會太多，也不會有讓瓦斯等人陰溝翻船的可能。

他也相信，瓦斯特勤能夠追回大多數驚馬。

然而，他卻同樣相信，瓦斯特勤今天無論如何，都抓不到史笸籮。

如果，如果史笸籮還活著的話，這會兒，早就與馬群分開，逃得無影無蹤！

他瞭解史笸籮，正如史笸籮瞭解他。

「活著就好。」忽然間，姜簡心裡居然感覺到了幾分輕鬆。

人性有時候就是這麼複雜。

兩軍交戰的時候，姜簡恨不得找到史笸籮，一箭將其射斃。而戰鬥結束之後，他卻希望史笸籮跑得越遠越好。

他跟史笸籮相交的時間不長，總計加起來都不到一個月。並且其中一大半兒時間都互相看不順眼。然而，迄今為止，史笸籮所有朋友之中，跟他配合最默契的一個，甚至遠遠超過了跟他相交多年的杜七藝。

「如果他不是車鼻可汗的兒子就好了！」在重新收攏人馬，清點戰損的時候，姜簡忍不住偷偷地想。如果那樣的話，即便史笸籮是突厥貴族，他相信自己也有很大機會，讓此人重新回到大唐旗下。

要知道，大唐乃是天底下最包容的國度，從不排斥外族為自己效力。眼下，突厥族將軍一抓一大把，其中好幾位就姓阿史那。其他各族，為大唐效力的文臣武將也比比皆是。甚至為大唐效力的波斯族將軍，姜簡都知道有好幾個。史笸籮如果想為大唐而戰，絕不會遭到任何排斥。

正因為包容，所以大唐才強大。而大唐的強大，則令整個國家更為自信。整個國家越是自信，反過來，就越是能對異族來歸者一視同仁。

然而，短短幾個彈指之後，姜簡就又偷偷地嘆氣。

他知道自己是在做白日夢，史笸籮不可能投靠大唐。自己雖然對大唐失望，卻無時無刻不以大唐為榮。史笸籮對突厥的感覺，又何嘗不是如此？

前幾天通過對史金的突擊審訊，姜簡已經得知了自己跟史笸籮分道揚鑣之後，對方所經歷的一切。包括對方如何被其二哥陟苾恩將仇報，被其大哥羯曼陀百般防範。同時，他也清楚地知道，史笸籮對車鼻可汗，是何等的忠誠！

此人是真真切切地，以阿史那家族血脈為榮。從小到大，都在努力證明自己，希望獲得其父親車鼻可汗的承認。包括上次去長安讀書，也是此人主動請纓。當發現車鼻可汗斬殺大唐使團明志，絲毫沒考慮他這個當兒子的死活之時。史笸籮鬱悶歸鬱悶，卻從未抱怨過他父親的絕情。相反，此人竟然認為，這個舉動恰恰證明了他父親不為親情所困，能夠帶領突厥別部走得更高。

當一路勞心勞力，卻在即將抵達瀚海都護府之時，被羯曼陀趕出中軍，丟在金雞嶺下看守糧倉。史笸籮惱怒歸惱怒，卻從沒耽誤羯曼陀交代給自己的任務。甚至在聽聞前營和左營相繼戰敗的消息之後，還努力在不引起羯曼陀反感的情況下，繞著彎子為羯曼陀出謀劃策，幫助後者儘快恢復士氣和軍心。

那些策略都切實可行，如果不是站在敵對一方，姜簡真的要在羯曼陀面前，替史笸籮打抱不平。拎著此人的脖領子問問，為何如此對待親弟弟。明明史笸籮的建議都是最好的選擇，為何偏偏置若罔聞？

「除非，我能讓史笸籮清楚地認識到，他父親車鼻可汗取代天可汗李世民的夢想，沒有任何實現的可能！」猛然間心中閃過一個念頭，姜簡忍不住將手握向刀柄。然而，很快，他又鬆開手指，再度苦笑著搖頭。

以瀚海都護府的實力，能擊敗羯曼陀，確保今年冬天到來之前，守住回紇王庭所在不丟，已經是極限。根本沒力量主動向突厥別部發起反攻。

而大唐朝廷，到今天為止，反應仍舊是個謎。李素立那邊繼續按兵不動，對車鼻可汗的倒行逆施視而不見。朝廷也沒有調動兵馬，出受降城平叛的跡象。甚至連自己這個檢校瀚海都護府副都護的頭銜，都是元禮臣臨時授予。至今沒得到朝廷的承認，也沒拿到朝庭的印信和相關糧草輜重支援。

姜簡不清楚朝廷到底在下一盤怎樣的大棋。卻知道朝廷反應越慢，車鼻可汗的氣焰就會越囂張。而漠北各部，越容易受到車鼻可汗的蠱惑，認為天可汗李世民真的不行了，大唐又要發生隋末那樣的內亂。進而不得不接受車鼻可汗的控制，成為其進攻中原的爪牙的幫兇。

一個突厥別部，自己這邊都沒能力對付。如果還有其他部族加入車鼻可汗旗下，自己恐怕只剩下了與婆閏一道，帶著回紇十六部向東遷徙這個選擇！

那樣的話，甭說幫助史笸籮認清他父親永遠取代不了李世民的現實，恐怕掉過頭來，史笸籮還會派遣說客，勸自己放棄仇恨，向他父親車鼻可汗效忠！倘若真的到了那一天……

姜簡不敢繼續想。只覺得胸口處彷彿灌了鉛，沉重得幾乎無法呼吸。

「子明，戰場打掃完畢，隊伍也整理停當。」杜七藝是個非常合格的長史，體諒姜簡剛剛經歷過一場惡戰，身體困乏，不勞姜簡指揮，就把收尾工作，處理得井井有條。

「咱們的損失到底怎麼樣？瓦斯和巴勒兩個都回來了嗎？」姜簡臉皮發燙，趕緊將腦子裡的各種想法丟開，履行自己的副都護職責。

「陣亡和失蹤，加起來一共兩百五十四人。有三十七名重傷號，即便能保住性命，也不可能再爬上馬背。此外，還有輕傷號總計六十一人。」杜七藝不做任何耽擱，回答得如數家珍。「瓦斯和巴勒他們都回來了。沒追到混在馬群裡逃命的史笸籮，倒是把大部分戰馬都給帶回來了，他們兩個粗略數了數，怕是有三千六七百匹！」

「他們能平安歸隊就好，至於史笸籮，將來有的是機會抓到他！」姜簡聞聽，苦笑著點頭。傷亡三百五十餘人，已經接近自己這次出征所帶將士的兩成。差一點兒，就讓自己辛苦訓練出來的精銳部隊，澈底變成一支殘兵。

而接下來，在入冬之前，還不知道有多少這樣的硬仗要打？趕走了陟苾，來了羯曼陀。趕走了羯曼陀，接下來呢，是車鼻可汗的哪一員心腹愛將要來？還是車鼻可汗親自帶領大軍來襲？

「山谷裡頭當時有狼騎有一千五六百人，還有同樣數量的葛邏祿僕從。細算下來，你用三百五十餘名弟兄為代價，殺敵超過三千，古代名將也不過如此！」杜七藝甚會安慰人，見姜簡笑容苦澀，低聲說道。「更何況，你不但燒了突厥狼騎的軍糧，還繳獲了這麼多戰馬回去。那些長老為了多分一些戰馬給自己的別部，也會儘快抽調子弟，把兵馬給你補齊。」

「嗯！」姜簡輕輕點頭，胸口處，卻仍舊覺得沉甸甸的難受。儘管師父吳黑闥教導過他，慈不掌兵。

他知道，此戰有太多的欠缺。其實自己如果做的更好一些，損失應該不會這麼重。特別是在葛邏祿人衝出來投降那會兒，如果自己仔細聽聽對方所說的話，不急著消滅山谷裡的突厥狼騎，完全有時間趕在馬群抵達之前帶領弟兄們撤出山谷。

「子明，子明，咱們派去遮斷道路的斥候回來了。帶回來一個消息，我不知道是好是壞！」沒給他留太多時間去總結教訓，老江湖趙雄急匆匆地跑來，喘著粗氣向他彙報。

「什麼消息，您儘管說！」姜簡微微一愣，皺著眉頭低聲催促。

「他們抓到了一名突厥小校，對方招供說，是奉了後營主將阿史那沙缽羅的命令，去向羯曼陀示警。」趙雄抬手擦了一把額頭上的汗珠，快速補充，「但是，那個叫沙缽羅的傢伙，沒要求他向羯曼陀求援，而是讓他傳話給羯曼陀，不要管山谷裡的糧草，趁著你不在，率部直撲回紇王庭！」

該死！姜簡的手再次迅速握住了刀柄。這一刻，真恨不得將史笸籮抓住，碎屍萬段！

第一百一十三章　弟子

臉上塗滿了泥巴，頭盔上纏著一圈兒沙打旺（沙棘），瀚海都護府斥候隊正梯達古帶著四名跟他做同樣打扮的兄弟，趴在一窩乾枝梅後，安靜如草原上的石塊。

如果不是反覆刻意觀察，哪怕從身前十步處經過，也很難發現將身體用泥土埋住了半邊的他們，更何況他們還在背甲之外，覆蓋了厚厚的一層雜草。為了追求最佳隱身效果，梯達古還刻意按照唐人教頭的指點，在雜草之間插了幾支鴿子花。這種草原上常見的野花，沒有什麼香氣，在陽光下卻呈現出妖異的藍色。幾隻手指頭大小的蝴蝶不知道寒風將至，趁著天氣晴好，圍著鴿子花蹁躚起舞，給畫面平添了幾分清幽。

地面忽然微微顫抖，兩千步之外，有一團暗黃色的煙塵直衝雲霄。蝴蝶立刻受了驚嚇，拍打著翅膀一哄而散。緊跟著，一大群沙半斤兒（沙雞）悲鳴著從半空中掠過，慌慌張張地投向遠處的叢林。

還沒等悲鳴聲消失，馬蹄聲已經貼著地面傳入了人的耳朵。緊跟著，數十名身穿大唐甲冑，肩膀處卻縫了兩片黃羊皮的騎兵，赫然闖入梯達古等人的視線。

「都別動，他們肯定看不見咱們！」梯達古緊張地用手指抓住地面上的乾草，用極低的聲音提醒自家袍澤。

「是！」答應聲細不可聞，四名瀚海斥候心臟跳得宛若擂鼓，卻努力控制住各自的身體，強行壓下爬起來逃走的渴望。

這是幾位中原來的教頭，手把手傳授給大夥的本領。隱藏在敵軍可能經過的道路上，伏擊敵軍的斥候，或者近距離觀察從眼前通過的大隊敵軍，確定其規模和動向，及時彙報給自家主帥。

教頭們脾氣不好，動不動就拳打腳踢，甚至好幾次，還因為梯達古藏得不夠隱蔽，用鞭子抽了他的屁股。但是，教頭們所傳授的東西，卻貨真價實。

數日之前，當時還是夥長的梯達古和他麾下的弟兄，就憑著總教頭胡子曰傳授的本事，摸到了突厥前營所駐紮的白馬湖畔，將一小隊突厥同行，悄無聲息地斬殺殆盡。那次行動，非但為他贏得了二十頭羊、五匹駿馬的賞賜和官升一級的榮耀。還讓他的名字，在回紇十六部廣為傳播。

如今，光是主動托人說媒，明確表示願意把女兒嫁給他的同部落長輩，就有六位之多。而他每次去回紇王庭的集市上買東西，賣貨的少女都會故意哼起歡快的調子，大眼睛看著他忽閃忽閃。

梯達古知道自己的長相遠稱不上英俊，也知道自己的家底兒在回紇只能算普通，更知道自己的血脈跟那些長老、吐屯的子侄沒法比。

自己之所以能得到少女們及其家中長輩的青睞，完全是靠自己從教頭那裡學到的本事所賜。而如果自己想讓這份青睞保持長久，就必須將本領練得更扎實。胡總教頭說過，「師父領進門，好壞在個人」。梯達古相信這句話無比正確，也願意按照教頭們的要求去努力。

胡總教頭還說過，「笨鳥先飛！」梯達古也深以為然。自己也許不夠聰明，可自己有的是力氣，且不在乎吃苦受累。自己早晚會變得像總教頭一樣強大，一樣睿智，一樣無論走到哪裡，都會受到所有人的尊敬。不是因為他的血脈有多高貴，而是因為他的本領和功績！

胡總教頭說敵軍派遣斥候頭前探路，是為了防止遭到重兵埋伏。而探路的斥候，關注對象主要放在樹林中、山脊後，或者其他可能隱藏大隊兵馬的所在，輕易不會關注地面。所以，梯達古把自己前胸埋入了土坑，在自己的後背披上了雜草做偽裝。

胡總教頭說，敵軍的探路斥候與其大隊人馬之間，通常會保持四到五里的距離，所以，梯達古強壓下心中的緊張，耐心地等待探路者從自己眼前通過。胡總教頭說，經探路斥候確認為安全的路段，通常敵軍大隊就不會再查第二次。所以，梯達古相信，自己能掌握敵軍的最確切情報，然後帶領麾下的弟兄們全身而退。

在梯達古眼裡，胡總教頭老練，睿智，且心中裝滿了來自中原的智慧。哪怕再複雜的事情，胡總教頭都可以用簡簡單單幾句話，解釋得一清二楚。他堅信，只要自己照著胡總教頭平時手把手傳授的那些去做，今天就絕對不會平白丟了性命。而接下來發生的事實，也證明了他學會的東西非常有用，他堅信的東西，更是一點兒都沒有錯。

二十幾名突厥探路斥候，從距離他鼻子尖兒不到四十步遠的位置，策馬疾馳而過。卻誰都沒興趣，對他藏身的位置，多看一眼。短短十幾個彈指之後，探路的突厥斥候已經跑出了三百步之外，而暗黃色的煙塵，距離大夥還有一千七八百步之遙。梯達古的身體迅速弓了起來，手腳並用，像馬蛇（蜥蜴）一樣貼著地面快速向後爬去。

「退後，退到二百步外那幾簇乾枝梅之後。」一邊倒著向後爬，他一邊用極低的聲音吩咐，「留出足夠的寬度，免得被突厥大隊人馬踩上。身體伏低，不用慌，探路的突厥狗已經過去了，沒人會注意咱們！」

「是！」他麾下的四名弟兄小聲答應著，與他一道爬向目的地。身體緊貼著地面，努力讓自己與草地融為一色。

「突厥人行軍，通常會六馬並排。彼此間隔十步。」胡總教頭傳授本事之時，曾經認真地強調過。梯達古牢牢地記住了每一個字。

六匹馬，彼此間隔十步，隊伍的寬度就是五十步。如果突厥大隊沿著剛才那幾個探路斥候留下的馬蹄印走，哪怕有所偏差，也不會踩到二百步之外那幾簇乾枝梅。

屆時，趴在二百步外那幾簇乾枝梅後的他們，就可以從容地觀察敵軍。然後抄近路，將觀察到的結果送回瀚海都護府行轅。雖然眼下姜副都護出征在外，但是胡總教頭和其餘四位教頭卻在。婆閏可汗有他們輔佐，定能帶領大夥兒，確保回紇王庭萬無一失！

第一百一十四章　軍情如火

得益於嚴格的訓練，幾個瀚海斥候向後移動之時，動作起伏極小，沒引起敵軍的任何警覺。不多時，就相繼平安抵達了新的藏身地。那是另外幾簇乾枝梅的背後，地形與先前那個藏身處同樣平坦。晚秋的陽光已經沒有多高溫度，卻將地面上的雜草曬得暖烘烘的，宛若鋪著羔羊皮的火炕。

梯達古剛一趴好，有股柔和熱氣就透過鎧甲，熨上了他的肚皮。剎那間，讓他舒服得恨不能將整個身體攤平了貼在地上，盡情享受這舒筋活血的滋味。然而，他卻清醒地記得，此刻自己究竟身在何處。鼻孔裡發出了一聲極低的悶哼，迅速集中起精神，仔細而又認真地觀察那團越來越近的黃色煙塵。

隨著距離不斷拉近，黃色煙塵也變得越來越大，越來越濃。如同平地裡忽然用來一團黃色的雲。而黃雲之內的人影，卻變得越來越清晰，服飾、兵器和頭盔上的反光，都歷歷在目。果然像總教頭說得那樣，突厥狼騎行軍之時，採用六馬並排的隊形。不過，每二十排過後，就會存在一個明顯的間隔。如同竹子的節。而隊伍的兩翼，則有傳令兵不停地來回奔走。遠遠地看上去，整個隊伍就像一隻巨大的蜈蚣。

「我明白了，每二十排狼騎，應該就是一個旅，突厥那邊改了名稱，叫做大箭。」趴在梯達古身側一名瀚海斥候，忽然用極低的聲音嘀咕，「這樣打起來，他們一個大箭，對咱們這邊一個旅，人數上就占了上風。」

「好多人啊，怕是有上萬！」

「前面是突厥狼騎，後面跟的，應該是葛邏祿奴隸！」

「看樣子是被姜副都護給打急了，丟下老巢不要，一股腦趕過來拚命了！」另外三名瀚海斥候也小聲嘀咕，話裡話外，對敵軍卻沒有多少畏懼。

威名是打出來的，信心同樣也是。

突厥前營和左營，相繼被姜簡帶著千把瀚海勇士打得落花流水，讓所有瀚海勇士，無法參戰的還是沒參戰的，都不再像以前那樣，聞聽「狼騎」兩個字心裡都發怵。代之的，則是躍躍欲試。

「別吭聲，折草根。大夥一起折，每過去一個旅的突厥狗，就折一根草根放在左手心裡，用手指頭攥住。如果看到的是葛邏祿人，就用草葉子替代。」作為斥候旅帥，梯達古表現得遠比同伴們沉穩，掃了四人一眼，用同樣低的聲音吩咐，「等敵軍全都過去之後，大夥再一起對帳。」

「嗯！」四個瀚海斥候互相看了看，乾脆地點頭。

因為部落裡既沒有官辦的學堂，也沒有私塾。他們都沒機會識字，算數也同樣是稀裡糊塗。大部分人勉強能從一數到一百，再往上數，就很容易會亂了次序或者跳位。

不過，大夥身上的這點兒小缺陷，根本難不住總教頭胡子曰。後者根據中原的算籌，很快就於訓練中推行了一個簡單有效的數數方法，用石頭子兒記帳。

取一個大夥都能記得清，數得過來的數字。每達到一次，就收集一枚石頭子兒。最後匯總好石頭子兒的數量，再交給擅長算數的人，將最初數字與石頭子數量相乘，就是真正的結果。

倉促之間，眾人沒地方去找石頭子兒。所以梯達古活學活用，拿草根和草葉來替換石頭子兒，眾人當然一點就透。

「一、二、三、四……」眾人屏住呼吸，在心中默默統計從自己面前走過的狼騎隊伍數，然後又用草根兒輔助記錄。

狼騎一排接著一排，一旅接著一旅，沒完沒了。馬蹄帶起的黃色煙塵，被北風吹動，送到梯達古等人的頭頂，空氣中立刻帶上了濃烈的土腥氣和馬糞味道，眾人的眼睛，也被空氣裡的塵土，刺激得又癢又疼，眼淚順著眼角淌個不停。

然而，眾人卻誰都不願閉上眼睛，繼續死死盯著從身前一百多步外通過的敵軍，同時在左手掌心中不停地積攢草根。

突厥狼騎一旅接著一旅從眾人眼前通過，彷彿無窮無盡。就連眾人當中最擅長計數的梯達古，都開始感覺頭暈腦脹，眾人仍舊看不到敵軍隊伍的末尾在何處。

抬起右手偷偷地揉了幾下眼睛，眾人強打起精神，繼續向各自的左掌心處積攢草根兒。直到每個人的左掌心中，積攢的草根兒都足夠蓋起一隻鳥窩。突厥狼騎的隊伍才終於通過完畢，緊跟著，又是浩浩蕩蕩的葛邏祿僕從，隊伍蔓延出五里之外。

「繼續數，千萬記得換草葉子！」梯達古的眼睛，已經被煙塵刺激得開始充血，卻不敢掉以輕心，而是啞著嗓子，低聲提醒。

「是！」四名瀚海斥候瞪著通紅的眼睛答應，隨即，繼續朝各自的左掌心底裡塞草葉子，不多時，草葉子的數量，就達到了草根的一半兒。

馬蹄聲不像先前那麼強烈，煙塵中，不再有新的人影出現。梯達古終於鬆了一口氣，強忍著嘔吐的感覺，沉聲吩咐：「別著急，多等一會兒，以防敵軍藏著後手！」

這麼大規模的行動，敵軍不可能不留一部分人馬綴在整個隊伍之後，以防有自己人不小心掉隊，或者遭到對手的盯梢。這個時候急著離開，渾身上下已經被塵土染成暗黃色的大夥兒，很容易暴露行藏。

「嗯！」四名瀚海斥候瞪著通紅的眼睛答應，隨即，各自將頭埋進了草叢之中。雖然大夥身邊的野草，早就被空中飄過來的煙塵，給染成了暗黃色。然而，草叢中的空氣，仍舊比其他位置的空氣乾淨許多，大夥將面孔埋進去，好歹也能調整一下呼吸。

「該死的突厥狗，至少有六十個旅，後面還跟著好幾千的葛邏祿奴隸。」梯達古本人，也將頭埋進了草叢中。卻沒有像麾下的四名斥候那樣，急著換氣兒，而是在心中快速估算敵軍的大致規模。

「都是一人雙馬，葛邏祿奴隸那邊，戰馬更多。」

回紇十六部，前後給瀚海都護府湊了一萬多戰兵。兩場戰鬥減員了一部分，副都護姜簡前幾天帶走了兩千，眼下留在婆閏可汗身邊的戰兵，大概還有七千出頭，與來襲狼騎的數量相當。

不過，如果把葛邏祿奴隸也算上，都護府這邊的兵力規模，就完全處於劣勢了。雖然眼下瀚海都護府那邊，也有兩千多葛邏祿人宣誓投效。但是，大夥兒在戰鬥時卻不能指望他們發揮作用，甚至還需要派人盯著他們，以防他們見情況不妙，又倒向了突厥狼騎，在大夥兒背後捅刀。

「那些葛邏祿人，好像沒穿鎧甲，不對，他們身上連皮甲都沒有，只有葛布短衣。」閉上眼睛，努力回憶自己剛剛觀察到的情況，梯達古快速總結，「突厥狼騎顯然已經不再相信他們，所以不給他們穿甲。不對，他們也沒兵器，好像一件兵器都沒有。身邊還有不少狼騎在看押他們，防止他們半路逃跑……」

剎那間，梯達古緊閉著的雙眼裡，彷彿出現了一道亮光。照得他心頭也是一片雪亮。他知道，自己今天獲得的最重要情報是什麼了。他必須將這個情報送回去，為此，哪怕付出任何代價！想到所獲得的情報之重要性，等待的時間就似乎不那麼難熬了。將臉埋在草叢中，用鼻孔靜靜地分辨空氣的味道，用耳朵分辨馬蹄聲的遠近，以及周圍的所有雜音，片刻之後，大唐瀚海都護府旅帥梯達古確定，周圍五百步之內，已經沒有了任何敵軍。

悄悄抬起頭，如出洞的野兔般，小心翼翼地四下張望，待發現頭頂上的煙塵已經淡得幾乎看不見，不遠處的草叢裡也重新出現了鳥鳴，他用左手抓住先前積攢的草根兒和草葉子，用右手支撐著地面，長身而起。

「都站起來，核對草根和草葉子的數量。每一根代表一百二十名敵軍，別記錯。」吩咐聲緊跟著從他嘴裡發出，又沙又啞，說話之時，頭髮和眉毛等處，還不停地有泥土落下。然而，四名斥候卻絲毫不覺得他的模樣可笑，答應著快速站起，將各自捧在左手心處的草根和草葉子，快速統計核對。

三名斥候各自積攢了六十二根草根，三十三片草葉。梯達古和另外一名斥候，則各自積攢了六十四根草根和三十二片草葉。相互之間差別不大，基本可以確定狼騎人數為七千五百上下，而隨同突厥狼騎一道殺向瀚海都護府的葛邏祿奴隸數量，則在三千八百到四千之間。

「記住七千五百和三千八百這個兩個數字，然後把草根和草葉，用布子包了，揣進各自胸口處！」反覆算了三遍，將累加出來的數字低聲重申了兩次，梯達古一邊給弟兄們做示範，一邊認真地吩咐，說話的語氣中，不知不覺帶上來幾分決然。

「嗯！」他麾下的四名斥候答應得乾脆俐落，看向他的目光，卻露出了幾分困惑。

「等會兒找到戰馬之後，立刻抄沼澤地那邊的近路返回汗庭，向婆閏可汗和教頭們彙報。如果途中遇到攔截，我和答印斷後，麥素、烏塗、庫魯先走。如果還走不脫，誰年紀大，誰負責斷後。」

梯達古不在乎口彩，繼續低聲安排，「哪怕咱們五個人死掉四個，都必須把今天看到的情況和草根草葉子，送到婆閏可汗手中。」

「明白！」四名斥候精神一凜，鄭重行禮。

梯達古不再多囉嗦，向四名弟兄點了一下頭，收好裝草根和草葉子的布包，轉身直奔三里外的一處顏色發深的草地。

那片草地，從遠處看，除了顏色之外，與周圍的其他草地沒任何兩樣。然而，走到近處，地形卻迅速變陡，隨即，一路急轉直下。最後，竟然出現了一道兩丈寬，看不出究竟有多長的深溝。

這是草原上的季節河所致。當河水改道，或者枯竭，原來的河道就會變成乾溝，然後迅速被雜草和灌木給遮蓋。用來隱藏大隊兵馬，肯定不夠用。但是，將十幾匹坐騎藏在乾溝裡邊，卻不用擔心被路過者輕易發現。

拔出橫刀抽打雜草，以免被毒蛇偷襲，梯達古帶著其麾下的瀚海四名斥候，很快就找到了各自的坐騎和備用戰馬。翻身跳上馬鞍，五個人同時用雙腳輕輕磕打馬鐙，聰明的坐騎立刻邁動四蹄加速，又過了十七八個彈指之後，整個隊伍，就衝出了廢棄的季節河道，再度調頭向南疾馳而去。

他們所在的位置，距離瀚海都護府只有一百二十餘里。五個人對周圍的地形和地貌，都了熟於胸。故意選擇與敵軍大隊不同的方向，他們策馬狂奔，在二十里外幾座低矮的丘陵之間轉向，又蹚過一條已經到了枯水期的小河，沿著河南岸掉頭向東。

這條路，比突厥狼騎所走的那一條，距離瀚海都護府更近。然而，路上卻有不止一片丘陵，一條溪流，還要經過一大片沼澤地。不熟悉道路的人，很容易就在那些看不出太大區別的丘陵之間繞暈了頭，甚至被忽然變深的溪流，或者沼澤地中的爛泥坑，奪走性命。

而對於梯達古和他的同伴們，則不存在迷路或者丟掉性命的風險。在回紇各部沒受到威脅之前，他們不止一次來丘陵附近放牧，來沼澤和溪流附近打獵。對這裡和自己家一樣熟悉，即便閉上眼睛都不會掉進那些天然的陷阱。

「下馬，咱們吃些乾糧，給馬也餵點兒精料，再讓牠喝點兒溪水。」在匯入沼澤地的一條小溪旁，梯達古老練地帶住了坐騎，低聲吩咐。「前面的沼澤地裡，我記得水有毒。牲口喝了之後就會拉得跑不動路。」他麾下的四名斥候已經跑得口吐黃沫，相繼帶住了坐騎，跳下來，扶著雙腿大口大口地喘氣。

梯達古搖搖頭，也跳下坐騎，從備用戰馬身後解下裝馬料的袋子，用雙手捧著馬料，伺候兩匹戰馬進食。

戰馬頗通人性，一邊用舌頭舔食精料，一邊發出「嗚嗚」的叫聲，彷彿在向他表示感謝。梯達古笑了笑，用肩膀輕輕蹭了兩下戰馬的脖頸，隨即用目光在溪流旁搜索，試圖找一些仍舊保持著鮮嫩的草芽，以酬謝戰馬的辛勞。

然而，當目光與溪流接觸，他的兩隻眼睛立刻瞪了個滾圓，緊跟著，丟下精料，拔刀在手，迅速四下環顧！

第一百一十五章 反殺

四下裡沒有外人，也聽不到任何可疑動靜。陽光從溪畔的榆樹梢頭照下來，亮得扎眼！

四名斥候被梯達古的動作嚇了一大跳，相繼停止了喘息，從腰間迅速拔出了橫刀。以梯達古為核心，按照平素訓練養成了習慣，在短短幾個彈指時間裡，就結成了一個小陣。彼此脊背靠著脊背，刀鋒一致向外。

然而，猜測當中的伏擊卻遲遲未至，只有秋風捲著橘紅色的樹葉從小溪上掠過，宛若繽紛落英。梯達古不敢掉以輕心，帶領麾下四名弟兄，繼續持刀嚴陣以待。足足又等了半刻鐘，才確定周圍沒有埋伏，喘息著放下了兵器。

「怎麼回事？」

「你發現什麼了？」

「嚇死我了！」

四名斥候也相繼收起兵器，圍在梯達古身邊七嘴八舌地詢問。俗話說，人嚇人嚇死人。剛才大夥兒雖然沒有跟敵軍交手，可身體也緊繃得如同弓弦。類似的舉動再來兩回，根本不用敵人再拿刀來砍，自己就得活活累死。

「有馬糞，新鮮馬糞！」梯達古皺著眉頭回應了一句，快速走到溪水旁，彎下腰，從緊鄰溪流的位置，抓起一只嬰兒拳頭大小，褐綠的糞團兒，用手指輕輕揉撚。

四名斥候的目光立刻被吸引了過去，顧不得髒，也各自撿了一團馬糞，舉到眼睛前仔細觀察，很快就得出了確切結論。

不是其他瀚海都護府的戰馬留下的。瀚海都護府在姜簡和胡總教頭大力的推動下，極度重視斥候的作用。給每個外出執行任務的斥候，以及斥候們所用的每一匹坐騎，都提供了非常高的待遇。人可以拿肉乾和奶豆腐當飯吃，戰馬精料裡有用混了雞蛋的熟黑豆。

眾人檢查的馬糞裡頭，沒有黑豆殘渣。很顯然，這匹戰馬不屬於其他瀚海斥候同僚。但是，這匹戰馬，同樣也不屬於尋常牧民，因為其糞便中，有殘存的燕麥顆粒。

這種燕麥產量比糜子還低，俗稱灑一斤收兩斤。回紇與回紇周邊的其他部落，寧可用牛羊從中原換糧食，也不會種它。

但是，突厥那邊，卻習慣將燕麥注十種了做馬料，在燕麥成熟之前，連同莖稈一起收割，曬乾之

注十、這裡的燕麥是皮燕麥，只適合高寒乾燥地區生長，主要產地是內蒙古。

後的，遠比乾草更適合戰馬果腹。

「你們仔細在周圍搜搜，看看能不能找到其他馬糞。應該是突厥人的斥候，既然他們已經走到這裡來了，肯定就不會是單人獨騎。」將馬糞丟下，蹲在溪流旁洗了洗手，梯達古沉聲吩咐。

四名斥候輕輕點頭，隨即，兩人一組，向四周圍展開搜索。不多時，就又找到七八堆同樣包含著燕麥顆粒的馬糞。同時，也在溪畔找到了大量的馬蹄印兒。

「有一隊突厥斥候在此地飲過馬，然後，奔著沼澤地去了。」不愧是胡子曰親手調教出來的斥候精銳，梯達古仔細觀察了所有馬糞和馬蹄印，迅速得出結論，「人數大概是兩夥，戰馬五十匹以上。要麼是企圖從沼澤地橫穿過去，溜到都護府那邊殺人放火，製造混亂。要麼，就是為了藏在沼澤裡，伏擊咱們的人！」

無論突厥人的打算是哪一種，對大夥兒來說，都不是好消息。當即，四名斥候再度拔刀出鞘，鄭重表態，「奶奶的，欺負上門了。旅帥，該怎麼辦，你儘管下令，我們幾個絕對不會做孬種！」

「對，梯達古，你想怎麼辦，儘管下令！」

「對，怎麼辦，梯達古你直接做主好了。誰皺一下眉頭，就是野地裡撿回來的！」

「好，既然弟兄們都這麼說了，我就不客氣了！」梯達古要的就是這個態度，立刻笑著點頭，「咱們必須趕在突厥人的大隊人馬殺到家門口之前，把消息送到可汗手裡。繞路，肯定來不及。繼續走這條路，就難免要跟突厥斥候遇上。好處是咱們比他們熟悉地形。壞處則是，咱們這邊只有五個人，他們那邊人數肯定在二十以上！」
「管他多少人呢，幹就是了！」
「既然不能繞路，就殺出一條血路來！」
四名斥候撇了撇嘴，繼續喘息著表態。誰都沒把敵我雙方懸殊的人數比例當一回事兒！
前一段時間手把手指點大夥本事的教頭們，曾經堵過突厥頡利可汗被窩兒。他們這些做弟子的，師父的本事學到多少不好說，那份傲氣，卻學了個十足十。
如果他們今天因為敵軍人多，就選擇繞路，耽誤了向婆閏彙報軍情，即便婆閏過後不予追究，他們下半輩子，也沒臉在曾經一起接受訓練的同伴們面前抬頭。
「好，那我今天就帶著你們，殺出一條血路來。」見士氣可用，梯達古用力揮刀，隨即，開始做具體戰術佈置，「等會兒我跟答印兩個穿上鎧甲，走在最前頭，吸引敵軍的注意力。其他人跟我們相隔一里遠……」
四名斥候認真地點頭，隨即，再度去給戰馬餵料餵水。待戰馬吃飽喝足，又拿出肉乾、奶豆腐和水袋，努力填飽自己的肚子。
半個時辰之後，眾人的體力也恢復得差不多了。整頓了一下鎧甲和兵器，重新跳上馬背，按照先前的調整分成前後兩波，沿記憶中的道路，快速進入沼澤地。
因為地勢相對低窪，水源充沛，沼澤地中灌木叢生，蘆葦也長得極為茁壯。梯達古等人騎著馬走進去，人和坐騎立刻被蘆葦吞掉一大半兒，只能在蘆葦頂部勉強露出一個腦袋，以辨認前方的道路。

而所謂道路，完全是牧羊人在枯水季節用腳探索出來的小徑，寬度不超過一匹馬，且崎嶇蜿蜒，時斷時續。若不是往年夏天時，為了抄近路，曾經多次在這片沼澤地裡橫穿而過，梯達古真的沒有把握和勇氣能活著從沼澤地裡走出來。

連他這樣的當地人，橫穿沼澤時，都需要提心吊膽，避免一腳踩進沼澤地當中那些不知道存在了多少年的爛泥坑，落個屍骨無存的下場。他很奇怪，到底是誰給了突厥斥候勇氣，進入這片處處都是天然陷阱的死地？

不過，很快，他自己就找到了答案。前方三百步外一塊可以供人和牲口休息的小沙洲上，有一個熟悉的身影，出現在了他的視線之內。

「是庫奇，烏紇的親兵隊正庫奇。」瀚海都護府斥候夥長答印，也迅速認出了那個身影用極低的聲音在梯達古耳畔叫嚷，「狗日的，他居然去給突厥狗帶路。我前一段時間，還以為他死了。沒想到，他居然逃到了突厥狗那邊！」

「不用故意壓低聲音，他應該已經看到了咱們，所以故意等在那裡。」梯達古看了答印一眼，冷笑著搖頭。隨即，雙腳踩著馬鐙，努力讓自己的身體高出周圍的蘆葦更多，「庫奇隊正，好久不見了。你給突厥狗作舔狗，能吃飽嗎？」

後面兩句，他故意扯開嗓子高喊，面孔對著三百步外的同族庫奇，唯恐對方聽不清楚。

「我當是誰，原來是你這個牧奴！」庫奇的胸甲外也跟突厥人一樣，縫上了標誌身份的黃羊皮，自然就不再把自己當做回紇人。冷笑著轉過頭，高聲回應，「看樣子跟著婆閏拚死拚活，也沒撈到什麼好處嗎？不如投降，羯曼陀設那邊，肯定會讓你……」

「放屁，老子是有祖宗的人，不像你，是爺娘從草根縫裡頭撿回來的。所以才有人養沒人教，長大了四處亂認阿爺！」梯達古根本不給庫奇勸降自己的機會，豎起了眼睛破口大罵。

嘴上罵得很，他手和腳的動作也不慢。悄悄催促坐騎向對方靠近，同時快速準備羽箭和角弓。

「你沒亂認阿爺？怎麼你身上穿的是大唐甲冑？回紇汗庭，怎麼又成了大唐瀚海都護府？」雙方距離有點兒遠，庫奇想要拿下他又擔心追他不上，強忍怒氣反唇相譏。

這些反問，聽起來好像非常犀利，卻都是老生常談。梯達古心中早有答案，撇了撇嘴，迅速做出了回應，「沒錯，我身上穿的是大唐甲冑，但是，大唐卻沒讓咱們回紇出兵替他打仗。而是突厥頭打到了家門口，我才不得不披甲而戰。至於汗庭又稱瀚海都護府，是老可汗的決定，並且咱們回紇並沒在此事上吃任何虧。大唐給咱們鎧甲，給咱兵器，教了咱們本事，遇到災年，還運來糧食幫咱們度過難關。二十多年來，大唐從沒拿過咱們回紇一根羊尾巴！而突厥人呢，給過咱們回紇什麼好處？除了賞給你自己兩根肉骨頭之外，又幫過咱們回紇十八部什麼？」

「突厥是要與回紇聯手，平分漠南漠北。這又怎麼不是好處？」庫奇明明知道自己的理由站不住腳，卻咬緊牙關死強。同時用眼神示意埋伏在附近的突厥斥候，儘快向梯達古靠攏。

「聯手，怎聯手？先毒殺了咱們的可汗，再替咱們回紇立篡位者烏紇為可汗，讓他帶著咱們，替突厥人攻打中原的城池嗎？」梯達古大聲冷笑，同時繼續用雙腿暗示坐騎加快速度，「可拉倒吧，想得美。車鼻可汗真有本事，就先跟大唐分出高下再說！別自己沒膽子，卻指使咱們回紇人替他去擋大唐的刀鋒！」

「你胡說，烏紇沒有毒殺吐迷度，也不是篡位。可汗之位原本就該傳給他！」庫奇立刻被戳到了真正的痛處，額頭上青筋根根亂蹦。

「對，烏紇沒有下毒，是賀魯長老污蔑他。他也沒有篡位，是吐迷度可汗臨終之前，主動立下遺囑，讓他繼承了可汗之位。他也沒有想殺掉婆閏可汗，是可汗自己多疑，才逃出了汗庭。他還沒打算娶車鼻可汗的女兒，是車鼻可汗一廂情願想要倒貼。」梯達古也不跟他爭，只管順著他的意思，將吐迷度去世前後所發生的事情，逐一列舉，「突厥飛鷹騎也沒過來幫烏紇撐腰，只是不小心走迷了路。而你，也不是奉烏紇之命去找車鼻可汗搬兵，只是吃飽了想要去金微山下溜達一圈兒。」

草原上道義的標準，雖然與中原不盡相同。但是，最基本的是非觀，差別卻不太大。烏紇在吐迷度可汗去世前後所做的那些事情，無論用哪種是非觀來衡量，都不光彩。至於勾結外敵來攻打自己的母族，更是怎麼洗都洗不乾淨。當即，庫奇就理屈詞窮，臉色也迅速由紅轉黑，用手指著梯達古的鼻子厲聲威脅，「奶奶的，別給你好臉色不要！老子是看你臉熟，才給你一個活命的機會。你若是再滿嘴噴糞，老子就讓人將你剁碎了餵泥鰍！」

「讓誰啊，你一個做狗的，能指揮得動主人嗎？」梯達古根本不在乎對方的威脅，一邊繼續破口大罵，一邊向對方靠近，「做狗就得有做狗的覺悟，繩子拉在主人手裡，主人要你咬誰就咬誰。千萬別亂齜牙……」

「我殺了你！」庫奇忍無可忍，從馬背後抄起早就準備好的弓箭，對準梯達古迎頭便射。

雙方之間至少還隔著兩百步，羽箭飛到梯達古面前之時，早就沒了力道。後者只是輕輕一歪頭，就讓開了羽箭，緊跟著策馬驟然加速。

戰馬踩著泥濘的小徑，衝倒一層層蘆葦，轉眼間就衝出了一百餘步。馬背上，梯達古張開猿臂，挽弓而射，「嗖嗖嗖！」，三箭連珠，直奔庫奇的胸口。後者慌忙閃避，將身體歪向戰馬的左側，鐙裡藏身。緊跟在梯達古身後的答印等得就是這個機會，一箭射過去，正中庫奇胯下那匹戰馬的脖頸。

「唏吁吁……」戰馬悲鳴著栽倒，將庫奇直接壓在了身下。攻擊得手的梯達古和答印兩個，卻對結果看都不看，雙雙撥轉馬頭，冒著被泥漿陷住的風險，在沙洲前兜了半個圈子，沿著來時的路迅速遠遁。

「嗖嗖嗖……」埋伏在沙洲附近的突厥斥候們根本不管庫奇的死活，追著梯達古和答印兩人的背影拚命放箭。

雙方之間的距離迅速拉開，倉促射出的羽箭要準頭沒準頭，要射程沒射程，距離二人的身體老遠，就落進了蘆葦叢中，徒勞地射起幾串乾枯的葦葉。

「突厥狗，過來吃屁！」梯達古和答印兩個，腳踩著馬鐙，在馬背上左右扭動屁股。隨即，轉身挽弓激射。

距離太遠，二人所射出的羽箭，也一樣沒碰到突厥斥候的半根寒毛。然而，二人的動作，卻令先前與庫奇配合著準備拿下二人的突厥斥候們，怒不可遏。

「別跑，有種站住！」

「回紇狗，有種停下來受死！」

剎那間，眾突厥斥候大呼小叫地策馬緊追不捨，根本不管自己的話，對手能否聽得懂。

梯達古和答印兩個，則以污言穢語和各種羞辱的動作相回應，也不管追兵懂不懂回紇語。

雙方一追一逃，短短十幾個呼吸功夫，就跑出了四五百步。眼看著彼此之間的距離越拉越遠，忽然間，梯達古胯下的戰馬身體一歪，卻是不小心踩進了沼澤地裡隱藏的泥坑。

「嗚嗚……」戰馬一邊打著響鼻，一邊奮力掙扎，然而，速度卻越來越慢，越來越慢。四條長腿也陷得越來越深，越來越深。

答印不肯獨自逃生，立刻撥馬轉回，伸手拉住梯達古的手臂。後者甩掉馬鐙，借他的拉扯之力脫離泥坑，與他同乘一匹馬繼續逃命，速度頓時比先前降低了一大半兒。

「回紇崽子，這回看你們往哪裡跑？」追過來的六名突厥斥候喜出望外，一邊大笑著叫罵，一邊將戰馬的速度壓榨到了極限。

七八個彈指功夫，他們已經從陷在泥坑裡的戰馬身邊衝過，將自己與目標之間的距離，也縮短到了一百步之內。

梯達古和答印兩個知道早晚會被對手追上，咬著牙跳下坐騎，轉身，拔刀，肩並肩擺出迎戰的姿態。六名突厥斥候笑得愈發瘋狂，也捨棄了弓箭，拔刀在手，準備利用戰馬的速度，衝過去將二人大卸八塊。

「嗖……」一支羽箭忽然從路邊的蘆葦叢中射出，正中衝得最快那名突厥斥候的眼眶。緊跟著，又是兩支，速度快得宛若流星。

「啊……」眼眶中箭的突厥斥候慘叫著落馬，身體在沼澤地裡痛苦的翻滾。「唏吁吁，吁吁……」兩匹突厥戰馬先後中箭，悲鳴著竄進道路另外一側的蘆葦叢。其背上的主人立刻顧不上再揮刀，騰出雙手去抱戰馬的脖頸，剎那間，手背、脖頸、面孔等處，被蘆葦劃得鮮血淋漓。

另外三名突厥斥候知道中計，卻不知道附近究竟藏著多少伏兵，慌慌張張地撥轉馬頭，試圖逃出伏擊圈。等待多時的麥素、烏塗和庫魯三個，哪裡肯讓他們如願，以最快速度射出了第二，第三輪羽箭，將他們胯下的戰馬射倒於地。

還沒等落馬的突厥斥候們掙扎著起身，梯達古和答印二人已經大吼著殺了回來，手起刀落，將兩名突厥斥候砍翻在泥漿之中。

剩下的三名突厥斥候連滾帶爬地鑽進蘆葦叢，以求活命。靴子上卻很快就沾滿了泥巴，變得沉重無比。而在三人所過之處，蘆葦卻被擠得東倒西歪，將三人的逃命軌跡，展示得一清二楚。

梯達古和答印等人以前曾經多次穿梭沼澤地，對付泥漿的經驗，超過突厥斥候的十倍。踩著倒伏的蘆葦追過去，從背後將三名突厥斥候挨個砍倒於地。「補刀，然後跟我去沙洲那邊抓內奸。」梯達古累得氣喘如牛，卻不敢停下來休息，紅著眼睛高聲吩咐。

比起遠道而來，人生地不熟的突厥斥候，帶路的內奸對回紇汗庭的威脅顯然更大。因此，無論如何，他都必須趕在此人給汗庭造成更多的破壞之前，將其一刀了帳。

「那邊，那邊！我剛才看到他們奔那邊去了。那邊的泥坑裡，還陷著一匹戰馬！」還沒等他麾下的四名弟兄做出回應，一個急切的聲音已經貼著蘆葦尖兒傳入了眾人的耳朵。扭頭看去，卻是回紇人庫奇不顧身上的傷痛，帶著另外十四名突厥斥候策馬追了過來。

「該死！補刀，走！」梯達古氣得臉色鐵青，帶領麾下的四名斥候，快速向被砍倒的突厥人身上要害部位補刀。隨即，從蘆葦叢中拉出事先隱藏好的所有戰馬，跳上去，再度落荒而逃。

這一次，卻不是什麼誘敵之計。雖然說他和他麾下的弟兄們，都不畏懼與突厥人正面交戰。然而，他卻不會明知道敵我雙方兵力相差了三倍，還帶著弟兄們跟趕過來的突厥斥候硬碰硬。

那不是勇敢，而是愚蠢。他們的教頭，如果遇到同樣的情況，也會走得毫不猶豫。

「站住，梯達古，你逃不掉。我對這裡跟你一樣熟悉。」內奸庫奇急於表現，一邊帶領突厥人策馬緊追不捨，一邊扯開嗓子高聲勸說，「投降吧，別讓你身邊的弟兄們白白送死。」

這回，梯達古卻沒有跟他鬥嘴。默默地從馬背上取下弓箭，轉身就射。內奸庫奇也吃一次虧，學一次乖，提前舉起了皮盾。羽箭被皮盾成功擋住，未能傷到他分毫。

「找死！」眾突厥斥候大怒，紛紛張弓而射。羽箭呼嘯，直奔梯達古等人後背。沿途中被風吹偏了一大半兒，還有一小半兒因為準頭不足射進了蘆葦叢，最後卻仍舊有三隻羽箭命中了目標。瀚海斥候庫魯的後背上，連中兩箭，饒是鎧甲足夠厚，箭鏃也刺進了他肌肉半寸，剎那間，疼得他眼前金星亂冒。然而，他卻咬緊牙關，拒絕發出任何慘叫。同時努力控制住身體，不讓自己落下戰馬。

另一支羽箭，射中了瀚海斥候答印的肩胛骨，刺透了鎧甲，令中箭處血流如注。瀚海斥候答印，也和自家夥伴做出了同樣的選擇，緊咬牙關，一聲不吭。雙手抱住戰馬脖頸，防止落於坐騎之下。梯達古帶領另外兩名瀚海斥候轉身反擊，效果卻非常差。馬背顛簸，風向也不利，周圍還有像樹一樣高的蘆葦阻擋。羽箭勉強能射到對手身前，也失去了力氣，被突厥人用弓臂隨便一撥，就飛得不知去向。

而那夥突厥斥候，卻仗著自己人多，將羽箭如潑水般射了過來。梯達古無奈，只好放棄反擊，專心逃命。同時將身體努力伏低，增加敵軍的射擊難度。眾突厥斥候見此，氣焰愈發囂張，射出來的羽箭一波接著一波。幸虧這一段小路的兩旁，蘆葦長得太茂盛，還不停地隨風搖擺干擾羽箭路線，才沒有給瀚海斥候那邊造成更大的殺傷。

可蘆葦這東西，卻並非人工種植，不會在沼澤各處都長得同樣茂盛。追著，追著，前方的視野忽然變得開闊，卻是小路兩旁沒有了蘆葦，代之是一種叫做酸溜溜的野草，只有戰馬的膝蓋高，再也無法為逃命的瀚海斥候們提供遮擋。

「射馬，把他們射下馬來，活捉他們！」內奸庫奇見狀，興奮地高聲疾呼。

眾突厥斥候雖然瞧不起此人，卻知道此人的建議沒錯。強忍手腕處的痠澀，再度將羽箭搭上了弓臂。

然而，還沒等他們將弓弦拉滿，前方逃命的梯達古等人卻忽然改了道。坐騎和備用戰馬一併離開了小路，踩著淺淺的泥漿急轉向右狂奔。

「嗖嗖嗖……」羽箭脫離弓弦，這一輪卻毫無建樹。眾突厥斥候追得興起，也紛紛策馬離開了小徑，一半兒人繼續尾隨放箭，另一半兒人抽刀在手，抄直線對梯達古等人展開了堵截。

完全處於劣勢的梯達古等人，表現得愈發慌張，戰馬左竄右跳，根本不走直線兒。而分為兩波的突厥斥候們，卻追得越來越近，漸呈合圍之勢。

「投降吧，你們逃不掉了！」存心給自己尋找同夥，庫奇得意洋洋地勸告，「跟著婆閏有什麼好處，他根本……」

話才喊了一半兒，卻被驚呼聲打斷。倉促轉頭，他恰看見選擇直線去截殺梯達古的那七名突厥斥候，全都驟然減速。每名突厥斥候胯下坐騎的長腿，陷進沼澤地足足有半尺深，悲鳴著努力往外拔，卻拔出前腿，又陷入了後退，轉眼間，變成了原地踱步，並且越陷越深。

「泥潭，泥潭！」內奸庫奇立刻意識到，先前梯達古等人是在故意示弱，以便將自己和眾突厥斥候一道引入陷阱，嚇得亡魂大冒，尖叫不止。

「閉嘴，不要叫。過去，過去用馬韁繩拖他們出來！」帶隊的斥候小箭蘇斯摩也意識到上當，果斷拉住了坐騎，揮手一馬鞭，將庫奇抽得滿臉是血。

尖叫聲戛然而止，與庫奇走在一路的六名突厥斥候，也紛紛放棄了對梯達古五人的追殺，隨即，在小箭蘇斯摩的帶領下，馬頭銜著馬尾，將隊伍排成一長串，緩緩向陷入泥潭的那七名同夥靠近。

雙方之間的距離只有一百三四十步，走了足足一百步，馬蹄仍舊能夠踩到硬地。蘇斯摩頓時長長地舒了一口氣，輕輕磕打馬鐙，鼓勵坐騎將腳步加大。卻不料，才走出了三五步，胯下的坐騎身體忽然一晃，兩條前腿直接陷入了爛泥中，深入一尺有餘。

他大驚失色，果斷踩著馬鞍站起身，跳向背後那名突厥斥候的坐騎。他麾下的斥候，立刻伸手將他接住，扶穩，隨即，翻身下馬，將坐騎讓給他，自己徒步後退，扯住隊伍最後那匹戰馬的尾巴。

其餘五名突厥斥候，紛紛甩出一條繩索，纏住自己面前的同夥。成功脫險的斥候小箭蘇斯摩則將手中繩索，甩向了陷入爛泥中的自家坐騎。

七個人強壓下心中的恐慌，喊著號子奮力後拉。一步，兩步，三步，竟然硬生生，將陷入泥坑中的坐騎，給拔了出來。

「救命，救命……」還沒等蘇斯摩等人來得及調整一下呼吸，五十步外，已經傳來了呼救聲。卻是陷入泥潭中的那七名突厥斥候，已經被爛泥將身體「吞噬」掉了一大半兒，只剩下了胸口以上部分和胳膊，在努力撲騰，掙扎求救。

「別亂動，都不要亂動，越動陷進去得越快。冷靜，冷靜，將身體後仰，鼻子朝上躺平！」內奸庫奇表現得比蘇斯摩還著急，頂著滿臉的血，高聲提醒。「快，快把繩子連在一起，連在一起甩過去，拉他們出來！」

剛剛救出了戰馬的突厥斥候們，嫌他噪呱，對他怒目而視。然而，小箭蘇斯摩的眼神卻是一亮，果斷做出決定，「聽他的，把繩子連在一起，不夠長的話，就去割備用坐騎的韁繩和肚帶。」

眾突厥斥候，立刻意識到營救自家同夥要緊，紛紛依照命令行事。繩子不夠，就割了備用坐騎的韁繩和肚帶來湊。好不容易，湊出了十五六丈的一條繩，再看陷入泥潭中的自家同夥們，已經各自只剩下一個腦袋，露在外邊倒氣兒。蘇斯摩大急，跳下坐騎，拉著繩子的一端，就朝泥潭裡沖。才衝出三五步，忽然又倒折而回。將繩子在庫奇腰間繞了一圈，繫成死結，然後手指陷在三十步外的自家同夥，高聲吩咐：「你，快快過去將他們拖出來。我們拉著你！」

「啊……」沒想到自己給蘇斯摩獻上了妙計，後者竟然命令自己去送死，庫奇張大嘴巴，踉蹌後退。兩把刀，迅速在背後架在了他的脖頸上。持刀的突厥斥候橫眉怒目，渾身上下殺氣四溢。庫奇嚇得激靈靈打了個冷戰，不敢再繼續後退。手拉著繩子，一步一挪走向泥潭。

雖然對沼澤不像梯達古等人那麼熟悉，但是，好歹他也聽族中長輩說過一些在沼澤中求生的經驗。因此，試探著走了十多步之後，發現兩腳越陷越深，他立刻將身體趴在了爛泥上，手腳並用爬向了陷入泥潭中的狼騎。

這一招，效果立竿見影。他的身體非但沒有繼續陷得更深，反而「浮」在了泥漿上，並且前進的速度也提高了一大截。

只用了短短七八個呼吸，他就來到第一名陷入泥潭的突厥狼騎近前。雙手探入泥漿，架住對方的腋窩向外猛扯，同時高聲向蘇斯摩等人求助，「拉繩子，幫忙拉繩子！我一個人扯不動他！」

「扯！」蘇斯摩果斷下令，帶頭抓住繩子奮力拉緊。其餘六名也紛紛跳下坐騎，與蘇斯摩合力救人。眼看著，繩子像拔河般，一寸寸向外移動，被庫奇架住腋窩的那名突厥狼騎的小半邊身體也被扯出了泥潭，忽然間，卻有急促的馬蹄聲由遠而近。

蘇斯摩等人打了個哆嗦，迅速扭頭張望。只見先前將他的同伴們騙入泥潭的五名回紇勇士，竟然策馬高速折回。每人手裡都擎著一張弓，箭鏃在弓臂前閃閃發亮。

「迎戰……」蘇斯摩大驚失色，丟掉繩索，單手從腰間拔出橫刀。其餘六名突厥斥候也紛紛拔出兵器，邁步衝向各自的戰馬。哪裡還來得及？五支羽箭呼嘯而至，剎那間，就將兩名突厥斥候射倒在血泊之中。

「繞著圈子射，不要停下！」梯達古迅速將第二支羽箭搭上弓臂，同時向身邊的自家弟兄高聲下令。四名瀚海斥候，齊聲答應。不管自己身上是否帶著傷，再度拉滿了騎弓，一邊策馬馳騁，一邊將羽箭不要錢般射向了敵軍。

射停留在地上的目標，可比射騎在馬背上的目標容易得多。轉眼間，蘇斯摩身邊就又有兩名突厥斥候中箭倒地，其餘兩名斥候則跟他一道，被壓在戰馬身體之後，無法露頭。

「庫魯、答印警戒！麥素、烏塗你們兩個跟我來！」見蘇斯摩和最後兩名突厥斥候躲在戰馬後不肯露頭，瀚海斥候旅帥梯達古將最後一支羽箭射向趴在泥漿裡的內奸，隨即棄弓，抽刀。

羽箭飛過五十步，貼著內奸庫奇的身體射入泥潭。後者嚇得淒聲大叫，鬆開已經被救出一半兒的突厥斥候，快速向旁邊滾動。

那突厥斥候情急失措，剛剛被解放出來的兩隻手，本能地抱住了庫奇的脖頸。庫奇立刻被勒得喘不過氣，伸出一隻手去扣突厥斥候的眼睛。後者側頭避開，張嘴咬住他的手指。庫奇疼得大叫，一頭頂向了對方的鼻樑。

二人在泥潭中纏鬥，迅速變成了兩隻野豬。梯達古卻暫時無暇看兩人的熱鬧，策馬掄刀，撲向蘇斯摩。兩名瀚海勇士麥素和烏塗緊隨其後。腳下泥濘，兄弟三個也顧不上組成什麼戰陣，只管憑著一腔熱血奮力廝殺。

兵刃倒映著日光，在對手頭頂和身側不斷濺起一團團火星。蘇斯摩和兩名突厥斥候雖然來不及爬上戰馬，卻憑藉身體的靈活，在戰馬肚子下鑽來鑽去，抽冷子還上一刀，也能逼得三位瀚海勇士手忙腳亂。

持弓警戒的庫魯和答印兩個急得兩眼冒火，強忍傷口的疼痛，將羽箭再度搭上弓臂。隨著「嘣嘣」兩聲脆響，羽箭脫弦而出！

「唏吁吁……」蘇斯摩和他麾下兩名爪牙所藏身的坐騎，被射得脖子上鮮血飛濺，悲鳴著栽倒。三名突厥人措手不及，慌忙躲閃，以免被戰馬的屍體砸中。梯達古趁機身體下探，手起刀落，砍飛一顆碩大的頭顱。

鮮血如噴泉般竄起五尺多高，突厥小箭蘇斯摩的無頭屍體借著慣性繼續竄出數步，隨即，倒在戰馬的屍體旁抽搐成了一團。

剩餘兩名突厥斥候亡魂大冒，尖叫著且戰且退。瀚海斥候旅帥梯達古帶領身邊兄弟策馬緊逼，以三打二，旁邊還有另外兩名兄弟持弓壓陣。最終的結果當然毫無懸念，短短七八個彈指之後，兩名突厥斥候雙雙被砍倒在泥漿當中。「去殺內奸！」從馬背上探身，朝倒地的突厥斥候要害迅速補刀，梯達古大喝一聲，刀尖兒指向泥潭。

「殺內奸！」「殺內奸！」麥素和烏塗等人答應著將戰馬撥向泥潭，努力辨認兩頭滿身是泥漿的「野豬」，究竟哪一頭是內奸庫奇。還沒等分辨清楚，眾人耳畔卻傳來一聲尖叫，仔細看去，卻是其中一個腰間纏著繩子的傢伙，用牙齒咬住了另外一個傢伙的耳朵，扯下了血淋淋的一大截。

耳朵受傷的傢伙疼得淒聲慘叫，卡在對方脖頸處的手指力氣迅速減弱。腰間纏著繩子的傢伙，則趁機掙脫了他的拉扯，伸手從自己的靴子裡掏出一把匕首，奮力上捅。

血光飛濺，在黑色的泥漿裡，硬生生染出了一片紅色的火焰。耳朵受傷的傢伙繼續大聲慘叫，扭動身體試圖躲開匕首攻擊。腰間纏著繩子的傢伙卻繼續揮動匕首前捅，兩下，三下，四下，直到對手徹底停止了掙扎，圓睜著雙眼死去。

「救命……」腰間纏著繩子的傢伙隨即丟下匕首，手腳並用「游」向泥潭之外，「我是故意將他們騙進沼澤裡來的。我怕他們禍害同族，才將他們帶進了沼澤！別殺我，我有重要軍情，要向婆閏可汗當面彙報，我……」

他用的是標準的回紇語，足以證明他就是庫奇。然而，梯達古卻對他說的話，一個字都不信。伸手從答印手裡借來弓箭，朝著他的腦門兒就是一箭。

「你哄鬼去吧！」其餘三名瀚海斥候，也彎弓搭箭，一箭接一箭，朝著內奸庫奇射去。後者在泥潭中不停地翻滾躲閃，卻因為泥漿拉扯，越滾越慢，不多時，身上就中了六七箭，趴在血泊中一動不動。

「扯出來補刀！」梯達古恨他奸詐，咬著牙下令。

麥素、烏塗兩人答應著跳下坐騎，拉住突厥人留下來的繩索，雙手交替後扯。很快，就將內奸庫奇從泥潭裡拖了出來。後者竟然是在裝死，身體剛一脫離泥潭，立刻翻身跳起，揮動匕首切斷纏在自己腰間的繩索。正準備搶了戰馬逃命，梯達古已經衝至，一刀砍在了此人的鎖骨與脖頸連接處。鎖骨瞬間被砍斷，脖子歪向一旁。內奸庫奇如同喝醉了酒般在原地來回踉蹌了數步，再度摔倒於地，死不瞑目。

泥潭中，另外六名突厥斥候，已經被徹底吞沒，只留下六團淺淺的泥暈，證明他們曾經存在。梯達古無須再擔心這六名突厥斥候逃出生天，帶領麾下的四名弟兄，收集起敵我雙方的所有戰馬，重新踏上橫穿沼澤的道路。又走出了老遠，被風一吹，才忽然感覺大腿、胸口等處，鑽心地疼。眾人低頭看去，這才發現，自己不知道什麼時候已經受了傷。鎧甲碎裂，傷口像嬰兒嘴巴一樣從鎧甲下翻了出來，正在不停地淌血。

荒郊野外，根本找不到可以幫忙治療的郎中。好在大夥兒接受中原來的幾位教頭整訓之時，曾經被填鴨般傳授了一大堆自救本事。跳下馬背，剝掉鎧甲，將曾經背誦過的口訣，現拿出來付諸實施，最後，總算互相幫助著，止住了各自身上的血，不至於死在返回汗庭的路上。

也算五個人否極泰來，剛出沼澤地沒多遠，就與另外一路外出巡視的瀚海斥候迎面碰了個正著。後者曾經與他們一道受過訓，熟悉彼此的身份。見梯達古等人渾身是血，在馬背上搖搖欲墜，身後還跟著遠遠超過日常攜帶數量的坐騎，立刻知道出了大事兒，趕緊衝上前，一個招呼一個，抱著他們，雙人並騎朝瀚海都護府行轅飛奔。

大唐瀚海都護、回紇可汗婆閏自打姜簡走後，一直小心翼翼。聽聞有受傷的斥候帶著緊急軍情返回，立刻派人用擔架將他們接到了中軍帳內。

附近的幾處偏帳，原本有一些長老、阿波、閻洪達、小梅祿注十一們在處理日常事務，得到消息，也紛紛趕到了中軍帳內。

當聽聞羯曼陀帶領其麾下的兵馬傾巢而至，當即，整個中軍帳就炸了鍋。「多少人馬？你真的看清楚了？你們幾個沒數錯吧！」長老郝施突無法相信自己的耳朵，三步兩步衝到梯達古的擔架前，頂著一張慘白的面孔追問。

「狼騎七千五百左右，另，另外，還有三千八百多名葛邏祿僕從。」梯達古已經累得無法起身，卻仍舊從懷中掏出盛放草根和草葉的布包，雙手將其打開平鋪在了地面上，隨即，喘息著解釋，「屬下，屬下為了防止數錯，特地用了教頭們傳授的辦法，一根草根是一百二十名狼騎，一根草葉是一百二十名葛邏祿僕從。」

「沒，沒數錯。我們，我們幾個特地核對過，數出來的敵軍人數都差不多！」其他四名斥候，也掙扎著從懷裡掏出被血染紅的布包，挨個在地上鋪開。

「怎麼可能，怎麼可能。先前姜簡分明打垮了突厥人的前營和左營，這次又奔著他的後營殺了過去！」充足的證據就擺在眼前，長老郝施突仍舊拒絕相信梯達古等斥候們彙報的數字，瞪圓了無神的眼睛喃喃自語。

「先前姜副都護雖然打垮了突厥人的兩個營頭，卻沒能將那兩個營頭的狼騎全殲。那些逃走的狼騎沒地方去，自然會去投奔羯曼陀。」一葉護沙木通曉兵略，皺了皺眉頭，低聲替斥候們解釋。

他不解釋還好，一解釋，在場的眾位長老愈發緊張，一個個擦著冷汗交頭接耳。

「怎麼辦啊？這可怎麼辦啊。姜副都護把能打仗的精銳都帶走了，留守汗庭的人馬怎麼可能是突厥狼騎對手？」

「是啊，是啊，留守汗庭的人馬雖然聽起來不少，能打的卻沒幾個！」

「我早就說，不能把羊羔都放在一個羊圈裡頭，可汗就是不聽！」

「還能怎麼辦？趁著突厥狼騎沒到，趕緊走。反正咱們回紇人，向來四處放牧為生。」

「去哪裡，紅石山那邊，已經被姜副都護借給了匈奴人。白馬湖周圍四處沒有遮擋，冬天能活活凍死戰馬！」

「羯曼陀羯曼陀瘋了，肯定瘋了。如果不是姜簡帶兵去偷襲他的後營，他肯定下不了決心這麼快就撲過來！」

注十一、阿波：相當於尚書。闔洪達：相當於諫議大夫。小梅祿：相當於侍郎。

眾人你一言，我一語，怨這怨那。卻沒有一個，能夠為婆閏出謀劃策，對付即將到來的惡戰。到最後，就連婆閏最信任的長老第里，都開始抱怨姜簡先前出兵的決定太草率，以至於眼下汗庭空虛，根本沒有足夠的人馬可用。

「行了，別說了。你們不嫌丟人，我還嫌丟人呢。」葉護沙木被長老們的表現，氣得火冒三丈，手按刀柄高聲咆哮，「不就是七八千突厥狼騎嗎，當年老汗在位的時候，咱們又不是沒對付過？眼下營中至少還有八千多戰兵，我這次回來，還特地又從自家別部帶了五百精銳。咱們還怕守不住汗庭？」

「老汗在位之時，有俱羅勃幫他。現在，俱羅勃卻帶著他自己的別部，去了中原！」長老福奎向來跟葉護沙木不合，翻翻眼皮，有氣無力地提醒。

「你兒子瓦斯和姜簡在一起，你當然能豁得出去！」長老郝施突忽然又來了精神，撇著嘴補充。

「我兒子跟姜副都護在一起，是為了回紇而戰。不像你，一心扯自己人後腿！」葉護沙木忍無可忍，抬手指著對方的鼻子破口大罵，「你個老狐狸，整天算計這個，算計那個，你就不怕生了孫子沒屁眼兒？有本事，你倒是算計一下突厥人啊。讓羯曼陀也見識見識你的厲害！」

「我，我也是為了咱們回紇十六部！」長老郝施突被嚇得接連後退，回應聲卻一點都沒減弱，「姜簡是英勇善戰，可他不可能一輩子都留在咱們回紇。老汗也沒有女兒可以嫁給他！他現在越有本事，將來他走了之後，咱們回紇人的日子就越難過。眼下正在發生的一切，就是明證！」

「你放屁，他不在，老子還在，瓦斯、庫紮、塔屯他們整天跟姜簡在一起，也會從他身上學到本事，成長起來獨當一面！」葉護沙木改指為拳，真恨不得將郝施突的老臉打個稀爛。其餘長老和官員們，你看看我，我看看你，很自然地分成了兩派。一派想法與福奎、郝施突兩人類似，認為如今不比從前。眼下回紇無論從將領方面，還是從兵力方面，都遠不如吐迷度可汗在世那會兒。與其留在汗庭被狼騎一鍋端，不如放棄汗庭暫避其兵鋒。

另外一派，家中以前或者現在，有子侄輩兒在姜簡旗下作戰，或多或少，知道一些回紇將士最近一段時間的進步情況，相信只要用兵得當，大夥就有可能堅持到姜簡帶著精銳趕回。屆時，內外夾擊，肯定可以讓汗庭轉危為安。

雙方或者出言幫長老郝施突，或者出言幫葉護沙木，彼此爭吵不休，誰也沒注意到，坐在可汗位置上的婆閏，面孔已經被氣成了鐵青色。

「這就是父親留給我的回紇！這就是大唐瀚海都護府！」瞪圓了眼睛看著爭吵的眾人，婆閏心中的委屈難以名狀。

這絕不是他心目的回紇，也不是他心目中的瀚海都護府。他分明已經很努力了，想要讓回紇汗庭變得更像一個汗庭，想要瀚海都護府變得更像一個官府，然而，幾個月來，他的所有努力，卻看不到半點兒成效。

「如果師兄在，他們絕對不敢這樣！」忽然間，一個如鋼針般的想法，在婆閏心頭泛起，扎得他幾乎無法呼吸。「他們根本沒把我這個可汗當回事。他們眼裡，我仍舊是一個孩子。沒有了師兄撐腰，就屁都不如！」

「住口！」猛地用手一拍桌案，婆閏終於長身而起。隨即，手指福奎、郝施突等人，厲聲質問，「想想你們在幹什麼？想想此處是什麼地方？敵軍馬上打到家門口了，你們還在爭吵不休。你們有什麼臉，怪我事事都指望我師兄？」眾長老和官員們頓時面紅耳赤，誰也說不出話。特別是先前曾經在私底下串聯，想要把姜簡擠走的福奎、郝施突等人，更是沒勇氣抬起頭，跟婆閏目光相對。

大夥沒事兒的時候，總覺得讓姜簡、杜七藝、胡子曰等中原人，掌握瀚海都護府近乎一半兒權力，實在太過扎眼。而現在突厥人打到了家門口，他們卻發現，離開了姜簡等中原人，瀚海都護府非但另外一半兒權力都保不住，連生存都成了問題。

「想走的，我不攔著，留下鎧甲和兵器，騎著馬，帶著你的親信和家人，現在就可以走。」對眾長老和官員們的表現實在過於失望，婆閏抬手擦了一把眼淚，咬著牙宣佈自己的決定，「我只有一個要求，在我死之前，不要投降突厥。否則，只要我挺過了這一關，一定會和師兄帶兵打上門去，問他一個投敵之罪！」

「這……，可汗，別生氣，別生氣，我們絕不會投降突厥！」

「可汗，別這麼說，我們也是為了咱們回紇長遠考慮！」

福奎、郝施突等人臉色紅得幾乎滴血，擺著手，連聲解釋。

婆閏懶得聽他們囉嗦，冷笑著搖了搖頭，繼續宣佈：「不想走的，就給我下去收拾鎧甲兵器，召集親信，準備死守汗庭。我不信，汗庭近四萬回紇人，全都是貪生怕死的膽小鬼！」

「是！」「遵命！」「死戰，死戰！」「咱們回紇不能沒有男兒！」葉護沙木帶頭，一些武將和年輕官員，高聲回應。

「沙木葉護！」婆閏笑著向眾人擺擺手，抓起一支令箭，學著師兄姜簡平時調兵遣將的模樣，高聲吩咐。

「在！」見婆閏第一道命令就給了自己，沙木覺得臉上有光，邁步上前，單手撫著胸口躬身，「願意為可汗效死！」

「麻煩你帶領你的親信部屬，召集汗庭內所有老人、小孩、女人和傷號，把他們護送到你的別部暫避。在突厥人退兵之前，不要回來！」繞過桌案，將令箭親手交到沙木葉護手上，婆閏認真地吩咐。

「這……」沒想到婆閏竟然不讓自己參戰，葉護沙木愣了愣，滿臉猶豫。然而，很快，他就接過令箭，再度躬身行禮，「謝可汗信任，沙木誓死完成任務。」

「老狐狸！」福奎和郝施突等人看了沙木一眼，心裡偷偷嘀咕。

當初婆閏對烏紇發起反擊，沙木就是偷偷將兒子送到婆閏麾下效力的別部吐屯之一。而在婆閏成功奪回可汗之位後，沙木也是對各項命令執行得最乾脆的吐屯。父子兩個一人留在汗庭為婆閏征戰，一人在別部埋頭壯大基業，短短幾個月，就都爬到了別人需要努力十幾年都未必爬得上的高位，風光無限。眼下，又通過積極表現，贏得了婆閏的信任，負責帶汗庭裡的老弱婦孺外出避難，不必參與即將爆發惡戰，裡裡外外都賺得盆滿缽圓！

然而，嘀咕歸嘀咕，他們卻不敢對婆閏這一命令，提出任何質疑。否則，非但會惹得婆閏不快，並且還會平白豎立起沙木、瓦斯這對父子強敵！

「第里長老，麻煩你帶人，加固汗庭四周的鹿砦，以防敵軍偷襲！」婆閏深吸一口氣，走回桌案之後，繼續調兵遣將。

他父親吐迷度可汗去世得太突然，沒來得及教導他如何做一個可汗。他師父韓華傳授給他的本事，也僅僅限於理論。所以，他現在能夠學習並效仿的，只有師兄姜簡。

而在他的記憶當中，姜簡只是在做出決定之前，才會認真聽取各方面的意見和建議。一旦做出了決定，就絕不再管周圍的任何聲音，只管朝著目標方向努力。

「是！」第里長老驚詫地看了婆閏一眼，果斷上前接令。

他發現婆閏變高了，非但身體在成長，氣質、精神以及其他方面，也變得越來越有可汗的模樣。

他不知道這種成長，究竟因何而起。卻期盼婆閏能長得更快。

「何瑞長老……」「海得闊洪達……」將令箭交給第里長老，婆閏繼續抓起第二，第三，第四支令箭，給先前跟葉護沙木站在一起的長老和官員們，分派任務。

至於先前怨天怨地，或者吵嚷著要整個汗庭搬遷到別處避禍的那些長老和官員，如福奎、郝施突等人，則裝作他們已經離開。

「可汗，老夫先前只是盡珂羅啜之責。」眼看著婆閏將令箭一支接一支發了下去，卻沒理睬自己，長老福奎終於坐不住了，湊到帥案前，躬下身體解釋，「事實上，老夫永遠會跟可汗共同進退。」

「可汗，老夫剛才雖然提議暫避敵軍鋒頭，卻不是想要逃走！」長老郝施突臉上也掛不住，邁步跟在了福奎身後。「既然可汗決定與突厥人死戰到底，老夫願意為可汗持盾護旗。」

「可汗……」「可汗……」其他幾個先前跟福奎和郝施突兩人在同一條戰線上的長老和官員們，也紛紛表態，不會在這個節骨眼上離開汗庭，要留下來與婆閏共同進退。

眾人心裡頭也都知道，想走很容易。婆閏剛才既然當眾允許大夥兒離開汗庭，返回各自所在的別部，哪怕說的是氣話，都不會出爾反爾。

但是，如果有誰真的走了，今後恐怕就不用再回到汗庭了。無論婆閏最後打輸了，還是打贏了，汗庭內，都不會再留著他們的位置。而他們所在的別部，也會為他們今日的臨陣脫逃，付出巨大的代價。

「當真？」知道這些人是被逼無奈，才選擇留下來與自己共同進退，婆閏心裡嘆了口氣，笑著詢問。

「可汗，我等剛才說的話，可讓長生天做證。」感覺到迎面傳來的巨大壓力，福奎心裡也嘆了口氣，高聲發誓。

「長生天為證，我等願意留下來，與汗庭共存亡！」其餘長老和官員們，被逼得沒有了退路，紛紛硬著頭皮賭咒。

「那就煩勞福奎長老，帶領各位和各位麾下的嫡系親信，在鹿砦之後，挖一道四尺寬的壕溝，不必太深，能讓人掉進去之後，無法直接跳上來即可。」婆閏不敢讓這些人帶領兵馬去與突厥狼騎交鋒，也不想讓這些人跟自己徹底離心，笑了笑，抓起一支令箭。

「這……」福奎猶豫了一下，上前接過令箭，躬身行禮。

這絕對不是他想要的結果，但是，比起別人為了汗庭存亡奮不顧身，而自己卻在旁邊無所事事，總歸要好一些。

而有了這個任務做臺階，接下來，自己再找婆閏主動請纓，對方也不至於太讓自己難堪。

「謝可汗，我等絕不辜負可汗信任！」長老郝施突看了看身邊的同僚，又看了看婆閏，硬著頭皮代替所有人表態。

他忽然發現，婆閏早就不是一個小孩子了。哪怕沒有大唐朝廷的支持，自己今後也休想能左右婆閏的任何決定。

剎那間，他心中好生後悔。

其餘長老和官員們，心中也追悔莫及。早知道這樣，還不如一開始就主動表態，要唯可汗馬首是瞻。弄到現在，活照樣得幹，險照樣冒，還沒給婆閏可汗留下什麼好印象。更沒能搬得動姜簡和杜七藝等人分毫，真是何苦來哉？

「我會親自站在鹿砦後，為全軍吹角助威！」朝著福奎、郝施突等人笑了笑，婆閏抓起最後一支令箭，給了自己，「突厥人不退兵，我絕不返回中軍帳，更不會離開汗庭半步。請所有長老督戰！若是我做不到，就如此箭！」

說罷，抓起令箭，一折兩斷。

他是回紇可汗吐迷度的兒子，也是大唐秀才韓華的關門弟子。他同時擁有回紇與中原兩家傳承。

他不信，自己會比車鼻可汗的兒子做得更差！

第一百一十六章　阿姐

「阿姐儘管放心跟著沙木葉護走，我先前都是為了振作士氣，才故意把話說得那麼滿。我肯定不會傻到豁出去性命死守汗庭。剛才提前安排老弱婦孺撤離，就是以防萬一。如果發現事不可為，我會立刻下令放棄營地，撤向紅石山下。」半個時辰之後，在另一座帳篷內，婆閏表現與先前判若兩人。非但臉上不再帶有任何死戰不退的決然，反而露出了幾分調皮和狡黠。

「你心裡有數就好。」姜蓉笑了笑，心中對婆閏的話一個字都不信，卻輕輕點頭，「汗庭丟了，可以再打回來。就像當初咱們從烏紇手裡打回來那樣。如果命丟了，就再也沒有機會翻本了。另外，我已經派人抄近路去通知姜簡回師。你即便放棄了汗庭，憑著他手中的那些精銳，也還有機會東山再起。」

想騙她，婆閏實在太嫩了一點兒。她只需要稍稍動動心思，就能猜出婆閏肚子裡究竟賣的是什麼藥。更何況，類似的伎倆，姜簡曾經玩過一次。她上過一次當，就不可能再上第二次。

「那我安排人給阿姐收拾行裝了？剛好我的那些妃子們，都不通曉武藝。一路上，煩勞阿姐對她們多加照應。」婆閏被姜蓉笑得心裡頭發虛，側開眼睛，繼續低聲補充。

「我可不會照顧人。你還是另請高明吧！」見婆閏繞了半天圈子，終於說出了真實目的，姜蓉果斷笑著搖頭，「另外，我得留在汗庭，看看仇家的兒子究竟長得什麼樣。你還是忙你自己的事情去吧，我在瀚海都護府這邊，只是一個客人。即便不走，也不算違背了你先前的軍令。」

「阿姐……」婆閏頓時知道，自己的招數徹底失敗，拖著長聲請求，「妳如果不走的話，我身邊那些妃子，肯定都會學妳。我接下來要忙著打仗，哪有功夫照顧她們周全？萬一……」

「學我，好啊！」沒等他把搜腸刮肚才想出來的理由說完，姜蓉已經笑著撫掌，「讓她們都披上重甲，站在你身後，為將士們擂鼓助威。如果力氣小的，連重甲都披不起來，就算了。說明她們沒資格學我，還是乖乖跟著沙木葉護離開為好。

「這，這，阿姐妳這簡直是不講道理！」婆閏急得直跺腳，卻找不出任何理由來反駁姜蓉。

雖然姜蓉長得白淨纖細，身板看上去比自己身邊任何一個妃子都單薄。但是他卻曾經親眼看到過，姜蓉身披山文甲[注十二]，策馬揮刀的英姿。而他身邊妃子們，甭說穿上鐵葉山文甲，就是稍重一些的牛皮鎧，都無法繼續於馬背上保持身體平衡。

「要不，你讓你的妃子們，跟阿茹比射箭？贏了阿茹的留下，輸給阿茹的乖乖離開。」姜蓉也

注十二、山文甲：唐十三鎧之一。用鐵葉片貼在牛皮外拼成山字紋，屬於鐵甲的一種，做工精良，造價很高。

不固執己見，笑著提出另一個解決方案。

「她們不會射箭！」婆閏想都不想，就氣急敗壞地回應。

大賀阿茹雖然長得嬌小，力氣也沒姜蓉大，但是，卻擁有一雙天生的鷹眼。半夜看東西和白天一樣清楚。白天看東西，距離比尋常人能遠上一倍。

甭說他身邊的那些妃子們，就是把整個瀚海都護府的男男女女全加在一起，射箭準頭能超過阿茹的，都超不過二十個。按照阿茹的標準，他的那些妃子們除了乖乖離開，根本沒第二個選擇。

「行了，你的心思，我明白。」姜蓉抬起手，溫柔地替婆閏正了正頭上的皮冠，「但是，我絕對不會走。我相信姜簡一定能及時殺回來。我留在這裡，也能讓你身邊的人相信，姜簡一定會及時殺回來！另外……」

根本不給婆閏繼續趕自己走的機會，笑了笑，她一邊用手快速替婆閏整理束縛甲冑的絲絛，一邊堅定且溫柔地補充，「另外，我得留在這裡看著你，防止你做傻事。你師父就你這麼一個弟子，我不能讓他的一身本事，斷了傳承！」她的手沒有用力，婆閏的身體卻被絲絛扯得晃了晃，眼圈兒瞬間也開始發紅。「阿姐……」少年人低低地喊了一聲，不再堅持自己的意見。心裡頭暖得厲害，彷彿燒起了一隻小火爐。

姜蓉是為了他才留在汗庭的。擔心他情急之下，不顧一切跟敵軍拚命。所以要留在汗庭監督他，時刻保持冷靜。寧可丟下一切，都必須保證自身安全。雖然姜蓉做這些事情的時候，以師母和長姐的身份自居。婆閏卻無法將對方當成自己的姐姐和師母，更無法不感動莫名。

「男子漢大丈夫，別磨磨唧唧。你是回紇可汗，這時候，應該出去轉一轉，讓你麾下的將士和百姓們，看到你跟他們同在。」姜蓉沒注意到婆閏目光的變化，即便注意到了，也不會在乎。笑著鬆開手，她繼續柔聲吩咐，就像親生姐姐在教導第一次出門遠行的弟弟，「等安撫好了軍心和民心之後，記得派人把胡教頭請到你的中軍帳，幫你謀劃一下還有沒有其他招數收拾突厥人。他雖然受了傷，暫時上不得戰場，但是他跟狼騎打交道的經驗豐富，知道對手的弱點在哪。」

說罷，推了一下婆閏的胳膊，將對方硬推出了帳篷之外。

「放心，阿姐！我一定記得妳的話！」婆閏一邊走，一邊高聲保證。不敢回頭，唯恐一回頭，眼淚就直接掉下來。他並不缺乏女人，按照回紇傳統，自打繼承了可汗之位後，他就自動繼承了他父親留下來的大部分年輕可敦，如今身邊當真是美女環繞。

可這些女子，要麼對他心存畏懼，要麼刻意討好，爭榮爭寵。從沒有一個人，會像姜蓉這般，拿他當個家人般對待，設身處地地替他著想，真心實意地關心他的感受，在乎他的安危，卻不求任何回報！

剛才，姜蓉給他整理束甲絲條的時候，他心中是多麼想伸手，把姜蓉牢牢地抱在自己懷裡，同時，也讓姜蓉牢牢地抱緊自己。

然而，他卻清楚地記得，幾個月之前，自己壯起膽子，向姜蓉承諾要娶她為妻子，盡起回紇十八部兵馬為她報仇的時候，對方笑著的那句回應：我想嫁的人，要麼是學富五車才子，要麼是勇冠三軍的良將，你還小呢，想娶我，至少得先讓自己長大再說。

回紇沒有那麼多書可讀，他這輩子注定成為不了學富五車的才子。但是，做一名勇冠三軍的良將，他卻機會很多。

他相信，那一天，不會讓姜蓉等得太久。

第一百一十七章 戰守

瀚海都護府的營牆外，秋草在陽光下泛起一縷縷金色的細浪，層層疊疊鋪向遠方。所有老弱婦孺都已經撤離，無法收攏回營地內的牛羊牲畜，也隨著撤離的百姓，一道去了沙木別部，前來做生意的商販，更是走得一個不剩。

瀚海都護府營地周邊十里，眼下再也看不到一匹馬，一隻羊，一頭牛。天地間的景色，忽然變得空曠且安寧，壯美且蒼涼，讓人看上一眼之後，就幾欲迷醉。

然而，這種安寧，注定無法長久。第二天下午申時不到，八名身穿瀚海唐軍服色的斥候，忽然在天地交界處現出了身影，隨即，風馳電掣般直奔都護府營地正門。緊跟著，十幾名突厥斥候，也迅速進入畫面，追著瀚海唐軍的身影不停地放箭。

「嗚……」憤怒的號角聲響起，擋在營地正門的鐵柵欄，被迅速拉高。二十幾名瀚海斥候，策馬魚貫而出，直奔自家同伴。

「回營地，把狼崽子交給我們！」隔著老遠，帶隊的斥候教頭曲彬，就高聲吩咐。隨即，又用不怎麼標準的回紇語重複。

「教頭小心，他們後面還跟著大隊！」遠道歸來的斥候們高聲提醒，放棄對追兵的抵抗，直奔自家營地正門口。曲彬則帶著勇士們，跟他們擦肩而過，隨即，舉起騎弓，朝著追兵迎頭怒射。

追過來的突厥斥候雖然已經做出防備，仍舊有三人被射下了坐騎。其餘人見勢不妙，呼哨一聲，撥馬就走。

曲彬哪裡肯放他們離開，帶著麾下弟兄一邊放箭，一邊策馬追殺。才追出五六十步，又一夥突厥斥候在天地之間出現，帶隊的頭目一聲大喝，率領隊伍直撲曲彬。

雙方斥候對斥候，在空曠的野地裡羽箭往來，一時間，竟然難以分出高下。曲彬憑藉出色的騎術和武藝，連殺三名突厥斥候。然而，他個人的勇武，卻無法彌補整體的不足。

突厥斥候在作戰經驗與整體配合方面，占盡了上風。奈何卻屢屢被曲彬一個人攪了局，斬獲與損失幾乎一模一樣。

心疼麾下的弟兄，曲彬頂住了敵軍第一次反撲之後，果斷將隊伍拉向了自家營地。試圖借助望樓上的弓箭手，殺突厥人一個回馬槍。而那些突厥斥候，卻在距離望樓一百步之外，就撥偏了馬頭，寧可忍受曲彬等人的污言穢語，也堅決不給望樓中回紇弓箭手射殺自己的機會。

曲彬大怒，帶領麾下弟兄向突厥人展開反衝。那些突厥斥候見狀，又紛紛撥馬而回，依仗自己一方的兵力和作戰經驗雙重優勢，與曲彬等人周旋。

如是周旋了兩三輪，敵我雙方都精疲力竭，策動戰馬脫離了接觸。不待營地內鳴金將曲彬喚回，遠處的天地相交處，已經出現了一大團黃褐色的陰雲。羯曼陀帶著他麾下的狼騎主力，終於趕到了瀚海都護府營地附近，馬蹄帶起的煙塵遮天蔽日。

既然狼騎主力已經趕來了，繼續跟狼騎斥候周旋，就失去了意義。曲彬想都不想，果斷帶領身邊所有剩下的弟兄，返回了營寨之內。鐵柵欄迅速墜落，將營地內外，完全分割成兩個世界。

「敵軍接下來不會立刻發起進攻。但是，他們會派小股兵馬，圍著營地四周進行試探。」胡子曰果然像姜蓉說的一樣靠譜，掙扎著從擔架上坐起，向身邊的婆閏面授機宜。「咱們雖然兵力不如羯曼陀那邊多，但是，卻不能失了銳氣，任由狼騎為所欲為。所以，除了留守於鹿砦後的那些弟兄之外，你最好再加派四隊弓箭手過去幫忙。只要狼騎敢靠近，不用請示，立刻拿弓箭招呼他們！然後，你再派一名悍將做總接應，發現突厥狼騎重點試探哪個方向，就去哪裡迎頭痛擊。」

「好！」婆閏絲毫不懷疑建議的準確性，立刻予以採納。隨即，抓起令箭，開始調兵遣將。營地內的氣氛，立刻變得有些緊張。但是，絲毫不像那些長老和官員，幾乎所有基層將士，對婆閏的命令，都執行得不折不扣。

他們都生著眼睛和耳朵，即便沒親眼看到過婆閏被奪走可汗之位後，如何歷盡艱險將其重新奪回，也聽同伴們說起過。

而這種國王遭到奸臣謀害，王子在幾乎是一無所有的情況下，成功復仇的故事。無論是在草原上，還是在中原，都是最受歡迎的傳說之一。

當傳說與現實發生重疊，婆閏在基層將士和普通牧民眼裡，就成了不折不扣的少年英雄。而這個少年英雄，非但勇敢堅強，還體恤治下牧民們的疾苦。奪回可汗之位後，立刻按照姜簡和杜七藝的建議，推行了一系列新政。

在降低賦稅，減輕治下牧民們負擔的同時，還努力教導牧民們，賺到更多的錢，積攢更多的食物和牛羊。試問，哪個出身於普通牧民之家的將士，不願追隨在他身後？

眼下突厥人打到了家門口，婆閏可汗不顧自己年齡小，留下來與大夥一道保衛汗庭。眾將士們，又怎麼可能不唯其馬首是瞻？

隨著一連串「得令」聲，四隊瀚海勇士，手持角弓，奔向圍繞營地的四面鹿砦之後。一個名叫俠和噗的都尉，則帶著九百名弟兄，隨時準備為各方向的守軍進行增援。而原本位於四面鹿砦後的各路守軍，則擎刀持盾，嚴陣以待。「你命人挖得那道壕溝非常好，突厥人即便能夠搬開鹿砦，也得掉進壕溝裡去。」一見婆閏孺子可教，胡子曰四下看了看，繼續笑著提議，「不過，壕溝裡頭，最好灌上一些水，然後於壕溝上頭，再搭些木板。這樣，咱們的人可以踩著木板去支援自家袍澤，突厥人衝破鹿砦之後，你下令把木板一撤，他們就得乾瞪眼！」

「多謝胡大叔！」婆閏聽得眼睛閃閃發亮，又立刻調遣人手，將胡子曰的建議付諸實施。

「既然能打到水，就把鹿砦也提前潑濕。免得敵軍火攻。對了，還有望樓，那東西全是木頭的，最容易被敵軍用火箭招呼。」胡子曰想了想，繼續補充，「老夫以前沒怎麼守過城，卻熟悉怎麼攻打突厥人的營寨。把這些招數提前預防到了，想必也能幫你多耗死幾個突厥狗。」

話音落下，四周圍立刻響起了興奮的笑聲。胡教頭是誰啊，當年堵過頡利可汗被窩的英雄。那羯曼陀不過是頡利可汗的孫子輩兒，怎麼可能，攻得破他老人家幫忙駐守的營寨？

「趁著突厥人還沒發起進攻，派幾名騎術好，手腳靈活的弟兄出去，沿著鹿砦周邊多灑幾圈兒拒馬釘。別心疼，等敵軍退了之後，拒馬釘還能再收回來。」

「看看風向，弄點兒半乾不濕的馬糞，堆在壕溝後。等會兒突厥人發動進攻時，如果順風，就將馬糞一股腦點燃，熏他們的眼睛。不用擔心失火，發現火勢控制不住之時，直接將馬糞推進壕溝即可。」

「大門和側門的防禦設施，再加強一些。光有鐵柵欄和木頭門肯定不夠。入門之後的那段路兩旁，用草袋子裝上泥土，壘一條至少兩丈長的夾道出來……」

知道將士們心情緊張，胡子曰繼續將自己能想到和以前見到過的守城招數，一招接一招地往外拋。這些招數，未必都能發揮作用。但是，看到營地內外的防禦設施不斷增多，將士們心中的緊張感覺，卻迅速減輕。

而人在忙碌的時候，就不顧上胡思亂想。隨著命令從婆閏嘴裡一道道傳下去，營地內的長老、貴族和大小官員們，也全都有了事情做，顧不上繼續在心裡盤算。

於是乎，當羯曼陀帶領著麾下狼騎，終於在瀚海都護府大門口站穩了腳跟，看到的就是這樣一副古怪場景。

十幾名瀚海斥候，用麻袋裝著拒馬釘，不要錢般圍著都護府的鹿砦，隨地亂拋。五六十名瀚海士卒，抬著木板，熱火朝天地向鹿砦裡的壕溝上鋪。稍遠處，還有成百上千的瀚海兒郎，或揮舞鐵鍬挖渠，或趕著馬車拉糞，對已經近在咫尺的狼騎不聞不問。

「他們在幹什麼？」見對手並沒有表現出絲毫慌亂，羯曼陀心中好生失望。按照他的判斷，回紇汗庭有戰鬥力的精銳，都已經被姜簡帶去金雞嶺。眼下留守汗庭的兵馬，都是一些上不了檯面的雜魚。而剛剛經歷了一場內亂的回紇汗庭，一定是人心浮動。發現自己帶領大軍殺到，眾長老、貴族和領兵伯克們，即便不各奔東西，也應該亂成一鍋粥！

而眼前的景象，與他的判斷，相差的也太遠了些！那些回紇人，彷彿根本沒把洶湧而來的突厥狼騎當一回事兒，只管各自忙活各自的活計，連抬頭多看狼騎這邊幾眼的心思都欠缺。

「故作鎮定而已，可汗，我帶弟兄上前將他們打回原形！」

「對，管他們在幹什麼，打了再說！」

幾個領兵的伯克也看得心裡有些犯嘀咕，表面上卻表現得異常勇悍。

「後退，距離敵軍三里紮營。」看到將領們求戰心切的模樣，羯曼陀卻笑著搖了搖頭，做出了一個截然相反的決斷。

他只是表面上看起來粗豪，實際上，心思之仔細與靈活，一點兒都不輸給陟苾和沙缽羅。

自己帶著隊伍接連趕了好幾天路，將士們全都疲憊不堪。而回紇兵馬卻以逸待勞，精神十足。這種情況下，即便營地裡的回紇兵馬全是新丁，雙方廝殺起來，他麾下的將士們也未必能占到什麼便宜，還不如先紮穩營盤，待養足了精神，再給對手致命一擊。

眾領兵伯克們，心中齊齊鬆了一口氣。答應一聲，帶領兵馬緩緩後退。一路退到了距離瀚海都護府三里之外，才停住了腳步，驅趕著跟上來的葛邏祿僕從安營紮寨。

「這幫突厥狗，聲勢做得足，卻是在嚇唬人！害得老子白準備了一場。」見突厥狼騎潮水般退走，站在婆閏身邊的別將特木爾鬆開握在刀柄上的手，撇著嘴搖頭。

「虛張聲勢，就跟誰是嚇大的一般！」

「說不定這會兒，他們的糧倉已經被姜簡設給端了，囂張個什麼勁兒！」周圍的其他將領們，也對著突厥狼騎的背影指指點點，對後者的畏懼越來越輕。

「敵將是個懂得用兵的，大夥千萬別小瞧了他。」與先前的信心十足恰恰相反，此時此刻，胡子曰卻又出動給大夥潑起了冷水，「羯曼陀帶領狼騎退下去，只是為了給其麾下的兵馬，先找個立足之地，以防軍心浮動。等紮好的營寨，他就會先派一支兵馬來，向咱們示威！」

眾將領素來對他服氣，聽了他的判斷，立刻收起了笑容，七嘴八舌地向他請教應對之策。胡子曰能看出婆閏身邊缺乏可靠的謀士，所以也不謙虛，先笑著推算出突厥狼騎可能採取的幾種示威方案，隨即，又逐一給出了應對之策。果然不出他所料，下午酉時剛過，千餘名恢復了體力的狼騎，就氣勢洶洶地從突厥人剛剛紮了一半兒的營盤裡殺了出來，策馬直撲瀚海都護府軍營的西門。其中一大半兒人手裡，都拿著一張大唐朝廷配發的騎兵專用弓，包裹著精鐵的弓耳，倒映著夕陽餘光，如火焰般跳動。

「吹角，通知鹿砦後的弟兄，注意防備羽箭。」站在瀚海都護府軍營中央臨時搭起的高臺上，婆閏將敵軍的動向看得一清二楚，立刻按照胡子曰事先指點的方案，高聲下令，「通知弓箭手，退到壕溝之後，先與狼騎拉開距離，再用步弓阻截！」

「嗚嗚嗚，嗚嗚嗚……」號角聲立刻在他身邊響起，將命令傳遞到營地西側的鹿砦之後。傳令兵緊跟著策馬奔向鹿砦，將他的命令做詳細重申。

短短十幾個彈指過後，駐守在西側鹿砦之後的瀚海健兒們，紛紛豎起了木盾。先前被安排過來的那隊弓箭手們，則踩著壕溝上剛剛鋪好的甲板，迅速後撤。負責為各方向提供支援的隊伍，則提前朝著西側營門和鹿砦移動。幾支隊伍的動作，都略顯忙亂，卻完整地執行了主將的意圖。

「嗚嗚嗚，嗚嗚嗚，嗚嗚嗚……」突厥人的營地裡，也吹響了號角，像野獸的咆哮一樣狂躁。

伴著號角聲，撲過來的那支狼騎，迅速轉向，沿著拒馬釘的覆蓋範圍邊緣，調頭向南而去。

「嗖嗖嗖……」狼騎隊伍中的弓箭手，向鹿砦後張弓急射。成百，上千，數不勝數。低矮的鹿砦上空，立刻出現了一片烏雲，晚霞和夕照，剎那間失去顏色。短短三兩個彈指過後，羽箭從半空中落下，令鹿砦之間和鹿砦背後的空地上，迅速「長」出了一大片白花花的羽毛。

駐守在鹿砦之後的瀚海健兒們，提前蹲身，舉盾。半人多高的木製盾牌表面，很快也插滿了雕翎，看上去極為瘮人。然而，真正被羽箭射傷的，卻沒超過五個。

高大寬闊的盾牌，有效地克制了突厥狼騎射過來的羽箭。哪怕是再鋒利的破甲錐，也不可能直接將盾牌穿透。因為突厥狼騎採用了拋射的方式，的確有零星幾支羽箭，僥倖繞過了盾牌上邊緣，射中了蹲在盾牌後的瀚海健兒。卻很難穿透健兒們身上的鎧甲。即便穿透，力道也被消耗殆盡，無法深入人的血肉。

「突厥狗，沒吃飯啊。給爺爺撓癢癢呢！」蹲在盾牌後的瀚海健兒們，很快就發現敵軍雖然來勢洶洶，殺傷力卻嚴重不足，立刻來了精神，晃動著盾牌，扯開嗓子，對敵軍發出了一串兒冷嘲熱諷。

眾狼騎聽不太清楚瀚海健兒的話，卻從他們的動作上，感覺到了冒犯和羞辱。當即，又從遠處快速策馬而回，一邊沿著鹿砦平行方向狂奔，一邊將更多的羽箭向瀚海健兒們頭頂拋射。

「狗日的，居然真的殺回來了！」眾瀚海健兒們罵罵咧咧地調整姿勢，再度舉盾護住身體，這一輪，他們的損失比上一輪還要輕微。

「嗖嗖嗖……」沒等狼騎們展開第三輪拋射，站在壕溝後的瀚海弓箭手，已經在將領的命令下向狼騎發起了反擊，五十支羽箭呼嘯著騰空而起，直奔狼騎胯下的坐騎。

步弓的威力和有效射程，都遠遠高於騎弓。雖然隔的距離有些遠，弓箭手的規模也只有狼騎的二十分之一，第一輪羽箭對狼騎所造成的打擊，卻遠超過了瀚海將士們最初的預期。

只見剎那間，狼騎隊伍就從正中央處，被砸出了一個「沉坑」。坑內和坑的邊緣處，足足有十四五匹戰馬中箭倒地，將他們背上的狼騎，摔得暈頭轉向。而高速馳射的狼騎隊伍，根本不可能立刻停下來，對落馬者施以援手。所有落下馬背的狼騎，轉眼間就被踩在了自家同夥的馬蹄下，一個個慘叫著被踩成了肉泥。

「嗚嗚，嗚嗚，嗚嗚……」遠處觀戰的羯曼陀見馳射戰術占不到任何便宜，果斷下令狼騎快速後撤。轉眼間，剩餘九百八十多名狼騎，就撤到了角弓的射程之外。

羯曼陀吃了虧，卻不服氣。緊跟著又命人吹響了進攻號角。眾狼騎聞聽，嘴裡發出一聲吶喊，在帶隊的伯克率領下，立刻策馬加速。這一次，他們的進攻方向卻不是瀚海都護府的西側，而是先向東南方斜插出三四百步遠，隨即快速掉頭，整個隊伍如同海浪般拍向瀚海都護府營地南側的鹿砦。

駐守在鹿砦後的瀚海健兒們，立刻蹲身舉盾，防備羽箭攢射。絲毫不擔心突厥狼騎可以策馬直接飛躍過鹿砦。

原因很簡單，自打上次與姜簡一道採用奇兵偷襲的方式奪回了瀚海都護府那會兒起，婆閏就一直擔心哪天敵軍也給自己照方抓藥來上一記。所以，當他正式登上汗位之後，就立刻派人對鹿砦進行了擴建。如今，圍繞在瀚海都護府軍營四周的鹿砦，已經由原來的兩重擴展到了三重，總厚度足足有十四五步。而天底下再優秀的戰馬，也不可能越過這麼寬的障礙。

既然突厥狼騎不可能策馬直接躍過鹿砦，駐守在鹿砦之後的瀚海健兒們，當然不會在乎狼騎如何虛張聲勢。而事實也證明了他們的判斷，堪堪衝到了拒馬釘的拋灑範圍邊緣，狼騎再度迅速轉向，隨即，混在隊伍裡的突厥弓箭手鬆開弓弦，將冰雹般的羽箭射向守軍頭頂。

盾牌被羽箭砸得「啪啪」作響，對守軍的殺傷效果，卻連上一輪也不如。而早有準備的瀚海弓箭手們，則立刻用步弓展開了反擊。雙方你來我往，對著射了三輪，突厥狼騎發現占不到任何便宜，再度呼哨一聲，策馬繞向了都護府營地以東。

瀚海都護府聽起來氣派，理論上負責管轄的地域，也有方圓數千里。然而，都護府本身所在的營地，規模卻還不如中原的一座縣城。總計用了不到半刻鐘，突厥狼騎就成功抵達了營地東側，張弓搭箭，對著東側鹿砦後的瀚海健兒們，故技重施。

已經熟悉了突厥狼騎馳射戰術的瀚海健兒們，在隊正、旅帥的指揮下，舉盾的舉盾，反擊的反擊，好整以暇。狼騎攻擊無果，很快就失去了銳氣，又兜著圈子去了瀚海都護府營地以北。

如此折騰了一整圈兒，仍舊沒發現太明顯的防禦破綻。帶隊的突厥伯克甚為喪氣，率領麾下狼騎灰溜溜退了下去。

「就這？還沒我一炮尿堅持的時間長呢？」

「還狼騎呢？連狐狸都不如！」

「吃飯了沒有啊……」

營地內的回紇將士，心中的緊張情緒瞬間消散一空，衝著撤下去的突厥狼騎高聲鼓噪，極盡羞辱之能事。

「今天差不多就到這兒了，關鍵在於明天和後天！」胡子曰也暗自鬆了一口氣，想了想，低聲對婆閏說道，「突厥人遠道而來，需要時間恢復體力。我估計，明天和後天，是最難的時候。堅持過了後天，狼騎的士氣就會大幅下降，而姜簡那邊也該收到警訊，率部往趕回來了。」

話音剛落，號角聲再度響徹天地。緊跟著，又有另外一大隊突厥將士，策馬衝出了尚未完工的軍營。隊伍正前方，數杆羊毛大纛高高挑起。大纛表面，一隻銀色的蒼狼張牙舞爪。

剛剛退下去那支狼騎，自動一分為二，為羊毛大纛和大纛下的隊伍讓出通道。隨即，又迅速調轉方向，銜接在新隊伍的兩翼，為羊毛大纛下的人提供保護。

「寨子裡的人聽著，我家泥步設，請婆閏可汗出來一見！」一名突厥梅錄帶著十多名親兵快速脫離隊伍，直奔瀚海都護府西門。在拒馬釘的拋灑範圍之外，拉住坐騎，雙手攏成喇叭形放在自己嘴邊，高聲發出邀請。

「寨子裡的人聽著，我家泥步設，請婆閏可汗出來一見！」那突厥梅錄的親兵，也都是專門挑選出來的大嗓門，用回紇語高聲重複。

「胡大叔？」婆閏猜不出羯曼陀的葫蘆裡賣的什麼藥，本能地向胡子曰請教。

「儘管去，狼騎今晚沒力氣攻城，羯曼陀能使出來的招數，無非威逼利誘和挑撥離間兩種。無論哪一種，你都只管見招拆招。」胡子曰想了想，笑著揮手。「順便告訴他一聲，戰場上贏不下來的，用嘴巴贏，肯定是白日做夢。」

婆閏聞聽，心裡頭立刻就有了主意。笑著朝胡子曰拱了下手，然後走下指揮臺，快步走向營地的西門。

曲彬擔心他遭到突厥人的襲擊，趕緊帶著二十多名斥候跟了上去。待眾人與婆閏一道，在西門後站定。守門的弟兄，立刻將木製的大門推開，卻沒有拉起門外的鐵柵欄，讓敵我雙方的主帥，隔著柵欄遙遙相望。

恰好那支挑著羊毛大纛的隊伍，也來到了瀚海都護府西門附近。看到有一個頭戴寶冠的少年，在柵欄後出現，突厥狼騎的主將羯曼陀立刻知道來人必是婆閏。深吸了一口氣，吩咐隊伍停住腳步，然後單人獨騎，緩緩出列。

轉眼來到距離西門五十步處，看見前方的地面上，已經有拒馬釘在閃爍。羯曼陀才從容拉住了戰馬。隨即，單手撫胸，主動向年紀比自己足足小了一輪的婆閏行禮，「突厥大可汗之子，泥步設，阿史那羯曼陀，特奉父命，前來拜見回紇可汗。並請可汗與我訂盟，突厥回紇，世代永為兄弟！」

「突厥大可汗之子，泥步……」羊毛大纛下的隊伍裡，先前跟在突厥梅錄身後來傳話的那些大嗓門親兵們，用回紇語將羯曼陀的話高聲重複。

這話，說得可有些不要臉了。已經帶兵打到了回紇汗庭門口，卻號稱要跟對方結為兄弟。整個汗庭之內，但凡是腦袋沒被驢踢過的人，誰會相信？

當即，在鹿砦之後，就有幾個回紇小校，指著羯曼陀的鼻子大罵其無恥。羯曼陀聽了，也不生氣，只管在馬背上笑呵呵地看著婆閏，耐心地等待對方給自己一個正式回應。

婆閏既然能被秀才韓華看上，收為關門弟子，資質當然不會太差。先笑著伸出雙手，向身體左右兩側壓了壓，制止了麾下將校們的喧囂。然後，又將雙手攏在胸前，用標準的大唐禮節向羯曼陀致意，「大唐瀚海都護，回紇可汗婆閏，多謝車鼻可汗相邀。但是，回紇只是個十幾萬人的小部落，不敢跟突厥別部稱兄道弟！在下身為瀚海都護，也不敢不盡為國守土之責！所以，你要戰，儘管來戰，何必說那麼多廢話，讓我瞧你不起？」

「你要戰，儘管來戰，何必說那麼多廢話，讓我家可汗瞧你不起。」鹿砦後，瀚海守軍不待婆閏招呼，就用兵器敲打著盾牌高聲重複。剎那間，豪氣直衝霄漢！

「高！」站在婆閏身側，手持盾牌隨時準備為他提供保護的曲彬聽了，忍不住偷偷挑起大拇指。剛才羯曼陀的話，明顯帶著挑撥離間的意思。如果婆閏回答的不夠妥當，很容易被他抓住機會，進而繼續煽風點火。而婆閏一句身為瀚海都護，等同於直接亮出了態度，回紇隸屬於大唐的人，跟叛軍沒有絲毫合作的可能！

「不錯！」不遠處，悄悄跟過來的姜蓉也含笑點頭，很為婆閏的機智而感到欣慰。

而站在瀚海都護府西門之外的羯曼陀，臉色就有些難看了。將牙齒咬了又咬，才強壓下怒氣，再度高聲說道：「婆閏可汗此言大錯特錯。誰不知道，突厥與回紇乃是同宗？你回紇文字跟我突厥文字一模一樣，兩家只要識字的人，能輕鬆讀懂對方文字的意思。而我們突厥人的話，與你們回紇人的話，只是口音上稍有差別，雙方把話說得慢一些，就能彼此聽懂。回紇前一段時間依附於大唐，乃是因為突厥自己不爭氣，被大唐打敗了。如今李世民已經躺在床上等死，我父親正在重振突厥雄風，你何必還頂著一個瀚海都護的虛銜，事事受別人管轄？」

「婆閏可汗大錯特錯……」躲在隊伍中那些大嗓門親兵，早有準備，趕緊將羯曼陀的話高聲重複。不求能夠說服婆閏，只求能讓營地裡那些回紇長老、貴族和官員們，全都聽得清清楚楚。

這一招，果然夠毒辣。婆閏先前為了回紇內部儘快回復安寧，並未對追隨烏紇的長老、貴族和官員們，進行嚴格清算。而這些人，以前都從車鼻可汗派來的細作手裡拿過好處，心中對突厥感情，遠比對大唐深厚。此刻羯曼陀說起突厥與回紇之間的淵源，他們心中立刻又發生動搖，甚至悄悄地眉來眼去。

然而，還沒等他們來得及進一步串聯，婆閏的聲音已經在營地內響了起來，「羯曼陀，你身為阿史那家族的嫡系血脈，如此信口雌黃，就不怕辱沒自家祖先嗎？的確，我回紇文字，是由突厥文字模仿而來。我回紇話，也類似於突厥方言。可你為何不說說，為什麼會如此？還不是突厥人多年來刻意打壓的結果？不光是我們回紇，當初契丹、鐵勒、僕骨、同羅、烏護、十勒、於泥護[注十三]各族，哪一族，不是被你們突厥強行禁止說自己的語言、寫自己的文字？又有哪一族，稍微表現出一些對突厥的不滿，就被你們殺得血流成河？數百年來，突厥視回紇如牲口和奴僕。直到你突厥被大唐打敗，我們回紇人才終於鬆了一口氣。養的牛羊不用再擔心被你們拿走一半兒，養的戰馬不必擔心先由著你們挑。至於受大唐的管轄，我心甘情願。因為大唐沒從我們回紇拿過一隻羊腿，反而給了我們兵器、鎧甲、糧食和書籍，讓我們不再任人宰割！」

有道是，凡事就怕比較。如果不考慮給與個別人的那些小恩小惠，把目光放在回紇十六部整體上。突厥跟大唐相比，差距絕對超過十萬八千里。

車鼻可汗出手再大方，偷偷派人塞給回紇汗庭那些長老、貴族和官員們的，也不過是幾匹好馬，數兩黃金而已。大唐贈送給回紇的武器、鎧甲和糧食，卻讓回紇十六部的整體實力，邁上了一個巨大的臺階。並且，除了物資和糧草之外，大唐還給回紇送來了許多有關耕種、養殖、冶煉和醫療的書籍。只要回紇這邊有人肯下功夫去學，便能讓這些書籍發揮作用，讓十六部變得越來越繁榮。

「對，我們願意。大唐拿我們當人看，而突厥，只把我們當牲口！」

「大唐給我們鎧甲兵器，卻不拿搶我們的牛羊！」

「大唐不會驅趕著我們，去替他們擋刀！」

營地內，心中傾向大唐的回紇將士不在少數，紛紛順著婆閏的話，高聲宣告。並且身份地位越是普通，喊得越理直氣壯。

而那些心思開始動搖的長老、貴族和官員們，則迅速收回了目光。眼觀鼻，鼻觀心，努力讓自己表現出一副平靜的模樣，以免把各自心裡的真實想法暴露出來，引發周圍士卒們的眾怒。

「嗯……」羯曼陀，也知道婆閏的話句句屬實，自己強行爭辯的話，只會起到反效果。沉吟著皺了皺眉，迅速轉換話頭，「婆閏可汗，過去的恩恩怨怨，你我一兩句話之間未必說得清楚。咱們不妨先說說眼前。你麾下最善戰的弟兄，被那個姓姜的帶走了對吧？實話告訴你，我的人已經擊敗了他們，姓姜的不敢見你，直接逃回了中原……」

「羯曼陀，莫非撒謊就是你們阿史那家族最擅長的事情嗎？」婆閏對姜簡信心十足，想都不想，迅速出言打斷，「你說你的人擊敗了我師兄，物證在哪？斬獲在哪？俘虜又在哪？我師兄即便逃了，他麾下的那些將士總不可能全都逃得一個不剩吧？無論戰死的，還是被你俘虜的，你可能押上來讓

注十三、上文中的部族，都被突厥征服過，語言與突厥語接近，文字也基本上使用突厥文。

我看看？我們瀚海都護府小門小戶，將士也少，凡是夥長以上的弟兄，我基本上都能叫上名字。你隨便送一個過來，我二話不說，立刻命人打開營門！」

「這……」羯曼陀本意是用謊言來動搖瀚海都護府的軍心，卻沒想到婆閏反應這麼快，不等他把謊撒完，就揪住了其中最大的破綻不放，頓時，臉色發黑，剩下的半截謊話，全被憋回了肚子裡。

「羯曼陀特勤，你既然提起我師兄，可知道他去了哪裡。」好個婆閏，一擊得手，立刻乘勝發起了反攻，「我實話告訴你，他去了金雞嶺，去端你的糧倉。你的前營和左營，先前綁在一起都被我師兄打了個落花流水。你糧倉那邊的守軍，還沒這兩個營的兵馬一半兒多。怎麼可能守得住你的軍糧？來人，把我的話，重複給羯曼陀特勤聽，免得他耳朵不好用！」

最後一句話，確實朝著身邊的斥候們吩咐。眾斥候雖然沒有準備，卻齊齊扯開嗓子，將瀚海唐軍殺向突厥狼騎糧倉的消息，高聲重複，「……糧倉那邊的守軍，還沒這兩個營的一半兒多……」

羯曼陀之所以急著來攻打瀚海都護府，就是因為知道糧倉根本守不住。然而，先前為了不影響士氣，他卻將瀚海唐軍在姜簡的率領下偷襲金雞嶺糧倉的消息，給瞞了個嚴絲合縫。

此時此刻，秘密被婆閏給揭破，羊毛大纛下的所有突厥將士，立刻開了鍋。一個個大呼小叫，斥責婆閏撒謊騙人，內心深處，卻全都開始發毛。

「笑話，簡直是笑話！」沒想到婆閏小小年紀，竟然比自家弟弟沙缽羅還要狡猾，羯曼陀又氣又急，咆哮著連連擺手，「我的大營，就卡在回紇汗庭與金雞嶺之間，每天都將斥候散出去嚴密監視方圓百里之內一舉一動。你師兄又沒長翅膀，怎麼可能飛過我的大營，去偷襲金雞嶺？」

換了一口氣兒，他根本不給婆閏戳破自己的時間，忽然拔出佩刀，指著鹿砦高聲斷喝，「裡邊的人聽著，本設再給你們一晚上時間，殺了婆閏，出來投降。否則，大軍攻破鹿砦之後，人伢不留！」

「裡邊的人聽著……」羊毛大纛下的大嗓門親兵，也趕緊聲嘶力竭地重複，不求真的能說服鹿砦內的回紇長老、貴族和官員們，裡應外合。只求能轉移敵我雙方的注意力，讓他們別繼續咬住金雞嶺糧倉是否已經被端掉一事兒不放。

「外邊的人聽著，殺了羯曼陀，我送你們牛羊和乾糧，讓你們平安回家。否則，只要打不破我的營地，你們就全都得餓死在草原上！」婆閏越戰越勇，立刻扯開嗓子，針鋒相對。

「外邊的人聽著……」鹿砦後的瀚海健兒們，不約而同地卯足了力氣，將婆閏的話一遍遍喊給突厥狼騎們聽。

「小子找死！」羯曼陀怒不可遏，猛地舉刀虛劈。來人，給他一個教訓！「是！」羊毛大纛之後，百餘名突厥精銳答應著策馬而出，直撲瀚海都護府西側城門。鹿砦後的瀚海健兒們看到突厥精銳來勢洶洶，不待婆閏下令，就果斷推動木製的大門合攏。還沒等大門合攏嚴實，弓弦聲已經響如急雨，緊跟著，夕照忽然變暗，數以百計的狼牙箭飛過城門，朝著婆閏站立的位置急速墜落。

「舉盾！」曲彬反應極快，大叫著舉起盾牌，將婆閏牢牢地護在了盾牌和自己的身體之後。他身邊的瀚海斥候們，也紛紛上前，舉著盾牌，將婆閏的上下左右護了個嚴絲合縫。

「不要臉！」

「卑鄙！」

壕溝後的瀚海弓箭手們氣得破口大罵，彎弓搭箭，向策馬撲過來的突厥精銳展開了反擊。後者一連三射過後，卻不管到底有沒有成功殺死婆閏，在拒馬釘覆蓋範圍之外撥轉坐騎，簇擁著羯曼陀揚長而去。

護衛在羊毛大纛兩側的其他狼騎，也撥轉坐騎，潮水般後退。不多時，就全都返回了葛邏祿僕從正在興建的軍營之內，只留給瀚海健兒們一排囂張的背影。

「呸，什麼玩意兒，根本不配姓阿史那！」

「說不過就放箭偷襲，阿史那家族的臉，簡直被你丟盡了！」

「糧食肯定被端了，所以才惱羞成怒，哈哈哈，突厥狗，等著餓死吧！」眾瀚海健兒沒接到婆閏的追殺命令，無法衝出鹿砦之外。只管朝著突厥人的營地，大罵不止。

「行了，大夥省省力氣吧。罵終究不能罵少狼騎一根寒毛。」婆閏分開盾牌，笑著向周圍的瀚海健兒們揮手，「省點兒力氣，明天跟他們廝殺。這群玩意是什麼貨色，大夥剛才可都見到了。如果連他們都打不過，咱們哪裡有臉去見咱們回紇人的祖先？」

「放心，可汗，突厥狗休想踏入營地半步！」

「戰，戰，殺光突厥狗，剝了狗皮過冬！」

四下裡，回應聲宛若湧潮。幾乎每一名將士，都熱血澎湃，心中對突厥狼騎再也沒有一絲畏懼。

「其實也不用等到明天早晨。」聽大夥士氣可用，曲彬側過身體，向婆閏建議，「給我兩百弟兄，今天夜裡，我就可以去給突厥人一個教訓。」

「去劫營嗎，羯曼陀奸猾，怕是會有所防備。」婆閏果然一點就透，立刻就明白了曲彬的意思，輕輕皺了下眉頭，低聲回應。

「就是他有所防備才好，他要是沒有防備，這招反而未見如何靈光。」曲彬笑著接過話頭，滿臉神秘地補充。

「也別光顧著去劫別人的營，自家也要小心防備。我看那羯曼陀，絕非好相與的白丁。」沒等婆閏做出決定，身背後已經響起了姜蓉的聲音。卻是擔心婆閏打贏了舌戰之後輕敵，令羯曼陀有機可乘。

「嗯，我會令人加強戒備。」婆閏對姜蓉向來言聽計從，立刻用力點頭。「一人計短，眾人計長。你把胡教頭他們都召集到一處，看看他們還有沒有什麼計策教你。」姜蓉向營地外眺望了幾眼，避開婆閏的目光，再度低聲叮囑。

「嗯！」婆閏低低答應了一聲，隨即快步走向了胡子曰。後者正憋得心裡頭難受，不待他發問，就將剛剛想到的幾個奇招歪招，一股腦的說了出來。

曲彬和另外幾個留守在營地內的大唐老兵於旁邊不停地補充，參考以往的作戰經驗，很快就將一個個招數變得切實可行。

時間在忙碌中如飛而逝，轉眼到了半夜，曲彬帶著兩百多名精挑細選出來的健兒，悄悄出了營地的南門。人嘴裡銜著木棍，避免發出聲音。戰馬的蹄子上包裹了麻布，以防行走時動靜太大。先向南方走出了三里多遠，隨即，悄無聲息地調轉頭，摸向突厥人的營寨。

誰料想，距離突厥營地南側的鹿砦足足有三百步遠，黑暗中，就忽然響起了一聲淒厲的號角聲。卻是羯曼陀安排在營地周邊的暗哨，及時發現了曲彬等人的行蹤，果斷吹角示警。

「嗚嗚嗚……」突厥狼騎的營地內，立刻有淒厲的號角聲回應。緊跟著，半邊營地都被燈球火把照亮，一隊規模至少千人上下的狼騎，策馬出門，嚴陣以待。

「果然有所防備，風緊，扯呼！」曲彬絲毫不沮喪，順口喊了一句江湖黑話，撥轉坐騎，帶頭逃之夭夭。

跟在他身後的兩百瀚海健兒們，出發前就得到過他的叮囑。此刻見主將逃走，也紛紛拉轉戰馬，緊隨其後。

從第一聲警訊響起時算計，總計都沒花二十個彈指，曲彬和眾位瀚海健兒們，已經徹底融入了夜幕當中。突厥軍營南門口嚴陣以待的狼騎，白白忙活了半個晚上，氣得咬牙切齒，卻因為不熟悉附近的地形，沒膽子尾隨追殺。

「嗚……」半個時辰之後，警報聲再度響起，這次，卻是在突厥軍營的東門之外。燈球火把，再度照亮了小半個營地。另外一隊規模五六百人的狼騎，全身披掛，在東門口準備迎擊唐軍。結果，曲彬見勢不妙，一撥坐騎，再度帶領著麾下健兒們撒腿逃命。

眾突厥狼騎接連趕了兩三天路，又累又困，卻為了防備偷襲，不得不穿著鎧甲值夜。見曲彬等人不戰而退，氣得破口大罵。

待罵累了，剛準備卸掉鎧甲休息。軍營北門口兒，卻又傳來了淒厲的警報聲。曲彬帶領兩百瀚海健兒，利用自己熟悉地形的優勢，又打起了軍營北門的主意。

被提前安排在突厥軍營北門附近一大隊狼騎，拖著疲倦的身體上馬迎戰。然而，曲彬卻拒絕跟他們交手，帶著麾下的弟兄們，又一次遁入了夜幕之後。下一次，不用猜，所有被吵醒的狼騎都知道，警訊會在突厥軍營西側響起。而在軍營西側當值的狼騎，更是不願意被動挨打，乾脆搶先一步出了營門，埋伏在黑暗當中，守株待兔。

事實證明，他們太一廂情願了。曲彬在突厥軍營北門偷襲失敗，竟然倒著又折向了東門。趁著軍營東側當值的那隊狼騎精神懈怠，頂著暗哨示警的號角聲，一路殺到了鹿砦附近。將早就準備好的火箭點燃了，一輪接一輪朝著軍營內拋射。

待突厥軍營內的當值狼騎做出反應，已經有四輪火箭落在了鹿砦附近的帳篷頂上。羊毛氈子圍成的帳篷，一座接一座冒起了火苗。睡在裡邊的突厥將士，嚇得連靴子都顧不得穿，光著腳衝出帳篷，在夜風中瑟瑟發抖。

羯曼陀接到彙報，趕緊一邊調遣人手救火，一邊安排兵馬，去追殺偷襲者。剎那間，整個突厥軍營，澈底沸騰了起來，人喊馬嘶，比趕集都熱鬧。疲憊不堪的狼騎們甭說睡個安穩覺，就連靠著戰馬閉目養神，都成了奢求。

好不容易把火給撲滅了，外出追殺偷襲者的隊伍，也空著兩手平安歸來，時間也到了寅時。再看軍營內的狼騎和葛邏祿僕從，無論官職高低，血脈貴賤，全都頂上了兩隻大大的黑眼圈兒。

沒等正式開戰，就被對手耍得團團轉。羯曼陀如何咽得下這口氣。乾脆，也派出了五百死士，趁著黎明前最黑的時段，去以牙還牙。

為了避免驚動瀚海唐軍，那五百名死士，都沒有騎馬。由小伯克里胡帶領，徒步向北繞了一個大圈子，然後像幽靈般摸向了瀚海都護府營地的北門。沿途出人意料的順利，甚至都沒遇到任何暗哨。只是在通過拒馬釘覆蓋的地段之時，有十幾個倒楣蛋被扎傷了腳掌，不得不提前退出了戰鬥。

十幾個人的損失，不足以讓小伯克里胡放棄任務。沿著受傷者用腳踩出來的通道，他帶領其餘死士繼續摸向鹿砦。本以為神不知鬼不覺，卻不料，雙腳忽然被一根埋在土裡的繩子絆了一下，緊跟著，前方不遠處的箭樓上，就鈴鐺聲大作。

「叮噹噹……」伴著清脆的鈴鐺聲，附近幾座箭樓相繼探出了燈籠，隨即，鹿砦後，也有火把紛紛點燃，將方圓十丈之內，照得亮如白晝。

早就有所準備的瀚海弓箭手，彎弓搭箭，搶先向狼騎發起了攻擊。小伯克里胡功虧一簣，不得不指揮突厥死士們，隔著鹿砦與瀚海弓箭手對射。

雙方在不到七十步的距離上，用羽箭相互「問候」，損失幾乎不相上下。然而，鹿砦內卻不斷有其他瀚海弓箭手趕來加入戰鬥，小伯克里胡那邊，卻沒有任何援軍。

很快突厥死士們就招架不住，紛紛拎著角弓後退。小伯克里胡見狀，也只能選擇隨流而退。本以為，只要退出箭樓的打擊範圍之外，就可以回去向羯曼陀交差。誰料想，才退了不到五十步，夜幕下，忽然傳來了低沉的馬蹄聲。曲彬帶著兩百瀚海兒郎，忽然出現在敵我雙方的視野之內，策馬掄刀，旋風般衝入突厥死士的隊伍中，像割莊稼一般，將他們一排排砍倒。

平地上，衝起速度來的騎兵對上來不及結陣步兵，就是一邊倒的屠殺。轉眼間，突厥死士就倒下了一小半兒，剩下的一半兒嚇得肝膽俱裂，尖叫著丟下兵器，轉身逃命。

曲彬帶領眾瀚海健兒緊追不捨，將被嚇破了膽子的突厥死士從背後一個個砍倒。直到羯曼陀派出了另外一隊狼騎出來接應，才擺了擺染血的刀，揚長而去。

這一場衝殺下來，突厥方面可是吃了大虧。派出去偷襲瀚海都護府的五百死士，逃回來還不到一百個。剩下的四百人，包括小伯克里胡在內，全都被瀚海健兒給砍倒在血泊之中。

反觀瀚海都護府方面，除了在開始的對射過程中有一部分弓箭手受傷之外，其餘損失微不足道。特別是最後出場的那支騎兵，幾乎是毫髮無傷。

瀚海都護府營地內的燈火，陸續熄滅。所有瀚海將士，放心大膽地休息，就當近在咫尺的突厥狼騎是自家友軍。

而突厥狼騎們，卻被折騰得精疲力竭，士氣岌岌可危。

「該死，該死！傳令下去，拿下回紇汗庭之後，立刻屠城，永不封刀。所有繳獲，誰拿到歸誰，不用上繳！」羯曼陀氣得兩眼冒火，咬著牙宣佈了自己的最新決定。

白天文鬥，他一敗塗地。夜裡互相騷擾，他又大敗虧輸。如果不趕緊想方設法鼓舞士氣，這場仗，不用繼續打，就敗局已定。

而鼓舞士氣的最簡單有效的策略，就是殺戮搶劫！

突厥人以狼為祖先，骨子裡就帶著幾分狼的天性。對殺戮和劫掠，有著與生俱來的癡迷。聽到羯曼陀承諾永不封刀，原本士氣低迷的眾狼騎，立刻就又來了精神，一個扯開嗓子，高聲嚎叫，「嗷嗷，嗷嗷，嗷嗷，嗷嗷……」

淒厲的聲音，給黎明前的夜風，平添了幾分幽寒。

「泥步設，我建議派一部分人嚴守營寨四門。其他人趕緊休息。待養足了精神之後，一舉將回紇汗庭拿下，不要再跟他們在小打小鬧上浪費體力。」一片鬼哭狼嚎聲中，大食講經人阿不德緩緩走到羯曼陀身邊，半躬著身體建議。「嚴守四門？由著回紇人折騰？那豈不是讓他們更囂張？」羯曼陀扭過頭看了阿不德一眼，皺著眉頭反問。

他作戰經驗豐富，當然能判斷出，阿不德的提議有一定道理。但是，內心深處，卻本能地產生出一股抗拒之意。

原因很簡單，前幾天講經人阿不德主動幫忙，派了四十多名所謂的神僕，去追捕兩名大唐斥候。當初說得好像手到擒來，而最終結果卻是四十多名神僕，只逃回來三個。其餘全都死在那兩名大唐斥候及前來接應他們的瀚海勇士手中。

承諾與現實之間相差如此懸殊，令原本就對講經人不怎麼感興趣的羯曼陀，愈發覺得這幫傢伙只會吹牛皮。所提出來的任何建議，都沒有認真看待的價值。

「我軍遠道而來，身體疲憊，又一整夜沒睡覺，急需休息。而馬上就要天亮，天亮之後，敵軍除了強攻之外，根本不可能再繼續偷襲。」講經人阿不德經驗豐富，對羯曼陀的態度見怪不怪，笑了笑，緩緩補充，「所以，泥步設只需要派遣少量兵馬，就能確保軍營不會受到威脅。讓其餘人休息到中午，恢復了體力，然後才好一鼓作氣拿下回紇汗庭！」

頓了頓，不待羯曼陀做出決定，他又迅速補充：「此外，還請泥步設調派五百名葛邏祿人，供在下指揮。在下當年參與過對波斯的懲罰之戰，受真神指引，學會了一些破解拒馬釘和鹿砦的辦法，只要花一上午時間準備，就能替泥步設清除掉回紇汗庭西側的所有障礙。」

這幾句話，可比先前那幾句有效得多。正為瀚海都護府營地周圍的拒馬釘和鹿砦頭疼的羯曼陀，眼神迅速發亮，果斷抓起一支調兵的信物，直接遞給了對方，「也罷，既然智者已經有了破敵之策，我就按照智者的意思，讓弟兄們休息一上午。五百葛邏祿人太少，我給你一千，你可以隨意調遣他們，如果有誰不聽你的話，直接殺了就是，不用上報！」

「多謝泥步設信任，真神一定會照亮你前進的道路！」講經人阿不德再度俯身接過信物，無論語言還是動作，仍舊不疾不徐。

「姑且再相信你一回，反正不成也沒什麼損失。」看著講經人阿不德離去的背影，羯曼陀在心中偷偷嘀咕。

對於這批大食來的講經人及其下屬的神僕，他內心深處，始終生不出太多的好感。哪怕是奉了車鼻可汗的命令，強迫自己表面上對這些人禮貌有加，骨子裡都本能地想跟這些人保持距離。

在他看來，突厥與大唐爭奪的是塞外和中原統治權，哪怕打得再激烈，再血腥，失敗的一方，都還有重新崛起的機會。勝利的一方，也無法將對方澈底剷除。而大食講經人的到來，卻會在根子上，毀滅突厥和大唐，甚至將他們的子孫，完全變成陌生人。

當狼神的子孫，改信了那個真神，忘記了自己的祖先，他們還能叫突厥人嗎？如果講經人，在突厥發展出足夠多的信徒，他和他父親車鼻可汗，還能夠光拿大食人的財物支持，拒絕真心皈依嗎？

這些事情，羯曼陀不敢往深了去想。有時候，卻又不能不想。

「狡猾的野蠻人！」在羯曼陀憂心忡忡的同一時間，保持著平和且彬彬有禮的儀態，講經人阿不德一邊走，一邊在心裡冷笑不已。「如果不讓你見識一下真神賜下的智慧，你怎麼可能安心做真神的獵犬？」

羯曼陀對他的真實態度，他心裡頭其實非常清楚。車鼻可汗的肚子裡在做什麼打算，他和他的老師，也早就探討得明明白白。但是，他不在乎這些。作為一名虔誠的講經人，他早在爬上向東的駱駝脊背之前，就已經做好了一去不回的準備。

俗話說，一桶水不會讓沙漠長出大樹，一桶接一桶的水，夜以繼日澆灌不止，卻能夠讓沙漠變成綠洲。

眼下，他可以忍受羯曼陀的冷落，也可以對車鼻可汗的貪婪和狡詐視而不見，只求能夠有機會向更多的突厥人，展示真神的力量、仁慈、睿智和寬宏。當越來越多的突厥人向他請教問題，向他來尋求日常生活中的幫助，向他來諮詢有關人死之後那個世界的答案，他就可以將真神的廟宇，一座座建立在這些人的心上。

建在地上的神廟容易推倒，建在突厥人心上的神廟呢？

屆時，無論是誰，都不可能阻止真神福音傳播。

屆時，如果車鼻可汗父子不聽話，他和他的老師，就可以換個人來做突厥可汗。相信，新的突厥可汗會是一個虔誠的真神信徒，並且能夠不惜代價，完成攪亂大唐北方，迎接神僕們向東征服世界上最富饒之地，並將其獻給真神的使命。

不得不說，凡是能成為天方教講經人的角色，手底下都有點兒真本事。阿不德帶上二十名大食神僕，拿著羯曼陀給的信物，直奔後營馬棚。將信物出示給看守之後，很快，就拿到足夠的物資，器具，和一千名身強力壯，且極具服從性的葛邏祿僕從。帶著他們從西側出了軍營，直奔不遠處的草場。

整整一個夏天，瀚海都護府始終處於戰爭狀態，牛羊的數量大幅減少，牲口過冬的乾草也沒功夫去儲備。因此，距離都護府營地稍遠一些地方，秋草就長到了齊膝高，黃中透綠，甚為肥碩。

講經人阿不德將葛邏祿僕從分成五十個小隊，每隊二十人，指定一名隊正。然後當眾宣佈，每隊人負責打一捆粗細不低於八尺，長度不低於一丈的草滾子。前十名完成任務者，全隊獎勵肥羊一隻，麥餅二十塊。第十到第二十名完成任務者，全隊獎勵肥羊半隻，麥餅如舊。第二十到第四十名完成任務者，全隊只有一隻羊腿，麥餅十塊。最後十名完成任務者，只有五塊麥餅果腹。

自打戰敗歸來的前營和左營突厥殘兵，將罪責推到了葛邏祿僕從頭上那天起，後者就沒吃過一頓飽飯。今天忽然聽聞有肥羊和麥餅可以充飢，頓時一個個兩眼放光。不需要講經人阿不德做更多動員，就嗷嗷叫著撲向了秋草。耗時最短的隊伍，只用了一個時辰出頭，耗時最長的隊伍，也不過是一個半時辰，就紛紛推著乾草滾子回來繳令。

講經人阿不德說話算數，立刻吩咐手下的神僕們，將肥羊和麥餅分了下去。並且，又另外宰了一匹受了傷的戰馬，將肉和骨頭煮成湯，讓所有人雨露均沾。

待吃飽喝足，眾葛邏祿僕從，也對講經人阿不德徹底歸心。後者一聲令下，指揮葛邏祿僕從們，推起乾草滾子，迅速返回了突厥軍營。

時間已經過了正午，羯曼陀正在懷疑，講經人阿不德是不是將牛皮吹破了，不敢回來見自己。聽當值的狼騎彙報說，後者帶回了五十只巨大的乾草滾子，趕緊大步迎了出來。

「勞泥步設久候了，在下帶著葛邏祿人出去，準備了一些對付拒馬釘和鹿砦的器具。」講經人阿不德在羯曼陀面前，永遠是一幅從容睿智模樣，躬下身體，笑著向對方解釋。

「就這些東西，拿來餵馬嗎？」羯曼陀臉上，頓時露出了幾分失望，皺著眉頭詢問。

雖然貴為可汗之子，對於牧草滾子，他可是半點都不陌生。

每年差不多這個時候，突厥人家家戶戶，都要打上幾十捆草滾子，甚至上百捆，堆放在自家帳篷的西側和北側。一方面可以用來在冬天時餵牲口果腹，另外一方面，也能多少起到一些擋風作用。可拿草滾子來作戰，羯曼陀卻是聞所未聞。更沒聽說過，幾十只草滾子，就能壓垮三層鹿砦。

「乾草滾子滾過之處，任何拒馬釘和木刺，都會被其捲走。」講經人阿不德絲毫不在乎羯曼陀的失禮，笑了笑，耐心地解釋。「當乾草滾子撞上鹿砦之後，還請泥步設派遣弓箭手，及時將其點燃。」

「這，這……」羯曼陀的眼睛，再次開始咄咄放光，猛地一彎腰，手扶胸口，向講經人阿不德鄭重行禮，「多謝智者，今日若是能成功打下回紇人的汗庭，金帳和金帳周圍五十步內全部財物，都歸智者所有！」

「泥步設客氣了，這些不過是在波斯戰場上，最常用的招數而已，當不起泥步設如此重謝。」講經人阿不德笑著還禮，滿臉雲淡風輕，「如果泥步設執意要賞，就請將這份獎賞，分給第一批攻入回紇汗庭的勇士們。讓他們跟你一道，分享勝利的榮耀和真神的祝福！」

「嗯……」羯曼陀眉頭輕輕皺了皺，隨即，爽快地點頭。「就依智者。我立刻聚集兵馬，殺向回紇人的汗庭，請智者仍舊統帥這一千葛邏祿人，幫我拔除沿途所有拒馬釘，並摧毀汗庭周圍的鹿砦！」

阿不德當然願意繼續單獨指揮一支隊伍，哪怕這支隊伍中的士卒，全是戰鬥力極差，也沒鎧甲和兵器的葛邏祿僕從。當即，微笑著點頭領命。

「嗚嗚嗚，嗚嗚嗚嗚……」催命般的號角聲迅速在軍營內響起，傳遍每一名突厥將士的耳朵。體力和精力已經都有所恢復的狼騎們，立刻頂盔摜甲，到中軍帳前集合。

羯曼陀熟練的發號施令，將上午當值的狼騎，留在營地內休息。帶領其他狼騎，浩浩蕩蕩地殺向了三里外的瀚海都護府營地。

講經人阿不德，則指揮著一千葛邏祿僕從，推動著草滾子，跟上隊伍。不多時，就來到了瀚海都護府營地附近。先在距離鹿砦兩百步處，站穩腳跟，重新整隊。隨即，就豎起了一面旗幟，通知羯曼陀，自己這邊已經做好了準備。「嗚嗚嗚嗚嗚嗚……」羯曼陀立刻命人吹響了進攻的號角，通知講經人阿不德出擊。同時，派出四百名狼騎，充當疑兵，一邊策馬沿著拒馬釘覆蓋範圍的邊緣飛馳，一邊將羽箭不要錢般射向鹿砦之內。

已經休息了一整夜外加一個上午的大唐瀚海都護府將士們，精神頭正足。立刻指揮著弓箭手，向鹿砦附近的狼騎發起了反擊。但是，射著，射著，箭樓上的弟兄，就發現了情況不對，果斷用號角聲和旗幟，提醒婆閏，突厥人使出了新花招。

婆閏立刻衝到壕溝旁，冒著被冷箭射中的風險，向外觀看。只見四五十個足足有一人多高的草滾子，並成一橫排，正無聲無息地向自家營地壓了過來。鹿砦周邊所拋灑的拒馬釘，只要被草滾子壓上，就立刻深深地嵌入了草滾子當中，發揮不出半點兒作用。

「阻止他們，放箭射草滾子後面的人！」婆閏驚得眼眶欲裂，本能地扯開嗓子高聲命令。

不用他命令，眾瀚海弓箭手自打葛邏祿僕從推著草滾子進入羽箭射程之內的那一刻起，就沒停止過對這些人的射擊。然而，足足有一人多高、一丈多長的草滾子，遮擋效果比巨盾好高出數倍。射向葛邏祿僕從的羽箭，幾乎全部都扎在了草滾子上，根本無法傷到隱藏其後的葛邏祿僕從分毫。

「嗚嗚嗚，嗚嗚嗚，嗚嗚嗚……」營外的羊毛大纛下，又響起了狂躁的號角聲。千餘名狼騎策馬挽弓，離開本陣，沿著草滾子清理出來的道路，撲向大唐瀚海都護府營地。短短七八個彈指之後，又在距離鹿砦三十步遠處迅速改變方向，一邊疾馳，一邊將成排的羽箭射入營地之內。

駐守在鹿砦後的瀚海刀盾手迅速舉盾，然而，敵軍射過來的羽箭，卻多得防不勝防。十幾名正在努力阻止葛邏祿人的瀚海弓箭手，迅速被敵軍射中，呻吟著倒下。其餘瀚海弓箭手被迫就近尋找刀盾兵保護，能繼續向敵軍還擊者，十不存一。

婆閏本人，也被從半空中落下來的羽箭，逼到了兩面盾牌之後。眼睜睜地看著草滾子距離自家鹿砦越來越近，卻想不出任何對策。

如果那東西與鹿砦發生接觸，即便不能將鹿砦直接壓垮，也能繼續為敵軍提供遮擋。而鹿砦不是城牆，高度有限，下半截埋進泥土裡的深度也有限。葛邏祿僕從借助草滾子的掩護，用不了多久，就能將鹿砦一根接一根拔起，為突厥狼騎開拓出一條殺入營地內的通道。

「放火箭，放火箭！」就在他急得汗出如漿之際，胡子曰的聲音，忽然在不遠處響了起來。「放火箭，瞄著草滾子射。提前點燃了它，別讓他們推過來燒毀鹿砦！」

「放火箭，放火箭射草滾子！」婆閏宛若從噩夢中被驚醒，扯開嗓子高聲重複。

「放火箭，放火箭！」附近的別將、校尉們，也全都明白了敵軍的意圖，一邊高聲傳遞命令，一邊用火摺子點燃常用的火箭，射向已經距離鹿砦只有十五六步遠的乾草滾子。

滾在最前面的幾隻草滾子上，迅速冒起了濃煙。箭樓上，盾牌後，壕溝旁，一個個瀚海弓箭手，頂著突厥狼騎射過來的箭雨，將更多的火箭射向目標。

更多的濃煙從不同的草滾子上冒出，轉眼間，濃煙下就出現了火星，幾個彈指之後，又變成了火苗。

正在推動草滾子的葛邏祿僕從，被燙得哇哇亂叫。趕緊鬆開手，與草滾子脫離接觸。跟在草滾子之後的其他葛邏祿僕從們，沒勇氣去接替自家同伴，本能地停下來腳步，左顧右盼。

他們是在車鼻可汗的武力逼迫之下，才被迫捲入這場戰爭的。從最開始到現在，一直被突厥人當做奴隸來使喚。突厥人打贏了，不會給他們任何獎賞。而突厥人打輸了，似乎也跟他們關係不大。

「怎麼停下來了，不要停，趕緊滅火！」

「別停下來，滅火，滅火，滅了火之後繼續推！」

「該死，看到火箭，你們為什麼不趕緊弄滅了它？」

命令聲與呵斥聲，接連響起，卻是跟在葛邏祿僕從身後的大食神僕們，發現了最新情況，拔出兵器上前干涉。

他們原本的任務是待草滾子與鹿砦接觸之後，就立刻將其點燃。而現在，他們還沒來得及執行任務，草滾子上已經冒出了濃煙和火舌。除了命令葛邏祿人滅火之外，他們不知道自己還能做些什麼。

眾葛邏祿僕從們，猶豫著脫下衣服，努力用衣服撲打草滾子上的火星。心中卻對於將火頭被成功撲滅，不抱任何希望。

眼下可是秋天，即便草還帶著青色，葉子裡面也沒剩下水分了。眾人平時做飯的時候，隨便抓上幾把草就能直接塞到鍋子底下當柴禾燒。而現在草滾子上已經被點起了火苗，怎麼可能被迅速撲得掉？

在眾葛邏祿僕從的忙碌中，草滾子失去了慣性，陸續停了下來。火苗被撲滅幾個，隨即又跳出更多，並且變得越來越「茁壯」。

「嗖嗖嗖……」一波火箭夾著羽箭，從營地內飛來，在草滾子上引起更多的火頭，將葛邏祿僕從們射得抱頭鼠竄。眾神僕們滅火失敗，又氣又急，一個個扭頭向講經人阿不德方向張望。

講經人阿不德，也被突如其來的變故，打了一個措手不及。然而，卻很快就憑藉豐富的經驗和冷酷的心腸，對神僕們做出了指引，「不用滅火，滅不掉了。讓葛邏祿人脫了衣服墊在手上，或者用兵器做燒火棍，繼續推，趕快，趁著火頭還不太大！」

「脫衣服，脫了衣服包住手，繼續向前推草滾子！」帶隊的神僕頭目果斷拔出大食長劍，指著草滾子後四下亂竄的葛邏祿僕從，高聲喝令。「別跑，再跑，老子直接砍了你！」

「脫衣服包住雙手，繼續推，距離鹿砦已經沒幾步了！」

「繼續推，誰敢放棄，就殺了他！」

「拿木棍推，木棍沒那麼容易燒著！」

其餘神僕們，也紛紛拔出長劍，逼迫葛邏祿僕從繼續執行任務。而後者，既沒有勇氣反抗，也沒勇氣臨陣脫逃，只能認命地用衣服裹住雙手，或者雙手握住發給他們充當兵器的木棍，將越燒越旺的草滾子，努力推向鹿砦。

幹過粗活的人，都有相似的經驗。比較重的圓柱物體，如碌碡、碾子之類，只要停下來，再想移動它，就要費力許多。

眾葛邏祿僕從剛才因為怕火，停止了推動草滾子。此刻在大食神僕的逼迫下，想要重新推著它向前滾動，又談何容易？

而鹿砦後的瀚海弓箭手，卻趁機射出了更多的火箭，唯恐那一只草滾子，燒得太慢。

「呼……」一陣秋風吹過，濃煙四處翻滾，剛剛把戰馬兜轉回來，準備做第二輪馳射的突厥狼騎們，被濃煙捲了個正著，剎那間，人的咳嗽聲不斷，戰馬悲鳴著轉動身軀，堅決不肯繼續向已經快變成火球的草滾子靠近。

「推，繼續推，全都撲上去推！否則，去死！」發現草滾子遲遲不挪動半步，大食神僕們氣急敗壞，揮動著長劍砍向葛邏祿僕從，轉眼間，就將後者砍倒了三四十個。

其餘葛邏祿僕從嚇得魂飛天外，一邊哭喊求饒，一邊冒著被燒死的風險，用所有能想得到的辦法，去推動草滾子。有人被燙得滿胳膊血泡，卻不敢後退半步。有人被火舌燒焦了頭髮、眉毛和鬍子，卻不敢躲閃，還有人，被濃煙熏得暈頭轉向，身體踉蹌著貼在了草滾子上，隨即，被燒得冒起了藍色煙霧，慘叫著倒在地上，縮蜷成了一團。

草滾子動了動，速度卻非常緩慢。火星和火苗不斷從其表面跳起，將推它的葛邏祿僕從，燒得焦頭爛額。

營地內，又有一輪火箭射出，令草滾子上的火舌，跳起老高。忽然間，一只草滾子碎裂，火焰伴著濃煙和秋風，在周圍快速旋轉，將臨近他的一名大食神僕和試圖推動它的葛邏祿僕從，盡數捲了進去，全都變成了火人。

「啊……」在死亡面前，大食神僕表現得並不比葛邏祿僕從勇敢分毫，丟下長劍，慘叫著轉身向後逃命，才跑出不到十步，就栽倒於地，掙扎，翻滾，最後一動不動。

「啊……」又有兩只草滾子碎裂，燃起了熊熊大火。十幾名身上著了火的葛邏祿僕從，也轉身逃命。幾名大食神僕迅速撲過去，將他們挨個砍翻在血泊之中。

「繼續推，只要還有一個人活著，就不准後退！」講經人阿不德拎著一支精鐵打造的手杖，衝到剩下草滾子附近，高聲命令，臉上不帶任何人類的感情。「誰敢偷懶，就立刻送他下火獄！」

「推，上去推，後退的人死，偷懶的人下火獄！」大食神僕們再度舉起長劍，對著葛邏祿僕從亂砍亂殺。

面對血腥的屠戮，葛邏祿僕從們再度選擇了屈服。一名雙臂被火燎得漆黑，臉上卻全是水泡的老年葛邏祿人，忽然尖叫著衝向一只看起來還沒完全變成火球的草滾子，狠狠撞了上去。

「砰！」他的身體與草滾子表面接觸，砸出無數火星，隨即倒地不起，生死未卜。

「啊……」另外幾名老年葛邏祿僕從，也學著此人的摸樣，尖叫聲衝向同一只草滾子，前仆後繼。

那只草滾子終於又開始向前移動，一路噴煙冒火。另外十幾名年老的葛邏祿僕從，陸續用身體撞過去，避免草滾子再度停下來。更多的葛邏祿人，以三十歲以上者為主，也尖叫著撲向另外七八只尚未完全變成火球的草滾子，如同飛蛾撲火。

另外七八只草滾子，也緩緩向前移動，緩緩靠向瀚海都護府的鹿砦。每前進一步，都以葛邏祿人的生命為代價。

「真神會獎賞你的前程，送你們進入天國！」躲在一只熊熊燃燒卻沒有澈底散架草滾子之後，大食講經人阿不德，用鐵楞杖支撐住身體，閉上眼睛，對著那名縮蜷成一團的大食神僕念誦起了經文。

這一刻，他聽不見葛邏祿人的尖叫聲，也看不見他們的死亡。

葛邏祿人不是他的同族，也沒有信奉他們的真神，所以，在他眼裡，葛邏祿人只是隨時可以消耗的材料。

這一刻，他的臉上，寫滿了虔誠。

「該死，他在幹什麼？」幾名箭樓上的瀚海勇士，目光迅速被講經人阿不德所吸引，剎那間，全都不寒而慄。

答案在他們心中呼之欲出，回紇人的薩滿在祭天之時，動作與火堆後的那名大食瘋子幾乎一模一樣。

只是，回紇薩滿祭天，最奢侈的時候不過是宰一匹白馬，三頭青牛和五隻黃羊。而火堆後那名大食瘋子，所用的祭品，卻是活生生的人。

「殺了他！」不知道是誰高喊了一聲，立刻得到了箭樓上所有勇士的回應。下一個瞬間，四張角弓同時瞄向了講經人阿不德，羽箭呼嘯著脫離弓弦，直奔此人的胸膛。

彷彿得到了魔鬼的示警，兩眼緊閉的阿不德忽然邁動雙腿，急速後退。凌空射來的四支羽箭，有兩支被火堆上的熱風吹歪，另外兩支正中他原來所站立的位置，在石頭上砸出數點火星。

「保護講經人！」兩名神僕大叫著衝過去，用身體護住阿不德，同時將兵器像風車一般在各自面前揮舞。

「不用緊張，真神不會讓他們傷害到我！」阿不德笑著推開神僕，再度邁步向前，將身體快速貼向正在熊熊燃燒的草滾子，彷彿自己身上真的被神明扣上了一道看不見的護罩，可以讓自己不會受到任何傷害。

風捲著火苗，烤得他臉上發疼。他的頭髮和皮膚，迅速散發出焦臭的味道。然而，他卻相信，這一些痛苦都物有所值。嘴裡念誦著經文，若無其事地將身體向火焰靠得更近，直到有火星濺上了鎧甲表面，才微笑著停住了腳步。

更多的羽箭凌空飛來，試圖將他射倒於地。但是，所有靠近火堆的羽箭，卻都詭異地偏離了方向，無法碰到他一根寒毛。

「妖術，妖術……」箭樓上的瀚海勇士們大驚失色，射向他的羽箭頓時變得凌亂且無力。而營地外的大食神僕們，卻一個個士氣大振，揮舞起兵器，驅趕起更多的葛邏祿人用身體去撞擊草滾子，將冒著火舌的草滾子推得速度越來越快，越來越快。

「不是妖術，是風，火燒起來之後會生出熱風。」姜蓉的聲音忽然在營地內響起，帶著明顯的焦灼。

「是風，火燒起來會生出熱風！做飯時煙囪裡冒出的煙，也能吹歪羽箭。」婆閏得到提醒，迅速從自家師父傳授過的知識當中找到了相似答案，扯開嗓子努力安撫軍心。

已經澈底來不及，哪怕他將道理說得無比正確。就在營地裡的大部分瀚海弓箭手，注意力都被講經人阿不德所吸引的時候，最後七只草滾子，噴著煙，冒著火，碾過最後的距離，撞上了營地最周邊的那層鹿砦。

「砰……」聲音很低，很沉，與草滾子發生接觸的鹿砦，立刻被撞倒，而那七只草滾子，卻借著慣性繼續向前翻滾，轉眼就又與第二層鹿砦發生了接觸。

「砰！」聲音更低，更悶。草滾子接二連三碎裂，變成一座座巨大的大火堆。熊熊燃燒的乾草打著鏇子落向四面八方，將澆過水的鹿砦，烤得白汽翻滾。

「滅火，阿紮圖，快帶你的人過來滅火！壕溝裡有足夠的水。薩斯比，把你手下的弟兄全調過來，用弓箭堵窟窿。」婆閏大急，趕緊調派人手來對付火焰，隨即，又調來更多的弓箭手，防止敵軍趁機發起強攻。

圍繞在瀚海都護府營地四周的鹿砦，一共有三層。西側最外一層鹿砦，已經被燃燒的草滾子砸出了七個巨大的豁口。而木材即便泡了水，也擋不住火焰的長時間焚燒，如果不趕緊出手補救，火堆附近的第二道和第三道鹿砦，早晚會燒起來，化作灰燼。

「得令！」特勤阿紮圖答應著，去組織營地裡的青壯救火。別將薩斯比，則點起五百弟兄，用弓箭封鎖第一道鹿砦上被剛剛被撞開的缺口。

「嗚嗚嗚，嗚嗚嗚……」彷彿在驗證婆閏的判斷，營地外的羊毛大纛下，很快就又響起了催命般的號角聲。兩千多名葛邏祿僕從，舉著木頭做的盾牌，提著撓鉤與鐵鍬，大步向前推進，每個人的臉上的表情，都非常麻木，彷彿是一群活著的死人。

一千多名突厥狼騎，策馬緊隨其後。隊伍像一隻倒扣的月牙，將葛邏祿僕從們緩緩包圍。月牙的兩端處，每一名狼騎手中都持著騎弓，羽箭也輕輕地扣上了弓臂，隨時準備將試圖逃走的葛邏祿僕從，當場射殺。

因為婆閏那邊應對及時，講經人阿不德的計策，只成功了一半兒，未能將瀚海都護府營地西側的三層鹿砦全部摧毀。所以，接下來的開路工作，將由狼騎押著葛邏祿僕從來完成。

獻祭這種勾當，不但講經人阿不德會做。突厥泥步設羯曼陀一樣精通。豁出去代價，他相信自己肯定能將瀚海都護府的鹿砦，硬生生撕開一道缺口。

「瘋子，羯曼陀簡直就是個瘋子！」婆閏又一次猜出了對手的打算，氣得咬牙切齒。葛邏祿人戰鬥力低下，士氣消沉，忠誠度也不怎麼可靠。但是，用來拆毀剩餘的鹿砦，卻綽綽有餘。

哪怕瀚海都護府這邊的健兒們，將葛邏祿人全部射死。對於羯曼陀那邊來說，實力也沒損失分毫。

「他手頭沒多少軍糧了，所以死掉的葛邏祿人越多，狼騎就能堅持得越久！」對人性之惡，曲彬的認識，遠比婆閏深刻。朝地上啐了一口，在旁邊低聲分析。

突厥狼騎沒抵達瀚海都護府之前，葛邏祿僕從對於他們來說，作用相當於奴隸和輔兵，他們捨不得斬盡殺絕。而現在，敵我雙方已經展開了決戰，葛邏祿僕從戰鬥力又弱到可以忽略不計，再留著他們，對突厥狼騎來說就沒有了任何意義。

如果沒有合適理由，將葛邏祿僕從盡數斬殺，消息傳開之後，肯定會讓其他追隨車鼻可汗的小部落感到心寒。而驅趕他們去破壞鹿砦，借助瀚海唐軍之手殺光他們，則既達到了節約糧食的目的，又不會壞了名頭，一舉兩得。手段極其歹毒，然而，婆閏和曲彬兩個，看得即便再清楚，短時間內，也想不出任何破解之策。

而時間，也不准許他們兩個仔細考慮對策。很快，葛邏祿僕從們就已經超過了那些在半路上熊熊燃燒的乾草滾子，接近了第一層鹿砦。

「上去，一起上去。推平了鹿砦，就放你們到一旁觀戰。講經人對真神發誓，絕不食言。」大食神僕們士氣高漲，揮舞著長劍，驅趕各自身邊殘存的葛邏祿僕從，加入進攻隊伍，不管對方兩手空空且焦頭爛額。

僥倖沒有死於烈火的那批葛邏祿僕從們，已經澈底忘記了反抗，踉蹌著與剛衝上來的自家族人會合，然後在大食神僕和突厥狼騎的驅趕下，衝向瀚海都護府營地，一個個如同行屍走肉。

瀚海弓箭手們，不敢再做任何猶豫，拉動角弓，將一排排羽箭射向衝過來的葛邏祿僕從。後者身上根本沒有鎧甲提供防護，手裡的盾牌也使用得非常笨拙，轉眼間，就有上百人被射倒在地，紅色的血漿與黑色的草木灰混在一起，一道道甚為醒目。

然而，沒有被射中的葛邏祿僕從們，卻不敢停住腳步，嘴裡發出一連串絕望的尖叫，前進的速度反而突然加快了一倍。

更多的羽箭，如飛蝗般射至，將葛邏祿僕從們一排接一排射倒。營內地的瀚海弓箭手們，明知道葛邏祿人身不由己，卻無法手下留情，也不敢給與對方任何憐憫。

葛邏祿僕從要摧毀的是瀚海都護府的鹿砦，是回紇汗庭的屏障。此刻他們對葛邏祿人的任何同情，將來都會化作鋼刀和利箭，落在他們或者他們袍澤和族人身上。他們除了盡可能將葛邏祿僕從放倒在前進的路上之外，別無選擇。戰鬥剛剛開始，就變得無比慘烈。一排葛邏祿僕從被羽箭射倒，第二排葛邏祿僕從尖叫著踏過自家同伴的屍體。第二排葛邏祿僕從被射到，很快，又撲上來第三排，循環往復，無止無休。

忽然間，有幾十名葛邏祿僕從知道了害怕，尖叫著脫離隊伍，逃向戰場兩側。押陣的突厥狼騎立刻鬆開弓弦，用羽箭將他們全部覆蓋。

逃命者的身上，剎那間插滿了箭矢，圓睜著雙眼栽倒。突厥狼騎獰笑著再度將羽箭搭上弓弦，不瞄準營地中的瀚海唐軍，只管瞄準其他葛邏祿人的後背。

僥倖還沒死在敵我雙方羽箭之下的其他葛邏祿僕從們，立刻放棄了逃走的打算，認命地舉著盾牌，揮舞著鐵鍬、撓鉤，加速邁步前衝。身邊不停地有同伴死去，他們只能裝作沒有看到。耳畔慘叫聲連綿不斷，他們也努力讓自己不去聽。

在付出了數以百計的同袍生命為代價之後，終於有十幾名葛邏祿人沿著乾草滾子壓出來的豁口，突破了第一層鹿砦。

射向他們的羽箭，受到正在熊熊燃燒的火堆影響，立刻失去了準頭，而他們，卻不知道躲在火堆之後苟延殘喘，只管埋著頭繞過火堆，揮舞起鐵鍬、盾牌，撓鉤，朝著第二層鹿砦亂砸。

「嗖嗖嗖……」又一排羽箭射至，將太靠前的葛邏祿僕從全部放翻在地。新一波葛邏祿僕從，尖叫著後退閃避，隨即無師自通，在緊貼著火堆的位置，尋找到各自的破獲目標，揮舞盾牌、撓鉤和鐵鍬，努力替突厥狼騎開闢道路，對端著水盆衝過來救火的瀚海健兒們，同樣視而不見。

「噗……」幾桶泥水潑在火堆上，火勢頓時就是一滯，白霧騰空，滾燙的濕氣撲面而來，燙得人臉熱辣辣地疼。

葛邏祿僕從們吃痛，終於注意到前來救火的瀚海健兒們，跟自己相距不足十步。先本能地快速後退，隨即，又停住腳步，尖叫著舉起盾牌、撓鉤和鐵鍬，向後者張牙舞爪。

雙方之間的距離不足十步，卻還隔著整整兩道鹿砦，水可以潑到火堆上，但是，瀚海健兒們，卻殺不到他們身前。同樣，葛邏祿僕從們手中的盾牌、鐵鍬和撓鉤，卻無法碰到對面的瀚海健兒。

尖叫聲和怒罵聲此起彼伏，鹿砦兩側的人，卻都拿對方無可奈何。潑在火堆上的泥水迅速被蒸乾，剛剛矮下了幾分的火勢，再度轉旺。拎著空桶的瀚海健兒們需要給後來的同伴騰地方，大罵著轉身離去。另一隊瀚海健兒快步衝上，將裝在木桶裡的泥水潑向火堆，令火頭再度迅速減弱。

「別停下，繼續打水滅火！」特勤阿紮圖在壕溝旁看得真切，扯開嗓子朝著麾下的健兒們大喊，「葛邏祿人不用你們管！」

「亞力，烏圖，你們兩個帶著長槍手上去，捅翻那些傢伙！」婆閏抬手指向正在破壞鹿砦的葛邏祿僕從，迅速做出戰術調整。

負責滅火的健兒們立刻不再搭理葛邏祿僕從，專心打水潑向火堆。兩百名長槍手分成七組，在兩名旅帥的帶領下，吶喊著衝向火堆，隔著兩道鹿砦，用長槍向葛邏祿僕從們奮力攢刺。後者立刻顧不上再搞破壞，用撓鉤、鐵鍬和盾牌苦苦支撐，然而卻力不從心，很快就敗下陣去，丟下數十具屍體踉蹌後退。不遠處壓陣的突厥狼騎，毫不猶豫地開弓放箭，將退得最快的葛邏祿僕從放倒了整整兩大排。其餘葛邏祿僕從被逼無奈，悲鳴著轉過身，再度衝向火堆旁的鹿砦。又一陣羽箭從他們頭頂上飛過，在半空中迅速下墜，射向瀚海長槍手。十幾名瀚海長槍手的鎧甲被射穿，身上迅速冒起了一團團紅霧。

「嗖嗖嗖……」營地內的瀚海弓箭手，立刻向狼騎展開反擊。三個彈指過後，十幾名狼騎中箭落馬。一部分狼騎立刻調整方向，與瀚海弓箭手展開對射。另一部分狼騎，則繼續彎弓搭箭，攻擊瀚海長槍手，為破壞鹿砦的葛邏祿僕從減輕壓力。

憑藉人多，突厥狼騎大占上風，然而，很快就又有數百名瀚海弓箭手，被婆閏調至營地西側投入戰鬥。眾人發揮步弓的射程和威力優勢，將局面「一寸寸」搬回。

羽箭不停地往來，烏雲一般遮住人頭頂的天空，令陽光都開始變暗。葛邏祿人頂著箭雨，繼續撲向鹿砦，鐵鍬挖，撓鉤扯，盾牌砸，忙碌不休。

「噗……」「噗……」一隊隊瀚海健兒，在羽箭編織的「烏雲」下，將泥水潑向七座火堆，來來去去，循環往復。

每一個彈指，敵我雙方都有人中箭，然而，雙方卻誰都沒有停下。鮮血很快染紅了腳下的土地，隨即與泥水一道彙聚成溪，四下流淌。誰也分不清，哪一股來自回紇人，哪一股來自葛邏祿人。

雙方的血，是同樣的溫度，同樣的顏色。

雙方的面孔，看起來也沒多少不同。

他們都曾經是鐵勒的分支，祖先都來自於遙遠的北方。在魏晉時被稱為高車，在漢代時被稱為丁零。

他們原本就是兄弟，彼此的牧場之間距離兩三千里，無論如何都不該兵戎相見。然而，因為大食人的貪婪和車鼻可汗的野心，他們卻不得不爭個你死我活。

「嗚嗚嗚，嗚嗚嗚……——」淒厲的號角聲再度吹響，一隊突厥狼騎徒步衝了上來，持盾揮刀，沿著葛邏祿僕從們用屍體鋪出來的道路，直奔火堆旁。

「嗚嗚嗚嗚嗚，嗚嗚嗚……」瀚海都護府內，也有不屈的號角聲回應。一隊由刀盾手與長槍手混編的勇士，踏過鋪在壕溝上的甲板，投入戰鬥，隔著鹿砦，將葛邏祿僕從，殺得屍骸枕藉。

被夾在狼騎和瀚海健兒之間的葛邏祿僕從們，數量急劇減少。而地面上的屍體，卻堆積如山。

時間在無窮無盡、反反覆覆的拉鋸、破壞、反擊、廝殺的過程中流失，同時被消耗掉的，還有第二層鹿砦下的泥土。

終於，有幾支鹿砦相繼被拔起，第二道鹿砦上瞬間被打開了一道缺口。緊跟著，更多的鹿砦被拔出，缺口急速擴大，從寬度不足五尺擴大到一丈、兩丈。手持橫刀和盾牌的突厥狼騎，推著剩餘的葛邏祿人大步衝過缺口，撲向最後一道鹿砦。半空中，泥水一桶桶落下，將七座火堆上最後的火苗澆滅，水汽伴著濃煙翻滾，遮斷敵我雙方的視線。

一陣秋風吹來，水汽和濃煙被吹淡。敵我雙方的身影，在最後一道鹿砦兩側出現，距離近得能夠清晰地看見彼此臉上的血痂和汗珠。

葛邏祿僕從們愣了愣，尖叫著將鐵鍬、撓鉤和盾牌，砸向對面的瀚海健兒。瀚海健兒們則將空著或者滿著的水桶，擲向葛邏祿僕從。隨即，雙方同時側身後退，將第一線位置，讓給手持兵器的突厥狼騎和其他瀚海勇士。戰鬥再度開始，長槍和鋼刀並舉，血肉在陽光下泛起妖異的紅光。

營地內的瀚海弓箭手為了避免誤傷，主動停止了射擊。騎在馬背上壓陣的那批突厥狼騎，也垂下了騎弓。雙方隔著激戰的人群，遙遙相望，緊跟著，嘴裡都發出一聲咆哮，各自使出新的殺招。

「拋射，拋射，射敵軍身後，阻止更多突厥狗進入！」瀚海別將薩斯比大叫，命令其麾下的弓箭手們，調整射擊高度，遮斷突厥狼騎進入缺口的道路。壓陣的突厥狼騎們，也再次舉起騎弓，將羽箭射向壕溝上的踏板，阻止婆閏繼續向最後一道鹿砦附近投入援兵。

此時此刻，如果有人可以飛上高空向下看，就會發現戰場上的形勢變得極為荒誕。敵我雙方的援軍，短時間之內，都無法繼續投入戰鬥。與前面激戰的自家袍澤之間，都明顯拉出了一個寬闊的空擋。

而最後一道鹿砦兩側，五百餘名突厥狼騎與差不多同樣數量的瀚海勇士，則以熄滅的火堆為參照點，形成了七處戰團。彼此高舉兵器呼喝酣戰，各不相讓。

各處戰團附近，還有數量已經不足五百的葛邏祿僕從，前進不得，後退無路，瞪著失神的眼睛，瑟瑟發抖。

「分散開，讓葛邏祿人分散開，去繼續破壞鹿砦。不要跟在狼騎身後紮堆兒，左右兩側還有很多選擇。」已經悄悄退到八十多步之外的講經人阿不德，忽然又舉起了精鐵打造的楞杖，朝著前方指指點點，「真神的僕人，趕著他們去破壞鹿砦，趁著回紇人防禦不過來！」

「分散開，分散開，繼續去破壞鹿砦。不要愣著，不要停，打開鹿砦就放你們回家！」眾大食神僕立刻明白了講經人阿不德的意思，揮舞起長劍，像趕羊一樣驅趕著葛邏祿人沿向各處戰團左右兩側分散，自行尋找新的破壞目標。最後一道鹿砦附近的瀚海勇士被突厥狼騎纏住，無暇分身。臨近幾座箭樓上的瀚海弓箭手們，卻將葛邏祿人的最新動向，看得一清二楚。立刻調轉角弓，居高臨下展開射擊，將剛剛找到下手目標的葛邏祿人一個接一個送回老家。

未中箭的葛邏祿人嘴裡再度發出淒厲的悲鳴，卻沒勇氣轉身逃走，在人數不到自家二十分之一的大食神僕的驅趕下，頂著從天而降的羽箭，繼續撲向鹿砦。鐵鍬、撓鉤齊揮，盾牌盡可能地護住自己和臨近族人的身體，用生命做最後的豪賭。

「來人，給老子瞄準鹿砦射！射死他們！」正在指揮弓箭手截斷狼騎援軍的別將薩斯比也終於發現了葛邏祿人舉動，趕緊分派弟兄放箭阻攔。

密密麻麻的羽箭，避開正在與敵軍交戰的瀚海勇士，風暴一般射向戰團附近的鹿砦。鹿砦上，立刻長出了厚厚的白毛，正在進行破壞的葛邏祿人，被射得七零八落。然而，卻有數十面木製的盾牌，成了最後的「堡壘」。盾牌下，已經處於瘋狂狀態的葛邏祿人，一邊聲嘶力竭地尖叫，一邊機械地揮舞鐵鍬和撓鉤，彷彿身體完全不歸自己掌控。

「嗖嗖嗖嗖……」遠處壓陣的突厥狼騎，也做出了對應性戰術調整。停止阻擋其他瀚海勇士跨過壕溝，專門壓制薩斯比和他麾下的弓箭手。雙方人數相當，但無論經驗還是訓練度，突厥狼騎都遠遠高於瀚海弓箭手。別將薩斯比和他麾下的弟兄們，受到了極大的干擾，無法再集中箭矢，射殺破壞最後一道鹿砦的葛邏祿人。而最後不到三百名葛邏祿人，則繼續機械地揮舞撓鉤和鐵鍬，如瘋似癲。

一支鹿砦被四名葛邏祿人合力拔起，拖向已經熄滅的火堆。十餘支羽箭呼嘯而至，將四名葛邏祿僕從全部射死在火堆旁。另一支鹿砦很快又被拔起，得手的五名葛邏祿人來不及轉身，就被羽箭一起射殺。其餘葛邏祿人對同伴的死亡視而不見，哭泣著，尖叫著，不斷將新的鹿砦拔起，將缺口向左右兩側擴大。

「殺進去，殺進去！」正在與瀚海勇士隔著一道鹿砦廝殺的突厥狼騎們，興奮得大呼小叫。放棄對手，邁步衝向葛邏祿人用性命換回來的缺口。鹿砦內的瀚海勇士們，紛紛上前補位，攔住突厥狼騎的去路。十多名葛邏祿人來不及撤下，立刻遭到了雙方的前後夾擊。

瀚海勇士恨葛邏祿人為虎作倀，突厥狼騎嫌葛邏祿人礙事。刀砍槍刺之下，來不及撤走的葛邏祿人轉眼之間，就被屠戮殆盡。交戰雙方各自發出一聲吶喊，面對面揮舞兵器，各不相讓，再度膠著成了一團。

「嗚嗚嗚，嗚嗚嗚，嗚嗚嗚……」號角聲無止無休，聲聲催人老。發現鹿砦被撕開了一個缺口，壓陣的狼騎紛紛跳下戰馬，徒步投入了戰鬥。數量之多，令營地裡的瀚海弓箭手們，怎麼努力阻攔，都阻攔不住。

「殺進去，為了真神的榮耀。」眾大食神僕們，也尖叫著從戰團側面翻過了鹿砦，結伴衝向瀚海勇士。他們人數不多，只有十三四個，然而，攻擊力卻極為強悍，且攻擊的角度無比刁鑽。

正在努力封堵缺口的瀚海勇士們，側翼受到進攻，不得不分出一部分弟兄迎戰。卻無法擋住大食神僕們的腳步。缺口附近的突厥狼騎們見狀，立刻加強了進攻力度，將瀚海勇士們擠得不斷後退，一步步接近壕溝的邊緣。

突入營地內的狼騎數量，轉眼間就超過了封堵缺口的瀚海勇士。敵我雙方，在鹿砦與壕溝之間的狹窄區域攪在一起混戰，你中有我，我中有你。營地內的瀚海弓箭手和營地外仍舊騎在馬背上的突厥將士，為了避免誤傷到自己人，都停止了射箭。焦急地看著自己一方的袍澤接二連三倒下，卻無能為力。為了儘快鎖定勝局，更多的狼騎徒步衝過了缺口。為了阻止敵軍擴大戰果，婆閏也不停地調派人手，跨過壕溝支援自家勇士。

壕溝附近，不停地有屍體倒下，不停地有血光飛起。地面迅速被人血染紅，變得泥濘不堪。更多的人血沿著壕溝的邊緣下淌，很快將壕溝內的泥水也染成了紅色。晴朗的天空中，有陽光照下，令泥漿表面騰起一層層霧氣。轉眼間，霧氣也變成了紅色，在交戰雙方將士的頭頂，縈繞不散，就像無數不甘心離去的亡魂。

「呼佳、牙庫布，你們兩個帶著親兵跟我一起上！」眼看著越來越多的瀚海勇士，倒在了突厥狼騎的屠刀之下，婆閏兩眼發紅，拔出橫刀，即準備親自上陣。

師兄姜簡每到危機關頭，必身先士卒。他現在已經想不出更好的對敵之策，唯一的效仿對象就是師兄。

一隻手，卻搶在他的兩腳邁開之前，用力按住了他的肩膀，「別衝動，嗚金，讓弟兄們先撤下來！」

「阿姐……」婆閏知道是誰按住了自己，然而，向來對姜蓉言聽計從的他，這一次卻用力甩開了姜蓉的手掌，「我必須去，我是他們的可汗，我是瀚海都護……」

「嗚金，把弟兄們先撤下來。趁著還來得及！」姜蓉卻迅速伸出另外一隻手，再度拉住了他的手腕，「別衝動，真需要你親自上陣的時候，我肯定陪著你一起去！」

「聽她的，嗚金！」胡子曰的聲音，緊跟著響了起來，竟然不帶半點兒焦急，「形勢還有得救，剩下的事情交給我。」

「先鳴金，這才到哪。比這兇險的情況，老子見多了！不要慌，等會兒給你變個戲法看。」韓弘基拎著一杆長矛快步擋在他面前，聲音裡非但沒有多少焦急，反而隱隱透出了幾分對敵軍的不屑。

「突厥人就這幾下子，不用著急，我們還都在呢！」王達一手持刀，一手持盾，也趕了過來。仍舊是平時那副不緊不慢模樣，彷彿天塌下來，都有高個子幫自己頂住一般。

「你們？」已經絕望的心中，瞬間又閃起了希望的火苗，婆閏咬了咬牙，高聲改變命令，「鳴金，鳴金。呼佳、牙庫布，帶人上去護住木板，盡可能地接弟兄們下來！其他所有人，聽胡教頭指揮。」

「當當當……」清脆的銅鑼聲，立刻在營地內響起。已經被突厥狼騎壓到了壕溝邊緣處的瀚海勇士們，立刻記起了平時訓練時的最基本內容。使出全身力氣逼開對手，隨即，轉身大步退向搭在壕溝上的木板。

秩序非常混亂，甚至有人在半途中被自己人擠下了壕溝，好在壕溝裡的水只有齊腰深，不至於將落下去者直接淹死。而突厥狼騎們，顯然沒預料到對手這麼快就主動放棄了缺口，愣了足足五六個彈指時間，才大叫著追了過來。

「王校尉，帶著刀盾兵上去接應！」胡子曰皺著眉頭看了幾眼，從婆閏的親兵手裡抓起一支令旗，迅速指向壕溝。「接弟兄們退下來休整，把突厥狼騎頂在壕溝那，不准他們再前進一步！」

「放心！交給我。」王達笑了笑，舉著盾牌直奔壕溝，「銳金團，跟我來！」

三百餘名平時一直由他負責訓練的瀚海健兒們，齊聲回應，隨即，一手持刀，一手持盾，撲向壕溝。

一部分退下來的瀚海勇士，已經退過了壕溝。反應過來的突厥狼騎，卻叫囂著緊追不捨，殺得勇士們站不穩腳跟，只能繼續向後撤退。

「退一邊去，別擋自己人的道！」王達大喝著用盾牌推開幾名退下來的瀚海勇士，帶領身後的弟兄們直奔一夥剛剛追過壕溝的突厥狼騎。

那夥狼騎正殺得興奮，沒想到迎面竟然過來一支生力軍，趕緊結陣招架。卻被王達趁著陣型完成之前，直接闖入了隊伍，橫刀左劈右砍，將他們殺得彼此無法相顧。

跟在王達身後的瀚海銳金團健兒們，無論訓練程度，還是身體素質，都不如姜簡帶走的那批精銳。然而，最近一段時間，他們卻始終都由王達負責訓練和統率。其中一部分骨幹，還曾經追隨在王達身後，參加過討伐烏紇的幾場戰鬥。因此，對王達的作戰風格極為熟悉，並且還對他生出了一股發自內心的崇拜。

看到自家校尉勇悍如斯，眾瀚海銳金團健兒們也個個不懼生死。怒吼著衝向突厥狼騎，從前、左、右三個方向，同時向其發起反擊。很快，就憑藉絕對的人數優勢，將這夥狼騎砍殺殆盡。

「跟我來！」王達舉起血淋淋的橫刀，高聲招呼，隨即，又撲向另外一夥剛剛衝過壕溝的突厥狼騎，將對方殺了個七零八落。

「讓開，讓開，跳壕溝，跳壕溝，淹不死你們！」韓弘基奉胡子曰之命，帶領三百名長槍手也快步殺到了壕溝旁，夾在搭在壕溝上的木板兩側，挺槍急刺。

大多數木板上，還有正退下來的瀚海勇士。聽了韓弘基的話，眾人本能地低頭向下看了兩眼，隨即縱身而下。

「撲通，撲通！」落水聲此起彼伏，但是，主動跳進壕溝中的瀚海勇士們，卻沒有人受傷，並且還借機擺脫了身後的追兵。

追在勇士們身後的突厥狼騎，大吃一驚。低頭看了看，卻不敢跟著往下跳。有幾個反應快的突厥狼騎，乾脆直接忽視了跳進壕溝的瀚海勇士，繼續邁步衝向對面。木板兩側卻接連有長矛刺來，將他們幾個刺得手忙腳亂。

幾條繩索，迅速從靠近營地一側垂進壕溝。卻是校尉玉璞吉恩，奉胡子曰的命令，帶著百餘名弟兄前來接應。

壕溝原本就沒多深，弟兄們一個拉一個，將落水者不斷接走。

「撲通，撲通……」被困在壕溝與鹿砦之間，和木板上的最後數名瀚海勇士，發現有人在對面接應，也咬著牙迅速跳進了壕溝。轉眼間，木板上就只剩下了突厥狼騎。

搭在壕溝上的木板有限，無法讓大量的突厥狼騎同時衝到壕溝對面。而無論他們從哪一條木板上衝過去，與王達和他身後的銳金團相比，兵力都處於劣勢。一時間，這夥狼騎竟然被堵在了木板上，無法前進半步。

「捅，將他們捅成肉串！」韓建弘終於不用擔心誤傷自己人，將長矛揮舞得宛若出水蛟龍。兩名位置靠前的突厥狼騎，被他先後刺中了胸口和大腿根兒，慘叫著跌入了壕溝。仍舊被困在壕溝中未被自己人接走的瀚海勇士們迅速揮刀，將這兩名狼騎大卸八塊。

「跟我來，哪出現突厥狗就堵住哪！」得到了長槍手的配合，王達越發驍勇。帶領著自己親手訓練出來的銳金團健兒，撲向第三夥剛剛殺過壕溝的突厥狼騎。後者人數還不到十個，哪裡抵擋得住？轉眼間，就被斬盡殺絕。

「薩斯比，別愣著，放箭！」胡子曰被幾名親兵用擔架抬著，衝向別將薩斯比，用令旗敲打後者的頭盔。「瞄著鹿砦和壕溝之間放箭，不會誤傷自己人！」

已經看得兩眼發直的瀚海別將薩斯比，如夢初醒。大叫著拳打腳踢，催促自己身邊弓箭手不要錯過復仇的良機。

眾瀚海弓箭手，也迅速從發愣狀態醒來，不顧手腕和胳膊痠痛，扯動角弓，將羽箭冰雹般砸向胡子曰所劃定的區域。

密密麻麻的羽箭，從天而降，直奔衝入營地的突厥狼騎。夾在鹿砦與壕溝之間，眾狼騎根本沒地方躲閃，轉眼間，就被射倒了六十幾個，其餘人一邊揮刀在身前亂舞，一邊倉惶後退。

「銳金團，堵住敵軍，長槍手，繼續清理木板。其他人，給我拉住木板，合力往外抽！」胡子曰被親兵抬到壕溝前，啞著嗓子命令。

沒有任何人質疑他的指揮權，所有瀚海將士，都對他佩服得五體投地，紛紛按照命令行事。

幾塊木板上，各還有十多名突厥狼騎，既無法突破銳金團弟兄們的阻擋，也不敢退向鹿砦與壕溝之間充當瀚海弓箭手的靶子。看到有瀚海健兒齊心協力去抽自己腳下木板，又怕又急，尖叫數聲，揮舞著橫刀捨命向前猛撲。

韓弘基組織他麾下的弟兄，夾著幾塊過壕溝的木板從容出槍，將衝過來的突厥狼騎刺死了一大半兒。王達帶領銳金團健兒，堵住了另外一小半兒。校尉玉璞吉恩帶著兩百多名弟兄，分成四隊，每隊負責扯住一塊木板，奮力向後抽，隨著「撲通，撲通！」的落水聲，架在壕溝上的木板，相繼被扯走，最後幾名被困在木板上面的狼騎，則全都掉進了壕溝之中。

壕溝中，仍舊有二十幾個瀚海勇士，沒被自己人接上來。看到有突厥狼騎也掉進泥水之中，分外眼紅。爭先恐後揮刀衝過去，痛打落水狗。站在壕溝旁的長槍手們，也紛紛持槍下戳，朝著落水的狼騎的頭頂發起攻擊。眾人爭先恐後，不多時，就將落水的狼騎消滅得一乾二淨。

「嗚嗚嗚，嗚嗚嗚，嗚嗚嗚……」營地外，號角聲宛若狼嚎，氣急敗壞。突厥狼騎主將羯曼陀的反應並不慢，然而，當他帶領全部狼騎殺到缺口外，已經於事無補。

所有第一波衝進瀚海都護府營地內的突厥狼騎，要麼被殺，要麼被逼出了營地之外。沒有一人，仍舊能在缺口處站穩腳跟。

「來人，給我放箭，放箭殺了他！」羯曼陀惱羞成怒，指著正坐在擔架上調整部署的胡子曰，高聲命令。兩千餘名狼騎奉命展開行動，羽箭遮天蔽日。然而，胡子曰卻帶領眾瀚海將士，快速退出了騎弓的射程之外。只留下一處躺滿了屍體的缺口，和一截被鮮血染紅的壕溝。

「胡大叔，喝水，今天多虧了你和阿姐！」局勢暫且轉危為安，婆閏又是激動，又是慚愧，紅著臉走到擔架旁，給胡子曰遞上裝水的皮口袋。

「趕緊帶人用麻袋裝著泥土，在壕溝內壘牆。先緊著正對缺口那段壘，不必太高，齊胸即可。然後繼續向牆外灑拒馬釘，防止突厥人不顧一切策馬衝鋒。」胡子曰臉上，卻沒有多少喜色。喘了幾口氣，低聲叮囑，「距離天黑沒多久了，突厥人頂多還能再發起一輪進攻。天黑之後，曲彬就可以帶人出去把缺口也用麻袋裝著泥土堵起來。今天應該問題不大，關鍵要看明天，無論如何，不能再出現今天這樣的情況。」不想影響周圍弟兄們的士氣，他沒有解釋自己這樣說的原因。但是，婆閏心裡，卻已經將原因猜得清清楚楚。

敵我雙方將士的戰鬥力，相差太懸殊了。今天胡子曰接替自己指揮之時，已經派出了營地內最後的精銳。除了這些精銳之外，其餘弟兄數量雖然龐大，卻根本打不了逆風仗。萬一明天，突厥狼騎再打出兩道以上的缺口，哪怕胡子曰、王達、韓弘基等人把老命豁出去，也封堵不住。

「也不知道師兄，什麼時候能趕回來。」猛地將目光看向遠方，婆閏滿懷期盼。如果姜簡能及時回來，問題就容易解決了。他麾下是瀚海都護府最精銳的力量，他本人也是瀚海都護府的軍膽。只要他在，哪怕丟了回紇汗庭，婆閏心中，也永遠沒有畏懼！

大唐遊俠兒・卷三・棋逢對手　完

大書姪俠兒 卷二

弩與少年

PL00122

大唐遊俠兒・卷三・棋逢對手

作者—酒徒
編輯—黃煜智
行銷企劃—林昱豪
校對—魏秋綢
內頁排版—綠貝殼資訊有限公司

副總編輯—羅珊珊
總編輯—胡金倫
董事長—趙政岷
出版者—時報文化出版企業股份有限公司
108019 台北市和平西路三段二四〇號七樓
發行專線—（〇二）二三〇六六八四二
讀者服務專線—〇八〇〇二三一七〇五
（〇二）二三〇四七一〇三
讀者服務傳真—（〇二）二三〇四六八五八
郵撥—一九三四四七二四時報文化出版公司
信箱—一〇八九九台北華江橋郵局第九九信箱
時報悅讀網—http://www.readingtimes.com.tw
思潮線臉書—https://www.facebook.com/trendage
法律顧問—理律法律事務所陳長文律師、李念祖律師
印刷—紘億印刷有限公司
初版一刷—二〇二五年四月二十五日
定價—新台幣四五〇元
（缺頁或破損的書，請寄回更換）

時報文化出版公司成立於一九七五年，
並於一九九九年股票上櫃公開發行，於二〇〇八年脫離中時集團非屬旺中，
以「尊重智慧與創意的文化事業」為信念。

大唐遊俠兒・卷三，棋逢對手／酒徒著. -- 初版. -- 臺北市：時報文化出版企業股份有限公司，2025.04
416面；14.8×21公分
ISBN 978-626-419-345-0（平裝）
857.7　　114002878

ISBN 978-626-419-345-0
Printed in Taiwan